Marion Johanning
Lieder des Wandels

TINTE
&
FEDER

Das Buch

Deutschland 1946: Emma ist zu ihren Eltern nach Köln zurückgekehrt, ihr Mann Christian wird noch immer vermisst. Das Leben in der Nachkriegszeit ist hart, aber auch geprägt von großer Lebenslust und ausgelassenen Tanzabenden. Mit ihrem Akkordeon taucht Emma ins Nachtleben ein und kann so etwas Geld und warme Mahlzeiten verdienen. In den Armen ihres charismatischen Freundes Kurt findet sie ihr heimliches Glück, doch sie weiß fast nichts über ihn und seine Familie. Als Kurt Hals über Kopf Köln verlassen muss und Emmas Mann aus russischer Kriegsgefangenschaft zurückkehrt, ändert sich ihr Leben von Grund auf. Aber sie kann Kurt nicht vergessen …

Die Autorin

Marion Johanning lebt als freie Autorin in der Nähe von Köln. Schon lange begleiten sie zwei Leidenschaften: Schreiben und das Interesse an Geschichte. Für ihre historischen Romane recherchiert sie sorgfältig und bereist, wenn immer möglich, die Originalschauplätze. Sowohl ihre »Rhein-Trilogie« als auch die zweiteilige Reihe »Luise und Marian« wurden zu Bestsellern. »Lieder des Wandels« ist der zweite Teil ihrer neuen historischen Reihe, die ein Familienschicksal im Köln der Nachkriegsjahre schildert.

Marion Johanning

Lieder
des
Wandels

Roman

TINTE
&
FEDER

Deutsche Erstveröffentlichung bei
Tinte & Feder, Amazon Media EU S.à r.l.
38, avenue John F. Kennedy, L-1855 Luxembourg
Februar 2024
Copyright © der deutschsprachigen Ausgabe 2024
By Marion Johanning

Umschlaggestaltung: zero-media.net, München
Umschlagmotiv: © Paladin12/Shutterstock; © Ildiko Neer/ArcAngel
1. Lektorat: Ute Köhler
2. Lektorat: Rainer Schöttle
Korrektorat: Manuela Tiller / DRSVS
Gedruckt durch:
Amazon Distribution GmbH, Amazonstraße 1, 04347 Leipzig /
Canon Deutschland Business Services GmbH, Ferdinand-Jühlke-Straße 7,
99095 Erfurt /
CPI books GmbH, Birkstraße 10, 25917 Leck

ISBN: 978-2-49671-344-2
e-ISBN: 978-2-49671-343-5

www.tinte-feder.de

Für Barbara.
Wie gern warst du oben
auf dem Berg,
um das Große und Ganze zu
erkennen.

Kapitel 1

Verdammt, schon wieder keine Luft mehr im Reifen. Emma fluchte und hielt an. Mamas Fahrrad kam allmählich in die Jahre, der Hinterreifen war porös geworden. Aber sie hatte kein Geld für einen Ersatzreifen und auch keins für die Straßenbahn, die nun wieder über die freigeräumte Ringstraße fuhr. Also musste sie pumpen. Mit dem Rad kam sie besser durch die zerstörte Innenstadt, konnte den Trampelpfaden durch die Schuttberge folgen und es schieben, wo sie nicht mehr durchkam.

Sie holte die Luftpumpe aus Christians altem Wanderrucksack und begann zu pumpen. Das hatte sie auf dem Weg schon einmal machen müssen. Sie musste sich beeilen, eigentlich war sie schon zu spät. Warum wollte Kurt sich unbedingt hier im Norden der Stadt mit ihr treffen? Er hatte es ihr nicht verraten, Geheimniskrämer, der er war. Typisch.

Emma fühlte, ob genug Luft im Reifen war, schraubte das Ventil fest, steckte die Pumpe in den Rucksack und schwang sich auf ihr Rad. Kräftig trat sie in die Pedale. Ein scharfer Wind blies ihr entgegen, fuhr unter ihren Wintermantel und ihren Rock. Sie spürte ihre Oberschenkel schon nicht mehr. Zum Glück hatte ihre Mutter ihr noch vor dem Winter dicke Wollhandschuhe und eine Mütze gestrickt, aus Wollresten, die ihr Bruder Armin im zusammengestürzten Nähsaal einer Berufsschule gefunden hatte. Nun hatte sie bunte Finger an ihren grauen Handflächen – die eine Hand gelb, die andere rot. Und ihre Mütze war eine seltsame Mischung aus allen möglichen Farben. Mama konnte sehr erfinderisch sein, wenn sie wollte.

Emma presste die Lippen fest zusammen und kämpfte gegen den Wind an. Sie überquerte den letzten Teil der Ringstraße und kam in Viertel, die nicht so stark zerstört waren. Vom Rheinufer klang Baulärm zu ihr herüber, das Röhren von Lkw-Motoren und Hammerschläge auf Stahl. Die englischen Besatzer errichteten dort mithilfe von deutschen Arbeitern eine neue Rheinbrücke. Emma beeilte sich, bald würde sie es geschafft haben. In der Nähe des Güterbahnhofs bog sie in eine schmale, verlassene Straße ein. Mauern zogen sich zu beiden Seiten hin, auf den Grundstücken dahinter erstreckten sich Lagerhallen. Emma fuhr langsamer.

Warum hatte Kurt sie ausgerechnet an so einen verlassenen Ort bestellt? Sie sah ihn neben dem Tor an einer Mauer lehnen, hinter der sich eine Halle aus roten Ziegelsteinen erhob. Als er Emma erblickte, stieß er sich von den Steinen ab und kam ihr entgegen. Er sah verfroren aus unter seinem Hut.

»'tschuldigung, bin was später. Musste zweimal Luft aufpumpen.« Emma lehnte ihr Rad an die Mauer und ließ sich in Kurts Arme fallen. Fest umfing er sie, seine Hände strichen über ihren Rücken. Sie legte ihre Wange an den rauen hellgrauen Wollstoff seines Wintermantels, spürte die Wärme seines Körpers.

»Jetzt bist du ja da«, murmelte er und spielte mit einer Strähne ihres dicken rotblonden Haars, das unter ihrer Mütze hervorkam und auf den Mantel fiel. Sie spürte seinen warmen Atem an einer freien Stelle zwischen Schal und Mütze, und er küsste sie genau dorthin. Es war nur ein winziger, kleiner Kuss, aber Emma begann schon zu vibrieren. Sie hob den Kopf. Bläuliche Schatten lagen unter seinen Augen, als hätte er nicht geschlafen. Sein klar gezeichneter Mund schimmerte blassrot in seinem winterhellen Gesicht. Begierig nahm sie den liebevollen Blick auf, mit dem er sie ansah. Nur er sah sie so an. Seine Augen waren eine seltsame Mischung aus Blau und Grün. Sie wunderte sich, dass ihr dieses Farbenspiel nicht schon von Anfang an aufgefallen war, aber sie hatte dem wohl keine Aufmerksamkeit geschenkt. Inzwischen hatte sich das geändert.

Emma hob einen Finger und strich sanft über seine Lippen. Sie spürte, wie sich das Vibrieren in ihrem Inneren verstärkte, als sie sich küssten. Sie wusste, dass es erst aufhören würde, wenn sie jeden Zentimeter seiner Haut berührt hätte. Wenn sie sich wieder nahegekommen wären wie so oft in den letzten Wochen. Sie hatten sich an den unmöglichsten Orten getroffen. Die Ruinen in der Innenstadt boten trotz der Kälte viele Möglichkeiten für heimliche Zusammenkünfte. Am besten hatte ihr noch das Hotel am Stadtrand gefallen, weil es ruhig und abgeschieden lag, auch wenn es sich nur um eine schäbige Absteige mit zusammengesuchten Möbeln handelte.

Kurt ließ sie los und rieb sich die Hände. »Gehen wir rein.« Er zog seinen Schlüsselbund aus der Manteltasche und schloss das verrostete Tor auf, das in der mannshohen Mauer lag und von Eisenstäben gekrönt wurde, die in den Himmel staken. Der Torflügel schabte über die Steine, als Kurt ihn aufschob. Kratzspuren auf den Steinen zeigten, dass das Tor oft benutzt wurde. Nachdem Emma ihr Rad hindurchgeschoben hatte, schloss Kurt das Tor hinter ihr. Sie blieb stehen und musterte die alte Fabrikhalle, die mit ihren roten

Ziegelsteinen und mit Brettern vernagelten Fenstergerippen nicht gerade einladend aussah. Sie konnte sich schönere Orte für ein romantisches Treffen vorstellen. Kurt schien ausgefallener in seinem Geschmack zu werden. »Hier?«, fragte sie stirnrunzelnd.

Er lächelte, nahm ihr Rad und schob es über die ausgefahrenen Spurrillen zur alten Halle. »Es ist nicht so, wie du denkst«, meinte er. »Ich möchte dir mein Lager zeigen.«

Emma zog erstaunt die Brauen hoch. Sie erinnerte sich an das Vorratslager, von dem sein Helfer Biernath gesprochen hatte. Hier befand es sich also. Kurt führte sie in sein Allerheiligstes. Er gab ihr das Rad wieder, um das Tor zur Halle aufzuschließen. Der Geruch nach Benzin und alten Reifen schlug ihr entgegen, als sie die Halle betraten. Unter hoch gelegenen Fenstern standen Benzinfässer neben allerlei Maschinen und Geräten und einem alten Küchenschrank. Dazwischen parkte Kurts Lkw. Da die Fenster mit Brettern vernagelt waren, kam nur wenig Licht durch Ritzen und die mit Drahtgeflecht und Papierglas verschlossene Öffnung im Tor herein. Es krachte, als Kurt es schloss.

Emma lehnte ihr Rad an die Wand und blickte sich um. »Hier ist also deine Garage«, sagte sie und strich über eine eiserne Apparatur, die aussah wie ein Fernrohr auf einem Ständer.

»Nicht anfassen!«, rief Kurt.

Sie zog die Hand zurück. »Was ist das?«

»Ein altes Maschinengewehr.«

»Ach du meine Güte. So was bewahrst du hier auf?«

Kurt schlug den Mantelkragen herunter, setzte seinen Hut ab und legte ihn auf die Ablage des Küchenschranks. Er fuhr sich mit der Hand durch sein dunkelblondes, welliges Haar, das an den Seiten kurz geschnitten war. »Der Mann, von dem ich die Halle und den Lkw geerbt habe, war Feinmechaniker in einem Rüstungsbetrieb«, erklärte er.

»Du hast das alles von ihm geerbt?« Emma machte eine ausholende Armbewegung. Sie schritt am Küchenschrank und am Lkw vorbei zu einem verschlossenen Eisenschrank an der Kopfseite der Halle. Ihr Blick fiel auf das Regal daneben. Staunend hielt sie inne.

Ein ganzes Regalbrett voller Cognac-, Schnaps- und Weinflaschen! Darunter standen Kästen mit verschiedenen Inhalten: Schuhe, Damenstrümpfe, Wäsche, Seife. Neben dem Regal türmten sich Bierkästen an der Wand, an der anderen Seite ragte ein Turm von verzinkten Eimern in die Höhe. Ganz oben im Regal stapelten sich Zigarettenstangen.

Emma hielt den Atem an. Kurt war reich. Erst neulich hatte er ihr ein paar Kunstseidenstrümpfe mit Naht geschenkt, die sie nicht zu tragen wagte, aus Angst, ihre Mutter könnte ihr unangenehme Fragen stellen, wie sie sich so etwas Teures leisten könnte. Sie hatte ihre heimlichen Treffen mit Kurt sowieso schon mit zahlreichen Ausreden verheimlichen müssen und die Strümpfe nur zu diesen Gelegenheiten getragen.

»Die Halle ist gemietet«, erklärte Kurt. »Den Lkw und ein paar Sachen habe ich geerbt, den Rest habe ich mir selbst erarbeitet.«

Emma kniete vor der Kiste mit Schuhen nieder. »Darf ich?« Fragend wandte sie sich zu ihm um.

Er vergrub die Hände in den Manteltaschen und nickte. Sie zog die Kiste hervor, wühlte in den Schuhen. »Wer war der Mann?«, wollte sie wissen.

»Mein Kamerad aus dem Rheinwiesenlager. Wir haben zusammen unter einer Zeltplane geschlafen. Ohne ihn hätte ich es im Lager wohl nicht geschafft, aber er hat es nicht überlebt.«

Emma hielt inne und wandte sich zu ihm um. »Der Verlobte von deiner Vermieterin Klara.« Sie dachte an die nette Frau, die nun allein war.

»Genau.«

»Den Lkw hast du also auch von ihm?«

Kurt nickte.

»Klara hat mir viel von ihm erzählt, als du im Gefängnis warst. Warum hat er das nicht ihr vermacht?«

»Sie sollte nichts von der Halle und den Sachen wissen. Er hat ein paar krumme Dinger gedreht, weißt du? Ich musste ihm versprechen, ihr nichts davon zu erzählen. Sie soll ihn nicht als Dieb in Erinnerung behalten. Und du verrätst ihr bitte auch nichts.«

Emma legte den Schuh, den sie aus der Kiste genommen hatte, zurück und erhob sich. »Du hast also mit ererbtem Diebesgut angefangen und dann dein Geschäft aufgebaut«, stellte sie fest.

»So ist es.« In seiner Stimme schwang unüberhörbar Stolz mit.

Emma verstand ihn. Er hatte es in den letzten Monaten nicht nur verstanden zu überleben, sondern sich noch ein gut florierendes Schwarzmarktgeschäft aufgebaut. Sie ging zu ihm und schlang die Arme um seinen Hals. »Du hast Glück gehabt, Kurt Hüffenberg. Du bist ein Glückspilz.« Sie küsste ihn kurz auf Nase und Mund, doch als er sie an sich ziehen wollte, entwand sie sich ihm und kniete sich wieder vor die Schuhkiste. Schuhe konnte man inzwischen nur noch zu himmelschreienden Preisen auf den Schwarzmärkten bekommen. Diese Kiste war eine Goldgrube. Emma nahm ein paar hellgraue Riemchenschuhe heraus. »Sie könnten mir passen. Darf ich sie probieren?«

»Nur zu.« Kurt lehnte sich gegen den Lkw, verschränkte die Arme vor der Brust und wartete.

Sie fühlte, wie er sie beobachtete, als sie ihre alten, abgetragenen Winterstiefel auszog und in die Schuhe schlüpfte. Sie richtete sich auf und makste vor ihm hin und her. Die

Schuhe waren kaum getragen und etwas zu groß. Aber es ginge bestimmt, wenn sie sie mit Papier ausstopfen würde.

»Schau mal, sie passen mir.« Langsam schritt sie vor ihm auf und ab und spürte, wie er jede ihrer Bewegungen mit Blicken verfolgte. Sie machte vor ihm Halt und drehte sich ein wenig hin und her, während sie ihr bestes Lächeln zeigte. »Darf ich sie haben?«

Er nickte nur, zog sie an sich heran und presste ihr seine Lippen auf den Mund. Hingebungsvoll erwiderte Emma seinen Kuss, der ihre Glut entfachte. Sie ließ sich fallen und spürte, wie sie in seinen Armen zu Wachs zerschmolz. Neue Sommerschuhe. Davon hätte sie nicht mal zu träumen gewagt. Sie lachte leise und zog die Mütze ab. Kurt zog sie fester an sich und vergrub seine Hände in ihrem Haar. Sein Mund suchte ihren, und sie versanken in einem langen Kuss. Sie liebte es, sein wachsendes Verlangen zu spüren. Ungeduldig knöpfte er ihren Mantel auf und öffnete die Beifahrertür des Lkw, zog sie in den Wagen, wo sie sich auf dem Beifahrersitz niederließen. Kurt schloss die Tür hinter ihnen. Es roch muffig, nach alten Decken und Ledersitzen, doch wenigstens war es warm. Emma spürte Kurts warmen Körper unter dem Hemd, nachdem sie sich auf seinen Schoß gesetzt hatte. Sie knöpfte es auf, strich über seine Brust. Sie hörte sein Herz rasch pochen, als er sich über sie beugte, um sie zu küssen. Er schob ihren Rock hoch und legte seine Hände auf ihre kalt gefrorenen Oberschenkel. Sie stöhnte leise, während sie sich seinen wunderbaren Händen überließ, Hände, deren Versprechen sie schon im Sommer nach der Theateraufführung gespürt hatte. Aber jetzt hatten Kurt und sie sich besser kennengelernt, spielten kleine lustvolle Spiele miteinander, doch Emma ahnte, dass sie immer noch auf der Oberfläche eines großen Sees schwammen, den sie bis in seine Tiefen ausloten wollte. Sie konnte nicht genug von ihm bekommen.

Kaum bemerkte sie, wie Kurt sich eines dieser Dinger überstreifte, die er von den Besatzern bekommen hatte. Damit es kein Kind gäbe, hatte er ihr lächelnd gesagt, niemand wolle doch Kinder haben in diesen Zeiten, und sie hatte zugestimmt. Sie wollte kein Kind, schon gar nicht von ihrem Geliebten, immerhin war sie verheiratet. Kurt war einfach unglaublich. Christian hatte immer aufgepasst, nachdem sie ihm gesagt hatte, dass sie sich noch zu jung für ein Kind fühle und erst abwarten wolle, bis wieder Frieden herrschte – eine Methode, die ihr nicht gefallen hatte, aber ihren Zweck erfüllte. Sie hörte sich lauter stöhnen. Als sie kam, musste sie daran denken, dass sie hier allein waren und sie sich nicht beherrschen musste wie in den Ruinen oder im Hotel mit seinen dünnen Zimmerwänden, wo man fast jedes Wort vom Nachbarn hörte.

Kurt lächelte glücklich. Sie küsste ihn, sein Gesicht, seinen Hals, roch den Geruch seiner Rasierseife und seiner Haut. Obwohl sie befriedigt war, glühte sie immer noch, als hätte sie unendlich weitermachen können. So etwas hatte sie noch nie erlebt. Lag es daran, dass sie die körperliche Liebe so lange hatte entbehren müssen? Oder daran, dass sie älter und erfahrener geworden war? Oder lag es an Kurt? Vielleicht verwandelte er sie mit seiner Leidenschaft erst in dieses hungrige Wesen. Denn dass er Erfahrung in diesen Dingen besaß, hatte sie gleich erkannt.

»Wer war sie?«, brach es aus ihr heraus, nachdem sich ihre raschen Herzschläge wieder beruhigt hatten und sie von seinem Schoß auf den Fahrersitz gerutscht war.

»Wer?« Kurt warf ihr einen überraschten Blick zu, während er sich das Hemd in die Hose steckte.

»Deine Freundin vor mir.«

»Ach so.« Er zupfte an seinem Hemdkragen herum. »Sie war nicht meine Freundin. Also, jedenfalls nicht meine feste Freundin.«

»Wie hieß sie?« Emma drehte sich zu ihm um und schmiegte ihre Wange in das Polster der Rückenlehne.

»Warum willst du das wissen?«

»Ich will alles von dir wissen.«

»Ach, Emma.« Er seufzte, hob die Hand und strich über ihre Wange.

Endlich sah er sie an, mit diesem Blick, den sie so liebte. Sie legte ihre Hand auf seine. »War sie schön? Wie hieß sie denn?«

»Christa. Ich habe sie in Fürstenfeldbruck kennengelernt, wo ich zuerst stationiert war. Sie war die Tochter des reichsten Bauern im Dorf.«

»Fürstenfeldbruck«, sagte Emma nachdenklich. »Ist da nicht der Fliegerhorst?«

Kurt nickte. »Luftkriegsschule und Flugplatz. Ich war in der Verwaltung und konnte eine ziemlich ruhige Kugel schieben, bis sie mich an die Front geschickt haben. Hoffentlich ist Christa nichts passiert.«

Es gab Emma einen Stich, von ihrer Vorgängerin zu hören, obwohl sie danach gefragt hatte. »Wie sah sie aus?«, bohrte sie weiter.

Kurt lächelte, er sah sie liebevoll an wie eben. »Nicht so schön wie du, Emma. Es war nichts Ernstes mit ihr. Du bist … ganz anders.«

Er zog sie zu sich heran und küsste sie. »Ich liebe dich«, murmelte er zwischen zwei Küssen.

»Ich dich auch«, erwiderte sie. Und nur zu gern ließ sie sich in die zweite Umarmung sinken.

Später saßen sie ermattet und glücklich nebeneinander im Lkw. Emma fiel ein, dass es bestimmt schon auf Mittag zuging und sie nach Hause musste. Sie würde sich wieder eine Ausrede einfallen lassen müssen, wo sie gewesen war, als wäre sie nicht schon volljährig. Ihre Eltern behandelten sie immer noch wie ein Kind. Der Gedanke, sich gleich von Kurt verabschieden zu müssen, gefiel ihr nicht. Still saß er neben ihr und starrte durch die verschmutzte Windschutzscheibe nach draußen auf den Stahlschrank. Eine ganze Weile hatte Kurt schon nichts mehr gesagt.

Sie beugte sich zu ihm und küsste ihn. »Was ist los? Abschiedsschmerz?«

Er nickte, immer noch schwieg er.

Sie legte ihre Hand auf seine. »Lass uns ins Kino gehen«, schlug sie vor. »Morgen habe ich keinen Musikauftritt, da bleibt mein Akkordeon zu Hause. Im Astoria kommt *Altes Herz wird wieder jung.*«

»Ich kann nicht«, sagte er mit tonloser Stimme.

Sie wich ein wenig zurück. Ihr fiel auf, wie sich seine Brust unter dem Hemd rasch hob und senkte. »Na, dann gehen wir eben am Samstag. An irgendeinem Abend wirst du doch wohl können.«

Kurt nahm ihre Hand und hielt sie fest. Er schluckte heftig und sah sehr ernst aus. »Ich muss für eine Weile nach Hause, Emma. Meine Mutter schafft es nicht mehr allein. Mein Vater ist geflohen und versteckt sich irgendwo, und mein Bruder wird immer noch vermisst. Sie haben ihn kurz vor Kriegsende noch eingezogen. Meine Mutter hat seit Monaten nichts mehr von ihm gehört. Sie ist am Ende ihrer Kräfte. Ich muss ihr jetzt helfen.«

Emma spürte seine warme Hand auf ihrer. Das bedrückte ihn also. Deshalb die ungewöhnlichen Schatten unter seinen Augen. Er war übernächtigt und sorgte sich. Aber hatte er ihr nicht gesagt, dass er nichts mehr mit seiner Familie zu tun haben wollte? Dass er sich hier ein neues Leben aufbauen wollte? Offenbar hatte er seine Meinung geändert.

»Du hast mir doch gesagt, dass du hierbleiben willst«, brach es aus ihr heraus. »Du wolltest nicht mehr zurück, nie mehr.«

»Das stimmt, ich wollte nicht mehr zurück. Ich ging davon aus, hier weiter meine Geschäfte machen zu können, wollte mir etwas Eigenes aufbauen. Aber jetzt ist alles anders geworden. Die Firma – meine Mutter würde das unmöglich allein schaffen. Es muss jemand da sein, der sich um alles kümmert. Wenn ich es nicht mache, macht es jemand anders, und der reißt sich womöglich alles unter den Nagel.«

»Du meinst die Briten? Werden sie eure Fabrik konfiszieren?«

Kurt zuckte mit den Schultern. »Keine Ahnung. Mutter hat nichts darüber geschrieben, aber es muss schlimm sein, es ist viel zerstört. Sie braucht Hilfe.«

Emma ließ sich zurück in die Polster sinken, während die staubige Windschutzscheibe vor ihren Augen verschwamm. Das Glück, warum musste es immer verschwinden? Kaum meinte sie, es fest in den Händen zu halten, machte es sich davon. Das war bei Christian so gewesen, bei ihrer Tante Lydia, bei dem Haus ihrer Großeltern. Fort, tot, zerstört. Emma brach in Tränen aus.

Kurt presste ihre Hand, beugte sich über sie. »Es ist doch nur für ein paar Wochen. Ich komme bald wieder. Das verspreche ich.« Er wischte ihr mit dem Handrücken die Tränen weg und küsste sie. Sein Kuss schmeckte salzig.

Emma seufzte, fischte in ihrer Rocktasche nach einem Taschentuch, fand keins. Kurt gab ihr seins, ein großes Herrentaschentuch, und sie schnäuzte sich die Nase. Sie konnte es nicht fassen, dass ihre gemeinsame Zeit schon wieder vorbei sein sollte. Keine Kinoabende mehr, keine Einladungen in Gaststätten, keine heimlichen Treffen. Sie hatte sich so schnell daran gewöhnt. »Du ... du hast mir auch versprochen, hierzubleiben«, sagte sie schluchzend. »Trotzdem gehst du weg.«

»Wie ich schon sagte, hat sich alles geändert. Ich *muss* gehen. Aber ich komme wieder. Wirklich.«

Emma konnte es nicht glauben. Wenn er wegginge, bliebe er bestimmt für immer weg. Er würde sich wieder an sein altes Zuhause gewöhnen, an seine neue Aufgabe dort, die umso reizvoller für ihn wäre, weil er dort schalten und walten könnte, wie er wollte, nachdem sein Vater und sein Bruder fort waren. Eine Fabrik wiederaufzubauen, das war eine Herausforderung, die ihn reizen würde. Sie kannte ihn gut genug, um das zu wissen. Er wäre so gefordert, dass er bestimmt kaum noch an sie denken würde.

»Du glaubst mir doch, oder?«

Sie hörte seine Stimme nur von Ferne. Seinen Blick konnte sie jetzt gerade kaum ertragen, sie wich ihm aus und sah stattdessen durch die Scheibe. Sie fühlte sich entsetzlich. Vielleicht hatte sie schon zu viel verloren, es war zu viel Verlust für ihr junges Leben gewesen. Nicht nur ihren Mann, ihre Tante, ihre Großeltern und das Haus, das sie von ihnen geerbt hätten. Ihr ganzes altes Leben hatte sie durch den Krieg verloren. Sie hatte Kurt gefunden und geglaubt, er gehörte zu ihrem neuen Leben. Aber jetzt das. Sie fühlte, wie sich die alte Starre wieder in ihr ausbreitete, die ihr geholfen hatte, die letzten Monate zu überleben. Sie fror wieder zu. Emma putzte sich noch mal die Nase und wischte sich die Tränen ab. Sie begriff, dass sie jetzt lügen musste. Wenn sie ihre Befürchtungen ehrlich zugäbe, würde das alles nur verschlimmern. Es würde ihn nur unnötig verstimmen. Sie zwang sich, ihn anzusehen. Langsam nickte sie. »Ich glaube dir«, hörte sie sich sagen. »Aber ich will nicht, dass du gehst.«

Er sah erleichtert aus. »Ich will auch nicht gehen.« Er drückte ihre Hand, strich mit dem Zeigefinger über ihre Wange und ihr Kinn. »Ich werde dich vermissen.«

Sie schluckte. Nur mit äußerster Selbstbeherrschung gelang es ihr, nicht wieder in Tränen auszubrechen. Nun musste sie also wieder einmal stark sein. Er sollte sie nicht als weinendes, jammerndes Bündel in Erinnerung behalten, wenn er in seiner Heimat anderen Frauen begegnen würde. Er sollte sie so in Erinnerung behalten, wie sie war: Emma van Kall, stark und unzerstört. In den letzten Wochen war sie weich und offen geworden, hatte sich nur zu gern in seine Arme fallen lassen. Ihre Liebe hatte sie verletzlich und verwundbar gemacht. Wer liebte, konnte viel verlieren.

Kurt küsste jeden ihrer Finger. »Ich verspreche, ich komme wieder zurück zu dir.« Bei jedem Wort küsste er einen anderen Finger. Da musste sie wieder lächeln.

Als sie ausstiegen, roch es nach Feuchtigkeit. Trübes Licht kam durch das Fenster im Tor herein und tauchte die Halle in mattes Grau. Regen trommelte auf das Hallendach und klatschte gegen die Bretter vor den Fenstern. Traurig steckte Emma ihre neuen Schuhe in Christians Wanderrucksack.

Kurt räusperte sich. Er nahm seinen Schlüsselbund aus der Manteltasche, zog zwei Schlüssel ab und gab sie ihr. »Hier. Dieser ist für das Tor und dieser für die Halle.«

Emma fühlte das kalte Metall in ihrer Hand. Sie glaubte, nicht richtig gehört zu haben. »Warum gibst du sie mir?«

Er zog einen weiteren Schlüssel hervor und schloss den Eisenschrank auf. »Ich überlasse dir einen Teil meines Vorratslagers. Damit kannst du dich und deine Familie über die nächsten Wochen bringen. Wenn du es geschickt anstellst, noch länger. Am besten stellen wir deine Sachen hier in den abschließbaren Schrank.« Er deutete auf die leeren Metallbretter.

Sie beobachtete ungläubig, wie er einen Eimer nahm und ihn mit Zigarettenstangen befüllte, dann einen weiteren mit ein paar Cognac- und Schnapsflaschen. Er nahm den Kasten mit den Schuhen aus dem Regal und stellte ihn in den Schrank.

Dann merkte er wohl, dass sie ihn beobachtete, und richtete sich auf. Er klopfte sich den Staub von den Händen und nahm sie in die Arme. »Ich will, dass es dir gut geht, wenn ich weg bin«, murmelte er an ihrem Ohr.

»Danke«, sagte sie. Es war ein großzügiges Geschenk, aber sie konnte sich nicht darüber freuen. Kurts betörende Nähe zu spüren und zu wissen, dass er weggehen würde, konnte sie kaum ertragen. Sie versteifte sich in seinen Armen. »Aber … du brauchst das doch alles noch, wenn du wiederkommst. Oder etwa nicht? Willst du hier denn alles aufgeben?«

Er ließ sie los, hielt sie an den Armen fest und strich mit den Daumen über den rauen Stoff ihres Mantels. »Nein, natürlich nicht. Aber ich muss einen Teil mitnehmen, und ihr braucht auch etwas, solange dein Vater keine Arbeit hat. Er ist nicht mehr der Jüngste. Mir geht es besser, wenn ich weiß, dass für euch gesorgt ist.«

Emma stand da mit hängenden Schultern. Kurt überließ ihr seine Vorräte, und einen Teil nahm er mit. War das nicht ein weiterer Beweis dafür, dass er nicht vorhatte, so schnell zurückzukommen? Wenn überhaupt?

Mit klammen Fingern beobachtete sie, wie er ein ganzes Regalbrett freiräumte und die Sachen auf mehrere Zinkeimer verteilte. Er hob den Kopf. »Du kannst mir ruhig helfen.«

Gemeinsam teilten sie die Sachen auf und verstauten Emmas Anteil im Eisenschrank, Kurts Sachen auf der Ladefläche seines Lkw. Mit gemischten Gefühlen sah Emma, dass dort schon mehrere Reifen, Benzinkanister und Kisten standen, als Kurt die Plane zurückschlug. Er nahm nur ein paar Wein- und Cognacflaschen und Zigarettenstangen für sich, den Rest überließ er ihr. Sie verstauten ein paar Eimer im Lkw, die Emma sofort nach Hause mitnehmen würde, alles andere verschlossen sie im Eisenschrank. Zum Schluss luden sie gemeinsam ihr Rad auf die Ladefläche.

Emma beobachtete, wie Kurt die Plane festzurrte. Die Angst stieg wieder in ihr auf, als sie seine geübten Handgriffe sah. Wie konnte er nur so entschlossen sein, während sie vor Kummer verging? Machte ihm der Abschied denn gar nichts aus? Ihre Augen füllten sich wieder mit Tränen. Nachdem er fertig war, wandte er sich zu ihr um. »So, dann haben wir alles …« Er stutzte, als er merkte, dass sie weinte, trat einen Schritt auf sie zu und nahm sie in die Arme. »Ach, Emma, mach es mir doch bitte nicht so schwer.« Er küsste sie auf den Scheitel.

Sie weinte Tränen auf seinen Mantelkragen. Er versprach ihr noch mal, dass er wiederkommen würde. Langsam beruhigte sie sich. Sie wollte es ihm nur zu gern glauben, auch wenn eine innere Stimme sie warnte und ihr zuraunte, dass die Zeit zu Hause ihn so verändern könnte, dass er nicht mehr zurückwollte. Vielleicht war seine Zeit hier in Köln nur eine kurze Episode in seinem Leben gewesen. Niemand konnte das wissen.

»Ich werde dir schreiben«, versprach er. »Ich schicke meine Briefe an Klara.«

Emma nickte, putzte sich die Nase und wischte sich die Tränen ab. »Ich schreibe dir auch.«

»Meine Adresse hast du ja.« Täuschte sie sich, oder schwang tatsächlich Ironie in seiner Stimme mit? Wollte er ihr jetzt noch vorwerfen, dass sie seine Anschrift beim Schnüffeln in seinem Zimmer gefunden hatte? Aber wie hätte sie sonst herausfinden können, wo seine Eltern wohnten, die Einzigen, die die Mittel besessen hatten, ihn aus einem britischen Gefängnis zu holen? So war es dann auch gewesen, seine Mutter hatte ihn mithilfe des Geschäftsführers freibekommen. »Nach zähen Verhandlungen«, wie Kurt ihr später verraten hatte.

Auf einmal bereute sie es, seinen Eltern den Brief geschrieben zu haben. Hätte sie es nicht getan, wäre Kurt immer noch hier. Aber er wäre wohl immer noch im Gefängnis, und wer weiß, vielleicht hätte seine Mutter früher oder später doch herausgefunden, wo er war.

»Ich muss nach Hause«, sagte sie.

Kurt nickte. Sie setzte ihre Mütze auf, zog ihre Handschuhe an. Während Kurt den Wagen langsam durch das Hallentor nach draußen in den Regen lenkte, warf sie noch einen Blick zurück auf den Eisenschrank, wo ihre neuen Schätze lagen. Sie waren nur ein schwacher Trost.

Kapitel 2

Kurt setzte Emma an der Ringstraße ab, denn sie hatten verabredet, getrennt zu ihren Eltern zurückzufahren. Als sie zu Hause ankam, hatte Kurt ihre Vorräte bereits heimlich in den Keller gebracht, sich von ihren Eltern verabschiedet und war gefahren.

Sie hatte damit gerechnet, aber trotzdem stiegen ihr wieder die Tränen auf. Damit ihre Eltern keinen Verdacht schöpften, wartete sie im Hof, bis sie sich einigermaßen beruhigt hatte, dann ging sie hinein. In der Küche ließ sie sich auf ihr Sofa sinken. Die Nähmaschine stand still, ihre Mutter saß ihr gegenüber am Tisch und schälte Kartoffeln. Ihr Vater schichtete die Holzbretter, die Armin gestern in den Ruinen gesammelt und zerhackt hatte, neben dem Kohleofen auf.

Mama ließ das Messer sinken und warf ihr einen prüfenden Blick zu. »Hast du das Waschmittel bekommen?«

Traurig schüttelte Emma den Kopf. »War aus«, log sie. Sie hatte ihren Eltern am Morgen erzählt, sie würde sich im Laden für das Waschpulver anstellen, das es heute geben sollte. Ausreden mit dem Laden gingen immer. Sie konnte Stunden wegbleiben und sich heimlich mit Kurt treffen. Dass man hinterher mit leeren Händen wiederkam, war leider keine

Seltenheit, denn oft genug geschah es, dass es nichts mehr gab, nachdem man stundenlang dafür angestanden hatte.

Mama zog ein enttäuschtes Gesicht und warf die geschälte Kartoffel in den Topf. »Kannst du mal den Ofen bestücken, Erich?«, fuhr sie ihren Mann an.

Emmas Vater richtete sich auf, legte seine Hände in den Rücken und streckte sich. Seit dem Herbst hatte er es im Kreuz. Es war einfach zu kalt in ihrer Wohnung, die nur durch den Küchenofen beheizt wurde. Ihren alten Kachelofen im Wohnzimmer gab es nicht mehr, nachdem es dort gebrannt hatte und das Zimmer unbewohnbar geworden war. Wenigstens funktionierten die Wasserleitungen in ihrer Straße noch, und manchmal hatten sie sogar auch Strom. Kurt hatte ihnen vor Kurzem noch eine Karbidlampe auf dem Schwarzmarkt besorgt. Kerzen und Streichhölzer konnte man inzwischen kaum noch bekommen.

Papa antwortete nicht. Schweigend knüllte er ein Blatt des Kölnischen Kuriers zusammen und schob es in die Öffnung des Ofens.

»Ich werde das Waschmittel auf dem Schwarzmarkt besorgen«, versprach Emma. Sie dachte an Kurts Schätze, die er gerade in den Keller gebracht hatte. Hoffentlich hatte er sie gut versteckt. Sie wusste noch nicht, wie sie ihren Eltern sagen sollte, dass sie nun viel besaß. Sie würden Fragen nach der Herkunft der Sachen stellen.

»Ach, Papa kann sich morgen im Laden anstellen«, meinte Mama. »Nicht, Erich? Danach machst du deine übliche Runde und fragst nach Arbeit.«

Papa sagte nichts. Er stocherte in der kleinen Flamme herum, die sich durch das Zeitungspapier fraß. Als sie hoch genug war, legte er ein paar Holzstücke nach, schloss die Ofenklappe und ließ sich auf den Küchenstuhl sinken. Er seufzte, setzte seine

Brille ab und rieb sich die Augen. »Ich versuch es morgen bei den Bauern«, sagte er resigniert.

Er tat Emma leid. Früher war er mal Bankkaufmann gewesen, doch dann war seine Bank im Krieg von einer Luftmine getroffen worden. Nach dem Krieg hatte er keine Arbeit mehr gefunden und ihrem Nachbarn bei Ausbesserungsarbeiten im Haus und bei der Anlage des Gartens geholfen. Zuletzt hatte er ein paar Wochen bei der Schuttbeseitigung gearbeitet, die Kipploren der Feldbahn, für die man fliegende Gleise bis in die Stadt verlegt hatte, mit Schutt und Steinen gefüllt, bis er es im Rücken bekam und nicht mehr weitermachen konnte. Diese Arbeit war für ihn, der nie körperlich gearbeitet hatte, einfach zu schwer. Nun versuchte er es seit Tagen bei den Bauern in der Umgebung, aber niemand konnte jetzt im Winter jemanden gebrauchen. Natürlich, sie hatten genug Helfer, die sich darum rissen, für ein paar Kartoffeln, Lagerobst oder etwas Gemüse mit anzupacken.

Mama brummte etwas in sich hinein und warf die nächste Kartoffel in den Topf. Sie deutete auf die ungeschälten Knollen und sah Emma auffordernd an. »Wie wäre es mit Hilfe?«

Emma stand auf und nahm ein scharfes Messer aus der Schublade. Ihr Blick fiel auf den leeren Platz am Spülstein, wo Kurts Rasierzeug gestanden hatte. Es durchfuhr sie. Überall Lücken, wo seine Sachen gewesen waren. Sein leeres Zimmer – sie wollte nicht daran denken.

»Hast du's gewusst?«, fragte Mama, ohne sich nach ihr umzudrehen.

»Was?«

»Na, dass unser Untermieter weggeht.«

Emma umklammerte das Messer, das vor ihren Augen verschwamm. Sie durfte sich nichts anmerken lassen. »Er hat's mir gesagt.«

»Wann?«

»Heute Morgen, bevor ich zum Laden ging«, log Emma schnell. »Ich musste weg und konnte euch nichts mehr sagen. War er hier?« Sie bemühte sich, ihre Stimme fest und harmlos klingen zu lassen. Ihre Mutter durfte von ihrem Kummer nichts ahnen.

Sie nahm den Krug und goss sich Wasser in einen Becher, um Mama noch nicht unter die Augen treten zu müssen.

»Er ist gerade gefahren, du hast ihn um ein Haar verpasst«, sagte Mama. »Er hat sich sehr großzügig gezeigt und die Miete fürs Zimmer bis März bezahlt.«

Emma schluckte. Sie nahm ihren Becher, setzte sich an den Tisch und begann, Kartoffeln zu schälen. Obwohl sie ihm auswich, spürte sie den forschenden Blick ihrer Mutter. »Er hat … das Zimmer gekündigt?«, fragte sie, als müsste sie noch einmal die Bestätigung hören, dass Kurt wirklich weggegangen war. Dabei wusste sie, dass er sein zweites Zimmer in der Stadt bei Klara behalten würde.

»Na ja, wenn er doch nach Hause zurückmuss«, meinte Mama und warf ihr einen überraschten Blick zu.

»Schade, dass er weggeht, war ein netter Kerl«, meinte Papa.

»War aber doch klar, dass er eines Tages wieder zurückmuss«, erwiderte Mama. »Er muss seiner Mutter zur Seite stehen. Mein Gott, sie besitzen die Hüffenberger Werke! Er kommt aus einer reichen Familie und hat sich hier die ganze Zeit versteckt.« Sie schüttelte den Kopf. »Merkwürdig, dass er dir erst heute Morgen von seiner Abreise erzählt hat. Ihr konntet doch immer gut miteinander.«

Emma wich ihrem bohrenden Blick aus und sah stattdessen auf die schlanken Finger ihrer Mutter, die geschickt und schnell die Kartoffeln schälten. Sie räusperte sich. »Es kam auch für mich überraschend.« Meine Güte, ihre Stimme klang viel zu rau. Hastig trank sie ein paar Schlucke Wasser.

26

»Hat man ihm aber nicht angemerkt, dass der ein reicher Erbe ist«, meinte Papa. »Der war immer hilfsbereit und freundlich, überhaupt nicht überheblich, und der hat im Garten mit angepackt.«

Emma starrte auf ihre Kartoffel und kämpfte gegen ihre Tränen an, als sie an den sonnigen Tag im letzten September zurückdachte. Kurt hatte ihnen geholfen, das kleine Stück Land hinter der zerstörten Villa ihrer Großeltern in einen Gemüsegarten zu verwandeln. Er hatte Trümmer zum Lkw geschleppt, Erde umgegraben. Nein, er war sich nie zu schade für solche Arbeiten. Ihr Vater hatte recht, man merkte Kurt seine wahre Herkunft nie an. Für sie war er immer der ehemalige Kölner Medizinstudent gewesen, der sich nach seiner Rückkehr von der Front auf den Schwarzmärkten der Stadt durchschlug. Die perfekte Tarnung, um ein neues Leben zu beginnen. Bis sie im letzten Winter aufgeflogen war, nachdem die Briten ihn verhaftet hatten und die Militärpolizei in ihrer Wohnung das Zimmer eines gewissen Mr Hüffenberg durchsucht hatte. Bis Emma in seinem Zimmer seine Anschrift gefunden und seinen Eltern geschrieben hatte, sie mögen alles dafür tun, ihn aus dem Gefängnis zu holen. Was sie dann auch getan hatten.

»Nur die Schneidersche hat ihm nie getraut«, meinte Mama. »Die hat immer gesagt, er wäre ein feiner Pinkel.«

»Nur weil er gute Manieren hat und sie das nicht kennt.«

»Emma!«

»Ist doch wahr.«

Eine Weile war nur das Schaben ihrer Messer zu hören. »Die essen doch nicht etwa mit, oder?« Emma deutete auf die Kartoffeln, ungewöhnlich viel für die übliche Gemüsesuppe. Sie nahm es Frau Schneider übel, dass sie immer über Kurt hergezogen hatte. Ihre Nachbarin hatte ihn noch nie gemocht, und das hatte sich auch nicht geändert, nachdem sie von seiner wahren Herkunft erfahren hatte – im Gegenteil.

»Nein, ich koche heute für sie mit«, erwiderte Mama. »Herrn Schneider geht's nicht so gut. Du kannst ihnen gleich was von der Suppe rüberbringen.«

»Hm.«

Ihre Mutter begann, die Möhren zu schälen und klein zu hacken. »Nun müssen wir uns einen neuen Untermieter suchen«, sagte sie. »Dürfte nicht so schwer sein.«

»Ich möchte mein altes Zimmer wiederhaben«, hörte Emma sich sagen. Sie wollte dort schlafen, wo Kurt in den letzten Monaten geschlafen hatte. Den Geruch seiner Kleider im Schrank riechen. Ihre Ruhe haben, an ihn denken. Am liebsten würde sie nicht mal die Bettwäsche wechseln, aber das würde sie ihrer Mutter nicht sagen können.

Mama hob den Kopf und betrachtete sie stirnrunzelnd. Ihr Haar war grau geworden und schütter an der Stirn, ihr langer Zopf fiel ihr dünn auf die Schulter. An ihrem Mund hatten sich zwei Linien tief in das schmale Gesicht gegraben, die nach unten zum Kinn verliefen. »Das geht nicht, Emma, wir sind auf die Miete angewiesen.«

Diesen Einwand hatte Emma erwartet. »Ich zahle euch doch schon Kostgeld. Das stocke ich auf bis zur Miete, die Kurt euch gegeben hat.«

Ihre Mutter ließ das Messer sinken. »Wovon willst du das bezahlen?«

»Wir treten doch jeden Freitag im Rheinpalast auf«, erklärte Emma. Ihr Lohn würde zwar nicht ganz reichen, aber sie rechnete fest damit, mit ihrer Freundin Irma bald noch mehr Auftritte zu haben. Das sagte sie ihrer Mutter, doch die sah nicht überzeugt aus. »Das ist noch gar nicht sicher. Außerdem wäre das weniger Geld für uns. Wir hatten bisher dein Kostgeld und die Miete von Herrn Hüffenberg.«

»Aber er hat doch bis März bezahlt.«

»Das sind noch zwei Monate. Was ist danach?«

Emma seufzte. Sie hatte diesen Einwand befürchtet. Also würde sie ihren Eltern ihren neuen Reichtum doch zeigen und eine glaubhafte Begründung dafür liefern müssen, woher er stammte. »Könnt ihr mal mit in den Keller kommen? Ich möchte euch etwas zeigen.«

Mama schob die zerschnittene Möhre vom Brettchen in den Topf. »Was denn?«

»Das werdet ihr schon sehen.«

Mama schüttelte den Kopf, hob den Topf auf den Herd und legte den Deckel darauf. Aber immerhin war sie bereit, ihr zu folgen. Papa zündete einen Kerzenstummel am Ofenfeuer an, damit sie im Keller etwas Licht hatten, und sie gingen hinunter. Ihre Vorräte und letzten paar Schätze, die sie besaßen, lagerten in einem Holzverschlag, der durch eine Eisenkette und ein dickes Schloss gesichert war. Davor standen die Zinkeimer, die Kurt zuvor heimlich dort abgestellt hatte. Emma hob die schmutzigen Lappen an, die sie verdeckten, und Papa hielt die Kerze darüber. Der Lichtschein zuckte über Chesterfield-Stangen, dazwischen ragten die Flaschenhälse der Schnaps- und Weinflaschen heraus. Emma zog den ölverschmierten Lumpen vom zweiten Eimer ab: Seifen und Damenstrümpfe. Daneben lag ein Beutel mit Schuhen.

Mama schrie leise auf und schlug sich mit der Hand vor den Mund. Papa schüttelte immer wieder den Kopf und fuhr sich mit der Hand über seinen spärlichen silbernen Haarkranz. »Wo hast du das denn nur her?«, fragte Mama.

»Von Herrn Hüffenberg. Ich habe ihm manchmal auf dem Schwarzmarkt geholfen«, gestand Emma. »Das hier ist mein Anteil, den er mir noch schuldete.«

Ihre Mutter stemmte die Hände in die Hüften, eine Falte stand zwischen ihren Brauen. »Du hast ihm geholfen? Das ist illegal.« Ihr Blick bohrte sich in Emmas Gesicht, aber Emma hielt ihm stand.

»Machen doch heutzutage alle. Und wenn ich was für euch auf dem Schwarzmarkt besorgen kann, fragt ihr auch nicht.«

Die Falte auf Mamas Stirn vertiefte sich. Emma wich ihrem Blick aus und deutete auf die Eimer. »Stellt euch vor, was wir dafür alles kriegen.«

Ihre Eltern sahen wieder auf die Sachen hinunter. Mama spähte in den Schuhbeutel, holte ein Paar Winterstiefel heraus und betrachtete sie im Kerzenlicht.

»Das ist ein richtiger Schatz, Bille«, sagte Papa.

Mama nickte, man brauchte nicht viel nachzudenken, um sich auszurechnen, wie viele Lebensmittel sie dafür bekämen. Zumal sie im letzten Monat alles, was sie zum Tausch gegen ihr altes Silberbesteck hatten bekommen können, aufgegessen hatten.

»Ich verkaufe es auf dem Schwarzmarkt für uns alle, wenn ich dafür wieder in mein altes Zimmer ziehen darf«, sagte Emma.

Mama brummte etwas vor sich hin, stellte aber keine Fragen mehr. Ihr Blick wanderte wieder zu den Kisten. »Also gut«, lenkte sie schließlich ein. »Aber sei vorsichtig, ja? Lass dich bloß nicht von der Polente erwischen. Und du schließt die Eimer ein, Erich. Schließ sie gut weg.«

Sie wandte sich um und stieg die Kellertreppe im Dunkeln hinauf, während Papa alles wegschloss. Emma folgte ihrer Mutter nach oben, und in ihren Abschiedskummer mischte sich Freude über ihre neue gelungene Abmachung.

* * *

Am nächsten Tag ging Emma zum Schwarzmarkt auf der Alteburger Straße. Es gab viele Schwarzmärkte in der Stadt. Zu den großen am Dom und der Frankenwerft traute sie sich aber nicht, da es dort öfter mal Razzien gab. Auch hier blieb sie vorsichtig, hielt sich immer in der Nähe der Türnische eines ausgebrannten Hauses auf, um notfalls schnell durch die Trümmer entwischen zu können. Das hatte sie von Kurt gelernt. Sie hatte die Gegend erkundet und wusste daher, wie man von der Ruine aus schnell in verschiedene Richtungen entkommen konnte.

Eine Frau begutachtete gerade ein Paar ihrer Schuhe, ein bequemes Paar Laufschuhe, zwar schon abgetragen, aber aus echtem Leder und sehr gut verarbeitet.

»Darf ich?« Sie machte eine Geste, sie anprobieren zu wollen.

Emma sah sich rasch um und nickte. »Aber nur einen.«

»Ich laufe Ihnen nicht weg.«

»Alles schon passiert.«

»Ach wirklich?« Die Frau zog ihren Winterstiefel aus und glitt in den Schuh. Er schien ihr zu passen. Sie bewegte sich ein wenig hin und her, lief ein paar Schritte. Ihr Pelzmantel glänzte in der Sonne des strahlenden Wintertages. Sie schien wohlhabend zu sein – ein dicker Fisch, wenn sie sie an den Haken bekäme, dachte Emma. Sie würde etwas auf den Preis aufschlagen. Offenbar konnte die Frau gut in dem Schuh laufen, dennoch rümpfte sie die Nase und zog ihn schweigend wieder aus.

»Wenn Sie wollen, können Sie den anderen jetzt noch probieren«, bot Emma ihr an.

Die Frau nickte nur und schlüpfte in den anderen Schuh. Emma beobachtete, wie sie ein paar Schritte vor der Ruine auf und ab ging, und hoffte, sie würde sich beeilen. Sie hatte sich vorgenommen, heute alle Schuhe zu verkaufen oder einzutauschen; sie brauchte Geld und einen Grundstock an Lebensmitteln. Zucker und Mehl. Butter, Speck und Fleisch. Und echten Kaffee, wenigstens ein paar Lot.

Die Frau kam zurück, zog den Schuh aus und gab ihn ihr wieder. »Haben Ihnen die Schuhe gefallen?«, fragte Emma. Eine rhetorische Frage, denn sie hatte bereits gesehen, dass die Frau gut in den Schuhen laufen konnte. Es konnte sich niemand mehr leisten, nach Schönheit zu fragen, man war froh, ein Paar Schuhe zu ergattern, die einem passten.

»Was wollen Sie denn dafür haben?«

»Haben Sie was zum Tauschen?«

Die Frau schüttelte den Kopf. »Ich habe Geld.«

»Vierhundert«, meinte Emma kühn.

»Vierhundert?« Die Frau rümpfte die Nase. »Für die abgelaufenen Latschen geb ich höchstens dreihundert.«

Emma zuckte mit den Schultern. »Dreihundertachtzig. Weiter runtergehen kann ich leider nicht.«

»Dreihundertfünfzig«, bot die Frau.

Das war genau der Preis, den Emma eigentlich haben wollte. Trotzdem dachte sie, dass bei der Käuferin bestimmt mehr herauszuholen wäre. »Tut mir leid, dreihundertachtzig ist mein letztes Wort. Die Schuhe sind von guter Qualität, die werde ich heute bestimmt noch leicht los«, erwiderte sie und tat so, als wollte sie die Schuhe wieder in den Beutel stecken. Sie wusste, dies war der Augenblick, in dem die Käuferin einlenken würde, wenn sie wirklich Interesse hätte. Die Frau zögerte. Emma beobachtete sie genau, doch sie konnte nichts aus ihrer Miene herauslesen. Eine geschickte Käuferin. Erst als sie die Schuhe entschlossen in den Beutel zurücksteckte, legte die Frau die Hand auf ihren Arm. »Also gut, dreihundertachtzig.«

Emma lächelte. Die Frau gab ihr das Geld in abgezählten Scheinen und verschwand im Gewühl. Emma stopfte es in ihren Brustbeutel, den Mama ihr genäht hatte. Das ging schon wunderbar los an diesem strahlenden Morgen. Wenn es weiter so liefe, würde sie bald alles verkauft haben. Einige weitere erfolgreiche Verkäufe später lehnte sie sich an die Ruinenwand, schloss eine Weile die Augen in der Sonne und lauschte den wundervollen Geigenklängen, die vom anderen Ende der Straße zu ihr herüberwehten. Wieder so ein Verzweifelter, der versuchte, mit

Straßenmusik Geld zu verdienen. Es klappte nicht. Sie hatte es im letzten Frühjahr auf dem Schwarzmarkt an der Frankenwerft erfolglos versucht. Sie kniff die Augen gegen das Sonnenlicht zusammen, erkannte aber nicht viel mehr als einen Mann im Mantel, der Geige spielte. Und wie er spielte! Als wollte er den Göttern selbst zum Tanz aufspielen.

Emma klemmte sich ihren Beutel unter den Arm und schlenderte zu ihm. Er lehnte auf einem Mauerrest, ein junger schmächtiger Mann in einem grauen Wollmantel mit dazu passendem Hut. Vor ihm lag eine Mütze, in der ein paar Münzen schimmerten, doch er beachtete sie nicht, als gehörte die Mütze gar nicht zu ihm. Er würdigte auch die Menschen, die manchmal stehen blieben, um seiner Musik zu lauschen, keines Blickes. Er schien vollkommen mit seiner Geige zu verschmelzen. Emma blieb vor ihm auf der Straße stehen und beobachtete ihn. Sie hatte das Stück schon mal gehört, aber ihr fiel der Komponist nicht mehr ein. Sie schloss die Augen und lauschte. Überwältigend. So etwas lernte man nicht einfach so, das erforderte jahrelanges Lernen an einem Konservatorium. Er beendete das Lied und spielte sofort das nächste, ein fröhliches leichtes Stück von einer solchen Lebendigkeit, dass sie Emma sofort mitriss. Der Markt um sie herum verschwamm, der Winter verschwand. Sie fühlte, wie die warmen Sonnenstrahlen ihr Gesicht wärmten. Im Geiste sah sie die ersten Osterglocken blühen. Sie sah Kurt wiederkommen. Sie sah neue Häuser in den Himmel wachsen, wo jetzt noch Ruinen standen. Sie konnte nicht aufhören zu träumen.

Irgendwann öffnete sie die Augen. Der Geiger beachtete sie immer noch nicht. Er war blass, mit sauber geschnittenem Bart, etwas schmächtig. Aber das waren jetzt alle nach dem Krieg. Wo er wohl gedient hatte? Woher kam er? Sie zog ihren Brustbeutel unter dem Mantel hervor, nahm einen Zwanzigmarkschein heraus und warf ihn in die Mütze. Kaum sah sie den Schein dort liegen, wollte sie ihn wieder zurückholen. Was tat sie denn nur, hatte sie nicht gerade das Geld mühsam von der reichen Kundin erhandelt? Aber sie wusste, wie mühselig es war, für ein paar Pfennige zu spielen. Endlich sah er kurz zu ihr, aber kein Lächeln zeigte an, dass er etwas bemerkt hatte. Doch bestimmt hatte er es gesehen.

Sie wandte sich ab und begann wieder, die Straße entlangzuschlendern. »Schuhe«, murmelte sie, als ihr ein paar Frauen mit prall gefüllten Einkaufsbeuteln entgegenkamen, aber die reagierten nicht. Nun gut, dann eben die nächsten. Emma hatte es kaum ausgedacht, als ihr Irma entgegenkam. Fröhlich winkte sie und schwenkte ihren leeren Beutel. »Bin alles losgeworden. Und du?« Atemlos blieb Irma vor ihr stehen.

»Alles bis auf drei Paar Schuhe. Schau mal, was ich noch bekommen habe.« Emma hob ihren schweren Beutel und ließ ihre Freundin einen Blick hineinwerfen.

»Oh, was ist das?«

»Büchsenfleisch und Leberwurst. Hab ich für die Schuhe bekommen.«

»Gut getauscht«, meinte Irma.

Emma nickte stolz. Sie hatte Irma bei ihrer gemeinsamen Probe gestern Abend von Kurts Abschied erzählt und von den Schätzen, die er ihr hinterlassen hatte. Irma hatte sich erst mit ihr gefreut und sie dann getröstet. Im Gegensatz zu ihren Eltern wusste sie von Emmas Verhältnis mit Kurt. Emma hatte es ihr anvertraut, natürlich erst nach dem Versprechen, niemandem etwas zu verraten. Aber das würde ihre Freundin nie tun.

»Bald bin ich alle Schuhe los. Ein Paar habe ich für dreihundertachtzig Mark verkauft.«

»Was, so viel?« Irma zog überrascht die Brauen hoch. Sie trug ihre dunklen Haare jetzt länger, sie lugten bereits vorwitzig unter dem lindgrünen Wolltuch hervor, das sie sich um den Kopf geschlungen hatte.

Emma lächelte triumphierend. »Eine reiche Kundin hat sie gekauft. Die trug ihren Pelzmantel hier auf dem Schwarzmarkt.«

»Vielleicht hatte sie keinen anderen.«

»Glaub ich nicht.«

»Papas Kräutertee ist jedenfalls gut weggegangen«, berichtete Irma, knüllte ihren Beutel und stopfte ihn in die Manteltasche.

»Hast du nichts getauscht?«

»Nein, ich hab nur Geld. Papa wollte das so.«

»Hm.« Emma dachte, dass weder Irma noch ihr Vater Doktor Steiner viel davon wussten, wie man auf den Schwarzmärkten etwas am besten verkaufte.

»Wie viel hast du denn eingenommen?«, fragte sie.

»Ich glaub, so zwanzig Mark.«

»Das ist zu wenig, du musst mehr raushandeln.«

»Aber die Leute haben doch nichts«, protestierte Irma.

»Das sagen sie dir nur, weil sie dir natürlich nichts geben wollen.«

»Nein, ehrlich, da ist nicht mehr zu machen. Es sind doch nur Kräutertees.«

Sie schlenderten die Straße hinunter, wechselten das Thema und besprachen ihren morgigen Auftritt im Rheinpalast, für den sie ein paar neue Stücke eingeübt hatten. Die Mittagssonne schien auf sie herunter und wärmte sie in der Kälte. Der Himmel leuchtete blau durch die Fensteröffnungen der Ruinen. In den sonnigen, trockenen Wintertag mischte sich das Geigenspiel wie für ihn gemacht.

Irma sah zum Geiger hinüber. »Lass uns mal hingehen.«

Sie gingen die Straße hinab und hörten ihm eine Weile zu. »Fantastisch«, murmelte Irma.

»Absolut.«

»Schade, dass kaum jemand stehen bleibt.«

»Für Klassik ist hier nicht das richtige Pflaster«, sagte Emma. »Die Menschen wollen lieber Schlager und kölsche

Lieder hören. Straßenmusik hat sowieso keinen Sinn. Die Leute geben ihre Groschen höchstens den Kriegsversehrten.«

Irma bedachte den Geiger mit einem mitfühlenden Blick. »Der Arme«, murmelte sie. »Ist wie Perlen vor die Säue werfen.«

Emma betrachtete ihren Zwanzigmarkschein in der Mütze. Der Geiger hatte ihn noch nicht herausgenommen. Noch immer beachtete er die Mütze nicht, als würde sie ihn nichts angehen. Auf einmal brach er sein Spiel ab und ließ seine Geige sinken. Er atmete ein paarmal tief, als müsste er sich vergegenwärtigen, dass er tatsächlich hier stand. Dann rückte er von der Mauer ab und verstaute seine Geige in einem abgegriffenen Koffer, ohne die Menschen zu beachten.

Irma beeilte sich, hob seine Mütze auf und reichte sie ihm. »Bitte, vergessen Sie das nicht, Sie haben es sich verdient.«

Er starrte auf die Mütze, als würde sie ihm nicht gehören.

»Sie sollten besser darauf aufpassen, sonst klaut Ihnen das noch jemand«, meinte Irma. »Es wäre nicht das erste Mal hier auf dem Schwarzmarkt.«

»Schwarzmarkt?«, sagte er, als hätte er das Wort noch nie gehört. »Hier ist ein Schwarzmarkt?« Er sprach mit einem osteuropäischen Akzent, der Emma an den von Pjotr erinnerte, den Fremdarbeiter auf dem Gut ihrer Schwiegereltern. Ob der Geiger auch aus der Ukraine stammte? Was machte er dann noch hier? Waren die meisten Fremdarbeiter nicht schon wieder in ihren Heimatländern? Sie musterte ihn überrascht.

Irma lachte. »Ja, das hier ist ein Schwarzmarkt. Nicht offen, tauschen und kaufen unter der Hand, verstehen Sie? Heimlich.«

Er nickte. »Ist verboten?«

Irma senkte ihre Stimme. »Es ist offiziell verboten, aber es wird trotzdem gemacht. Wir brauchen das doch zum Leben.«

Der Mann sah erschrocken aus. Emma trat nun auch näher an ihn heran. Von Nahem sah er jünger aus, als es erst den

Anschein gehabt hatte. Sein grau melierter Bart ließ ihn älter wirken, als er war.

»Sie spielen sehr gut«, lobte Irma.

Der Anflug eines Lächelns huschte über sein Gesicht, während er hastig die gefüllte Mütze in seine Manteltasche stopfte, ohne das Geld zu zählen.

»Wir sind auch Musikerinnen. Emma spielt Akkordeon und ich Gitarre. Ich bin Irma.« Sie reichte ihm die Hand.

Er drückte sie kurz und lupfte seinen Hut. In seinem dunklen Haarschopf schimmerten ein paar silberne Härchen. »Ah, willkommen.«

Endlich lächelte er richtig und reichte auch Emma die Hand. »Akko…?« Er sah sie fragend an.

»Akkordeon«, erklärte Emma und machte ein paar Bewegungen, als spielte sie auf ihrem unsichtbaren Instrument.

»Aahh, verstehe. A…kkor…de…on.«

»Genau. Ich spiele Gitarre«, wiederholte Irma und ahmte ihr Gitarrenspiel nach, aber das hatte der Mann offenbar sofort verstanden.

»Ich bin Nikolai«, sagte er. »Aber leider ich muss jetzt weg.«

»Wir spielen jeden Freitagabend im Rheinpalast, ein Tanzlokal hier in der Altstadt«, sagte Irma hastig. »Kommen Sie doch mal vorbei.«

»Rheinpalast«, wiederholte er. »Danke.« Er nickte ihnen zu, nahm seinen Geigenkoffer und verschwand die Straße hinunter Richtung Ringstraße.

Emma wechselte Blicke mit ihrer Freundin. Irma lehnte sich an den Mauerrest, dort, wo Nikolai gestanden hatte, und Emma stellte sich neben sie. Eine Weile sonnten sie sich wortlos, während jede ihren Gedanken nachhing. Emma dachte, dass sie sich beeilen müsste, die Schuhe zu verkaufen, aber es war so schön in der Sonne.

»Ob er wohl kommt?«, fragte Irma. »Warum musste er denn nur so schnell weg?«

»Vielleicht hatte er Angst, weil du ihm gesagt hast, dass das hier ein Schwarzmarkt ist.«

Irma seufzte. »Ich glaube, er kommt nicht«, sagte sie mehr zu sich selbst als zu Emma.

»Wart's doch ab. Du hast jedenfalls alles getan, um ihn wiedersehen zu können. Ich finde ihn übrigens auch nett.«

Irma grinste verlegen. Sie beide kannten sich einfach zu lange, um noch viel voreinander verbergen zu können. »Was er wohl für ein Landsmann ist?«, fragte sich Irma. »Wenn der Fremdarbeiter war, wieso ist er dann noch hier? Sind die Fremdenlager nicht schon längst leer?«

»Das habe ich mich auch schon gefragt«, sagte Emma. »Vielleicht ist er illegal hier oder er konnte noch nicht zurück.«

»Hm. Nikolai ... was ist das für ein Name? Ob er ein Russe ist?«

Emma zuckte mit den Schultern. »Könnte auch ein Ukrainer sein. Oder ein Pole?«

»Wenn er Russe ist, dann wäre er Soldat gewesen«, raunte Irma ängstlich.

»Auf jeden Fall spielt er wundervoll Geige«, meinte Emma.

* * *

Es dauerte aber noch zwei Wochen, bis Nikolai tatsächlich im Rheinpalast auftauchte. Sie entdeckten ihn erst spät, nachdem Emma ihr letztes Stück, den *Sommernachtstraum,* gespielt hatte, den sie im letzten Herbst geschrieben hatte und bei dem die Gäste so gern eng umschlungen tanzten. Beinahe wäre ihnen Nikolai gar nicht aufgefallen, so versteckt saß er hinten an der Theke. Er trank seine dünne Limonade in kleinen Schlucken, als müsste sie den ganzen Abend reichen. Es war aber auch teuer im Rheinpalast.

Irma ging zu ihm und bestellte sich auch eine Limo.

Emma ließ die beiden zuerst allein und gesellte sich später zu ihnen.

»Könnte Nikolai nicht mit uns spielen?«, platzte es sofort aus Irma heraus.

Emma sah überrascht von ihr zu Nikolai. »Eine Geige?«, entfuhr es ihr. »Wie soll das gehen?«

»Oh, ich habe Noten«, beeilte sich Nikolai. »Gute Stücke, wir können das probieren.«

»Aber ich kann mit meinem Akkordeon klassische Stücke nicht originalgetreu wiedergeben. Wir spielen Tanzmusik.«

Nikolai nickte. »Sicher. Ich kann auch Tanzmusik spielen.«

Emma starrte ihn ungläubig an. Der Gedanke, noch eine Geige aufzunehmen, gefiel ihr nicht. Sie würden wieder alles umstellen und neu proben müssen, dabei hatten sie ihr Programm doch erst im Herbst aufgestellt und nach und nach ergänzt.

»Ich passe mich an, kein Problem«, versprach er.

»Nikolai sagt, er kennt ein paar Kneipen in der Umgebung, wo wir auftreten könnten«, sagte Irma. »Außerdem kennt er jemanden, der einen Wagen hat. Der könnte uns am Wochenende in die Dörfer mitnehmen. Eine warme Mahlzeit springt dabei sicher immer raus, und wir können den Hut rumgehen lassen.«

Emma nahm ihr Limonadenglas, das der Kellner ihr wortlos hingestellt hatte, und trank in großen Schlucken. Über die Dörfer tingeln. In Dorfgasthöfen und Tennen spielen – war es das, was sie wollte? Insgeheim hoffte sie, eines Tages auf größeren Bühnen spielen zu können, vielleicht sogar im Military-Government-Theater in Köln, das Vorstellungen für die englischen Besatzer gab. Andererseits war Nikolai ein hervorragender Geiger. Wenn sie zunächst einmal in der Gegend umhertingelten, um etwas zu verdienen und zu essen zu bekommen, war das besser als nichts. Sie würde Auftrittserfahrungen sammeln, die man als Musiker brauchte, und weiter ihre Lieder schreiben. Bis sie eines Tages reif für größere Bühnen wäre.

Emma stellte ihr Glas zurück auf die Theke. Sie betrachtete Irma, die ihre Rose im Haar trug wie sie. Die Rosen waren ihr Erkennungszeichen als Musik-Duo »Lydia und Rose«. Lydia, so hieß sie – es war der Name ihrer Tante, die im Krieg umgekommen war. Irma hieß Rose nach dem Rosengarten, in dem sie ihren Freund Bruno kennengelernt hatte, der die Gestapohaft nicht überlebte. Niemandem durften sie verraten, dass ihre Mutter die Rosen aus dem Stoff einer alten Hakenkreuzfahne genäht hatte. Irma schien nicht mehr daran zu denken, sie sah gelöst und fröhlich aus. Schon lange hatte Emma ihre Freundin nicht mehr so gesehen.

»Wie wär's, wenn wir uns im Volksgarten zum Üben treffen?«, schlug sie vor. »Lasst uns doch erst mal sehen, ob wir überhaupt miteinander können.«

Irma lächelte glücklich. Sie drückte Emma den Arm. »So machen wir es. Schön, dass du damit einverstanden bist.«

Kapitel 3

Sie trafen sich am folgenden Samstag im Rosengarten des Volksgartens. Da es ein warmer, sonniger Wintertag war, konnten sie ausnahmsweise auch im Winter dort proben. Wie immer setzten sie sich in den alten Pavillon am preußischen Fort, der wie durch ein Wunder unzerstört geblieben war. Nikolai hatte ihnen nicht zu viel versprochen und konnte auch Tanzmusik spielen. Er beherrschte erstaunlich viele bekannte Stücke, spielte geübt und diszipliniert. Emma schmolz wieder dahin, als sie sein Spiel hörte. Sie wusste schon nach den ersten Liedern, dass sie gut zueinanderpassten. Doch etwas beschäftigte sie.

»Was ist Nikolai für ein Name?«, fragte sie ihn in einer Spielpause. »Ist er russisch?«

Er ließ seine Geige sinken und sah auf den Holzboden des Pavillons hinunter. Eine Weile war nichts anderes zu hören als das Gezwitscher von ein paar Blaumeisen, die in den wilden Rosen nach Nahrung suchten. »Es ist ein russischer Name«, bestätigte er.

»Dann bist du also … ein Russe?«, fragte Irma.

Er nickte wortlos.

Emmas Hände glitten von den Knöpfen und Tasten ihres Akkordeons. Ein Russe. Automatisch kam ihr wieder alles in den Kopf, was sie über die Russen gehört hatte: Christians furchtbare Kriegserzählungen über den »Iwan«. Die monotone Stimme ihrer Mädelschaftsführerin, als sie von ihren Aufzeichnungen vorlas. »Die Slawen sind eine mindere Rasse. Sie taugen nur dazu, Bauern zu sein und unsere Felder zu bestellen. Das wird im Großdeutschen Reich ihre Aufgabe sein …« Energisch drängte Emma ihre Erinnerung fort. Sie hasste diese tönerne Stimme, wollte sie nie wieder hören.

»Darfst du denn noch hier sein?«, hörte sie Irma zaghaft fragen. »Musst du nicht zurück in die Sowjetunion?«

Nikolai hob abwehrend die Hände. »Nein, nein. Ich bin nicht illegal hier.«

»Du warst Soldat, nicht?«, hörte Emma sich sagen. Ein ehemaliger Rotarmist, einer der Soldaten, gegen die Christian erbittert gekämpft hatte. Eines der Bolschewistenschweine, wie er sie oft genannt hatte.

Nikolai nickte und sah schweigend auf den Boden.

Emma starrte ihn an. Der Gedanke, gemeinsam mit einem ehemaligen Rotarmisten Musik zu spielen, erschien ihr absurd.

Sie stand auf und machte Anstalten, ihr Akkordeon zurück in ihren Rucksack zu stecken. »Tut mir leid, das kann ich nicht. Mein Mann ist in russischer Gefangenschaft.«

»Ich war auch in deutscher Gefangenschaft. Zum Glück fanden Amerikaner uns rechtzeitig, sonst wären wir verhungert«, sagte er leise.

Emma hielt inne.

Irma legte ihr die Hand auf den Arm. »Bitte, gib ihm eine Chance. Er spielt wie ein Gott.«

Emma ließ ihr Akkordeon auf den Rucksack sinken und sah von Irma zu Nikolai. Sie versuchte, sich ihn in einer russischen Uniform vorzustellen. Es gelang ihr nicht. Sie konnte sich ihn überhaupt nicht als Soldat vorstellen, als jemand, der ein Gewehr getragen und deutsche Männer erschossen hatte. Es passte nicht zu ihm. Aber er hätte sicher auf Christian oder Kurt geschossen, wenn er ihnen begegnet wäre.

»Ich bin nicht illegal hier«, bekräftigte Nikolai, hob den Kopf und sah sie an.

Emma glaubte ihm nicht, sie witterte förmlich die Lüge hinter seiner glatten Stirn. Aber vielleicht wollte er auch nur überleben, wie alle im Moment. Er wäre mit seinem Geigenspiel eine Bereicherung für ihr Duo, sie wären ein schönes Trio. Außerdem kannte er jemanden, der einen Wagen besaß und sie auf die Dörfer fahren konnte. Das bedeutete warme Mahlzeiten und Geld oder Tauschwaren.

Irma legte Nikolai die Hand auf die Schulter und sah ihn an wie eine Katze ihr Junges. Herrgott noch mal.

Emma stellte ihr Akkordeon zurück auf die hölzerne Bank, wo sie gerade gesessen hatte. »Also gut. Aber wir dürfen keine Schwierigkeiten bekommen, wenn wir mit dir zusammen auftreten.«

»Nein, nein«, versicherte Nikolai. »Keine Probleme.« Dabei sah er so offen und ehrlich aus, dass Emma ihm doch beinahe glaubte. »Ich sage, ich bin Ukrainer. So kommen keine Probleme.«

Emma seufzte. Sie einigten sich darauf, dass sie ein gemeinsames Programm einstudieren wollten, aber auch einzeln oder nur zu zweit spielen würden, sodass es für gemeinsame Auftritte reichte. Im Rheinpalast aber würde Emma nach wie vor nur mit Irma als Duo auftreten.

Am nächsten Tag hielt Emma es nicht mehr aus und fuhr mit dem Rad zu Klara. Sie wollte wissen, ob endlich ein Brief von

Kurt angekommen wäre. Er hatte ihr versprochen, möglichst bald zu schreiben. Aber er war nun schon drei Wochen weg, und sie hatte noch nichts von ihm gehört.

Zu ihrer Enttäuschung schüttelte Klara den Kopf, nachdem sie Emma in die Wohnung gelassen hatte. Sie bot ihr einen Platz am Küchentisch und eine Tasse echten Bohnenkaffee an. Sie hatte immer echten Kaffee, Kurt hatte ihr welchen dagelassen.

»Ich vermisse ihn auch«, sagte sie und sah aus dem Fenster in die untergehende Sonne. Sie wohnte im dritten Stock mit weiter Sicht auf die verwüstete Innenstadt. Die Türme des Doms ragten aus dem Trümmermeer empor in den blauen Himmel. »Es ist so ruhig hier ohne ihn.«

Emma starrte in ihre Kaffeetasse, die vor ihren Augen verschwamm.

»Er wird bestimmt noch schreiben«, versicherte Klara, als hätte sie ihre Gedanken gelesen. »Die Post kann schon mal zehn Tage und mehr dauern, das ist keine Seltenheit. Mach dir keine Sorgen.«

Emma wich ihrem Blick aus, obwohl die Worte sie tatsächlich etwas beruhigten. Sie hatte sich mit Kurts Vermieterin Klara angefreundet, nachdem die Briten Kurt verhaftet und in ein Militärgefängnis gebracht hatten. Gemeinsam hatten sie sich darum bemüht, ihn besuchen zu können, sie hatten sich ausgetauscht, gegenseitig bestärkt und sich ihre Geschichten erzählt. Außer Emma war nur noch Klara Kurts Verbündete hier gewesen, sie kannten ihn beide gut und lachten oft über ihn. Das tröstete Emma jetzt.

»Er hat sein Zimmer bis Ende des Monats im Voraus bezahlt«, setzte Klara hinzu. »Er kommt bestimmt zurück.«

Emmas Tasse zuckte. Warum nur bis Ende Februar? Hatte er nicht gesagt, er würde sein Zimmer bei Klara behalten?

Sie umklammerte die Tasse mit ihren kalten Fingern. »Hat er … nicht für länger bezahlt?«, fragte sie leise.

Klara schüttelte den Kopf. »Aber gekündigt hat er es auch nicht. Das heißt, er muss diesen Monat noch zurückkommen. Er weiß doch, dass ich sein Zimmer sonst anderweitig vermiete.« Sie lächelte, aber Emma beruhigte das nicht.

»Ich mache mir trotzdem Sorgen.«

Klara musterte sie ruhig mit ihren dunklen Augen. »Ich weiß, wie es ist, zu warten und nicht zu wissen, wie es dem Mann geht. Das kennst du doch auch.«

Emma hob die Tasse und trank in kleinen Schlucken, froh, dem forschenden Blick der anderen ausweichen zu können. Sie wusste, Klara ahnte, dass sie ein Verhältnis mit Kurt hatte, obwohl sie es ihr nicht verraten hatte. Sie hatte sich bisher nur mit Andeutungen begnügt, aber ihr sehnsuchtsvolles Warten auf Kurts Briefe tat sicher ihr Übriges in Klaras Meinung. Sie starrte aus dem Fenster und trommelte mit den Fingerspitzen gegen die Tasse. Sicher hatte Klara recht, es klang so nüchtern und überzeugend, wenn sie sprach. Aber sie wurde dennoch das Gefühl nicht los, dass etwas nicht stimmte. In drei Wochen hätte Kurt längst mal herkommen können, schließlich besaß er doch den Lkw. Oder hatte er etwa kein Benzin mehr? Hatte er so viel zu tun, dass ein Besuch unmöglich war? Außerdem musste ihm klar sein, dass sein Zimmer bei Klara verloren wäre, wenn er nicht bis Ende Februar zurückkommen würde. Die Angst stieg wieder auf in Emma, die Angst vor dem Verlassenwerden. Immer, wenn sie abends allein in ihrem Zimmer lag, fühlte sie sie heraufkriechen, und sie fühlte sich hilflos wie ein Tier bei einem Gewitter.

Klara rührte in ihrer Tasse, obwohl keine Milch darin war. »Du brauchst nicht jedes Mal vorbeizukommen«, sagte sie. »Ich bringe dir den Brief, sobald er da ist. Ich fahre doch sowieso jeden Tag zur Arbeit, das ist für mich kein Umstand.«

Emma nickte seufzend. Sie redeten noch über dies und das, bis sich der Himmel mit schweren Wolken zuzog und Emma nach Hause radelte. Als sie in ihre Straße einbog, begann es zu schneien. Dicke glitzernde Flocken fielen aus dem grauen Himmel und blieben auf ihrem Mantel und ihrer Mütze hängen. Sie trat kräftiger in die Pedale. Neben ihr tauchten die dunklen Mauern des Bunkers auf, in den sie sich bei Luftalarm immer gerettet hatten. Stunden hatte sie in ihm zugebracht, auf die Einschläge gelauscht und um ihr Leben gebangt. Zum Glück war diese furchtbare Zeit vorbei. Sie beachtete das dunkle Gemäuer nicht, sie wollte es nicht mehr sehen, geschweige denn es jemals noch mal betreten. Ihr Elternhaus lag gegenüber, am Ende der Häuserreihe kurz vor der Kreuzung, und stach wegen seiner auffälligen Fassade zwischen den grauen Nachbarhäusern aus rotem Backstein und beigem Sandstein hervor. Rauch wölkte aus dem Rundbogen, wo die Treppe zum Eingang hinaufführte. Herr Schneider rauchte also schon wieder, kaum dass er gesund war. Emma sprang vom Rad und schob es die letzten Meter bis zum Haus. Obwohl es gerade erst zu schneien begonnen hatte, lag schon eine feine weiße Schicht auf dem Bürgersteig und den Trümmern der Straße. Emma schob ihr Rad zum Eingang und hob es hoch, um es die Stufen hinaufzutragen, als sie jemanden aus dem Dunkel sprechen hörte.

»Soll ich dir mit dem Rad helfen, Emma?«

Das war nicht Herrn Schneiders Stimme. Sie versuchte, den Mann hinter dem Rauch zu erkennen. Er schnippte den glimmenden Zigarettenstummel an ihr vorbei auf den Bürgersteig und stieg die Stufen hinunter zu ihr.

Emma ließ das Rad sinken. Der Lenker glitt ihr aus der Hand, und das Rad krachte auf den Bürgersteig. Vor ihr stand Christian.

Sie sagten beide eine Weile lang gar nichts, starrten sich an wie Gespenster. Er trug eine Wollmütze und seinen alten Wintermantel, dazu dicke selbst gestrickte Handschuhe. Sein Gesicht schimmerte blass und schmal unter der Mütze. Ihr Mann lebte und war zurück. Ein leichter Schwindel erfasste sie. Sie zwang sich, ruhig zu atmen.

»Wo kommst du her?«, entfuhr es ihr. »Bist du schon entlassen?«

»Nein, ich bin abgehauen.«

»Wie lange bist du schon hier?«

»Seit heute Nachmittag. Hab bei deinen Eltern auf dich gewartet. Deine Mutter meinte, du müsstest jeden Augenblick kommen.« Er starrte sie immer noch an, als sähe er einen Geist. Aber sie hatten sich auch fast zwei Jahre nicht mehr gesehen. In dieser Zeit hatte sie sich verändert, war schmalgesichtig geworden wie alle, vielleicht sah sie tatsächlich aus wie ein Gespenst.

»Du hast … immer noch deine langen Haare«, sagte er leise.

Der Klang seiner vertrauten Stimme fuhr Emma durch Mark und Bein. Ihr Herz klopfte wie wild, ihre Gedanken wirbelten durcheinander.

»Ich trag dir dein Rad rein«, bot er an.

»Danke.« Sie beobachtete, wie er das Fahrrad aufrichtete und die Stufen zur Tür hinauftrug, die nur angelehnt war, folgte ihm durch den dunklen Hausflur in den Hof und dachte, es wäre zu schwer für ihn. Seine Schulterblätter zeichneten sich durch den Mantel ab. Er stellte das Rad unter das Vordach im Hof und wandte sich zu ihr um. Er streckte die Hand nach ihr aus. Sie nahm sie, und er zog sie in die Arme und presste sie an seinen dürren Körper. Seine Bartstoppeln kratzten an ihrer Wange. Sie machte sich los, zog ihn zurück in den Hausflur. »Lass uns reingehen ins Warme.«

Bereitwillig folgte er ihr. Ihre Eltern hätten ihm sowieso schon angeboten, hier zu schlafen, sagte er. Schließlich sei es zu spät, heute noch nach Meinersleben zurückzukehren. Emma zögerte und wandte sich zu ihm um. Natürlich war er zuerst nach Gut Meinersleben gegangen, er hatte ja nicht gewusst, dass sie inzwischen wieder hier lebte. Seine Eltern hatten ihm sicher alles erzählt, von ihrem Streit, nach dem sie fortgegangen war.

»Wann bist du angekommen?« Ihre Stimme klang leise und dünn.

»Vor einer Woche. Meine Mutter wollte mich nicht weglassen.«

»Natürlich.« Sie konnte sich sehr gut vorstellen, wie glücklich Elisabeth sein musste, ihren Sohn wiederzuhaben.

Zum Glück sagte er nichts von ihrem Streit mit seinen Eltern oder stellte Fragen, warum sie jetzt hier lebte. Er nahm ihre Hand und drückte sie. Emma führte ihn in die warme Wohnung.

Ihre Eltern tischten auf, was ihr Vorratsschrank hergab: gedünstetes Gemüse mit Speck, den Emma von Kurts Schätzen erhandelt hatte, Eier von ihren Hühnern, Brot mit Rübenkraut. Emma wusste, dass es das vorletzte Bohnenglas war und die Brotscheiben streng abgezählt. Aber heute Abend hatten sie Grund zum Feiern.

Nach dem Essen erzählte Christian von seiner Flucht. Wie sein Kamerad Willi Schütte Emma schon im Sommer erzählt hatte, waren die Reste seiner Division auf der Halbinsel Hela in russische Gefangenschaft geraten. Sie seien in einigen Tagesmärschen nach Graudenz in eine alte Festung marschiert und nach ein paar Wochen dort per Bahntransport wieder in die Nähe von Königsberg gekommen, wo sie in den Kasematten eines Festungs-Forts eingepfercht worden seien. Dort mussten sie den ganzen Sommer lang russisches Beutegut – demontierte deutsche Fabriken aus den eroberten

Landesteilen – auf Waggons umladen oder in Scheunen einlagern. Im Herbst sei er dann in ein ostpreußisches Nachbar-Fort verlegt worden und im Winter in einen großen Gutshof mit einem schlossähnlichen Herrenhaus, das abgebrannt sei. Sie mussten im Schweinestall kampieren und im Wald Bäume fällen und auf Feldbahnloren zum nahe gelegenen Sägewerk transportieren. Ihre Verpflegung bestand aus Viehfutter, die Arbeit war hart und gefährlich.

Wenn es ihm beim morgendlichen Zählappell nicht schnell genug ging, schoss der russische Kommandant wild um sich. Irgendwann ging das Gerücht um, dass sie bald in ein Lager nach Russland kämen. Da sei ihm klar gewesen, dass er nicht mitgehen werde, erzählte Christian. Er wusste, dass die Sowjets flüchtende Gefangene sofort erschießen würden, aber er wollte lieber tot sein, als in ein Lager nach Russland zu kommen. Ein paar Tage sammelte er etwas von dem dürftigen Essen, dann wagte er in einer Nacht die Flucht, nachdem der Wachhabende eingenickt war. Was dann folgte, war eine lebensgefährliche Odyssee quer durch Deutschland, nah am Hunger- und Erfrierungstod.

Er wusste nicht mehr, wie lange er unterwegs war und wo überall. Er beschrieb es nur bruchstückhaft, und aus den wenigen Worten schloss Emma, wie sehr er gekämpft haben musste. Aber er habe es geschafft, erzählte Christian stolz. Ein rötlicher Hauch lag auf seinen mageren Wangen, sein fingernagelkurzes Haar glänzte dunkel im Kerzenschein. Emma fühlte sich warm und aufgekratzt durch das ungewöhnlich reichhaltige Essen. Auch ihre Eltern wirkten fröhlich und erleichtert, Mama nötigte Christian immerzu zum Essen, und er griff zu.

»Warst du nicht bei den Panzerfahrern?«, fragte Emmas Bruder Armin, der auf dem Sofa am Tisch neben Christian saß und jedes seiner Worte wie ein trockener Lappen aufgesogen hatte.

»Ich war Panzerkommandant.«

Armin starrte ihn mit großen Augen an. »Dann hattest du auch die Totenköpfe an der Uniform?«, fragte er mit vor Bewunderung heiserer Stimme.

»Genau.«

»Unsere Panzer waren besser als die russischen, nicht? Wir haben die Russen in vielen Panzerschlachten besiegt.«

»Anfangs waren unsere Panther tatsächlich besser als ihre T 34«, bestätigte Christian. »Aber dann kamen sie mit ihren schweren Josef-Stalin-Panzern …« Er brach ab und starrte wortlos in die Kerzenflamme.

Mama gab Armin ein Zeichen, nicht mehr weiterzufragen, und Armin klappte seinen Mund zu. »Möchtest du noch Muckefuck, Christian?«, fragte sie.

Er nickte und ließ sich von ihr seine Tasse neu füllen. Was hatte er nicht alles durchgemacht im Krieg und auf der Flucht! Emma dachte, dass er mit seinen Erlebnissen vermutlich Bücher füllen könnte. Sie hatte aber auch viel zu berichten. Sie würden sich tage- und nächtelang zu erzählen haben.

Christian sah erschöpft aus. Schweigend nippte er am Muckefuck.

Doch Armins Wissbegierde schien noch nicht gestillt zu sein. »Wenn der Müller Aufsicht hat, stellen wir manchmal auf dem Schulhof Panzerduelle nach«, gestand er. »Wir gegen die Russen. Könntest du uns nicht mal was erzählen, Christian?«

Christian antwortete nicht. Er starrte wortlos in die Kerzenflamme. Ein feiner Schweißfilm hatte sich auf seiner Stirn gebildet.

»Hör auf damit, Armin. Der Krieg ist vorbei, und wir wollen nicht mehr darüber reden«, bestimmte Mama. »Wir sind froh, dass wir Christian wiederhaben.«

Sie lächelte und hob ihre Tasse. »Auf deine gesunde Rückkehr.«

Alle taten es ihr nach. Auch Christian hob seine Tasse und trank. Seine Hand zitterte.

Doch Armin war im besten Rüpelalter, ein verwegener Junge an der Schwelle zum Erwachsensein. Als Anführer einer Kinderbande aus dem Viertel, mit der er nachmittags die Ruinen durchstreifte, lebte er ein Leben, das eigenen Gesetzmäßigkeiten unterlag. Durch den Wiederbeginn der Schule hatte sein Leben nun etwas Ordnung bekommen, und er bekam eine kärgliche Mittagsmahlzeit im Henkelmann. Aber die Schularbeiten erledigte er meistens erst, nachdem er abends müde nach Hause gekommen war, und oft genug musste Emma ihm dabei helfen. Er hatte nicht im Mindesten Lust, sein geliebtes Thema aufzugeben.

»Kurt war auch an der Ostfront, in Polen«, fuhr er fort. »Da ist seine ganze Kompanie aufgerieben worden durch russischen Artilleriebeschuss. Die sind von allen Seiten gekommen. Kurt ist aus seinem Schützenloch gekrochen, um den toten MG-Schützen zu ersetzen, und als er wieder zurückkam, hatte es einen Volltreffer in sein Schützenloch gegeben, und sein Kumpel war tot. Das hätte den auch getroffen, wenn der dringeblieben wäre.«

»Armin!« Papa schlug auf den Tisch, sodass die Tassen leise auf den Untertassen klirrten. »Schluss damit!«

»Hat Kurt dir das erzählt?«, wollte Emma wissen.

Armin nickte nur.

Emma warf ihm einen überraschten Blick zu. Ihr hatte Kurt das nicht erzählt.

»Wer ist Kurt?«, fragte Christian.

»Ein junger Mann, unser Untermieter«, erklärte Papa. »Hat hier ein paar Monate gewohnt, bis er nach Hause zurückgegangen ist.«

»Ein Schwarzhändler«, setzte Armin hinzu.

»Sei doch still«, fuhr Emma ihn an.

»Ist aber wahr. Wieso darf ich es nicht sagen?«

Emma fühlte, wie Christian sie von der Seite ansah.

»Ich glaube, wir sollten jetzt ins Bett gehen«, meinte Mama. »Christian ist bestimmt müde. Es war ein langer Tag, nicht?«

Christian nickte, er schien erleichtert zu sein. Weil Emmas Bett zu klein für beide war und damit er es warm hätte, bezogen Emma und ihre Mutter ihm das Sofa in der Küche, und Armin wurde wieder ins Elternschlafzimmer verbannt.

Erleichtert ließ sich Emma in ihr Bett sinken, nachdem sie abgespült hatten. Sie kuschelte sich unter die Decke, starrte auf die Umrisse der Möbel, die sich im Zimmer abzeichneten. Mehr Schnee war gefallen und warf Helligkeit durch die notdürftig mit Papierglas verschlossene Fensteröffnung. Emma sah ihren alten Schreibtisch im milden Licht, das Nachtschränkchen, den Kleiderschrank. Sie musste daran denken, wie sie früher hier auf dem Bett gelegen und an Christian gedacht hatte, nachdem er sie abends nach ihren Auftritten im Kapitolskeller nach Hause begleitet hatte. Sie hatte von ihm geträumt und sich gefragt, wann er sie das erste Mal küssen würde, und später, nachdem es geschehen war, hatte sie reglos vor Freude hier gelegen und dem Geschmack seines Kusses auf ihren Lippen nachgefühlt. Wie glücklich sie damals gewesen war! Es schien ihr eine Ewigkeit her zu sein, zu einem anderen Leben zu gehören. Zu jenem Leben, das sie einmal geführt hatte.

Sie seufzte, während sie durch das Fenster in den grauen Himmel starrte. Sie hörte, wie ihre Eltern nebenan im Schlafzimmer leise miteinander sprachen. Aus der Küche drang kein Laut. Ob Christian schon schlief? Es fiel ihr schwer, es sich einzugestehen, aber sie war froh darüber, dass er nicht hier bei ihr übernachtete. Sie wollte allein sein. Allein mit ihrer Überraschung. Er hatte so viel riskiert und so sehr gekämpft, um wieder hier zu sein. Sie hätte ihm das nicht zugetraut.

Sie hatte geglaubt, er würde auch seine Gefangenschaft hinnehmen wie den Krieg – ein aufrechter Soldat, der sich für sein Land opferte. Es war schlimm für sie im letzten Sommer gewesen, als sie erfahren hatte, dass er in russische Gefangenschaft geraten war. So lange hatte sie sich schon um ihn gesorgt, als er an der Front war, und diese Sorgen hatten ihr zugesetzt, hatten sie im Laufe der Monate ausgehöhlt wie Wasser den Stein. Die Nachricht über seine Gefangenschaft hatte ihre Hoffnung auf seine Rückkehr taumeln lassen. Man wusste, wie schlimm die russischen Lager waren. Eines Nachts hatte sie geträumt, Christian wäre tot. Der Traum war so klar und eindrücklich gewesen, dass sie keinen Zweifel mehr hatte und in ihrem tiefsten Inneren überzeugt war, er würde nicht mehr zurückkommen.

Oder hatte sie sich das nur eingeredet, je mehr sie sich in Kurt verliebte, weil es ihr so gut passte? Emma schauderte, als die Gewissensbisse sie packten. Was war sie nur für ein Mensch? Bei erster Gelegenheit war sie ihrem Mann, der für Deutschland gekämpft hatte, untreu geworden. Während sie sich mit Kurt vergnügt hatte, war Christian quer durch Deutschland geflohen und hatte sein Leben riskiert. Vielleicht hatte sie einen Fehler begangen. Aber Christian musste nichts davon erfahren.

Emma warf sich schlaflos im Bett herum. Sie dachte an Christians letzten Heimaturlaub zurück, im Frühling 1944. Schon damals hatten die vorangegangenen Kriegsmonate wie dicke Wolken zwischen ihnen gehangen, nun lasteten zwei weitere Jahre zwischen ihnen. War das zu viel? Oder wäre es nur eine Frage der Zeit, dass sie wieder zueinanderfänden? Emma dachte an ihren Lieblingsplatz, die Bank auf der Anhöhe oberhalb von Gut Meinersleben, auf der sie mit Christian zuletzt gesessen hatte. Er hatte schweigend mit ihren Fingern gespielt, bevor er sie geküsst hatte. Nachts hatte sie sich an ihn geklammert, ihn nicht mehr loslassen wollen.

Emma versuchte, die Freude von damals wieder zurückzurufen, die Nähe, die Verzweiflung, als er ging. Aber es gelang ihr nicht.

Kapitel 4

Am nächsten Morgen ging sie mit Christian zum Suchdienst des Roten Kreuzes, um ihn zurückzumelden, dann spazierten sie durch die Trümmer der Innenstadt zum Schwarzmarkt an der Frankenwerft. Schnee glitzerte in der Sonne auf den Ruinen, den Schutthaufen und Mauerresten. Ein kalter Wind wehte. Christian kaufte auf dem Schwarzmarkt eine Stange Lucky Strikes und bezahlte mit einem Bündel Geldscheinen. Dann gingen sie zum Rheinufer hinunter, wo er lange stehen blieb und die Reste der eingestürzten Deutzer Hängebrücke betrachtete, die aus dem Wasser ragten. Daneben führte die neue Pfahlbrücke, deren unzählige Pfähle in das Wasser staken, über den Fluss. Christian rauchte schweigend und schüttelte den Kopf. »Meine Güte«, sagte er immer wieder. »Meine Güte.«

»Die Brücke ist im letzten Winter zusammengebrochen«, erklärte Emma. »Es muss plötzlich passiert sein, die Brücke war voll. Kaum jemand hat das überlebt.«

»Furchtbar.« Christian stellte seinen Fuß auf einen Mauerrest und betrachtete schweigend das gegenüberliegende Rheinufer, wo die Ruinen von Deutz lagen. Dann wandte er sich um und musterte die Ruinen der Kölner Altstadt. Immer wieder schüttelte er den Kopf. »Alles so kaputt. Wie kann man hier nur leben?«

Emma zuckte mit den Schultern. »Ach, es geht irgendwie.«

»Irgendwie.« Er betrachtete sie, während er den Rauch aus Mund und Nase gleichzeitig ausblies. Im Tageslicht sah er noch blasser aus, seine Lippen schimmerten blasslila. Nur der Blick aus seinen dunklen Augen war noch derselbe – intensiv und immer so, dass Emma sich fragte, was er gerade dachte. Sie wusste es nie.

»Ihr lebt hier mehr schlecht als recht«, stellte er fest, ohne den Blick von ihr zu wenden. »Man sieht es dir an.«

»Danke«, versetzte sie spitz und starrte zurück. »Du siehst auch nicht gerade gut aus.«

Er lächelte, was ihn auf einmal wieder wie früher aussehen ließ. Er schnippte die Zigarette weg und nahm ihre Hand. »Ich habe nicht gesagt, dass du schlecht aussiehst, Emma«, meinte er, nahm ihre andere Hand und zog sie zu sich heran. »Du bist schön wie immer. Vielleicht nur ein bisschen dünn.«

Sie versank im Sog seines Blickes, sah seine Lippen auf sich zukommen. Ließ es geschehen, dass er sie küsste. Es war wie früher, wie immer. Hart presste er seine Lippen auf ihre. Sein Kuss schmeckte nach Rauch.

»Ich habe deine Nachricht im Schreibtisch gefunden«, sagte er, nachdem er sie losgelassen hatte. »Du hast dich mit meinen Eltern gestritten.«

Sie nickte.

»Sie haben es mir erzählt.« Er hob die Hand und strich mit seinem Wollhandschuh über ihre Wange. »Es gehört der Vergangenheit an. Komm zurück nach Meinersleben, Emma. Hier kannst du nicht leben.« Er deutete auf die Ruinen.

Emma zögerte. Es rührte sie, dass er so sanft und fürsorglich war. Sie wich seinem Blick aus und sah zur neuen Brücke hinüber, über der ein paar Möwen kreischten. Sie überlegte, ob sie ihm sagen sollte, dass sie hier in den letzten Monaten doch recht gut gelebt hatte, nachdem sie den Vorsatz gefasst hatte, nicht mehr nach Gut Meinersleben zurückzukehren. Wenn auch nur von der Hand in den Mund, aber immerhin. Doch sie entschied sich zur Vorsicht.

»Deine Mutter hat mir das Leben sehr schwer gemacht«, sagte sie. »Ich hab's zum Schluss nicht mehr ausgehalten.«

Zu ihrem Erstaunen nickte er. »Ich weiß. Es tut mir leid. Ich habe mit ihr geredet. Sie wird sich raushalten, aus allem, und mein Vater will mir bald die Führung des Hofes überlassen. Du wirst es gut haben bei uns, das verspreche ich dir.«

Emma schnappte nach Luft. Sollte Elisabeth sich tatsächlich so geändert haben? Kaum zu glauben. »Als ich im letzten Sommer noch mal auf eurem Gut war, hat deine Mutter mich vom Hof vertrieben. Sie hat sich auf mich gestürzt wie auf einen Landstreicher.«

»Meine Mutter war völlig außer sich, nachdem sie erfahren hatte, dass ich in russische Gefangenschaft gekommen war. Das war eine furchtbare Zeit für sie. Vater hat gesagt, sie sei nicht mehr sie selbst gewesen. Als ich letzte Woche wiederkam, konnte sie ihr Glück kaum fassen. Sie musste mich unbedingt ein paar Tage aufpäppeln, ehe sie mich nach Köln gelassen hat. Sie wird dir nichts mehr tun, Emma. Ich werde auf dich aufpassen.«

Er hielt ihre Hand und küsste sie kurz auf den Mund. Er hatte ihr immer gern kurze Küsse gegeben – eine kleine, liebevolle Versicherung ihrer Liebe. Sie spürte, wie sich etwas in ihr regte, tief drinnen, als würde sie ein altes schönes Lied hören. Er konnte ja nichts dafür, dass seine Mutter so gemein zu ihr gewesen war. Sie dachte an das auskömmliche Leben, das sie auf dem Gutshof haben würde. Endlich wieder genug zu essen. Schon bei dem Gedanken lief Emma das Wasser im Mund zusammen. Nicht mehr anstehen müssen. Aber dann fielen ihr die Schätze in Kurts Halle wieder ein, die ihnen erst mal das Überleben sichern würden. Und sie musste an Kurt denken.

»Ich mache mit Irma wieder Musik«, erzählte sie. »Wir haben ein Frauen-Duo, treten jeden Freitagabend im Rheinpalast auf. Das möchte ich weitermachen.« Sie wollte nicht mehr ohne ihre Musik leben.

Zu ihrer Überraschung lächelte er. »Deine Eltern haben mir schon davon erzählt. Natürlich kannst du weiter auftreten, ich weiß doch, wie gern du spielst. Unser Verwalter hat oft in Köln zu tun, er könnte dich bringen.«

Ein erstaunliches Angebot, viel mehr, als sie erwartet hatte. Emma schluckte. Wieder musste sie an Kurt denken. »Ich … weiß es noch nicht, Christian. Sei mir bitte nicht böse.«

Er blickte auf seine Hände hinunter, während ein Schatten seine Miene überlief. Er sah aus, als würde er mit sich kämpfen. Dann hob er den Kopf, und Emma bemerkte die Enttäuschung, die sich kurz in seiner Miene abzeichnete, ehe sie sich verflüchtigte und sein Gesichtsausdruck glatt wurde wie immer. »Überleg es dir, Wölfchen«, sagte er lächelnd. »Du bist immer willkommen.«

Er nahm ihre Hand, und sie schlenderten zurück nach Hause. Wölfchen, dachte Emma, während ihr Herz schneller klopfte. So lange hatte sie dieses Wort nicht mehr gehört. Wölfchen war Christians Kosename für sie gewesen, so hatte er sie manchmal genannt, wenn er gut gelaunt gewesen war. Wenn sie in den Tagen nach ihrer Hochzeit morgens kaum aus dem Bett gekommen waren. Auf einmal sah sie sein verschlafenes Gesicht wieder vor sich, den zärtlichen Ausdruck darauf. Sein zerzaustes dunkles Haar. Damals hatte er es noch länger getragen. Seine Lippen waren so weich gewesen.

Könnte es nicht wieder so werden wie damals, wenigstens ein bisschen? Hatte sie zu schnell mit Kurt angebändelt in dem Glauben, Christian wäre tot und Kurt gehörte zu ihrem neuen

Leben? War sie es ihrem Mann nicht schuldig, es wenigstens wieder mit ihm zu versuchen?

Wenn nicht, hätte sie ihr Eheversprechen nicht ernst gemeint, dann wäre es nur ein leeres Versprechen gewesen, das sie ihm früh und vorschnell gegeben hätte. Aber sie hatte es ernst gemeint an jenem herrlichen Sommertag ihrer Hochzeit, Wort für Wort.

Emma öffnete den Mund, um ihr Zögern zu beenden und Christian zu sagen, sie ginge doch mit ihm mit nach Gut Meinersleben. Aber kein Wort kam ihr über die Lippen.

* * *

Wenig später machte sich Christian auf den Rückweg zum Gut. Emma brachte ihn zur Bonner Straße, wo sie sich verabschiedeten. Er sah ernst aus. Fest drückte er ihr die Hände und räusperte sich, als müsste er sich zu den nächsten Worten überwinden. »Wie gesagt, Emma, überleg es dir. Du kannst jederzeit wiederkommen.«

Emma sah in sein blasses, ausgezehrtes Gesicht. In ihm lag ein verschlossener Ausdruck, der neu war. Ihre Ablehnung musste ihn verletzt haben. Emma schluckte, sie fühlte sich schlecht. Sie hob ihren Finger und strich sanft über seine Wange. »Ich überlege es mir, versprochen. Bitte gib mir noch etwas Zeit.«

Er nickte schweigend und sah an ihr vorbei auf die Straße. Sie ließ ihre Hand sinken und steckte sie zurück in die Manteltasche. »Pass auf dich auf.«

Sie sah ihm hinterher, wie er mit seinem kleinen Rucksack die Straße hinunterlief, vorbei an Ruinen und zerschossenen Bäumen, und kämpfte mit ihren widerstreitenden Gefühlen. Er hatte ihr seinen alten Wanderrucksack geschenkt, den sie bisher nur leihweise besessen hatte, damit sie weiter ihr Akkordeon darin transportieren konnte.

Zu Hause empfing ihre Mutter sie schmallippig und schweigend. Die Art, wie sie beim Tischdecken ihre Teller auf die Tischplatte knallte, sprach Bände. Irgendwann hielt sie ihr eigenes Schweigen nicht mehr aus. »Du hast ihn also wirklich gehen lassen«, presste sie mit vor Wut unterdrückter Stimme hervor. »Was denkst du dir eigentlich?«

Emma, die gerade durch die dünne Suppe rührte, hielt inne, legte den Deckel auf den Topf zurück und wandte sich um. »Ich muss es mir noch überlegen, Mama.«

Ihre Mutter starrte sie an, als wäre sie eine Fremde. »Überlegen? Was gibt es denn da zu überlegen?«

Emma runzelte die Stirn. Sie dachte, dass es ihre Mutter nichts anging und sie ihr keine Rechenschaft darüber schuldig wäre, was sie mit ihrem Mann verabredet hatte. Warum mischte sie sich überhaupt ein? Sie behandelte sie immer noch wie ein Kind. Aber da sie noch weiter hier wohnen bleiben wollte, konnte sie ein Zerwürfnis mit ihr nicht riskieren. »Erinnerst du dich nicht mehr, wie Elisabeth mich letzten Sommer behandelt hat?«, fragte sie. »Ich glaube nicht, dass sie inzwischen vom Saulus zum Paulus geworden ist.«

Ihre Mutter musterte sie mit einem finsteren Blick. »Du kannst dir solche ... Befindlichkeiten nicht leisten. Darf ich dich daran erinnern, dass wir hier alle ums Überleben kämpfen? Unsere Wertsachen aus dem Versteck sind alle weg. Wir haben nichts mehr, das wir noch eintauschen könnten. Und von dem wenigen Zugeteilten kann man nicht leben, das weißt du genau. Wir brauchen das Essen vom Gutshof.«

»Mama, ich habe doch die Schätze von Herrn Hüffenberg, damit kommen wir erst mal über die Runden. Papa findet bestimmt bald Arbeit. Außerdem wollen wir mehr Auftritte ...«

»Ich hatte mich so gefreut, dass Christian wieder da ist«, schnitt ihre Mutter ihr das Wort ab. »Was hat der gekämpft, um sich in die Heimat durchzuschlagen. Er wollte zurück zu dir. Und du ... er ist *dein Mann*, Emma!« Sie brach ab, ließ sich auf ihren Küchenstuhl sinken und starrte eine Weile vor sich hin, bis sie die Hände vors Gesicht schlug. »Was sollen wir denn nur machen? Wie soll es weitergehen?«, schluchzte sie.

Emma ging zu ihr und legte ihr die Hand auf die Schulter. »Ich freue mich doch auch, dass Christian wieder da ist. Er war nur so lange weg ... es war so lang ...«

Ihre Mutter hob den Kopf. »Nein, es ist Herr Hüffenberg«, sagte sie mit klarer Stimme. »Du bist mit ihm fremdgegangen.«

»Mama!« Emmas Hand rutschte von der Schulter ihrer Mutter.

Mama winkte ab. »Glaubst du, ich habe nichts gemerkt? Jetzt wartest du darauf, dass er zurückkommt und dich mitnimmt, aber das wird der nicht tun. Solche Männer kommen nie zurück wegen Frauen wie uns. Halt dir lieber den Spatz in der Hand fest, die Taube auf dem Dach kriegst du nie.«

Emma holte tief Luft. »Was meinst du damit, Frauen wie uns?«, fragte sie mit tonloser Stimme.

Ihre Mutter sah sie mit tränenverschleierten Augen an. Ihre Unterlippe zitterte. »Das weißt du genau.«

Emma starrte sie an. »Nein, weiß ich nicht.« Sie hatte schon geahnt, dass ihre Mutter von ihr und Kurt wusste, aber wie konnte sie nur so etwas sagen?

»Was haben wir denn noch? Wir sind arm«, stieß Mama hervor. »So einer wie Herr Hüffenberg, mit dem kann es nie was werden. Der kommt nicht zurück.«

Emma sah auf ihre Mutter hinunter. Eigentlich hätte sie Mitleid mit ihr haben können, aber sie fühlte nur Wut. »Ich lasse mir von niemandem einreden, ich wäre nicht gut genug«, schnappte sie. »Das hat Elisabeth zwei Jahre lang versucht. Sie wollte mir einreden, ich wäre nicht gut genug für ihren Sohn. Es hat nicht geklappt.« Ihre Wut schwappte über, und sie schloss den Mund. Sie wusste, wenn sie jetzt noch ein Wort sagte, könnte ihr etwas nicht Wiedergutzumachendes hinausrutschen. Das wollte sie nicht riskieren. Also verließ sie die Küche und schlug die Tür hinter sich zu.

Den ganzen Nachmittag blieb sie in ihrem Zimmer und ertrug ihren hungrigen Magen, dann ging sie abends zum Rheinpalast.

Es tat gut, sich bei Irma auszuheulen. Nach ihrem gemeinsamen Auftritt saßen sie im Rheinpalast am Tisch, aßen und tranken ein dünnes Gebräu, das entfernt an Kölsch erinnerte. Zwischen ihnen brannte ein mattes Hindenburglicht. »Mama weiß von mir und Kurt«, erzählte Emma. »Sie glaubt nicht, dass er zurückkommt. Sie will, dass ich zu Christian zurückgehe.«

Irma nahm ihr Glas und spülte den Bissen mit einem Schluck hinunter, dann beugte sie sich nach vorn. »Und was möchtest du?«

Emma ließ ihre Gabel sinken und kaute langsam zu Ende. Wenn sie ehrlich war, fürchtete sie immer noch, dass Kurt nicht zurückkäme. Sie hatte insgeheim Angst davor, ihre Mutter könnte recht behalten und Kurt sie nicht mehr wollen. »Er ist jetzt seit drei Wochen weg und hat noch nicht geschrieben.«

»Ach, Briefe können verloren gehen, das ist gar nicht so selten«, meinte Irma. »Im Laden hat mir eine Nachbarin erzählt, sie hätte einen Brief bekommen, der vier Wochen gebraucht hätte, und der wäre noch nicht mal aus einer anderen Zone gekommen.«

Emma starrte auf das Sauerkraut, das vor ihren Augen verschwamm. »Warum kommt er dann nicht mal? Er hat doch den Lkw.«

»Vielleicht hat er zu viel zu tun. Er hat dir geschrieben, und der Brief ist noch nicht da.«

»Aber er hat auch sein Zimmer bei Klara nur noch bis Ende dieses Monats bezahlt. Kommt er bis dahin nicht wieder, vergibt sie es anderweitig, das hat sie mir gesagt.«

»Na prima, also hat er vor, diesen Monat noch zurückzukommen«, versetzte Irma lächelnd.

Emma seufzte. Für Irma schien alles einleuchtend zu sein. Warum wurde sie nur ihr schlechtes Gefühl nicht los? Warum bohrte diese Angst in ihr, dass etwas nicht stimmte? Dazu kam die Reue über das, was sie getan hatte, und ihre Zweifel, ob es richtig war, nicht sofort zu Christian zurückzukehren.

»Vielleicht hat Mama recht und ich sollte wieder zu meinem Mann gehen«, sagte sie resigniert. »Vielleicht war das alles mit Kurt ein großer Fehler.«

»Liebst du Christian denn überhaupt noch?«, fragte Irma.

Emma wich ihrem Blick aus und starrte auf den Teller. Sie wusste nicht, was sie fühlte, außer Verwirrung. »Christian ist so mutig gewesen. Mama sagte, er wollte zurück zu mir. Ich wollte doch auch, dass er wiederkommt. Aber jetzt weiß ich nicht mehr, was ich will.«

Irma legte ihr Besteck auf den Teller und betrachtete sie aufmerksam. »Du hast dir hier inzwischen ein neues Leben aufgebaut, aber entscheiden kannst nur du«, sagte sie. »Nikolai hat uns übrigens für Samstag einen Auftritt verschafft, in Krebenich. Es gibt eine warme Mahlzeit, und wir können den Hut rumgehen lassen. Wir proben Mittwochnachmittag im Rosengarten.«

»Ich komme«, versprach Emma. »Ich weiß, du magst Christian nicht, aber er hat versprochen, mich freitagabends zum Rheinpalast bringen zu lassen, falls ich nach Meinersleben zurückkäme. Er hat nichts gegen meine Auftritte.«

Irma warf ihr einen zweifelnden Blick zu. »Wie steht er zu weiteren Auftritten in den Dörfern? Was wird daraus? Wir wollten doch jetzt so richtig starten.«

Emma putzte den Teller mit der Gabel sauber, so gut es ging, und legte sie dann bedauernd zurück. Es war wieder nicht genug gewesen für ihren großen Hunger, der im Laufe der Monate immer mehr gewachsen war. Es war ein Gefühl, das sich einbrannte, in jede Zelle des Körpers. Das Gefühl, nie genug zu bekommen, ein ständiges Gefühl des Mangels. In ihr lebte ein wachsames Tier, das jeden Essensgeruch witterte, ständig zum Stehlen von Obst und Gemüse bereit war und aufpasste, dass sich zu Hause keiner an den abgezählten Brotscheiben oder gar am Schinken bediente. Das Tier, das immer noch hungrig war, selbst nach der herrlichen Freitagabend-Mahlzeit im Rheinpalast. Gleichzeitig mit dem Tier lebte die Lethargie in ihr, die Müdigkeit, manchmal auch der Stumpfsinn – ein Spiegelbild ihres schmalen Gesichts und der glanzlosen Haare. Sie wusste, sie würde es nicht mehr lange aushalten.

»Vielleicht geht das nicht mit dem neuen Leben«, sagte Emma. »Vielleicht bleibt das immer nur ein Traum.«

»Sagt die, die mich im letzten Jahr noch dazu gebracht hat, wieder mit dem Gitarrespielen anzufangen. Wo ist dein Mut geblieben, Emma?« Irmas dunkle Brauen zogen sich zusammen, was sie sonst nie taten.

Emma schob ihren Teller ein Stück weg. »Ich möchte satt sein, Irma. Endlich wieder satt.«

Irma starrte sie über das funzelige Hindenburglicht hinweg an. Jetzt sah sie wirklich besorgt aus. Aber Emma versprach, zur Probe zu kommen und auch am Samstag zum Auftritt.

Sie spielten an diesem Samstag im Krebenicher Dorfkrug. Ein guter Bekannter von Nikolai, Viko genannt, brachte sie mit seinem klapprigen Wagen dorthin. Auch er sprach mit einem osteuropäischen Akzent, der dem von Nikolai ähnelte, meinte aber, er sei Ukrainer. Emma nahm es hin, sie fragte lieber nicht nach seinem wahren Namen. Sie war froh, dass sie auf der unbequemen Ladefläche Platz nehmen konnte und gefahren wurde.

Das ganze Dorf hatte sich versammelt, um zu trinken und zu feiern. Wer konnte, tanzte bis zur Sperrstunde, wenn die Erschöpfung einen nicht schon vorher zum Aufhören zwang. Aber die meisten Dörfler wirbelten mit einer Fiebrigkeit über die Tanzfläche, als hinge ihr Leben davon ab. Vielleicht war es auch so. Sie wollten die Kriegsjahre mit ihren Gräueln vergessen und die verpasste Zeit nachholen. Sie wollten wieder ausgelassen sein wie früher, vor der Katastrophe. Aber es würde nie wieder so sein, das wussten sie bestimmt. Der Krieg hatte sie alle verändert.

Emma und Irma spielten ihre Tanzmusik vom Rheinpalast-Programm, aber auch Nikolai hatte bereits viele Stücke davon gelernt und begleitete sie. Emmas Akkordeon und seine Geige wechselten sich ab mit der Melodie, und Irma begleitete sie mit der Gitarre. Nikolai spielte hingebungsvoll wie immer, und die Leute liebten es. Seinen wahren Namen verriet er jedoch nicht; für den Wirt war er nur der »Niko«. Niemand fragte, woher er kam.

In den folgenden Wochen, in denen Christian ihr die Zeit gab, die sie sich erbeten hatte, hatten sie noch mehr Auftritte in Dörfern rund um Köln, und jedes Mal waren die Säle brechend voll, und sie spielten sich die Finger wund, aber es kam nicht viel Geld zusammen. Immerhin erhielten sie ihre Mahlzeiten, und die Bauern spendeten ihnen Naturalien, sie bekamen Wurst, Eier, Butter und Speck, manchmal auch Tauschwaren, die die Bauern von den Städtern bekommen hatten. Da sie es durch drei teilen und auch Viko noch etwas abgeben mussten, blieb für jeden nicht viel, und es war im Nu verbraucht.

Der Februar verging, und Emma hörte nichts von Kurt. An einem sonnigen Tag im März machte sie sich wieder auf den Weg zu Kurts Halle, nachdem sie den ersten Schwung seiner Schätze auf dem Schwarzmarkt verkauft hatte. Jeden Tag in den vergangenen Wochen hatte sie darauf gehofft, dass Klara vorbeikäme und ihr einen Brief von Kurt brächte oder dass er selbst zurückkäme, aber vergeblich. Nun war er schon fast acht Wochen fort, und sie hatte nichts von ihm gehört. Christian wartete immer noch auf eine Antwort von ihr, und lange konnte sie ihn nicht mehr hinhalten. Inzwischen hätte auch der langsamste Brief von Kurt eintreffen müssen. Also gab es nur zwei Möglichkeiten: Sein Brief war verloren gegangen oder er hatte nicht geschrieben.

Der kühle Märzwind blies ihr Tränen ins Gesicht, als sie über die Ringstraße zum Güterbahnhof fuhr. Es ließ erst nach, als sie in den Weg mit den Lagerhallen einbog. Sie hielt ihr Rad vor dem großen Tor in der Ziegelsteinmauer an. Als sie das letzte Mal hier gewesen war, hatte Kurt schon auf sie gewartet. Sie sah ihn wieder an der Mauer lehnen mit seinem hellgrauen Mantel und dem Hut. Sah den Blick, mit dem er sie angesehen hatte, sein übernächtigtes Gesicht. Er hatte gewusst, dass er nach Hause zurückgehen würde. War es in Wahrheit ein Abschied für immer gewesen? Hatte er nur nicht den Mut gehabt, ihr ins Gesicht zu sagen, dass er sich von ihr trennen wollte? Hatte er die ganze Zeit nur mit ihr gespielt? Vielleicht war es für ihn doch nur ein Abenteuer gewesen und seine Liebesgeständnisse Lügen – sie war eine seiner Eroberungen gewesen, mit der man sich eine Zeit lang vergnügte, nichts Ernstes, weil sie verheiratet war und somit gebunden. Vielleicht hatte Mama doch recht, und Männer wie er konnten es nicht ernst meinen mit ihr.

Emma wischte sich die Tränen aus den Augenwinkeln und schluckte den dicken Kloß, der in ihrem Hals saß, hinunter. In ihrem Bauch sammelten sich jetzt wieder so viele heruntergeschluckte Tränen. Tränen der Wut und der Angst, wieder verlassen worden zu sein. Trotzdem, weil sie es nicht glauben konnte, dass er sie so abservierte, hatte sie ihm vor zwei Wochen einen Brief geschrieben. Aber auch daraufhin hatte sie nichts gehört.

Sie zog den Schlüssel aus ihrer Manteltasche und schob ihn ins Schloss des verrosteten Tores in der Mauer. Aber sie brauchte nicht aufzuschließen, es stand bereits offen. War Kurt vielleicht doch inzwischen hier gewesen? Aber nein, er hatte ihr seinen Schlüssel gegeben. Oder vielleicht Biernath, sein Mechaniker? Nein, es gab nur einen Schlüssel, soweit sie wusste, und den besaß sie. Es sei denn, Biernath hatte sich heimlich Schlüssel nachgemacht.

Emma stieß das Tor in der Mauer weiter auf und schob ihr Rad hindurch. In den ausgefahrenen Spurrillen der Zufahrt hatte sich Regenwasser gesammelt von den vielen Frühlingsgewittern in der letzten Zeit. Emma zwinkerte gegen den scharfen Wind an. Das Tor zur Halle stand einen Spalt offen. Sie hielt inne und lauschte. Eine Windbö fauchte durch die Luft und fuhr ihr unter Mantel und Rock. Ein Schwarm Vögel jagte aufgescheucht am Himmel. Ferner Baulärm drang vom Rhein, wo die neue Brücke gebaut wurde, zu ihr herüber, sonst nichts. Emma lehnte ihr Rad gegen die Mauer.

Vorsichtig spähte sie durch das offene Tor in die Halle. Der Wind hatte Laub hineingeweht, das in kleinen Haufen auf dem Boden lag. Kälte war in die Halle gedrungen, der Geruch nach Benzin und Reifen hing immer noch in der Luft. Im dämmrigen Innern zeichneten sich dunkle Flecken von Flüssigkeiten auf dem Boden ab und ringförmige Abdrücke dort, wo die Benzinfässer gestanden hatten. Sonst herrschte Leere. Keine Spur mehr von den Fässern, den Geräten und Maschinen. Sogar der alte Küchenschrank und Kurts Regal waren weg. Nur noch der Eisenschrank harrte am Kopfende der Halle wie der letzte

Krieger, den niemand bewegen konnte. Seine Türen klafften auf. Er war zu schwer gewesen, um ihn mitzunehmen.

Emma ging zu ihm, fuhr mit den Fingern über die metallenen Regalbretter, auf denen sich Abdrücke im Staub abzeichneten. Sie war zu spät. Irgendwer hatte sich hier vor ihr bedient und würde die erbeuteten Schätze nun auf den Schwarzmärkten der Stadt verkaufen. Sie fluchte und stieß gegen die Tür des Eisenschranks, die krachend zuschlug und wieder aufsprang. »Verfluchte Kerle!«

Warum hatte sie nicht sofort alles mit nach Hause genommen? Sie hatte geglaubt, die Sachen wären in einem verschlossenen Eisenschrank in einer verschlossenen Halle am Ende der Welt sicher. Aber nichts war heutzutage mehr sicher. Verdammt!

Sie drückte die Tür zu, lehnte sich mit dem Rücken dagegen und rutschte am kalten Metall hinunter in die Hocke, schlug die Hände vors Gesicht und schluchzte. Wovon sollten sie leben? Ihre Lebensmittelvorräte würden in ein paar Tagen aufgebraucht sein. Sie würden nur wieder das haben, was man auf die Lebensmittelkarten bekäme, und das wäre zum Sterben zu viel und zum Leben zu wenig. Die Näherei ihrer Mutter und das Kostgeld, das sie zu Hause abgab, waren die einzigen Einnahmequellen ihrer Eltern. Ihr Vater würde so schnell keine Arbeit finden. Ihre Auftritte reichten nur für sie selbst und das Kostgeld.

Emma hatte das Gefühl, die Not schnürte ihr die Kehle zu. So musste es sein, wenn man nicht mehr atmen konnte. Bisher hatte sie gut schwimmen können, sie hatte sich gegen alles behauptet, war nicht untergegangen. Aber jetzt würde sie es nicht mehr schaffen. Sie wusste es.

Emma weinte. Ihre Schluchzer drangen durch die leere Halle. Warum war ihr Vater nur so träge und alt? Warum konnte er nicht tüchtiger sein, so wie ihr Nachbar Herr Schneider? Die Traurigkeit schien an ihm zu nagen und ihn innerlich auszuhöhlen. Die Traurigkeit, die sich bei ihrer Mutter als Bitterkeit äußerte. Eine Bitterkeit, mit der sie jeden Tag das Pedal ihrer Nähmaschine antrieb. Emma hatte gehofft, von den Schätzen aus Kurts Lager wenigstens noch Stoffe für Mama kaufen zu können, damit sie auch mal was Neues nähen und mehr verdienen konnte. Ihre Eltern taten, was sie konnten. Sie musste ihnen helfen, das war sie ihnen schuldig, schließlich hatten sie sie erzogen und auf eine gute Schule geschickt. Sie musste Armin helfen, der nur auf die Volksschule gehen konnte. Sie konnte nicht zulassen, dass sie alle hungern mussten. Früher oder später, dachte sie, wäre es doch so gekommen, auch ohne den Diebstahl. Früher oder später wären auch die restlichen Schätze aus der Halle verbraucht gewesen und sie hätte an diesem Punkt gestanden. Bei den momentanen Lebensmittelpreisen sicher früher als später, aber sie hätte noch Saatkartoffeln für ihre Gärten kaufen können, was jetzt nicht mehr möglich war. Emma schluchzte.

Nach einer Weile zog sie ein Taschentuch aus ihrer Manteltasche und schnäuzte sich die Nase. Sie starrte in die leere Halle und dachte an den Tag, an dem sie hier am vollen Regal vor Kurt Schuhe anprobiert hatte. Das war eine gefühlte Ewigkeit her. Hatte sie nicht schon von Anfang an ein schlechtes Gefühl gehabt, als Kurt ihr gesagt hatte, er gehe wieder zurück nach Hause? Wahrscheinlich wollte er dortbleiben und nicht mehr zurückkommen. Sicher, ein Brief konnte verloren gehen. Aber dass er sein Zimmer bei Klara nur bis Februar bezahlt hatte und dann nicht mehr zurückgekehrt war, bewies doch, dass er es gar nicht vorgehabt hatte. Er hatte sie wahrscheinlich nur angelogen, um sich selbst und ihr die Trennung einfacher zu machen. Oder er hatte inzwischen eine andere kennengelernt. Wie auch immer – hätte es überhaupt eine gemeinsame Zukunft für sie geben können? Sie hätten ihr Verhältnis vermutlich vor seinen Eltern verheimlichen müssen, weil die es nie gutgeheißen hätten, und ihre Eltern hätten sie bestimmt hinausgeworfen. Wie hätte sie dann leben können? Als Kurts heimliche Geliebte? Sie hatten nie darüber gesprochen, niemals über eine gemeinsame Zukunft geredet. War das nicht ein weiterer Beweis dafür, dass Kurt es nicht ernst gemeint hatte mit ihr? Vielleicht war sie auch nur ein Abenteuer für ihn gewesen wie Christa aus Fürstenfeldbruck. Sie hatte es nur nicht begreifen wollen.

Die Verzweiflung packte Emma wieder und ließ sie erneut in Tränen ausbrechen. Irgendwann ließ ihr Schmerz nach, und eine dumpfe Leere senkte sich auf ihr Gemüt. Sie hob den Kopf. Ein Windstoß kam durch das offen stehende Tor herein und raschelte im Laub, das auf dem Boden lag.

Sie begriff, dass sie sich zu lange vergeblichen Hoffnungen und Träumen hingegeben hatte. Ihre Mutter hatte wohl recht, mit einem reichen Mann wie Kurt könnte es keine gemeinsame Zukunft geben. Sie musste ihre Liebe zu ihm aufgeben. Schließlich war sie verheiratet, Christian war ihr Mann. Sie konnte ihre Ehe nicht einfach wegwerfen. Sie würde zu ihm zurückgehen und ihnen eine Chance geben, die Chance eines neuen Anfangs. Vielleicht würden ihre Gefühle füreinander wieder so werden wie früher, sie brauchten nur Zeit.

Sie dachte an ihn, sah ihn am Rheinufer stehen. Sah sein Gesicht wieder klar vor sich und die Enttäuschung darin, nachdem sie ihm gesagt hatte, sie würde noch nicht mit ihm nach Meinersleben zurückkehren. So lange hatte sie ihn auf eine Antwort warten lassen. Viel zu lange. Aber die Zeit des Wartens wäre nun vorbei.

Kapitel 5

Der Märzwind blies über den kahlen Hof vor dem alten Sortiersaalgebäude. In sein Brausen mischte sich das Geschrei der Kinder, die einen zerschlissenen Lederball vor sich hertrieben. Kurt hielt seinen Hut fest und beobachtete, wie ein Junge den Ball geschickt über die Steine lenkte, gefolgt von einem anderen Jungen, der ihm den Ball abjagen wollte. Sie rannten zum gegnerischen Tor, einem mit Brettern vernagelten großen Fenster im Erdgeschoss des Saals, vor dem ein Mädchen wachte. Der Junge kämpfte sich vor und schoss. Der Ball flog mit solcher Wucht, dass die kleine Torwartin ihm auswich, anstatt ihn zu halten, und krachte mit einem lauten Wumms gegen das verbretterte Fenster. Der Junge hob triumphierend die Faust, seine Mannschaft jubelte.

Herr Palm, Geschäftsführer der Fabrik, der neben Kurt und dem Vorarbeiter auf dem kalten Hof stand, presste seinen Mund zu einem Strich zusammen. Der Vorarbeiter bemerkte das sofort und baute sich auf dem imaginären Fußballfeld zu seiner ganzen beeindruckenden Größe von mindestens ein Meter neunzig auf. »Fort mit euch!«, brüllte er. »Spielt woanders.«

Die Kinder schnappten sich den Ball und rannten weg. Der Wind verschluckte ihre hastigen Schritte und ihre aufgeregten Stimmen.

»Danke, Herr Schröter«, sagte Palm mit säuerlicher Miene und nickte dem Hünen zu. Er berührte mit seiner Hand Kurts Arm. »Nun lassen Sie uns hineingehen, Herr Hüffenberg, hier draußen ist's arg kalt.«

Kurt zwang sich zu einem Lächeln, als er die dürre Hand des alten Mannes durch den Wollstoff seines Mantels spürte. Seit sein Vater kurz vor seinem Verschwinden vor einigen Monaten Herrn Palm damit beauftragt hatte, lenkte dieser als Geschäftsführer die Geschicke der Hüffenberger Werke. Er tat dies überaus korrekt und zuverlässig und mit einem Eifer, dem man seine über siebzig Lebensjahre nicht anmerkte. Aber Kurt wusste, dass die Höflichkeit, mit der Palm ihn stets behandelte, gespielt und seine Freundlichkeit nur vorgeschoben war. In Wahrheit hielt der alte Freund seines Vaters ihn für den verzogenen jüngsten Sohn, der sich nie um die alte Familientradition der Papierherstellung gekümmert und vom Kaufmännischen keine Ahnung hatte; ein bedauernswerter Ersatz für den Verlust des älteren Bruders und ein Fehler, den der alte Hüffenberg begangen hatte, nicht beide Söhne zu möglichen Nachfolgern heranzuziehen. Kurt hatte genügend heimliches Dienstbotengerede in der heimischen Villa mitbekommen, in der er nun wieder wohnte. Sie deckten sich mit dem Eindruck, den er selbst von Palm gewonnen hatte.

Doch er konnte froh sein, dass der alte Mann sich um alles kümmerte. Er selbst hatte wirklich kaum Ahnung von der Führung einer Fabrik, und was er gesehen hatte, hatte bei ihm den schlimmsten Eindruck hinterlassen: Das alte Maschinenhaus, die Bleicherei und der alte Holländersaal waren von Bomben getroffen worden, ebenso das Kalandersaalgebäude. Bis zuletzt hatten sie im Krieg im Auftrag der Reichsstelle Papier Landkarten- und Tarnpapier sowie Kleiderkartons für die Wehrmacht hergestellt. Nun aber lag alles darnieder. Die große Papiermaschine war beschädigt. Mehrere Hundert Tonnen Zellstoff, die kurz vor Kriegsende auf dem Firmengelände versteckt worden waren, hatten die englischen Besatzer bei einer Durchsuchung entdeckt und beschlagnahmt. Immer wenn Kurt das Firmengelände betrat, überkam ihn ein Gefühl der Ausweglosigkeit. Würde die Firma, das Werk seiner Vorfahren väterlicherseits, jemals wiederaufgebaut werden können?

Er mochte es kaum glauben. Allein die Vorstellung der Arbeit, die dafür nötig wäre, erdrückte ihn.

Sie betraten den Sortiersaal. Das dämmrige Innere der alten langen Halle dehnte sich vor ihnen. Nur wenig Licht floss durch einige Fenster, deren Glas noch intakt war, herein. Zwischen die Träger, die die hohe Decke trugen, hatte man Bretterwände gesetzt – Behausungen für die Familien, die hier lebten. Neben der Wärme ihrer menschlichen Ausdünstungen verbreitete ein großer Kanonenofen, dessen Rohr durch ein Fenster hinausführte, ein bisschen Wärme.

»Es ist immer noch zu kalt«, meinte Kurt fröstelnd. »Das kann man kaum aushalten, wenn man hier leben muss. Gibt's nicht mehr zu heizen?«

Herr Palm presste seine dünnen Lippen zusammen, das sichere Zeichen seiner Missbilligung. Sein schmales Gesicht mit der gelblichen Hautfarbe sah ernst aus. »Die Briketts reichen nie. Die von der letzten Lieferung sind auch schon wieder aufgebraucht. Ich habe den Verdacht, die werden unter der Hand verkauft. Mit Verlaub, Herr Hüffenberg, wir sollten eher weniger Briketts beschaffen als mehr.«

Kurt verschränkte die Hände hinter dem Rücken und atmete tief. Sein Blick fiel auf Schröter. Ihm war aufgefallen, dass der Mann bei Palms Worten heftig geschluckt hatte. »Herr Schröter, Sie wohnen hier mit Ihrer Familie, was meinen Sie, warum reichen die Briketts nicht?«

Der Vorarbeiter zögerte. Er faltete seine großen Hände und presste die Finger gegeneinander. Rasch sah er zu Herrn Palm und dann wieder zu ihm, als fragte er sich, wem er seine Loyalität schenken sollte. Dann sagte er: »Die Briketts reichen nicht, weil ständig geheizt werden muss. In der Halle ist es einfach zu kalt.«

Kurt musterte Schröter. Ein aufrichtiger Kerl mit einem großflächigen kantigen Gesicht, ruhig und besonnen. Er mochte ihn. »Wo kommen Sie her, Herr Schröter?«, fragte er.

»Aus Schlesien.«

»Und wo genau?«

Ein Lächeln erhellte das kantige Gesicht. »Aus Gotschsdorf.«

»Ah.«

»Das ist ein kleines Dorf im Riesengebirge, ein Bauerndorf. Meine Eltern besaßen dort einen Hof. Ich war der Drittgeborene, ich hab Schlosser gelernt.«

»Ich weiß«, erwiderte Kurt. Das war der Grund, warum er dafür gesorgt hatte, dass Schröter Vorarbeiter wurde. Ein arbeitsfähiger Mann konnte kaum mit Gold aufgewogen werden, und ein Schlosser bedeutete ein wahres Wunder für sie. Unter den Vertriebenen waren zwar meistens ältere Männer, die zu alt für den Kriegsdienst gewesen waren, aber es gab auch ein paar jüngere Bauern, die man wegen ihrer kriegswichtigen Arbeit in der Landwirtschaft nicht eingezogen hatte. Schröter als Schlosser war somit ein wahrer Glücksfall für sie gewesen. Sie brauchten dringend Männer für den Wiederaufbau, weil kaum einer ihrer ehemaligen Arbeiter bisher wieder aus dem Krieg zurückgekehrt war.

Weil wenige und überwiegend alte Männer besser waren als keine, hatten sie die Vertriebenenfamilien vor Kurzem hier aufgenommen, und der Stadtrat hatte dem nur zu gern zugestimmt, weil niemand sonst sich darum riss, den Familien eine Unterkunft zu geben, und sie hatten dankbare Arbeitskräfte, die fleißig mit anpackten, die Fabrik wiederaufzubauen.

»Ich finde, Herr Schröter, Sie und Ihre Familien müssen es warm haben«, sagte Kurt. »Wenn nicht genug Briketts vorhanden sind, können Sie sich Holz aus unserem Wald holen. Sprechen Sie sich mit der Forstverwaltung ab.«

Schröters eckiges Gesicht leuchtete, er neigte den Kopf nach vorn, als wollte er eine Verbeugung machen. »Vielen Dank, Herr Hüffenberg.«

»Keine Ursache.«

Wieder langte Palm nach seinem Arm. »Wenn Sie einen Augenblick für mich hätten, bitte. Allein.«

Kurt seufzte unauffällig. Um ein Haar hätte er den Arm des Geschäftsführers abgeschüttelt, so sehr hasste er inzwischen diese Geste. Natürlich war Palm nicht mit seiner Entscheidung einverstanden, wie mit fast jeder seiner Entscheidungen und Anregungen in den letzten Wochen. Aber dieses Mal würde Kurt sich durchsetzen.

Palm zog ihn beiseite. »Wenn Sie denen jetzt noch erlauben, das Holz aus Ihrem Wald zu holen, werden Sie bald keinen Wald mehr haben«, raunte er.

»Das ist allein meine Sache. Wir haben die Menschen hierhergeholt, und wir werden ihnen eine menschenwürdige Unterkunft schaffen«, entgegnete Kurt.

Palm presste die dürren Lippen zusammen und streckte seinen Kopf ein wenig vor. »Ich weiß, es war Ihre Idee, die Menschen hierherzuholen, aber nun sehen Sie, was das für Kosten verursacht. Es war ein Fehler. Ich habe immer gesagt, wenn wir die Arbeitskräfte haben wollen, brauchen wir doch nicht gleich die ganzen Familien hier unterzubringen.«

»Sie wissen genau, dass wir auf diese Weise alle bekommen haben. Wären sie über die Stadt und auf die Bauernhöfe verteilt worden, hätten wir nur einen Bruchteil von ihnen. Wer würde dann die Firma wiederaufbauen? Wären wir schon so weit, wie wir jetzt sind?«

Palm räusperte sich. »Ihr Vater gab mir den Auftrag, die Firma zu bewahren. Ich möchte nicht, dass er keinen Wald mehr hat, wenn er wiederkommt.«

»Ein paar Bäume weniger werden dem Wald nicht schaden«, sagte Kurt. »Außerdem ist der Winter so gut wie vorbei.«

Palms gelbliches Gesicht überzog sich mit einem rötlichen Schimmer. Eine Ader klopfte an seinem Hals. »Diese Leute machen uns nur Umstände«, zischte er leise. »Wenn Sie meine Meinung hören wollen, dann sollten wir sie so bald wie möglich wieder loswerden.«

Kurt atmete tief. Dieser alte Sturkopf. Er wusste, dass er Palm dankbar dafür sein sollte, dass er ihn mit seiner Mutter aus dem Gefängnis geholt hatte. Aber er fühlte keine Dankbarkeit mehr, nur Wut. Doch er musste ruhig und höflich bleiben, es würde nur ein schlechtes Bild abgeben, wenn sich der Geschäftsführer und der Firmenerbe vor aller Augen in die Haare bekämen. Er straffte sich und trat einen Schritt näher an Palm heran. »Und dann?«, zischte er mit kalter Stimme. »Wer soll dann hier alles wiederaufbauen?«

Palm wich ein wenig zurück. »Männer von hier«, stieß er leise hervor. »Au… aus dem Umland. Es kommen doch immer mehr zurück.«

Kurt rührte sich nicht. »Davon habe ich leider noch nichts bemerkt, Herr Palm. Aber wenn ich etwas von meinem Vater gelernt habe, dann ist es, eine günstige Gelegenheit zu nutzen, wenn sie sich einem bietet, und diese Leute waren eine günstige Gelegenheit.«

Als Palm nichts erwiderte, setzte er mit ruhigerer Stimme hinzu: »Ich finde, wir sollten jetzt das tun, weshalb wir hier sind: uns ein Bild von der Unterkunft unserer Arbeiterfamilien machen.«

Palm presste die Lippen zusammen. Offenbar war auch ihm klar geworden, dass ein offener Streit zu nichts führen würde. Sie gingen zurück zu Schröter.

»Wenn Sie wollen, kann ich Ihnen die Unterkunft meiner Familie zeigen«, bot er an.

Kurt nickte, und sie folgten Schröter durch den Gang, der durch die Bretterverschläge führte. Ihr Besuch hatte sich offenbar herumgesprochen, denn es herrschte ungewöhnliche Stille. Ein paar Frauen redeten leise miteinander. Ein Baby weinte.

Schröter zog einen Vorhang beiseite, und Kurt und Palm betraten einen winzigen Raum, der als Wohnung diente. Zwei Doppelbetten standen hintereinander an einer Wand, daneben ein Schrank mit zwei Koffern darauf. Über einem kleinen Herd hing Kochgeschirr ordentlich an Haken aufgereiht. Auf einem wuchtigen Esstisch in der Mitte des Raums stand eine Vase mit blühenden Osterglocken. Ob Schröters Jungs die Blumen aus irgendeinem Vorgarten geklaut hatten?, schoss es Kurt durch den Kopf, aber er verfolgte den Gedanken nicht weiter. Schröters Frau, eine dünne Aschblonde von undefinierbarem Alter, begrüßte sie freundlich. »Bitte, setzen Sie sich doch.« Sie deutete auf den Esstisch und seine vier zusammengesuchten Küchenstühle.

Während Palm noch zögerte, zog Kurt einen der Stühle hervor und ließ sich darauf nieder.

»Darf ich Ihnen etwas zu trinken anbieten?«, fragte Frau Schröter.

»Gern.«

Herr Schröter setzte sich neben Herrn Palm. Seine Frau goss ihnen Getreidekaffee, den sie in einer Kanne auf dem Herd warm gehalten hatte, in Tassen und verteilte sie auf dem Tisch, dann setzte sie sich zu ihnen. Kurt nippte an seinem Kaffee und nahm sich zusammen, keine Miene zu verziehen. Das Gebräu schmeckte furchtbar. Sein Blick fiel auf ein Foto an der Bretterwand, das eine Gebirgslandschaft zeigte. »Kommen Sie da her? Ist das das Riesengebirge?«

Frau Schröter strahlte und nickte. »Unsere Heimat. Das Bild zeigt die Schneekoppe, den höchsten Berg.«

»Da kann man im Winter sicher gut Skilaufen, nicht wahr?«

»Oh ja. Da liegt den ganzen Winter über Schnee. In den Schneegruben liegt er noch im Sommer.«

»Die Schneegruben?«

Frau Schröter erhob sich, nahm das Foto ab und zeigte es ihm. »Sehen Sie? Das sind die Schneegruben.« Sie deutete auf ein paar helle Flecke im Gebirge. Kurt betrachtete das Foto. Er fragte sich, ob die Schröters auch ein Haus besessen hätten, in dessen Vorgarten jetzt Osterglocken blühten. »Und Ihre Eltern?«, fragte er mit rauer Stimme.

»Meine Eltern sind leider tot«, sagte Frau Schröter. »Aber meine Schwiegereltern sind nebenan. Wenn Sie möchten, können wir sie ...«

Kurt winkte ab. »Ich wollte nur wissen, ob sie ... alles gut überstanden haben.«

»Die Vertreibung meinen Sie? Na, was soll man da sagen? Es geht ihnen den Umständen entsprechend. Vielen Dank, Herr Hüffenberg.« Sie senkte den Kopf.

Kurt wollte nicht weiter in sie dringen. Palm saß steif am Tisch und starrte in seine Tasse. Man konnte ihm ansehen, wie unwohl er sich fühlte. Doch Kurt fühlte Genugtuung. Er wusste, dass es richtig gewesen war, die Menschen hier unterzubringen. Dafür hatten sie in den letzten Wochen jeden Tag hart gearbeitet. Sie hatten die Bretterwände hier aufgebaut, den Kanonenofen beschafft, Briketts vom Kohlenhändler, Essen und Möbel organisiert. Zum Glück hatte ihnen die Stadtverwaltung sehr geholfen, und auch die Bewohner der Kleinstadt hatten Möbel gespendet. Durch seine guten Beziehungen zu den Bauern in der Umgebung hatte Kurt es geschafft, Kartoffeln zu bekommen und etwas Gemüse. Nun sah er, dass die Arbeit sich gelohnt hatte. Auch wenn er schon viel eher nach Köln hatte zurückkehren wollen. Aber er hatte Emma geschrieben, dass es länger dauern würde, und sie hätte bestimmt Verständnis dafür.

»Ihr Vater ist Bauer, Herr Schröter?«

Der Vorarbeiter nickte.

»Nun, ich könnte einen Bauern gebrauchen, der sich gut mit Landwirtschaft auskennt.«

»Mein Vater hat sein ganzes Leben nichts anderes getan.«

»Gut, dann schicken Sie ihn mir bitte in den nächsten Tagen.«

Schröter nickte und räusperte sich. »Da ist noch etwas, um das ich Sie bitten möchte, Herr Hüffenberg. Nebenan wohnt ein Mädchen aus unserem Dorf, sie ist allein mit ihrer Mutter, ihr Vater ist gefallen. Sie ist gelernte Hausangestellte, war in einem Hotel in Bad Warmbrunn. Hat alles von der Pike auf gelernt. Fleißig und ehrlich ist sie auch. Brauchen Sie nicht bald ein neues Hausmädchen?«

Kurt nippte am Getreidekaffee, um Zeit zum Nachdenken zu gewinnen. Natürlich sorgte Schröter für seine Leute, er versuchte, ihnen Stellungen zu verschaffen, besonders den unverheirateten Frauen und Witwen. Er musste mitbekommen haben, dass ihr Dienstmädchen schwanger geworden war und bald ausfallen würde.

»Nun«, sagte er. »Dann lassen Sie mal sehen. Ist sie hier?«

»Natürlich.« Schröter erhob sich und stapfte aus dem Raum, um wenig später mit der jungen Frau zurückzukommen.

79

Sie wirkte fast noch wie ein Mädchen, schmal und klein, mit dunklen Schatten unter den Augen. Sie trug die Haare zu einem Knoten zusammengesteckt. Ihr Kleid hatte einen altmodischen großen Spitzenkragen über der Strickjacke, ihre Füße steckten in abgetragenen Winterstiefeln.

»Fräulein Gebauer«, stellte Schröter sie vor, und sie machte einen Knicks.

»Ich hörte, Sie hätten in einem Hotel gearbeitet. Wie lange?«, fragte Kurt.

»Vier Jahre. Davon waren drei Jahre Lehrzeit.«

Insgeheim atmete Kurt auf. Sie gehörte nicht zu den Frauen, die sich nicht trauten, ihn anzusehen. Ruhig hielt sie seinem Blick stand. Das gefiel ihm. »Bad Warmbrunn ... das ist doch bestimmt ein Kurort, nicht?«

»Es ist ein Kurort in den Bergen nahe der Kreisstadt.«

Gut, sie antwortete nicht nur einsilbig, sondern in ganzen Sätzen.

»Dann war es ein Kurhotel, in dem Sie arbeiteten?«

»Es ist ein Kurhotel, wir hatten aber auch viele Feriengäste das ganze Jahr über. Es war immer viel zu tun.«

»Was waren Ihre Aufgaben?«

»Alles, was im Hotel anfällt. Ich habe die Zimmer gerichtet, serviert, habe in der Küche und in der Wäscherei ausgeholfen. Ich kann kochen, waschen, bügeln, putzen, Tische decken, kenne mich mit Speisefolgen und Weinen aus.«

»Danke, Fräulein Gebauer.« Kurt musterte die junge Frau nachdenklich. Sie hatte eine angenehme Stimme, war weder keck noch vorlaut, aber auch nicht verschüchtert. Er hatte einen guten Eindruck von ihr. Aber es würde darauf ankommen, ob seine Mutter sie mochte. Sie hatte ihren eigenen Geschmack, was das Personal betraf. Er musste versuchen, sie in Zukunft zu einer vernünftigeren Personalauswahl zu bewegen. Mit dieser Frau könnte er damit anfangen. Er blickte kurz in die Runde und fing den missbilligenden Blick von Palm auf. Das gab den Ausschlag für seine Entscheidung.

»Nun, Fräulein Gebauer, kommen Sie nächste Woche zu uns und stellen Sie sich vor«, sagte er. »Meine Haushälterin wird Ihnen eine Nachricht schicken.«

Die junge Frau strahlte. »Danke, Herr Hüffenberg.«

Schröter begleitete sie hinaus. Herr Palm und er verabschiedeten sich von Frau Schröter und bedankten sich für den Kaffee, dann verließen sie den alten Sortiersaal und gingen über das Fabrikgelände zurück zum Parkplatz. Das missbilligende Schweigen des Geschäftsführers sprach Bände. Aber Kurt ließ sich dadurch nicht beeindrucken. Er blickte Palm hinterher, als er im Verwaltungsgebäude verschwand, nachdem er sich verabschiedet hatte, und dachte nüchtern, dass der Mantel, den er trug, auch schon bessere Tage gesehen hatte. Aber so war es in diesen Zeiten. Man trug abgetragene Schuhe und alte Mäntel, Kleider, die im Krieg modern gewesen waren. Nur den alten Mercedes seines Vaters gab es noch samt Fahrer. Seine Mutter hatte darauf bestanden. Auf keinen Fall, hatte sie gesagt, dürfe ein Hüffenberg seinen Wagen selbst steuern. Was solle die Belegschaft denken?

Kurt ließ sich auf die Rückbank sinken. »Fahren Sie mich nach Hause, Josef«, sagte er zu dem alten Mann hinter dem Steuer, und der nickte nur und ließ den Motor an.

Sie brauchten nicht lange bis zur Villa. Aus dem Fenster sah Kurt die letzten Häuser am Rande des winzigen Dorfes verschwinden, das sie gerade durchquert hatten, ehe sich der Blick auf den Platz öffnete, auf dem ihr Anwesen lag. Diesen Anblick liebte er besonders. Die hohen Buchen am schmiedeeisernen Zaun, dahinter die großzügige Auffahrt. Wenige Wochen hier hatten gereicht, um sich wieder an alles zu gewöhnen. An sein altes Zimmer mit Blick auf den Garten. An den Luxus, sein

Bett jeden Morgen gemacht zu bekommen. An die zwar kargen, aber regelmäßigen Mahlzeiten, die ihnen serviert wurden. An den Nachmittagstee im Wintergarten. Hier war die Zeit stehen geblieben, und man hätte meinen können, es hätte keinen Krieg gegeben, wenn nicht die Arbeiter im Haus gewesen wären, um die Schäden in den Räumen zu beseitigen, die die Besatzer hinterlassen hatten. Sie hatten im letzten Jahr die Villa für einige Wochen beschlagnahmt und ihre Kommandozentrale hier eingerichtet.

Im Empfangsraum roch es nach frischer Farbe. Er war leer, das Parkett zerkratzt, die Holzvertäfelung voller Macken, aber die neu gestrichenen Wände leuchteten in ihren hellen Farben. Nach und nach würde nun jeder Raum im Erdgeschoss, das am meisten gelitten hatte, wiederhergestellt werden. Die beiden alten Männer arbeiteten für die Mahlzeiten, die sie bekamen, und für ein wenig Lohn.

Seine Mutter erwartete Kurt im Essraum, sie saß schon am Tisch. »Na, Mama?« Flüchtig küsste er sie zur Begrüßung auf die Wange, und sie schlang ihre heiße Hand um seine, als wäre er monatelang weggewesen. Das Licht der Mittagssonne fiel durch die hohen Fenster herein und warf helle Streifen auf die weiße Tischdecke. Kurt ließ sich auf seinem angestammten Platz gegenüber seiner Mutter nieder. Er hasste diesen Platz, an dem so viele schlechte Erinnerungen klebten. Nach seiner Rückkehr hatte er versucht, seine Mutter davon zu überzeugen, die Mahlzeiten im Wintergarten einzunehmen. Sie seien doch jetzt nur noch zu zweit, hatte er gesagt. Da würde auch der kleinere Tisch im Wintergarten reichen. Doch sie hatte darauf bestanden, dass alles so bliebe wie bisher. Sie hatte geweint. Immer wieder ihre Tränen. Mit ihnen konnte sie alles erreichen, auch bei ihm, wie er überrascht festgestellt hatte.

Heute trug sie ihr Lieblingskleid, ein dunkelblaues Viskosekleid, das um ihre Hüften schlotterte. Graue Strähnen durchzogen ihre dunkelblonden Haare. »Ich habe vielleicht ein neues Dienstmädchen für uns gefunden, als Ersatz für unsere Anne«, sagte er, als sie ihre dünne Suppe aßen. »Nächste Woche kommt ein Fräulein Gebauer sich vorstellen. Sie macht einen guten Eindruck. Hat in einem Kurhotel gearbeitet. Sie sagt, sie kann alles.«

»Eine von den Schlesiern?«

Er nickte.

Seine Mutter rümpfte die Nase. »Warum? Gibt es nicht genügend Mädchen aus der Umgebung?«

»Schröter sagt, sie ist ehrlich und fleißig. Sie ist mit ihrer Mutter allein hier, der Vater ist gefallen.«

Seine Mutter schüttelte missbilligend den Kopf. »Du mit deinen Vertriebenen.«

Kurt schluckte seinen Bissen hinunter und streckte die Hand aus. Widerwillig strich er seiner Mutter kurz über die erhitzte Haut. »Du hast mich aus dem Gefängnis geholt, damit ich dir helfe. Weil du Angst hattest, Palm wäre zu alt für die große Verantwortung, die Papa ihm aufgebürdet hat. Dann solltest du mir auch ein paar Freiheiten zugestehen, Mama.«

Sie stieß einen ihrer tiefen Seufzer aus, die meistens die Ouvertüre zu einem langen Klagelied bildeten. Doch dieses Mal schwieg sie und starrte an ihm vorbei aus dem Fenster auf einen fernen Punkt. Ihre Augen füllten sich mit Tränen. Kurt unterdrückte einen Seufzer. Er wusste, dass seine Mutter Launen und Stimmungsschwankungen hatte. Aber etwas war heute anders. Er beugte sich nach vorn und musterte sie. »Was ist los?«

Sie ließ ihr Besteck auf den Teller fallen und vergrub ihr Gesicht in den Händen. Leise schluchzte sie.

Sanft legte er seine Hand auf ihren Arm. »Was ist passiert, Mutter?«

Sie ließ die Hände fallen. »Sie haben deinen Vater verhaftet.«

»Wer?«

»Die Amis. Er war doch in Bayern. Sie haben ihn aus dem Haus geholt und in ein Lager gesteckt, schon vor einem Monat. Heute ist ein Brief von ihm gekommen.« Sie schlug sich wieder die Hände vors Gesicht und weinte.

Kurt zog ein Taschentuch aus seiner Tasche und gab es ihr, während er Freude in sich aufsteigen fühlte. Überrascht zog er die Luft ein, als müsste er sich davon überzeugen, dass seine Freude wirklich echt war, schließlich ging es um seinen Vater. Aber richtig, er fühlte Freude – eine schlichte, sanfte Schadenfreude. So sehr hasste er seinen Vater.

Schnell nahm er sich zusammen, er musste seine Gefühle gut vor seiner Mutter verbergen. Er zwang sich, nachzudenken, und versuchte abzuwägen, was die Verhaftung seines Vaters für die Firma und ihn bedeuten könnte. Vielleicht hätte sein Vater nicht fliehen dürfen. Vielleicht wäre es besser gewesen, er wäre geblieben und hätte sich den Besatzern gestellt, anstatt feige vor ihnen wegzulaufen – sein Vater, der sonst immer so viel auf Stärke und Mut gegeben hatte.

»Vielleicht wird er auch in Nürnberg vor Gericht gestellt«, klagte seine Mutter.

»Das glaube ich nicht«, beruhigte sie Kurt, der an die Radioübertragungen von den Nürnberger Prozessen dachte, die so viel Ungeheuerliches zutage gebracht hatten. »Das ist ein Prozess der Amerikaner gegen unsere alte Regierung, ich glaube nicht, dass sie auch gegen Firmeninhaber vorgehen werden.«

Ihre Mutter hob den Kopf, in ihren hellen Augen schwammen Tränen. »Hoffentlich hast du recht«, raunte sie und knetete ihr Taschentuch. Sie tupfte sich die Tränen ab und schnäuzte sich die Nase.

Kurt räusperte sich. Zum Glück schien seine Mutter nicht zu bemerken, dass er seinen eigenen Worten nicht glaubte. Er hielt die Amerikaner für durchaus in der Lage, noch weitere Prozesse anzustrengen, in denen seinem Vater unangenehme

Fragen gestellt werden könnten. Zu verbergen hatte er genug. Die Frage war, was würde aus ihrer Firma werden? Bisher hatten sie noch keine offizielle Erlaubnis zum Weiterführen des Betriebs bekommen, es hatte aber auch kein Verbot gegeben, weshalb sie die Zeit genutzt und mit dem Wiederaufbau begonnen hatten. Würden die Amerikaner ihren Vater in die britische Zone überstellen? Was würden die Briten mit ihm machen? Würde es das erhoffte »Permit« zum Weiterführen des Betriebs dann noch geben?

»Wie geht es ihm?«, zwang Kurt sich zu fragen, nur der Höflichkeit wegen.

»Es ist schrecklich dort«, klagte seine Mutter. »Es gibt Holzbaracken, hundert Leute in einer. Sie haben nur ein Waschbecken für alle und Latrinen auf dem Hof. Wenn da der Typhus ausbricht! Er ist doch schon fünfundsechzig.« Wieder brach sie in Tränen aus.

Kurt drückte ihren Arm und beobachtete die winzigen Staubpartikel, die im Sonnenlicht tanzten. Eine Weile fühlte er sich der Realität entrückt, als wäre dieser Moment nicht wirklich. Als würde er nicht hier sein und sich heimlich freuen, dass sich sein Vater nun in einem Lager befand – weit weg von hier. Er dachte an die mageren Gestalten, die in den letzten Kriegsjahren in der Firma gearbeitet hatten, an die dumpfe Traurigkeit und Mattigkeit in ihren Gesichtern. Er dachte an Hans, seinen Bruder, an den Stolz in der Miene seines Vaters, immer wenn er Hans ansah. Ihn hatte er nie so angesehen. Ihn hatte er stets mit dem Ausdruck eines gewissen Widerwillens betrachtet. Und folgerichtig hatte er sich auch dafür entschieden, Hans zu retten, als der Gauleiter ihn vor die Wahl gestellt hatte, welchen Sohn er für den Kriegsdienst entbehren könne.

Das alles erschien Kurt unwirklich, als er an das Gespräch seines Vaters mit dem Gauleiter zurückdachte, das er damals heimlich belauscht hatte. Die Worte, so leise gesprochen, die

die Wahrheit offenbart hatten. Das, was immer schon zu spüren gewesen war, auch wenn es niemand je offen aussprach. Niemand wollte die Wahrheit sehen. Es war wie bei dem Kaiser, der nackt in ihrer Mitte stand, ohne dass ihn jemand sehen wollte. Als er abends nach dem belauschten Gespräch die Familie zur Rede gestellt hatte, hatte ihm niemand geglaubt und sein Vater hatte alles geleugnet. Er hatte sich dann entschieden, sich freiwillig für den Kriegsdienst zu melden. Seine Mutter hatte ihm das übel genommen. Als es auf den Endkampf zugegangen war, war Hans später doch noch einberufen worden. Was für eine Ironie des Schicksals, dass er nun derjenige war, der vermisst wurde.

Kurt wartete still, bis seine Mutter sich beruhigt hatte. »Er kriegt ein bisschen zu essen«, tröstete sie sich. »Und er kann Vorträge zu allen möglichen Themen hören, das macht er auch.« Sie lächelte durch ihren Tränenschleier hindurch.

»Na siehst du.« Kurt drückte ihr den Arm. Schweigend aß er zu Ende, als sie plötzlich sagte: »Für dich ist auch ein Brief angekommen, liegt oben in deinem Zimmer. Von Frau van Kall.«

Kurt musste sich beherrschen, nicht sofort in Jubel auszubrechen. Er hatte ihren Brief schon lange erwartet. Er konnte kaum abwarten, bis sie die eingemachten Kirschen, die es zum Nachtisch gab, gegessen hatten, dann verabschiedete er sich und ging nach oben. Den letzten Treppenabsatz zum Obergeschoss, wo ihre Schlafzimmer lagen, rannte er hinauf. Er stürzte in sein Zimmer, ging zum Schreibtisch und zerriss das Kuvert mit seinen Fingern. Endlich antwortete Emma auf seinen Brief. Wurde auch Zeit. Es war jetzt schon acht Wochen her, dass er weggegangen war, sie hätte längst auf seinen Brief antworten müssen. Aber auch ihr Brief hatte gut zwei Wochen gebraucht.

Köln, den 2. März 1946

Lieber Kurt,

nun bist Du schon sechs Wochen fort und ich habe noch nichts von Dir gehört. Ich hoffe sehr, dass es Dir gut geht und Du Deiner Mutter helfen kannst, wie Du es Dir vorgenommen hast.

Ich habe mittlerweile die Hälfte von Deinen Sachen verkaufen können, wir haben gut davon gelebt. Bald hole ich Nachschub. Auf dem Markt an der Alteburger Straße haben Irma und ich einen Geiger kennengelernt, er spielt wundervoll. Wir machen jetzt zu dritt Musik. Jede Woche spielen wir in einem anderen Dorf.

Dann ist noch etwas Wichtiges passiert, das ich Dir sagen muss. Christian ist zurückgekommen. Eines Abends stand er plötzlich vor der Tür. Ich war vielleicht überrascht! Er ist aus der Gefangenschaft geflohen. Hätte nie gedacht, dass er so etwas macht. Er hat mich gefragt, ob ich wieder zu ihm komme nach Gut Meinersleben. Mama meint, ich müsste es tun, damit wir hier genug zu essen haben. Ich weiß aber nicht, was ich machen soll. Ich wünschte, Du wärst hier. Gib doch bitte mal ein Lebenszeichen.

Herzliche Grüße
Emma

Kurt ließ den Brief sinken. Sie hatte seinen Brief nicht bekommen.

Wie konnte das nur passieren?

Er sprang auf und lief mit schnellen Schritten durch sein großes Zimmer. Vor den hohen Fenstern wölbte sich ein pastellfarbener Frühlingshimmel mit weiß schimmernden Wolken. Unten im Garten wuchs der Rasen, und die hohen Bäume hinten am Zaun trugen zartgrüne Blätter, aber Kurt hatte keinen Blick für ihre Schönheit. Hätte er doch den Brief nur per Boten geschickt, anstatt sich auf die Post zu verlassen. Wäre er doch nur früher zurückgefahren. Aber es war so viel zu tun gewesen, und außerdem mussten auch sie mit jedem Tropfen Benzin haushalten. Er hatte nicht geglaubt, dass Christian wiederkommen würde. Jedenfalls nicht so schnell. Er hatte gedacht, ihm bliebe mehr Zeit. Verdammt!

Kurt lief auf und ab, fuhr sich mit beiden Händen durch die Haare. Er starrte aus dem Fenster, ohne etwas zu sehen. Er sah den Garten nicht, der unten in der Sonne lag, auch nicht den Tennisplatz dahinter, auf dem nun Unkraut wucherte, und nicht den fernen Waldrand. Er ging zum Schrank und warf ein paar Sachen in die Tasche, zog sich seine Anzugjacke über und lief nach unten.

»Ich muss nach Köln«, sagte er seiner überraschten Mutter und drückte ihr einen flüchtigen Kuss auf die Wange. »Bin bald wieder da.«

Ehe sie etwas erwidern konnte, hatte er das Esszimmer schon wieder verlassen, warf sich seinen Mantel über und ging hinaus. Sein Fahrer hatte den Wagen noch auf der Auffahrt stehen lassen und polierte gerade die Windschutzscheibe.

»Josef, wir müssen zurück zur Firma, tanken und dann nach Köln«, befahl er ihm.

Sein Fahrer nickte nur. »Jawohl, Herr Hüffenberg«, sagte er und ging, um sein Jackett zu holen.

Kapitel 6

Gut Meinersleben, März 1946

Emma strich über den weichen Stoff der Bluse. Feinster dunkelblauer Chiffon, wahrscheinlich Vorkriegsware. Dazu passende stoffbezogene Knöpfe. So etwas hatte sie schon lange nicht mehr gefühlt.

»Könnte dir passen«, sagte Elisabeth.

Emma nahm die Bluse vom Bett und hielt sie sich an.

Elisabeth legte den Kopf ein wenig schräg und musterte sie. »Ist ein bisschen zu weit. Streck mal die Arme aus.«

Emma tat, wie ihr geheißen, und beobachtete mit gemischten Gefühlen, wie ihre Schwiegermutter die Bluse an ihrer Schulter und am Handgelenk festhielt, um die Armlänge abzumessen. »Die Ärmel müssen auch gekürzt werden«, stellte sie fest. »Aber das kriegt deine Mutter bestimmt hin.«

»Ganz sicher.« Emma strich noch einmal über den weichen Stoff. Kaum zu glauben, dass Elisabeth sie in ihr Allerheiligstes mitgenommen hatte – eins der Gästezimmer, das schon lange nicht mehr gebraucht wurde und deshalb von Elisabeth zum Ankleidezimmer umfunktioniert worden war. Unglaubliche

Schätze, die ihr die Städter zum Tausch gegen Lebensmittel gebracht hatten, stapelten sich auf dem Bett: Hosen, Pullover, Mäntel, schwere Vorhangstoffe, Tischdecken und Bettbezüge. An Haken vor dem Schrank hingen Kleider, Blusen und Anzüge. Unter dem Fenster standen mehrere Reihen Schuhe, Sandalen und Stiefel aller Gebrauchsstadien. Mit Borten umwickelte Pappen lagen auf dem kleinen Tisch an der Wand neben einer großen Knopfdose.

Was für ein Paradies wäre dies für ihre Mutter, dachte Emma.

Ihre Schwiegermutter nahm die Viskosebluse und warf sie auf den Stapel zum Ändern. Dort lagen schon zwei Winterröcke aus grauem Wollstoff und dunkelblauem Jersey und ein hellgrauer Mantel.

Elisabeth ging zum Schrank. »Du brauchst noch Sommerkleider. Hier, schau mal.« Sie zog ein schwarzes Taftkleid von der Stange und hielt es sich an. In dem Licht, das durch das Fenster hereinfiel, schimmerten die grauen Strähnen in ihrem dunklen Haar auf. Nicht eine Strähne fiel aus ihrem Knoten. Ihre Gesichtshaut schimmerte fahl. Sie trug einen klobigen Ring mit einem grünen Edelstein, den Emma noch nie zuvor an ihr gesehen hatte. Wahrscheinlich stammte er von einer wohlhabenden Städterin.

»Ich glaube, das Kleid würde eher dir stehen«, sagte sie. Ihre Schwiegermutter wollte sie nach ihrem eigenen Geschmack kleiden. Wahrscheinlich wollte sie aus ihr die kleinere Ausgabe ihrer selbst machen und Christian zeigen, dass sie sich Mühe mit ihr gab, aber Emma hatte ihren eigenen Willen. Sie ging zum Schrank, wühlte in den Kleidern und zog ein weißes, mit zarten Blüten gemustertes Kleid hervor. »Wie findest du das?« Sie hielt es sich an.

Elisabeth rümpfte die Nase. »Zu kindlich. Willst du dich nicht endlich wie eine Frau kleiden? Du bist die junge Herrin von Gut Meinersfeld.«

Emma strich über den feinen Baumwollstoff des Kleides. »Ich finde es nicht zu kindlich. Es steht mir. Wenn es dir recht ist, würde ich es nehmen.« Sie schenkte Elisabeth ein Lächeln, das diese gequält erwiderte, und warf das Kleid auf den Stapel der zu ändernden Sachen. Je mehr ihre Mutter zu ändern hätte, desto besser, denn desto mehr würde sie verdienen. Elisabeth hatte versprochen, ihre Mutter gut zu bezahlen. Mama würde darüber hinaus einen Ballen Fallschirmseide bekommen, aus der sie Hochzeitskleider nähen könnte, sowie Tüll und weißen Perlonstoff. Emma konnte ihr Glück kaum fassen. Auch nicht, dass sie sich heute Mittag wieder hatte satt essen können. Die van Kalls hatten eine Köchin eingestellt, eine alte Frau aus dem Dorf, die aus dem wenigen, was da war, fantasievolle Gerichte zauberte. Gestern hatte es falschen marinierten Hering gegeben, heute Mittag ein Erbsenomelette. Emma fühlte sich immer noch satt, ein Zustand, den sie so lange vermisst hatte. Sie war gerade mal eine Woche hier und hatte sicher schon zugenommen. Ihr Gesicht war etwas fülliger geworden und hatte seine kranke Blässe verloren. Nicht mehr lange, und sie hätte ihre alte Figur wieder.

Auch Elisabeth hatte das zufrieden bemerkt. Am Tag, an dem sie Emma wiedergesehen hatte, hatte sie den Kopf geschüttelt und gemeint, Emma wäre vollkommen vom Fleisch gefallen und müsse dringend wieder aufgepäppelt werden. Sie schien es wirklich ernst zu meinen. Die knappen Portionen aus der Zeit, in der Emma allein bei den van Kalls gelebt hatte, gehörten der Vergangenheit an. Elisabeth achtete genau darauf, dass »ihr junges Paar«, wie sie Christian und Emma jetzt nannte, auch genug aß. Christians Rückkehr schien sie in ihr Gegenteil verwandelt zu haben.

»Du brauchst noch ein festliches Kleid«, sagte sie. »Wir werden bald wieder Gesellschaften haben.« Sie ging zum Bett und schob den Kleiderstapel beiseite, sodass ein heller Vorhangstoff mit Blumen zum Vorschein kam. Emma trat näher heran und strich über die samtigen roten Mohnblüten. Sie verliebte sich sofort in den Stoff.

Was für ein schönes Kleid könnte ihre Mutter ihr daraus nähen! Ein Kleid, das sie vielleicht auch zu ihren Auftritten im Rheinpalast tragen könnte. Sie nickte begeistert.

Ihre Schwiegermutter verzog keine Miene. »Du kannst die Sachen am Freitag mit nach Köln nehmen«, bot sie an. »Ich habe ebenfalls noch ein Kleid, das geändert werden muss.«

Emma freute sich. Obwohl sie der Wandlung ihrer Schwiegermutter immer noch misstraute, war sie dankbar für die vielen Annehmlichkeiten hier auf Gut Meinersfeld. Nicht nur, dass sie jetzt satt wurde, neue Kleider bekam und Marie ihr ein Bad eingelassen hatte, sie brauchte auch nicht mehr viel zu tun. Es gab genügend Leute aus den Dörfern der Umgebung, die für Mahlzeiten und wenig Lohn bei ihnen arbeiteten. Außer der neuen Köchin gab es neben Marie noch ein zweites Mädchen, das sich um ihre Zimmer und die Wäsche kümmerte und in der Küche half. Es gab ein paar alte Männer, die dem Verwalter zur Hand gingen. Bald, so hofften Robert und Elisabeth, würden sich auch wieder genügend junge Männer, vielleicht Wanderarbeiter, für die Feldarbeit finden. Christian und sein Vater konnten sich ganz auf die Buchführung und die Beaufsichtigung der Arbeiten konzentrieren. Manchmal unternahmen sie lange Spaziergänge über die Felder und in den Wald, oder sie verbrachten Stunden in der Scheune. Was sie dort taten oder besprachen, wusste Emma nicht. Christian verlor nie ein Wort darüber.

Elisabeth beaufsichtigte die Arbeiten im Haus, und Emma hatte nicht viel mehr zu tun, als sie dabei zu begleiten und sich ihre Belehrungen anzuhören. Sie hatte eine Weile gebraucht, um sich an den Müßiggang zu gewöhnen. Nicht mehr stundenlang im Laden anstehen zu müssen, Wäsche waschen und bügeln, putzen oder Betten beziehen zu müssen. Sie durfte essen, ohne vorher kochen zu müssen. Was für ein Luxus.

Emma genoss ihn, las stundenlang ihre alten Bücher, spielte in der Scheune Akkordeon oder ging spazieren. Manchmal begleitete sie Christian. Dann ergriff er ihre Hand, und sie gingen schweigend nebeneinanderher. Aber er küsste sie nicht mehr, und Emma fragte sich, während sie seine kalte Hand hielt, ob er vielleicht noch gekränkt war, weil sie nicht sofort nach Gut Meinersleben zurückgekehrt war. Sie wagte es nicht, ihn danach zu fragen.

Die kleinen Botengänge, die sie manchmal für die van Kalls erledigen musste, bedeuteten eine willkommene Abwechslung für sie. Wie auch heute wieder. Elisabeth gab ihr nachmittags ein in Packpapier eingewickeltes Päckchen, das sie zum alten Uhrmacher im Nachbardorf bringen sollte, dazu ein Säckchen Kartoffeln und einen Kanten Speck.

Der alte Mann schien sie schon zu erwarten, als sie seinen dunklen Laden betrat. Die Tür schlug gegen ein Glöckchen, das sie scheppernd ankündigte. Der Uhrmacher legte sein Monokel weg und hob den Kopf. »Ah, Frau van Kall. Sie sind spät heute.«

»Guten Tag, Herr Schmidt.« Sie holte Elisabeths Päckchen aus dem Rucksack und schob es ihm über die Ladentheke. Er nahm es und verschwand in einem Hinterzimmer. Während sie auf ihn wartete, betrachtete Emma die tickenden Kuckucksuhren an der Wand und fragte sich, was diese wohl auf den Kölner Schwarzmärkten einbringen würden. Der Uhrmacher kam wieder und gab ihr ein kleines Päckchen. »Ich hoffe, es gefällt«, sagte er. »Wenn nicht, kann Frau van Kall es gern umtauschen.«

Emma nahm das kleine Päckchen, verstaute es in ihrem Rucksack und gab dem Uhrmacher die Lebensmittel. Er nahm sie hastig und ließ sie unter der Theke verschwinden. »Richten Sie bitte Frau von Kall meinen Dank und viele Grüße aus«, sagte er lächelnd. »Bis nächste Woche zur üblichen Zeit.«

»Danke, Herr Schmidt.« Emma verabschiedete sich. Sie fragte sich, was wohl in dem Päckchen wäre, als sie den Laden verließ. Wieder ein neuer Ring für Elisabeth oder diesmal eine Kette?

Sie ließ sich Zeit mit dem Rückweg. Die Sonne schien warm auf sie herab und die Vögel zwitscherten, als sie den Weg an der Landstraße zum Gut entlangschlenderte. Die Wiesen glänzten in der Sonne, und auf den Feldern lag ein grüner Schimmer. Emmas Stimmung hob sich. Am Freitag würde sie ihre Eltern besuchen und ihnen Saatkartoffeln, Gemüse, Speck und vielleicht sogar Würste mitbringen können. Mama würde sich über die vielen Kleider zum Ändern, die Fallschirmseide und die Aussicht auf Entlohnung freuen.

Emma bog in die Lindenallee ein, die zum Gutshof führte, und sah unter den Bäumen eine große schwarze Limousine älterer Bauart parken. Sie hatte sie fast erreicht, als sie zu ihrer Überraschung den alten Chauffeur bemerkte, der ausstieg und die hintere Wagentür öffnete. Sie hielt inne, sah, wie Kurt aus dem Wagen stieg und seinem Fahrer zunickte, der hinter ihm die Tür schloss. Eine Weile blieb er stehen und blickte sich um, dann entdeckte er sie. Ein leichtes, überraschtes Zucken überflog seine Miene, ehe es sich wieder verflüchtigte. Er hob den Kopf und sah sie an, während er langsam auf sie zukam. Er sah noch genauso aus wie an dem Tag, an dem sie ihn das letzte Mal gesehen hatte – blass, ein wenig übernächtigt. Aber sein Gesicht wirkte voller, was ihm sehr gut stand.

Emma spürte, wie ihr Herzschlag sich beschleunigte. Ein paar wirre Gedanken schossen ihr durch den Kopf. Sie atmete tief.

»Du siehst gut aus, Emma«, sagte er, als hätte er dasselbe gedacht wie sie gerade.

»Ich bekomme hier genug zu essen«, hörte sie sich sagen. Es erschien ihr unwirklich, dass er hier war. Irgendwie gehörte er nicht hierher. Sie blickte sich unauffällig um, ob jemand in der Nähe wäre. Aber es war nichts zu hören außer dem Rascheln des Windes in den Lindenblättern.

»Was machst du hier?«, fragte sie.

»Ich muss mit dir reden.«

»Nicht hier.« Sie wandte sich um und ging mit großen Schritten die Allee hinunter zur Straße. Kurt folgte ihr und holte sie ein. »Emma, warte doch! Lass uns reden.«

Sie presste die Lippen fest zusammen. Unten an der Straße machte sie Halt und wandte sich zu ihm um. »Ah, jetzt auf einmal? Nachdem ich Wochen nichts von dir gehört habe?« Ihre scharfe Stimme durchschnitt die Luft.

»Ich habe dir doch geschrieben, nicht lange nach meiner Ankunft. Der Brief muss verloren gegangen sein«, erwiderte er.

Sie machte ein ärgerliches Geräusch und bog in die Straße ein. »Es war keine gute Idee, sich auf die Post zu verlassen. Warum bist du nicht eher vorbeigekommen? Du hast doch ein anderes Auto, und sogar ein richtig großes.« Sie deutete vage zur Allee zurück, wo der Mercedes parkte.

Kurt schien den bitteren Ton in ihrer Stimme zu überhören. »Es tut mir leid. Es war zu viel zu tun in der Firma. Du kannst dir gar nicht vorstellen, was wir alles machen mussten. Die Fabrik ist zerstört, wir haben viele Vertriebene aufgenommen. Sie wohnen jetzt im alten Sortiersaal. Die Männer können uns helfen, das Werk wieder aufzubauen.«

»Du hattest also zu viel zu tun«, sagte Emma. »Ich habe wochenlang auf eine Nachricht von dir gewartet. Kannst du dir vorstellen, wie es war, nichts von dir zu hören? Nicht zu wissen, wie es dir geht? Ich habe genug davon.«

»Es tut mir leid«, wiederholte Kurt. »Ich hätte doch nie damit gerechnet, dass dein Mann zurückkommt. Als ich deinen Brief bekam, bin ich sofort losgefahren. Ich hoffe, es ist noch nicht zu spät.«

Sie holte tief Luft. »Wie du siehst, bin ich zu ihm zurückgegangen.«

»Ich weiß«, sagte er. »Deine Eltern haben es mir gesagt, denn dort war ich natürlich zuerst.«

Er blieb stehen und blickte kurz zum Feld hinauf. Dann sah er wieder zu ihr und betrachtete sie lange. Er nahm ihre Hände. »Vielleicht überlegst du es dir noch mal.« Sein eindringlicher Blick durchfuhr Emma. Sie wich ihm aus und sah stattdessen auf seine kalten Hände hinunter. »Ich habe mich entschieden, unserer Ehe eine Chance zu geben«, hörte sie sich sagen. »Wir sind uns zwar fremd geworden, aber ich glaube, wir können uns wieder aneinander gewöhnen. Es tut mir leid, Kurt.« Sie lauschte ihrer eigenen, fremden, ein wenig förmlichen Stimme nach. War sie es wirklich, die diese Worte sprach?

Kurt hörte auf, mit den Daumen über ihre Handrücken zu streichen, und ließ sie los. »Warum?« Sein Blick ritzte sich in ihr Herz. Sie wollte schreien, stattdessen presste sie die Lippen zusammen und schwieg.

»Warum hast du nicht erst mit mir geredet? Warum hast du mir keine Chance gegeben? Ich dachte, du liebst mich. Dann kommt dein Mann zurück, und du gehst wieder zu ihm, als wäre nichts gewesen. Als hätte es alles, was zwischen uns war, nicht gegeben. Ich verstehe es nicht. Erkläre es mir, Emma.«

Sie fühlte Tränen aufsteigen. »Du hättest nicht weggehen sollen«, stieß sie hervor. »Nach all den Wochen … Es kam kein Brief, und Klara meinte, du hättest die Zimmermiete nur bis Ende Februar bezahlt. Als es dann März wurde und du immer noch nicht zurückgekommen warst, dachte ich … Ich dachte, du wolltest mich vergessen. Ich dachte, ich wäre für dich nur ein Abenteuer gewesen. Dann kam Christian wieder, und er …« Sie brach ab, weil sie nicht mehr wusste, was sie sagen sollte.

»Ich wollte dich, Emma«, sagte Kurt. »Du hast es nur nicht verstanden. Du hast mir nicht vertraut.« Seine Stimme klang enttäuscht.

Emma wich ein wenig zurück. Sie fühlte, wie sie schwach wurde, und spürte den Wunsch aufsteigen, sich aus alter Gewohnheit in seine Arme zu werfen. Aber was wäre dann? »Wir haben nie über unsere Zukunft gesprochen«, sagte sie leise. »Was hast du gedacht, wie es weiterginge, wenn Christian wieder hier wäre? Wie sollte es dann mit uns weitergehen?«

Er antwortete nicht, sondern starrte sie nur an. Das war für sie die Bestätigung, dass er darüber noch nicht nachgedacht hatte. Konnte er es dann jemals ernst mit ihr gemeint haben?

»Siehst du«, versetzte sie. »Du weißt es nicht. Christian … ist mein Mann, er hat es verdient, dass ich unserer Ehe noch eine Chance gebe.«

Kurt starrte sie an. »Dann war also alles nur ein Spiel für dich? Ich war ein Spiel für dich?«

»Nein, so war es nicht. Wir sind Freunde, du warst …«

»Dann sag, dass du mich nicht mehr liebst.« Kurt klang wütend und enttäuscht. Sein Kinn zitterte.

Emma schluckte. Etwas schmerzte tief in ihr. Sie versuchte, ruhig zu atmen, um den Schmerz zu überwinden. Jahrelang hatte sie sich nach Christians Rückkehr gesehnt, nach einem normalen Leben, wenn der Krieg erst vorbei wäre. Sie hatte sich nach einer Familie gesehnt, nach Kindern, danach, Musik zu machen. Alles das könnte sie nun endlich haben, hier, auf Gut Meinersfeld. Das war ihr in den letzten Tagen klar geworden. Hatten sich ihre Gefühle für Kurt nicht schon in den letzten Wochen abgekühlt, als sie nichts von ihm gehört hatte? Sie würde sie ganz überwinden und ihn vergessen können, wenn sie ihn erst nicht mehr sähe. Sie musste nur dieses Gespräch durchhalten, ohne ihm nachzugeben. Sie musste durchhalten. Sie presste ihre Lippen zusammen und erwiderte nichts.

»Also hast du nichts dazu zu sagen?«, fragte er.

Sie seufzte in sich hinein. Warum musste er es ihr so schwer machen? Der Schmerz schnitt in ihr, schnürte ihr die Kehle zu. Nur nicht in Tränen ausbrechen. »Wenn du verheiratet wärst, würdest du deiner Frau nicht auch die Treue halten?«, brachte sie hervor. »Hat mein Mann nicht das Recht, dass ich zu ihm halte? Was wäre sonst das Treueversprechen wert, das ich ihm vor dem Altar gegeben habe?«

»Das hast du schon vor langer Zeit gebrochen«, sagte Kurt mit kalter Stimme. Er sah enttäuscht aus.

»Du weißt, was ich meine«, erwiderte Emma. »Du würdest deine Frau auch nicht meinetwegen verlassen.«

»Woher willst du das wissen?« Er hob den Kopf und kniff die Augen zusammen.

Sie erwiderte nichts.

»Also haben ein paar Wochen ausgereicht, um deine Meinung zu ändern«, stellte er mit rauer Stimme fest. »Das ging aber schnell. Aber vielleicht haben dich auch deine Eltern davon überzeugt, zu ihm zurückzugehen. Wegen all diesem hier, nicht?« Er machte eine ausladende Handbewegung zu den Feldern hinauf, hinter denen Gut Meinersleben lag. »Damit du ihnen hilfst.«

»Lass meine Eltern da raus«, sagte sie nur.

»Habe ich dir nicht genug hinterlassen? Hat es nicht gereicht?« Seine Stimme hatte einen ungewohnt bitteren Klang.

»Jemand hat die Halle geplündert«, sagte Emma. »Sie haben alles mitgenommen. Es war nichts mehr da, als ich das letzte Mal kam.«

»Ich verstehe. Ich habe mich in dir getäuscht, Emma«, sagte er mit kalter Stimme. »Du gehst wohl immer zu dem, der die besser gefüllten Fleischtöpfe hat.«

Dieser Satz traf sie wie ein Schlag ins Gesicht. Ihr war, als spräche sie mit einem Fremden. Als wäre ihr Kurt, den sie in den letzten Monaten kennengelernt hatte, verschwunden und hätte diesem ungerechten, sarkastischen Mann Platz gemacht. »Das ist gemein«, rief sie. »Du müsstest mich besser kennen. Du weißt doch, wie schlecht es meiner Familie geht.«

Er trat einen Schritt näher. »Du sagst mir, das wäre gemein? Denk mal über dein eigenes Verhalten nach.«

Als sie nichts erwiderte, seufzte er, nahm seinen Hut ab und fuhr sich mit der Hand durch die Haare. Er schüttelte den Kopf. »Dann war es das also.« Er betrachtete sie lange, dann setzte er den Hut wieder auf. »Leb wohl, Emma.« Er wandte sich um.

Sie blieb stehen und beobachtete, wie er mit energischen Schritten den Weg zurück zur Lindenallee ging. Dann sah sie seinen hellgrauen Mantel zwischen den Baumstämmen auftauchen, als er zum Auto ging. Sie hörte, wie der Motor der Limousine angelassen wurde, und sah, wie der Wagen ein Stück die Allee hinauffuhr, um dann in der Einfahrt zum alten Bauernhof zu wenden. Wenig später kam er aus der Allee heraus, bog in die Landstraße ein und fuhr Richtung Köln davon. Emma starrte ihm hinterher. Eine Weile hoffte sie, der Wagen würde wenden und wieder zu ihr zurückkehren. Stattdessen sah sie ihn in der Ferne immer kleiner werden und verschwinden.

Langsam setzte Emma einen Fuß vor den anderen. Sie fühlte sich wie betäubt. In der Allee lehnte sie sich an einen Baumstamm und starrte auf das Feld, das vor ihren Augen verschwamm. Ihr neues Leben, nach dem sie sich im Krieg so sehr gesehnt hatte – warum musste man dafür solche Opfer bringen?

Ihre Wut auf Kurt verflog, und ihre Worte von eben taten ihr leid. Es war ihm also doch ernster mit ihr gewesen, als sie geglaubt hatte. Wenn er ihr geschrieben hatte, und der Brief war durch ein Versehen nicht angekommen, trug er keine

Schuld daran, dass sie wochenlang nichts von ihm gehört hatte. Er hatte auf ihren Antwortbrief gewartet.

Tränen liefen Emma die Wangen herab. Sie zog ein Taschentuch hervor und wischte sie sich ab. Er hätte dennoch früher zurückkommen können. Und sie wollte nicht als seine heimliche Geliebte leben, sie hatte sich für Christian entschieden, für ihre Ehe.

Emma seufzte tief. Sie wartete, bis ihre Tränen getrocknet waren, und ließ ihr verweintes Gesicht vom Wind kühlen, dann ging sie mit schweren Schritten die Allee zum Gutshof hinauf. Zu ihrer Überraschung war Christian im Hof. Er wartete bei dem Knecht, einem alten Mann aus dem Dorf, und beobachtete, wie dieser den Reifen an Emmas Fahrrad reparierte. »Wo kommst du her?«, fragte er und streifte sie mit einem flüchtigen Blick.

»Ich war bei Herrn Schmidt.«

»So lange?« Christian wandte sich von ihrem Fahrrad ab und ging ein paar Schritte weiter zur Scheune, wo niemand war. Emma folgte ihm.

»Ach, ich habe noch einen Schlenker gemacht.«

Christian runzelte die Stirn. »Ich habe einen Mercedes in unserer Auffahrt gesehen. Parkte ziemlich lange da. Weißt du, wer das war?«

»Einen Mercedes? Keine Ahnung.« Emma versuchte, ihre Stimme harmlos und überrascht klingen zu lassen. »Ich habe nichts gesehen«, log sie und hoffte, ihm würde nicht auffallen, dass sie geweint hatte.

Doch er schien nichts zu merken. Er legte seine Hand auf ihren Arm und sah sie mit einem besorgten Blick aus seinen dunklen Augen an. »Tu mir einen Gefallen und mach keine Umwege mehr. Ich habe mir Sorgen gemacht. Es ist einfach zu viel Gesindel unterwegs.«

»Ich pass schon auf mich auf«, beruhigte ihn Emma.

»Das sagst du so. Bevor etwas passiert.«

Emma lächelte und gab ihm einen kurzen Kuss auf den Mund. »Es wird mir nichts passieren«, versprach sie. Sie konnte Christian verstehen. Der Krieg hatte ihn übermäßig besorgt und misstrauisch werden lassen. Er würde sich wieder ändern müssen. Mit Liebe und Geduld würde sie ihm seine Zweifel und Ängste bestimmt nehmen können.

In den nächsten Tagen bemühte sich Emma, sich ihre Traurigkeit nicht anmerken zu lassen. Sie würde schon weggehen, tröstete sie sich, es wäre nur eine Frage der Zeit. Um sich selbst aufzuheitern, zog sie sich eines Abends zum Essen das dunkelgrüne Samtkleid an, ein Geschenk Elisabeths, das ihr sofort gepasst hatte. Es musste von einer Frau stammen, die die gleiche Figur wie sie hatte. Sie steckte sich die langen Haare zu einem Knoten am Hinterkopf auf, nahm Lippenstift, den sie von Elisabeth bekommen hatte.

Christian und seine Eltern saßen schon am Tisch, als sie den Essraum betrat. Er sprang auf und rückte ihr den Stuhl zurecht, ehe sie sich darauf niederließ, dann setzte er sich wieder hin. Sein Blick glitt über ihre Figur. »Du siehst fantastisch aus«, murmelte er.

Emma lächelte. Sie fassten sich für das Tischgebet an den Händen. Elisabeth schloss die Augen, wie immer, wenn sie die Worte sprach, ein zufriedener Ausdruck lag auf ihrem Gesicht.

Im Kamin brannte ein Feuer. Durch die Fenster, die wieder mit Glas verschlossen waren, floss das letzte Licht des Tages herein und fiel auf die neuen Möbel. Die Louis-quinze-Kommode, die die Plünderer zerhackt hatten, war durch eine andere, schlichtere ersetzt worden. Eine Lampe mit drei Kristallgläsern baumelte von der Decke herab, silbernes Besteck und Porzellan mit einem zarten Blütenmuster schimmerten im Schein der Kerzen auf, die

Marie entzündete. Emma wunderte sich, dass ein Jahr hungernde Stadtbevölkerung ausgereicht hatte, um den van Kalls einen solchen Reichtum zu bescheren.

»Julius hat dein Fahrrad wieder hingekriegt«, sagte Christian, als Marie ihnen die Teller mit dampfender Brühe füllte.

Emma lächelte. »Mama wird sich freuen, wenn ich ihr das Rad wiederbringe.«

»Du brauchst am Freitag nicht mit dem Fahrrad nach Köln zu fahren«, meinte Christian. »Ich habe unseren Verwalter gebeten, dich zu bringen.«

»Wie du willst.« Emma wäre es zwar lieber gewesen, sie hätte bei ihren Eltern übernachten können, um in Ruhe mit Irma für ihren Auftritt zu proben und ein paar zwanglose Stunden mit ihr und Nikolai verbringen zu können, aber so musste sie sich wenigstens nicht kilometerweit abstrampeln.

»Er wird dich nach dem Mittagessen bringen.«

»Schön, dann habe ich noch Zeit, um meine Eltern zu besuchen. Ich muss meiner Mutter doch die Stoffe bringen.«

»Natürlich.«

Emma drückte Christian den Arm. Er quittierte es mit einem Lächeln. Auch er hatte wieder zugenommen, sein Gesicht hatte das Ausgezehrte verloren, aber auch das Weiche von früher – es war ein scharfkantiges Männergesicht geworden, aus dem alles Jungenhafte verschwunden war. Immer mehr erinnerte es an das seines Vaters.

Robert erhob sein Weinglas. »Trinken wir darauf, dass wir alle wieder gesund zusammen sind. Das haben wir auch Emma zu verdanken, die uns vor den Plünderern bewahrt hat. Auf Emma!«, rief er.

Alle hoben ihre Gläser, die Marie gerade mit einem dunkelroten Burgunder gefüllt hatte, und stießen an.

Emma lächelte geschmeichelt und trank mit roten Wangen. Sie fragte sich, warum Robert gerade jetzt zur Sprache brachte, dass sie ihren Schwiegereltern nach Kriegsende das Leben gerettet hatte. Sie hatte Pjotr, den Anführer der Fremdarbeiter, davon abgehalten, sich auf sie zu stürzen.

Bisher war das in den Trinksprüchen ihres Schwiegervaters noch nie zur Sprache gekommen; sie hatten auf Christians Rückkehr angestoßen, darauf, dass sie alle wieder zusammen waren, auf die Gesundheit allgemein, auf den Frieden. Jetzt auf Emma. Ihre Schwiegereltern erinnerten sich endlich auch an das Gute, das sie getan hatte. Christian streckte die Hand aus und drückte Emmas Hand, hielt sie fest. Eine Weile herrschte Schweigen.

»Weißt du was? Ich werde dich am Freitag nach Köln bringen, Emma«, bot Robert an. »Dann muss unser Verwalter nicht seine wertvolle Zeit opfern. Ich habe sowieso noch etwas im Rheinpalast zu tun.«

Emma fragte sich, was ihr Schwiegervater im Rheinpalast zu erledigen hätte, wagte es aber nicht, danach zu fragen. Vielleicht wäre es besser, er brächte sie, dann würde er sehen, wie ärmlich es in der Wohnung ihrer Eltern aussah. Vielleicht würde das seine Hilfsbereitschaft verstärken. »Meine Eltern werden sich freuen, dich wiederzusehen«, beeilte sie sich zu sagen.

Ihr Schwiegervater nickte ihr zu, während Marie ihre Suppenteller abräumte. Emma fragte sich, was es wohl danach geben würde. Zu ihrer Freude trugen Marie und das neue Mädchen Schüsseln mit Kartoffeln, Quark und Gemüse herein. Emma füllte sich den Teller und aß, bis sie satt war. Zäh floss ihr Tischgespräch dahin und wurde immer wieder durch langes Schweigen unterbrochen. Elisabeths ganze Aufmerksamkeit galt ihrem Sohn. Sie ermahnte ihn zum Essen und hing an seinen Lippen, wenn er mal sein Schweigen brach und etwas sagte.

Christians begehrliche Blicke aber streiften immer wieder Emma, sie glitten über ihre Figur, ihren Mund, ihren Ausschnitt. Das neue Samtkleid verfehlte seine Wirkung nicht. Nach dem Nachtisch nahm Christian ihre Hand, als sie ins Wohnzimmer gingen, und er blieb nur kurz mit seinem Vater im angrenzenden kleinen Raucherzimmer. Das hatte er noch nie getan, seitdem sie wieder hier wohnte. Vielleicht, dachte sie hoffnungsvoll, als Elisabeth und sie sich in ihre Bücher vertieften und Marie ihnen Muckefuck einschenkte, würde auch in anderer Hinsicht bald alles wieder wie früher werden.

Sie verabschiedeten sich früh von ihren Schwiegereltern und gingen hinauf in ihr Zimmer. Hier war alles immer noch so, wie Emma es vor fast einem Jahr verlassen hatte, und bisher hatte sie seit ihrer Rückkehr auch nichts daran geändert. Es gab den antiken Kleiderschrank, Christians zierlichen Schreibtisch, ihr Ehebett unter dem Fenster, die samtenen Vorhänge. Nur Christians Oberbett lag wieder auf seiner einst kahlen Matratze, neben der Emma zwei Jahre lang geschlafen hatte. Sie hatte auch ihr altes Hochzeitsfoto wieder mitgebracht und in den Rahmen zurückgesteckt. Seitdem stand es wieder auf ihrem Nachttisch.

Christian zog die Vorhänge zu. Er nahm sein Feuerzeug aus seiner Tasche und zündete die Kerze auf dem Nachttisch an. Er stellte sich vor sie und betrachtete sie lange. Dann berührte er kurz ihren Arm. »Bitte bleib so. Schließ die Augen.«

Emma gehorchte. Sie hörte, wie er zum Schreibtisch ging, die Schublade aufzog und wieder schloss. Dann trat er hinter sie. Sein warmer Atem traf auf ihren Nacken und verursachte ein angenehmes Kribbeln in ihrem Bauch. Sie hörte etwas rascheln, dann spürte sie, wie er etwas Kaltes um ihren Hals legte. Sie tastete danach, spürte eine schwere Kette. »Willst du sie sehen?«, fragte er erwartungsvoll.

Emma öffnete die Augen und trat vor den Spiegel, der über der kleinen Frisierkommode hing. Das Kerzenlicht fiel von hinten auf sie und tauchte ihr Gesicht in ein sanftes Licht. Es hatte weichere Konturen bekommen, die Spuren der Hungermonate waren verschwunden. Ihre hochgesteckten Haare schimmerten rotblond. Unter den fein geschwungenen Brauen lagen ihre hellen Augen verschattet und geheimnisvoll. Die Kette um ihren Hals leuchtete golden, ein dicker blauer Edelstein funkelte daran.

»Es ist ein Saphir«, sagte Christian, der hinter sie getreten war und ihr Spiegelbild betrachtete. »Passt zu deinen Augen.«

»Danke«, murmelte Emma überwältigt. Sie zupfte an der Kette, die sich in ihren Ausschnitt schmiegte, als wäre sie für dieses Kleid gemacht. Echtes Gold. Sie hatte noch nie eine so wertvolle Kette besessen. Im Spiegel bemerkte sie Christians stolzen Blick und das kleine Lächeln, das seine Mundwinkel umspielte. Sein Gesichtsausdruck von früher, wenn er sich freute. Emmas Herz schlug schneller. Der alte Christian war nicht tot, er lebte noch irgendwo in diesem neuen fremden Mann, der aus dem Krieg zurückgekehrt war.

Er nahm sie in die Arme und zog sie zu sich heran. Er presste seine Lippen auf ihre, und sie öffnete ihren Mund zu einem langen Kuss, der ihre Lust entfachte. Er umschlang sie mit beiden Armen und nestelte hinter ihrem Rücken am Reißverschluss ihres Kleides, zog ihn langsam auf. Ihr Kleid streifte ihre seidene Unterwäsche und die Strumpfhalter und glitt zu Boden. Emma fühlte sich kalt und schutzlos. Christian starrte sie eine Weile an, dann riss er sie an sich. Er zog die Haarnadeln aus ihrem Knoten, und ihr Haar fiel lang herunter. Sie fühlte seine Hand an ihrem Hinterkopf. Seine Lippen senkten sich auf ihre. Immer wieder fuhr er mit der Hand durch ihr Haar.

Sie öffnete ihren Mund. Sein Kuss hatte in seiner Leidenschaft etwas Verzweifeltes und Grobes. Seine Hände umschlangen ihr Hinterteil und pressten es an sich. Während er Emma so festhielt, ging er mit ihr zum Bett und warf sie darauf. Sie drückte sich in die kalten Laken, während ein Schauer sie überrollte und ihre Begierde stieg. Christian zerrte an seiner Hose, zog sie ungeduldig herunter und legte sich auf sie. Schwer lag er auf ihr, während er sich an ihr rieb. Seine Bewegungen wurden immer heftiger und energischer, doch vergeblich. Alles blieb weich und schlaff. In seiner Miene spiegelten sich Wut und Verzweiflung. Er stöhnte und rollte sich von ihr herunter.

Überrascht richtete Emma sich auf. Christian lag auf dem Kissen, die Arme angewinkelt, und starrte an die Decke. Sie beugte sich über ihn, doch er schob sie weg.

Sie spürte, wie ihre Lust sich verflüchtigte. »Was ist denn? Lass es uns noch mal versuchen«, flüsterte sie, legte die Hand an seine Wange und streichelte sie sanft. Als sie sich hinunterbeugte, um ihn zu küssen, packte er ihren Arm und schob sie fort.

»Aber Christian!«, protestierte sie leise.

Er richtete sich auf, setzte sich auf die Bettkante, stützte die Ellenbogen auf die Knie und rieb sich mit den Händen das Gesicht. So blieb er lange reglos sitzen. »Das macht der Krieg«, stieß er hervor. »Du wirst dich daran gewöhnen müssen.« Er lachte ein bitteres, tiefes Lachen, fischte nach seinem Schlafanzug und streifte ihn sich über. Dann erhob er sich und zog sich seinen Morgenmantel über. Er warf noch einen flüchtigen Blick auf Emma, ehe er aus dem Zimmer ging und die Tür hinter sich schloss. Sie hörte ihn die Treppe hinuntergehen und dachte, dass er wahrscheinlich ins Raucherzimmer gehen würde. Lange lag sie da und starrte an die Decke, erwartete, dass er es sich noch einmal anders überlegen und wiederkommen würde, aber er kam nicht. Sie begriff, dass er warten wollte, bis sie eingeschlafen wäre. Also zog sie ihr Nachthemd an und löschte die Kerze. Christian tat ihr leid, und sie tat sich auch ein bisschen leid. Seitdem sie hier war, hatten sie nicht miteinander geschlafen. Offenbar war es nicht mehr so einfach wie früher. Aber es wäre sicher nur etwas Vorübergehendes, das sich mit Liebe und Geduld in den Griff bekommen lassen würde, dachte Emma. Sie musste nur zuversichtlich bleiben. Das hatte sie in den letzten Monaten in Köln gelernt. Zuversichtlich bleiben, trotz des Hungers, trotz der Arbeit, trotz der fehlenden Engagements. Wenn man aufgäbe, hätte man bereits verloren. Es war eine wüste, kräftezehrende Zeit gewesen, aber sie hatte sie überlebt, auch dank Kurt.

Als sie an ihn dachte, spürte sie den Schmerz wieder, er fuhr ihr wie ein Stich in die Brust. Wie es ihm wohl ginge?

War sie ungerecht zu ihm gewesen, wie er es ihr vorgeworfen hatte? Hätte sie erst mit ihm reden und dann zu Christian zurückkehren sollen?

Wahrscheinlich, dachte sie und seufzte tief. Aber hätte sie das getan, hätte er sie womöglich überzeugt, nicht zu ihrem Mann zurückzugehen. Doch wenn sie das getan hätte, wie würde dann ihr Leben aussehen? Christian wäre furchtbar verletzt, und sie würde sich irgendwo in Köln verstecken, auf die Besuche von Kurt warten und auf die Scheidung, in die Christian wahrscheinlich nicht einwilligen würde. Scheidung – auch für sie klang das Wort scheußlich. Sie mochte nicht daran denken. Christian gab sich Mühe, und auch sie musste ihrer Ehe eine Chance geben. Sie würde es mit Liebe und Güte versuchen, geduldig sein.

Emma wälzte sich herum. Sie lag auf dem Rücken und starrte in die Nacht. Die Dunkelheit und die Stille im Zimmer hüllten sie ein, aber es hatte nichts Beruhigendes. Sie legten sich wie ein Gewicht auf ihre Brust. Sie hatte das Gefühl, keine Luft mehr zu bekommen. Sie stand auf, ging zum Fenster, schob den Vorhang beiseite und öffnete es weit. Tief atmete sie die hereinströmende kühle Luft ein. So stand sie lange am Fenster. Als sie Christians Schritte auf der Treppe hörte, schloss sie das Fenster, schlüpfte wieder ins Bett und stellte sich schlafend.

Kapitel 7

Am Freitag brachte Robert Emma nach Köln. Ihre Mutter freute sich, dass sie ihr Fahrrad wiederbekam. Sie wurde nicht müde zu betonen, wie gut Emma jetzt aussähe und dass sie dies offensichtlich dem Leben auf dem Gutshof zu verdanken hätte. Sie freute sich über die vielen Änderungsaufträge, die Elisabeth ihr mitgebracht hatte. Als sie die Fallschirmseide sah, schlug sie die Hände zusammen und schüttelte immer wieder fassungslos den Kopf. »Das ist wirklich ein Geschenk?«, fragte sie ungläubig, während sie über den feinen Stoff strich.

Robert nickte. »Aber das kann ich doch nicht annehmen«, rief sie, woraufhin Robert pflichtschuldigst protestierte.

Am meisten freute sie sich über den Speck, die Kartoffeln und das Gemüse, das sie rasch im Vorratsschrank verschwinden ließ, und über die Saatkartoffeln.

Robert klopfte Armin auf die Schulter, bot Papa gönnerhaft eine Zigarette an und ließ sich von Mama Gerstenkaffee einschenken, den sie selbst hergestellt hatte. Obwohl er furchtbar schmeckte, trank Robert ihn, ohne eine Miene zu verziehen. Die Kekse, die Mama aus undefinierbaren Zutaten gebacken hatte, schmeckten jedoch gut, und alle langten ordentlich zu, vor allem Armin.

»Kommst du jetzt jeden Freitag, Emma?«, fragte er, und als sie nickte, strahlte er. Es tat ihr weh, ihn so abgemagert zu sehen, während sie selbst wieder mehr zu essen bekam. Sie nahm sich vor, nächste Woche noch mehr mitzubringen.

Als sie nach dem Kaffeetrinken zur Anprobe ins Elternschlafzimmer gegangen waren, erkundigte sich Mama, wie es ihr ginge.

»Ganz gut«, sagte Emma leichthin.

Mama warf ihr einen prüfenden Blick zu, als sie die Nadeln vom Kissen nahm, um die Ärmel der Chiffonbluse abzustecken. »Ist Christian gut zu dir?«

Emma nickte.

»Und Elisabeth?«

»Sie hat sich geändert«, sagte Emma. »Sie gibt sich Mühe. Immer achtet sie darauf, dass ich genug esse. Für die Änderung der Kleider will sie dich auf jeden Fall bezahlen.«

Mama nahm die Nadel aus dem Mund und steckte sie in den Blusenärmel. »Eigentlich dürfte ich nichts dafür nehmen«, sagte sie leise. »Ist doch Familie.«

»Aber Elisabeth macht das extra, um dich zu bezahlen. Und ihr braucht doch das Geld.«

»Ich weiß.« Ihre Mutter seufzte.

»Wie ist denn eure neue Untermieterin?«, erkundigte sich Emma.

»Sehr nett, ein stilles und liebes Mädel, ist kaum da. Sie arbeitet bei einem Verlag, wo sie wohl auch isst. Abends geht sie manchmal noch kellnern.«

»Hört sich gut an.« Es betrübte Emma ein wenig, wie zufrieden Mama offenbar war. »Und Papa? Hat er Arbeit?«

Das tiefe Seufzen ihrer Mutter war Antwort genug. Sie schüttelte den Kopf. »Aber so kann er sich wenigstens um den Garten kümmern. Wie nett, dass Robert dich bringt«, setzte sie unvermittelt hinzu.

»Nächste Woche bringt mich der Verwalter«, erwiderte Emma. »Christian wollte nicht, dass ich mit dem Fahrrad fahre.«

»Nein?« Mama hielt überrascht inne. »Na, der passt aber gut auf dich auf. Wenigstens habe ich jetzt mein Rad wieder. Wie gut, dass die van Kalls den kleinen Laster haben.«

»Ich verstehe es eigentlich nicht«, entfuhr es Emma.

Ihre Mutter hob den Kopf und sah sie verwundert an.

»Na, dass sie sich schon wieder einen leisten konnten. Die Zwangsarbeiter haben letztes Jahr den Wagen geklaut und alles mitgenommen.«

»Vielleicht haben sie ihn günstig gebraucht gekauft«, meinte Mama.

»Vielleicht.« Sie wollte ihrer Mutter nicht verraten, wie wohlhabend die van Kalls inzwischen wieder waren.

»Herr Hüffenberg war übrigens hier und hat nach dir gefragt. Hat er dich angetroffen?« Mamas kurzer prüfender Blick streifte Emma, aber zum Glück verbiss sie sich die Frage, wie es zwischen ihnen stand.

Die plötzliche Erwähnung von Kurts Namen versetzte Emma einen Stich. Sie bemühte sich um eine ausdruckslose Miene. »Wir mussten noch etwas wegen seiner Garage besprechen«, log sie hastig. »Ich soll sie für ihn kündigen.«

»Hat er seinen Lkw verkauft?«

Emma nickte, obwohl sie es nicht wusste.

»Na klar, den braucht er wohl nicht mehr«, sagte ihre Mutter. »Bei dem Geschoss, mit dem er hier war, sogar mit Fahrer. Das war tagelang Gespräch in der ganzen Straße. Die Schneidersche hat sich das Maul zerrissen.«

»Sicher«, brummte Emma. »Die kann doch nicht ohne Klatsch leben.«

Sie war froh, dass ihre Mutter mit der Bluse fertig war und sie das Kleid anziehen konnte. So brauchte sie Mamas prüfende

Blicke nicht mehr über sich ergehen zu lassen. Sie sah auf Mamas gebeugte Gestalt hinunter, während diese ihr das Kleid absteckte, und kämpfte gegen ihre Traurigkeit an.

Danach wickelte sie den Vorhangstoff mit den Mohnblumen aus. »Kannst du mir daraus ein Abendkleid nähen, Mama? Elisabeth sagt, es gibt bald wieder Gesellschaften auf Gut Meinersfeld. Wie findest du ihn?«

Ihre Mutter rieb sich das Kinn, während sie den Stoff betrachtete. Sie befühlte ihn, dann hob sie ihn auf und hielt ihn Emma an. »Er steht dir gut«, murmelte sie nachdenklich. »Ich habe noch ein altes Schnittmuster.« Sie ging zur Schublade ihres Nachtschränkchens, zog sie auf und wühlte in ihren Schnittmustern. »Hier.« Sie zeigte Emma ein abgegriffenes Papier. Darauf war ein wadenlanges Kleid mit kurzen Ärmeln, tiefem V-Ausschnitt und betonter Taille abgebildet.

Emma hielt die Luft an. »Das würdest du hinkriegen?«, fragte sie hoffnungsvoll.

»Meine Mutter und ich haben es damals für Lydia genäht«, sagte Mama. Ein wehmütiger Ausdruck trat in ihr Gesicht. »Sie brauchte ein Kleid für ihren ersten Ball, und sie selbst konnte doch nicht nähen. Ist zwar lange her, aber ich glaube, ich kriege das schon hin.«

»Das war ein Kleid von Lydia? Mama, es ist wunderbar.« Ein Kleid zu tragen, wie ihre Tante es besessen hatte, war eine gute Idee. Mochte es auch altmodisch sein, es würde sie immer an ihre geliebte Patentante erinnern. Allein deshalb schon gefiel Emma das Kleid. »Danke.« Sie umarmte ihre Mutter und gab ihr einen Kuss auf die Wange. Mama sah gerührt und überrascht aus. Sie hatten lange nicht mehr über Lydia gesprochen, aber die Wehmut in Mamas Miene zeigte deutlich, dass sie ihre Schwester vermisste.

»Gehst du auch mal im Garten nach dem Rechten sehen, wenn du gleich zu Irma fährst?«, fragte Mama.

»Natürlich«, sagte Emma. »Das hatte ich sowieso vor.«

Nach der Anprobe, als Robert mit ihrem Vater zum Rauchen in den Hinterhof gegangen war, fuhr sie mit dem Rad zu Irma nach Lindenthal, um mit ihr für den heutigen Auftritt zu proben. Aber sie kamen kaum zum Üben, so viel redeten sie. Emma musste ihrer Freundin alles von ihrem Leben auf dem Gutshof erzählen.

»Und Kurt?«, fragte Irma, nachdem ihre Neugier gestillt war. »Hast du etwas von ihm gehört?«

»Er hat mich vor Kurzem vor dem Gutshof abgefangen.«

»Und dann?«

»Haben wir miteinander geredet. Er sagt, er hätte geschrieben, sein Brief wäre verloren gegangen. Ich habe ihm erklärt, dass ich zu Christian zurückgekehrt bin.« Die heftige Traurigkeit überfiel Emma erneut, und sie konnte nicht weitersprechen.

Irma legte ihre Gitarre ab, erhob sich von ihrem Platz, ging zu Emma und legte ihr den Arm um die Schultern. »Ach, Emma.« Sie drückte sie fest an sich.

Emma klammerte sich an ihr Akkordeon und starrte vor sich hin, während sie mit den Tränen kämpfte. »Es ... ist sicher besser so«, sagte sie schließlich. Ein dicker Kloß saß in ihrem Hals, und sie musste sich sehr beherrschen, um nicht in Tränen auszubrechen. Aber sie wollte nicht vor Irma weinen.

»Also ist es endgültig«, sagte Irma mit leiser Stimme.

Emma nickte. »Ich will es weiter mit Christian versuchen. Er hat nichts gegen meine Auftritte. Er lässt mich sogar jeden Freitag nach Köln bringen. Aber die Auftritte in den Dörfern – das wird wohl nicht mehr gehen.« Sie konnte sich nicht vorstellen, dass Christian es gutheißen würde, wenn seine Frau mit einer Musikgruppe über die Dörfer tingelte. Bisher hatte sie es deshalb nicht gewagt, ihn danach zu fragen.

Irma nickte. »Das habe ich mir schon gedacht. Nikolai und ich sind letzte Woche mal allein aufgetreten. Hat ganz gut geklappt«, sagte sie leise und nahm ihren Arm von Emmas Schultern. Sie schien noch etwas sagen zu wollen, und Emma konnte sich gut vorstellen, was das wäre: Ob sie sich das auch gut überlegt hätte oder Ähnliches. Aber Irma hatte Christian noch nie gemocht, sie würde immer etwas gegen ihn einzuwenden haben. Als Tochter eines Arztes, der sich in Naturalien bezahlen ließ, konnte sie sich auch nicht vorstellen, wie es wäre, bald nichts mehr zu essen zu haben.

Emma hob die Hand. »Dann ist es ja gut.«

Irma ließ ihre Hände auf den Schoß sinken. »Es ist deine Entscheidung. Du hast sicher gute Gründe dafür.«

Sie sprachen an diesem Nachmittag nicht mehr darüber. Aber Emmas Stimmung sank noch mehr, als Irma ihr von ihrem gemeinsamen Auftritt mit Nikolai erzählte, und das blieb so bis zum Abend, als sie mit Irma im Rheinpalast als »Lydia und Rose« auftrat. Immer wieder musste Emma an Kurt denken, und sie konnte sich nicht gut konzentrieren. Sie verspielte sich einige Male, doch die Gäste schienen es nicht zu merken und tanzten ausgelassen weiter.

Nikolai stand wie immer unauffällig hinten an der Theke. Niemand nahm Notiz von ihm. Ihr Schwiegervater hingegen saß mit mehreren Männern an einem Tisch, sie aßen und tranken das dünne Kölsch, wobei sie sich leise unterhielten. Als sie mit dem Essen fertig waren, lehnten sie sich zurück, rauchten und beobachteten die Tanzenden. Zum Abschluss des Abends spielten Irma und Emma wieder den *Sommernachtstraum,* ihr selbst komponiertes Lied, das sie letztes Jahr geschrieben hatte. Ihr Schwiegervater starrte auf die eng umschlungenen Pärchen, und Emma fragte sich, ob er ahnte, dass sie dieses Lied für sich und Kurt geschrieben hatte.

Später, nachdem alle Gäste gegangen waren und Irma und sie endlich die Suppe essen konnten, gesellte sich Herr Michels zu ihnen. Er zog einen Stuhl zu sich heran und setzte sich verkehrt herum darauf. »Lasst es euch schmecken, Mädels«, sagte er, während er ihnen ihren Lohn in ein paar Scheinen auf den Tisch legte. »Es gibt ein paar Neuigkeiten. Das Ganze hier soll ein bisschen größer aufgezogen werden. Unsere Bühne im Keller wird bald fertig sein, der Saal hat achtzig Plätze. Könnt ihr euch vorstellen, in einem größeren Ensemble zu spielen?«

Emma sog hastig die rauchgeschwängerte Luft ein. Eine größere Bühne, mehr Publikum – davon träumte sie schon lange. Hier bot sich die Gelegenheit. Sie wechselte schnell mit Irma einen Blick. Auch Irma sah nicht abgeneigt aus. »Danke für das Angebot, Herr Michels«, sagte Emma. »Sollen wir denn nicht mehr als Duo bei Ihnen auftreten?«

»Der Saal ist größer, wir brauchen ein Schlagzeug, verstehen Sie? Etwas mit mehr Krawumms.« Er gestikulierte über der Stuhllehne. »Nächsten Freitag zeig ich Ihnen mal den Saal, dann werden Sie das verstehen. Einen Schlagzeuger habe ich schon, vielleicht auch einen Klarinettisten. Mit Ihnen zusammen könnte das doch eine wunderbare Truppe werden. Sie wissen doch, Frau van Kall, man muss immer wieder was Neues machen, sonst gehen die Gäste woanders hin.«

»Können Sie vielleicht noch einen Geiger gebrauchen?«, fragte Irma.

»Einen Geiger?« Er kratzte sich an seinem spärlichen Haarkranz. »Ist ein bisschen viel, oder?«

»Er ist gut«, sagten Irma und Emma wie aus einem Munde.

Herr Michels sah sie erstaunt an. Dann holte er Luft, ehe er in seiner gewohnten Art schnell weiterredete. »Na gut, warum nicht? Wenn er gut ist. Sagen Sie ihm Bescheid, er soll sich bei mir vorstellen kommen, am besten nachmittags um fünf, dann bin ich immer hier.« Er beugte sich nach vorn. »Kann ich davon ausgehen, dass Sie mit an Bord sind?«

»Entschuldigen Sie bitte.« Emma stand auf und zog Irma außer Hörweite. »Was hältst du davon?«

»Ich find's gut.«

»Und unser Frauen-Duo? Was wird daraus?«

»Das müssen wir nicht aufgeben. Wir können immer noch als Duo auftreten«, meinte Irma. »Aber jetzt sollten wir die Gunst der Stunde nutzen und auf der größeren Bühne spielen.«

»Sehe ich auch so«, sagte Emma. »Aber wir sollten nicht sofort einwilligen. Ich versuche, einen guten Verdienst rauszuschlagen.«

Irma war einverstanden, und sie gingen wieder zum Tisch zurück, wo Herr Michels ungeduldig auf sie wartete.

»Darf ich davon ausgehen, dass Sie unseren Lohn erhöhen werden?«, fragte Emma, nachdem sie sich gesetzt hatten.

Herr Michels trommelte mit den Fingern auf die Stuhllehne. »Fünfunddreißig Mark für jede«, sagte er schließlich.

»Vierzig«, erwiderte Emma. »Bedenken Sie, dass wir viel proben müssen. Außerdem wäre es schön, wenn wir während der Proben etwas zu essen bekämen.«

Erwartungsvoll sahen sie in Herrn Michels rundes Gesicht. Er zögerte. Dann reichte er ihnen die Hand, und sie besiegelten ihre neue Absprache mit einem Handschlag. Herr Michels bot ihnen einen Schnaps an, doch Emma lehnte ab. Sie musste nach draußen zu Robert, der im Wagen auf sie wartete. Irma versprach, Nikolai zu bitten, sich baldmöglichst im Rheinpalast vorzustellen. Emma war froh, dass ihre Freundin eingewilligt hatte. Sie mussten ihr Frauen-Duo nicht auflösen. Sie konnten mit ihrem Programm noch woanders auftreten. Aber hier bot sich endlich die Gelegenheit einer größeren Bühne. Vielleicht könnte sie später, wenn sie länger hier gespielt hätte, sogar im Military-Government-Theater spielen.

Vorerst wusste sie aber nicht einmal, ob Christian mit ihrem neuen Engagement einverstanden wäre. Sie würde viele Proben haben und an den Wochenenden vielleicht auch länger wegbleiben. Wenn er weiter darauf bestünde, sie zu bringen, würde es sehr umständlich werden. Vielleicht könnte sie ihn davon überzeugen, sie doch mit dem Rad fahren und für eine Nacht bei ihren Eltern schlafen zu lassen. Es ärgerte sie, dass sie ihn nun fragen musste und er sogar das Recht hatte, ihr die Auftritte zu verbieten – so sehr hatte sie sich an ihre neuen Freiheiten gewöhnt.

Aber dann dachte sie zuversichtlich, als sie zu Robert in den Laster stieg, dass sie ihn schon überzeugen würde.

Kapitel 8

Sie standen hinten im Garten und betrachteten die Blumenrabatten, die Kurts Vater noch im Krieg hatte anlegen lassen und die ein trauriges Bild abgaben. Die Herbstblumen trockneten, Unkraut und Moos wucherten. Dazwischen ragten hier und da vereinzelte Tulpen heraus, Überbleibsel jener vergangenen Jahre.

Da die Sonne warm auf sie niederbrannte, hatte Kurt seinen Hut abgesetzt, während er mit dem alten Herrn Schröter redete. Früher hätte sich ihr Hausdiener um solche Angelegenheiten gekümmert, doch er war aus dem Krieg nicht zurückgekehrt, und so musste Kurt es selbst erledigen. Aber diese Selbstständigkeit kannte er von seiner Zeit in Köln nur zu gut. Inzwischen hatte er sich auch daran gewöhnt, über einen Haushalt aus Frauen und alten Männern zu bestimmen. Einen Haushalt, dessen Personalstand auf ihre alte Haushälterin, ihren Fahrer, ein Dienstmädchen und eine Köchin aus dem Dorf zusammengeschrumpft war.

Der alte Schröter, Vater seines Vorarbeiters, hatte den ganzen Weg von der Fabrik bis hierher zu Fuß zurückgelegt, man sah ihm aber keine Erschöpfung an. Sein scharf geschnittenes Gesicht schimmerte blassgelb in der Sonne, zerknittert von vielen Fältchen. Seine Statur war schlank und kräftig, und er bewegte sich leicht ohne jede Müdigkeit. »Wo möchten Sie den Garten anlegen?«, fragte er.

»Wo wäre denn der geeignete Platz dafür? Sie können jede Fläche nutzen, das Blumenbeet kommt weg«, meinte Kurt.

Schröter beschattete seine Augen mit der Hand und betrachtete die Villa und den Rasen. »Kommt drauf an, was Sie pflanzen wollen. Kartoffeln brauchen viel Sonne. Was ist das hier, Südseite?«

»Nein, Westen.«

Schröter ging ein paar Schritte um den Wintergarten herum zur Südseite und blieb auf dem sonnenbeschienenen Flecken stehen. Kurt folgte ihm. »Fangen wir am besten hier mit dem Kartoffelfeld an«, schlug Schröter vor. Er ging zurück zu den Rhododendrensträuchern. »Und ab dem Rhododendron weiter mit Gemüse bis dorthin.« Er deutete zur Stelle, wo sie vorher gestanden hatten.

Kurt nickte. Er musste lächeln, als er an das Gesicht seiner Mutter zurückdachte. Ein Kartoffelfeld gleich unterhalb ihres Wintergartens! Gemüse in ihrem Ziergarten! Sie hatte ihre Hände vors Gesicht geschlagen, als er sie mit seinen Ideen konfrontiert hatte, ihr Gemüse nicht mehr von den Bauern im Dorf zu beziehen, sondern es selbst anzupflanzen. Was sollten nur die Bauern denken!, hatte sie ausgerufen. Als besäßen sie nicht mehr genug Geld.

Kurt hatte viel Geduld aufbringen müssen, seiner Mutter klarzumachen, dass die Bauern im Dorf wertvolle Tauschwaren und horrende Preise für ihre Lebensmittel nähmen und es besser wäre, auf eigenen Füßen zu stehen. Ihr

Grundstück wäre schließlich groß genug. Außerdem könnten sie etwas sparen, denn sie brauchten auch das Geld. Wenn nicht bald die Erlaubnis zum Weiterführen ihrer Fabrik von den Briten käme, würde es eng werden. Manchmal dachte Kurt, es wäre besser gewesen, alles aufzugeben und in das alte Landhaus seiner Mutter zu ziehen, aber das wäre für sie nie infrage gekommen.

»Man hätte das Stück schon im Herbst umgraben müssen«, meinte Schröter.

»Ich weiß«, sagte Kurt. »Ich habe letztes Jahr selbst einen Garten angelegt, in Köln. Glauben Sie nicht?«, setzte er hinzu, als er Schröters überraschten Blick auffing. Aber der Bauer nickte nur und sagte nichts. Ihn schien so schnell nichts zu wundern. Kurt dachte, dass er ihn und seine Frau oben in einem der leeren Dienstbotenzimmer unterbringen würde, da der tägliche Weg von der Fabrik bis zur Villa für den alten Mann zu weit wäre. »Suchen Sie sich fürs Umgraben einen Helfer aus dem Dorf«, sagte er.

Schröter nickte und setzte seine Schlägermütze wieder auf. »Das kriege ich schon hin, Herr Hüffenberg. Hab doch in der Heemte jahrelang meine Felder bewirtschaftet.«

»Wie viele Hektar hatten Sie denn?«

»Hektar? Ich hatte achtzig Morgen.«

»Ein gutes Stück Land, Herr Schröter.« Kurt klopfte dem alten Mann auf die Schultern. Er beobachtete, wie Fräulein Gebauer die Treppe hinunterkam, die von der Villa in den Garten führte. Sie trug ein Tablett mit zwei gefüllten Wassergläsern, das sie zu ihnen über den unebenen Rasen balancierte.

»Sie können bei der Wärme bestimmt eine kleine Erfrischung gebrauchen«, sagte sie und hielt ihnen das Tablett hin.

»Danke, sehr aufmerksam.« Kurt nahm sich ein Wasserglas, und Schröter tat es ihm nach.

Sie ließ das leere Tablett sinken und zögerte einen Augenblick, als wartete sie auf etwas. Kurt reizte es plötzlich, sie auf die Probe zu stellen. »Was meinen Sie, Fräulein Gebauer, ist es sinnvoll, hier einen Gemüsegarten anzulegen?«, fragte er.

Ihr kleines ernstes Gesicht sah nachdenklich aus. Dann sagte sie: »Ich glaube, es ist eine gute Idee. Platz ist genug vorhanden. Warum sollte man Gemüse teuer einkaufen, wenn man selbst genug Land hat, um es anzubauen?«

Kurt schwieg beeindruckt. Ihre Antwort zeigte eine erfrischend praktische Sichtweise. Offenbar besaß sie genügend Klugheit, um seiner Idee zuzustimmen. Er dachte, dass er sich in dem Dienstmädchen nicht getäuscht hatte. Seine Mutter hatte sie nur widerwillig eingestellt, doch die Haushälterin sagte nur Gutes über sie. Kurt wollte ihr nicht sofort zeigen, was er dachte, und musterte sie mit gerunzelter Stirn. »Normalerweise gehören Gemüsegärten aber nicht zu einer Villa«, widersprach er. »Oder haben Sie etwa schon mal eine Villa gesehen, die einen Gemüsegarten hat?«

»Nein.« In Fräulein Gebauers blassem Gesicht arbeitete es. Ihre Haare, zu einem akkuraten Knoten aufgesteckt, leuchteten in der Sonne in einem helleren Blond. Ihre weiße Bluse unter dem grauen Kittelrock strahlte. »Jetzt, wo die Lebensmittel so knapp sind, sollte jeder Meter zum Anbau genutzt werden«, erwiderte sie. »Sie tun das Richtige, Herr Hüffenberg. Wenn es später nicht mehr gebraucht werden sollte, können Sie wieder einen Ziergarten anlegen.«

Kluges Mädchen. Kurt hob die Mundwinkel zu einem kleinen Lächeln. »Danke, Fräulein Gebauer.« Er leerte sein Glas und stellte es zurück auf ihr Tablett, Schröter ebenso. Sie knickste und wandte sich um, und sie sahen ihr hinterher, wie sie das Tablett mit den Gläsern zurück zur Villa trug. Mit leichten Schritten stieg sie die Treppe zum Balkon hinauf und verschwand durch den Hintereingang in der Villa.

Schröter willigte ein, gleich am nächsten Morgen anzufangen, doch er lehnte das Dienstbotenzimmer ab und sagte, er wolle lieber mit seiner Frau auf dem Fabrikgelände wohnen bleiben. Schließlich konnte Kurt ihn davon überzeugen, wochentags in der Villa zu übernachten und nur an den Wochenenden zurückzukehren.

Nach dem Gespräch ging Kurt ins Arbeitszimmer. Seitdem sein Vater fort war, residierte hier Herr Palm, doch der verbrachte den Vormittag in der Fabrik. Kurt wollte die Abwesenheit des Geschäftsführers nutzen, um sich in Ruhe umzusehen. Seitdem er wieder hier wohnte, hatte er diesen Raum nur ungern betreten. Steif saß er auf dem Besuchersessel, während Herr Palm ihm alles erläuterte: die Schäden der Fabrik, die fehlenden Arbeiter, die nicht mehr vorhandenen Lagerbestände. Die Hüffenberger Werke lagen am Boden. Kurt war aufgefallen, dass Palm sich sehr vage hielt. Er speiste ihn mit allgemeinen Angaben ab und nannte keine Einzelheiten. Kurt wollte wissen, wie es in Wahrheit um die Firma stand.

Leise betrat er das Arbeitszimmer und schloss die Tür hinter sich. Obwohl das Dienstmädchen das Zimmer jeden Tag reinigte und lüftete, hing der Geruch nach Vaters Zigarren noch im Raum. Es schien, als hätte er sich in die Holzvertäfelung gefressen, in das Parkett, den wuchtigen Schreibtisch, in alle Papiere, Geschäftsbücher und Aktenordner. Alles roch nach seinem Vater. Als er die schwarze Jacke über der Schreibtischstuhllehne hängen sah, dachte Kurt im ersten Moment, sie wäre von seinem Vater. Aber es war Palms Jacke, die dieser hiergelassen hatte, als wollte er sein Revier markieren.

Kurt trat hinter den Schreibtisch und strich mit dem Finger über die schwere Eichenholzplatte. Alte Bilder tauchten auf. Er sah seinen Vater und seinen Bruder wieder hier sitzen, ihre

Köpfe über die Bücher gebeugt. Sie hatten nicht einmal aufgesehen, als er den Raum betrat.

»Was willst du?«, hatte sein Vater gefragt, ohne ihn anzusehen.

»Ich möchte dir mein Schulzeugnis zeigen.« Das dicke Blatt Papier, das Kurt in der Hand hielt, zitterte kaum merklich.

Da endlich sah sein Vater auf und maß ihn mit einem kurzen Blick. »Ah. Leg es auf den Tisch, ich sehe es mir später an. Ich habe gerade zu tun.« Er beugte sich wieder über seine Arbeit.

Kurt gehorchte. Er legte sein Schulabschlusszeugnis auf den kleinen Besuchertisch und hoffte, sein Vater würde es nicht vergessen. Während er den beißenden Zigarrenrauch einatmete, der durch das Zimmer waberte, brannte sich ein Bild in ihn ein: sein Vater und sein Bruder – beide gebeugt über die Unterlagen. Wenigstens, hatte er beim Hinausgehen enttäuscht gedacht, wäre er nicht wie Hans den ganzen Tag diesem schrecklichen Geruch ausgesetzt und könnte gegen seinen Schulfreund, den er mitgebracht hatte, draußen an der frischen Luft Tennis spielen.

Kurt merkte, dass er die Faust geballt hatte, als er am Schreibtisch stand. Energisch verscheuchte er das Bild aus seinen Gedanken.

Er überwand sich und ließ sich auf den Schreibtischstuhl sinken. Auch in den Polstern steckte der alte Rauch, er schien an allem zu kleben und die Gegenwart seines Vaters auszudünsten. Kurt erhob sich, ging zum Fenster und öffnete es. Sofort strömte frische Frühlingsluft herein. Er nahm das letzte Geschäftsbuch aus dem Regal, zog seine Anzugjacke aus und lockerte seine Krawatte. Er ließ sich auf einem der Besucherstühle nieder und begann zu lesen.

Erst als es auf Mittag zuging und der Geruch nach würziger Gemüsesuppe hereinwaberte, hob er den Kopf. Um ihn herum lagen Rechnungsbücher und Aktenordner verstreut. Er stand auf und sah aus dem Fenster, wo sich die kiesbestreute Auffahrt vor ihm dehnte, dahinter der schmiedeeiserne Zaun und das große Tor, das an der Dorfstraße lag. Sein Fahrer Josef war gerade dabei, den Rasen der Kiesauffahrt mit dem alten mechanischen Mäher zu schneiden. Der Geruch nach frisch gemähtem Gras wehte herein. Kurt beobachtete Josef geistesabwesend.

Er hatte recht gehabt mit seiner Vermutung. Es stand schlimmer um die Hüffenberger Werke, als Palm ihm gesagt hatte. Die Schäden waren noch umfangreicher, da auch die Werkstätten und das Kraftwerk betroffen waren. Für die größte Papiermaschine fehlten wichtige Ersatzteile. Außerdem hatten sie durch die Beschlagnahmung des Zellstoffs wertvollen Rohstoff verloren. Sie brauchten Facharbeiter und Maurer, sie brauchten Ersatzteile und Mittel, um das alles zu finanzieren. Aber welche Bank würde ihnen Kredit geben, solange die Erlaubnis der Besatzer zum Weiterführen des Betriebs noch ausstand und sein Vater in Haft saß? Selbst wenn die Erlaubnis käme, würden sie überhaupt wieder Aufträge bekommen? Eigentlich, dachte Kurt, konnte nicht einmal mehr Palm bezahlt werden, geschweige denn der Lohn der Arbeiter. Alle müssten entlassen und der Wiederaufbau eingestellt werden, solange die Erlaubnis zum Weiterführen des Betriebs noch ausstand. Er würde mit Palm und dem Familienanwalt reden müssen, seine Mutter müsste ebenfalls eingeweiht werden, wie es um die Firma stand. Sie würden vielleicht sogar bei den Briten vorsprechen müssen.

Ob Palm deshalb mit der Wahrheit hinterm Berg gehalten hatte, weil er Angst um seine Position hatte? Zuzutrauen wäre es ihm, dem alten Fuchs. Sie mussten alle Arbeiten sofort einstellen, so viel hatte er verstanden. Kurt wurde elend bei dem Gedanken, seine Arbeiter entlassen zu müssen. Sie würden sicher anderswo Arbeit finden. Aber ihm würde wohl keine andere Wahl bleiben. Wut überkam ihn, auf den lügnerischen Palm, auf seinen Vater, auf den Krieg. Warum sollte er überhaupt etwas tun? Wenn etwas schiefliefe, würde sein Vater später sicher ihm die Schuld daran geben. Sollte Palm die Firma doch weiterführen. Aber dann würde sein Vater ihm vermutlich später Vorwürfe machen, warum er nicht eingegriffen hätte. Egal, was er täte, in den Augen seines Vaters würde immer er der Schuldige sein. Es wäre besser, er wäre gar nicht hier.

Warum war er nicht in Köln geblieben? Dann hätte er Emma vielleicht noch davon abhalten können, zu ihrem Mann zurückzukehren. Er biss sich auf die Lippen, um die Wut zu unterdrücken, der ihn bei dem Gedanken an sie durchfuhr. Er konnte immer noch nicht glauben, dass alles vorbei sein sollte. Dass sie es wirklich ernst meinte mit der Rückkehr zu ihrem Mann. Liebte sie ihn überhaupt noch? Könnte es nach all der Zeit wieder mit ihm so werden wie früher?

Kurt seufzte und atmete tief den Geruch nach frisch gemähtem Gras ein. Seine Wut wurde nicht geringer. Wut auf Emma, Wut auf ihren Mann. Bei ihrem Streit war Emma so abweisend gewesen, so hatte er sie noch nie erlebt. Sie schien es wirklich ernst mit Christian zu meinen. Für sie schien nicht mehr zu zählen, was zwischen ihnen war. Wie konnte sie alles wegen eines verlorenen Briefes wegwerfen und so tun, als wäre nichts gewesen? Vielleicht hätte er eher nach Köln zurückkehren sollen, dann wäre das alles nicht so gekommen. Aber wie hätte er ahnen können, dass ihr Mann zurückkommen würde? Am besten wäre, er würde sie vergessen.

Er seufzte wieder. Und nun hatte er auch noch die Probleme der Firma am Hals. Er musste sofort dafür sorgen, dass wenigstens das Hauspersonal weiterbezahlt werden konnte. Seine

Mutter fiel ihm ein, sie stammte aus einer reichen Familie. Aber der Gedanke, seine vermögenden Onkel um Geld zu bitten, widerstrebte ihm. Das Landhaus seiner Mutter verkaufen? Nein, sie würde wahrscheinlich nicht einwilligen, jedenfalls nicht sofort. Aber ihm würde schon etwas einfallen, schließlich hatte er die Nachkriegsmonate in Köln überlebt, er hatte noch gute Verbindungen dorthin.

Mit jedem Atemzug, den Kurt am Fenster stand und die frische Luft einatmete, stieg seine Zuversicht wieder. Er schloss das Fenster und räumte alle Unterlagen auf. Als er seine Anzugjacke vom Sessel aufhob, fiel sein Blick auf das Bild an der Wand. Ein großes Ölgemälde, das einen erlegten Hasen zeigte. Kurt hatte es nie gemocht. Es hatte etwas Grausames, das erlegte Tier mit gespreizten Beinen in überdimensionaler Größe über den toten Fasanen und Vögeln zu sehen. Er hatte nie verstanden, warum Vater das Gemälde ausgerechnet hier in seinem Arbeitszimmer hatte aufhängen lassen. Aber Vater hatte es geliebt wie alle seine Jagd- und Landschaftsbilder. Die meisten davon hatten seine Eltern noch rechtzeitig vor der Beschlagnahmung durch die Besatzer in der Scheune des mütterlichen Landhauses in Sicherheit bringen können, und sie zierten jetzt wieder die Wände der Villa. Kurt ging sie im Geiste durch: Landschaftsbilder aus dem 18. und 19. Jahrhundert, Die Verkündigung an Maria, Jesus heilt eine Frau, ein überdimensionales Familienporträt und ein paar kleinere Ölgemälde seiner Großeltern und Verwandten – nein, von diesen Bildern würde sich seine Mutter bestimmt nicht trennen. Dann eher von den Jagd- und Landschaftsbildern seines Vaters.

Kurt ging näher an das Gemälde heran. Gewissenhaft, wie er war, hatte sein Vater daneben ein kleines Täfelchen mit Erklärungen anbringen lassen. »Stillleben mit Wild«, stand dort in schlichten, mit Schreibmaschine geschriebenen Buchstaben, 17. Jahrhundert. Daneben der Name des Malers.

Er würde einen Fotografen brauchen, dachte Kurt, jemanden mit einem Labor, und einen Kunstkenner, als er zum Mittagessen ging.

Kapitel 9

An diesem Morgen hatte Marie die Tür zum Schlafzimmer ihrer Schwiegereltern versehentlich offen gelassen. Emma zögerte, als sie durch den Flur ging und lauschte, ob jemand in der Nähe wäre. Sie hörte nichts. Marie und das neue Mädchen hatten die Zimmer hergerichtet und halfen der Köchin nun unten in der Küche. Elisabeth prüfte im Esszimmer ihre Haushaltsbücher und Christian war mit seinem Vater auf den Feldern, die neuen Arbeiter aus der Stadt beaufsichtigen.

Vorsichtig schob Emma die Schlafzimmertür weiter auf und spähte hinein. Ein blauer Himmel mit ein paar Schäfchenwolken dehnte sich vor dem Fenster, in der Ferne lag das Siebengebirge. Der Sekretär stand an der Wand wie eh und je, darüber hing das Kreuz. Die weißen Federbetten lagen ordentlich zusammengelegt auf dem Bett. Das Hitlerbild war verschwunden. An seiner Stelle hing ein Gemälde von der Madonna mit dem Jesuskind. Emma betrat das Zimmer, um es zu betrachten. Es war gerade so groß, dass es den hellen Fleck, den das gerahmte Foto des Führers hinterlassen hatte, überdeckte. Die blau gewandete

Madonna trug einen dicken Säugling auf dem Schoß. In den Ecken und Winkeln des goldenen Rahmens hatte sich Staub abgesetzt.

Emma hörte Schritte und Stimmen auf der Treppe. Sie verließ hastig den Raum und schloss die Tür, als auch schon die beiden Mädchen um die Ecke bogen, Marie und das neue Mädchen Gisela. Eine gute Gelegenheit, Elisabeths Ratschlag, sie solle das Personal des Gutshofes besser kennenlernen, zu beherzigen.

Die Mädchen hielten inne, um kurz vor ihr zu knicksen. Emma betrachtete das brünette Mädchen, das etwas verschüchtert aussah. »Wie lange bist du schon hier, Gisela?«

»Seit Januar«, antwortete die Brünette, während eine feine Röte ihre Gesichtshaut überzog.

Emma dachte, dass die vorlaute Marie sicher eine gute Partnerin für dieses Mädchen sein würde. Sie würden sich gut ergänzen. »Hast du dich schon hier eingelebt?«, erkundigte sie sich.

»Es gefällt mir sehr gut hier«, antwortete Gisela artig und warf einen kurzen Blick auf Marie.

»Schön«, sagte Emma lächelnd. »Dann geht wieder an eure Arbeit.«

Die Mädchen liefen tuschelnd die Treppe hinunter. Sie folgte ihnen langsam. Kaum war sie unten am Treppenabsatz angelangt, tauchte Elisabeth wie aus dem Nichts auf. »Emma, gut, dass du dich blicken lässt. Ich möchte mit dir über die Planungen sprechen.«

Wie dumm, dachte Emma, sie hatte eigentlich Akkordeon spielen wollen, denn eine neue Melodie spukte ihr schon eine ganze Zeit lang im Kopf herum. Aber nun musste sie sich erst höflichkeitshalber anhören, was ihre Schwiegermutter zu sagen hatte. Elisabeth dirigierte sie ins Esszimmer und ließ sich am Tisch nieder. »Wie ich hörte, sprichst du nun mit unseren

Dienstmädchen, das ist gut. Es wird Zeit, dass du allmählich in deine Rolle als junge Herrin von Gut Meinersleben hineinwächst. Wir geben in zwei Wochen eine Abendgesellschaft. Du wirst mich bei den Vorbereitungen unterstützen und gleichzeitig lernen, wie man eine gute Gastgeberin wird.«

»Sicher«, murmelte Emma überrascht. Elisabeth hatte also ihr Gespräch mit den Dienstmädchen belauscht. Früher hatte es ihre Schwiegermutter nicht interessiert, wie sie mit den Dienstmädchen umging, sondern sie hatte sie selbst wie eins behandelt. Was Christians Anwesenheit alles bewirkte!

»Es kommen viele einflussreiche Gäste. Du musst an diesem Abend unbedingt eine gute Figur machen.« Sie deutete auf Emmas Akkordeon, das diese auf einem der Stühle hatten stehen lassen. »Erzähl am besten keinem von deiner Liebhaberei. Ich hoffe ehrlich gesagt, dass keiner von unseren Gästen weiß, dass du in Köln als Musikerin auftrittst.«

Emma legte ihre Hand auf das Akkordeon. Sie fühlte ihren alten Groll auf ihre Schwiegermutter wieder aufsteigen. »Warum nicht? Es ist keine Schande, Musik zu machen«, entgegnete sie.

»Natürlich nicht«, erwiderte Elisabeth. »Aber es ist ein Akkordeon, ein Schifferklavier! Wenn du echtes Klavier beherrschen würdest, wäre das eine Bereicherung des Abends. Aber Akkordeon kannst du natürlich nicht spielen.«

Emma funkelte Elisabeth wütend an. Hatte sie wirklich geglaubt, ihre Schwiegermutter würde sich ändern? Sie hatte sich geirrt. Sie wollte etwas Heftiges entgegnen, aber dann besann sie sich anders. »Nun, ich möchte auch nicht vor unseren Gästen spielen. Meine Auftritte im Rheinpalast reichen mir vollkommen.«

Elisabeth sah aus, als hätte sie ein Loch in ihrem neuen Kleid entdeckt. »Deine Auftritte …«, sagte sie gedehnt. »Eigentlich gehört es sich nicht, dass du in einer Kölner Kneipe auftrittst. Ich verstehe nicht, dass Christian das erlaubt.«

»Er hat es aber getan«, sagte Emma triumphierend. Sie hatte es selbst erst nicht glauben können, als sie ihm von Herrn Michels' Angebot erzählt und ihn gefragt hatte, ob er etwas gegen ihre Auftritte auf der größeren Bühne hätte. Seine Einwilligung war überraschend gekommen, wenn sie auch nicht begeistert geklungen hatte. Aber immerhin hielt er sich an das Versprechen, das er ihr gegeben hatte.

»Du hast Glück«, sagte Elisabeth mit kalter Stimme. »Mein Sohn ist ein sehr großzügiger Mensch. Nach allem, was er durchgemacht hat, ist das wirklich ein Wunder.«

Als Emma schwieg, fuhr sie fort: »Schade, dass du das Taftkleid nicht wolltest. Es hätte hervorragend zu dem Abend gepasst. Also nehme ich an, dass du dein neues Kleid tragen möchtest?«

Emma fragte sich einen kurzen Moment, ob es wirklich angemessen wäre, an einem solchen Abend ein Kleid zu tragen, das aus einem Vorhangstoff genäht war. Andererseits wäre es nach dem Schnittmuster von Lydias Kleid genäht, und es wäre ihr eigenes Kleid, nicht eins, das Elisabeth ausgesucht hatte. »So ist es«, sagte sie trotzig.

»Deine Mutter soll es bis nächste Woche fertigstellen«, bestimmte Elisabeth. »Du kannst es am Samstag anprobieren, wenn du wieder in Köln bist. Deinen Auftritt für übernächsten Samstag musst du aber wegen der Feier absagen.« Ihre Stimme klang beinahe froh.

»Natürlich«, brachte Emma hervor. Es wäre nicht gut, schon beim zweiten großen Tanzabend im Rheinpalast zu fehlen, aber ihre Pflichten als Ehefrau gingen vor. »War das alles? Ich muss jetzt üben.« Sie wollte sich noch ein wenig auf die Proben mit dem neuen Ensemble am Nachmittag vorbereiten.

Elisabeth nickte nur. Emma nahm ihr Akkordeon und machte sich auf den Weg in die Scheune. Sie hatte das Gefühl, Elisabeth würde sie durch das Fenster beobachten, als sie über den Hof ging. Der Verwalter striegelte gerade das Reitpferd. Er kümmerte sich selbst um die Pferde, wie er es schon getan hatte, als es noch mehr Pferde auf Gut Meinersleben gegeben hatte. Er war ein schweigsamer Mann mit schlohweißem Haar, meistens schlecht gelaunt.

Er hielt kurz inne, nachdem sie ihn begrüßt hatte, hob den Kopf und erwiderte ihren Gruß mürrisch, wobei er stirnrunzelnd auf ihr Akkordeon starrte. Dann fuhr er fort, das Pferd zu striegeln.

Schaudernd lief Emma weiter. Seitdem sie miterlebt hatte, wie grob er zu den Fremdarbeitern gewesen war, hatte sie Angst vor ihm. Sie mochte ihn nicht und wusste, dass er sie ebenso wenig mochte.

Das große Tor zur Scheune stand einen Spaltbreit offen, und sie schlüpfte hinein.

Stille umfing sie. Das Stroh lagerte in Bansen an den Wänden, in der Mitte stand der Erntewagen. Sie ließ sich auf ihrem Schemel hinter dem Wagen nieder und hängte sich ihr Akkordeon um. Sie liebte den Geruch nach Stroh und altem Holz, den die Scheune verströmte. Hierhin hatte sie sich in den zwei Jahren, die sie auf Gut Meinersleben verbracht hatte, gern zurückgezogen und gespielt. Hier hatte sie die nötige Ruhe gehabt, um zu spielen.

Doch jetzt hatte sie das Gespräch mit Elisabeth zu sehr aufgebracht, um spielen zu können. Heftig griff sie in die Klaviatur, zerrte am Balg. Schräge, wilde Töne kamen hervor, wütend wie sie selbst. Sie ließ ihr Akkordeon sinken und starrte in die staubige Luft. Wie hatte sie nur glauben können, dass sie hier leben könnte wie in Köln? Unter der Fuchtel dieser eisigen Frau würde sie vermutlich verkümmern. Aber Christian konnte nichts dafür, er tat alles, um ihr das Leben hier so angenehm wie möglich zu machen. Vielleicht war sie auch nur übermüdet von der letzten Nacht, in der sie kaum geschlafen hatte. Christian hatte sie wieder durch sein Schreien aufgeweckt. Sie war aufgeschreckt und hatte einige Atemzüge gebraucht, bis sie begriffen hatte, dass er schlief. Er schrie und murmelte Unverständliches, dann heulte er wie ein Kind. Seine Schreie kannte sie schon, doch das Heulen war neu. Schauerlich klang es durch die Nacht. Sie legte ihm die Hand auf die Schulter und schüttelte ihn sanft, danach beruhigte er sich. Aber sie hatte lange nicht einschlafen können wie in jeder dieser Nächte.

Nun fürchtete sie sich allmählich jeden Abend davor, nachts wieder durch seine Schreie geweckt zu werden, was sie oft erst gar nicht einschlafen ließ. Insgeheim sehnte sie sich danach, wieder allein und ungestört schlafen zu können. Aber darauf war nicht zu hoffen. Für ein Ehepaar gehörte es sich, ein Schlafzimmer zu teilen.

Emma hielt inne und versuchte, sich die Melodie in Erinnerung zu rufen, die ihr in den letzten Tagen eingefallen war. Sie spielte eine Tonfolge, dann noch eine. Aber es gefiel ihr nicht. Etwas erschien ihr heute anders als sonst. Es lag nicht an ihr und auch nicht an der Melodie, es kam von außen. Ein feiner kalter Luftzug, der ihre Beine umspielte und unter ihren Rock kroch. Emma sah zum kleinen Fenster hinüber, aber es war verschlossen. Sein helles Rechteck malte sich auf der hölzernen Umrandung des Erntewagens ab. Oben im Gebälk knackte es, als würde sich die alte Scheune in der Wärme dehnen und ihre Glieder ausstrecken. Die Kälte kam unter dem Erntewagen hervor. Emma ließ ihr Akkordeon sinken und erhob sich. Sie folgte dem Luftzug, ging weiter zu den Bansen hinten in der Ecke, wo die verschlossene Tür lag. Heute stand sie einen Spaltbreit offen.

Emma lauschte, aber sie hörte nichts außer einem Knacken im Gebälk und dem Schnauben des Pferdes draußen im Hof. Jemand musste vergessen haben, die Tür abzuschließen. Schon die zweite Tür an diesem Morgen, die offen stand, fuhr es ihr durch den Kopf. Sie lugte durch die Öffnung. Nie hatte sie dieser Tür besondere Beachtung geschenkt, sie hatte geglaubt, dort wäre ein Raum für alte Geräte, die nicht mehr gebraucht wurden. Aber vor ihr erstreckte sich ein langer Raum mit einer hohen gewölbten Decke und geweißelten Wänden. Als Haupteingang diente ein verschlossenes Tor in der Kopfseite, von dem Emma immer geglaubt hatte, es gehörte zum angrenzenden Stall. Luft und Licht kamen durch das Oberlicht am Tor herein. Gerümpel türmte sich überall. Was Emma als Erstes auffiel, war ein ockerfarbenes Schaukelpferd. Es hatte reich verziertes Zaumzeug und sah aus, als würde es tatsächlich galoppieren. Sogar echte Steigbügel baumelten daran.

Emma musste lächeln. Das war sicher Christians altes Schaukelpferd. Sie ging hin und strich über das staubbedeckte, alte Holz, stupste es an. Das Pferd bewegte sich leicht hin und her.

Emma sah sich weiter um. Die van Kalls mussten früher viele Möbel besessen haben. Zwei wuchtige Kleiderschränke, eine antike Anrichte, Bretter, die aussahen, als wären es zusammengelegte Betten, eine Couch, Stühle, die sich an der Wand türmten, ihnen gegenüber eine Reihe Nachtschränkchen. Hinten an der Wand ein Küchenschrank und ein Herd. Zahlreiche Lampen drängten sich auf jeder freien Fläche neben Uhren, Spiegeln, Gardinenstangen. So viel konnten die van Kalls unmöglich besessen haben. Vermutlich lagerte hier alles, was die hungernden Menschen in den letzten Jahren zum Tausch gegen Lebensmittel zum Gutshof gebracht hatten.

Aber dann dachte sie, dass die Menschen nur das brachten, was sie tragen konnten, keine Möbel. Sie ging zur Anrichte und zog eine der beiden Schubladen auf. Überrascht hielt sie die Luft an. In der mit Samt ausgeschlagenen Lade häufte sich silbernes Besteck. Sie nahm ein Messer heraus. »AJ« stand auf dem Griff eingraviert. Schnell legte Emma das Messer wieder zurück. Sie hatte das Gefühl, dass seinem Griff noch die Spuren des

Vorbesitzers anhafteten. Wem hatte es gehört? Irgendwelchen reichen Städtern, die ihr gutes Besteck in der Not hatten verkaufen müssen?

In der zweiten Schublade entdeckte sie Ferngläser, zwei Fotoapparate und ein Opernglas. Ein wahrer Schatz, der auf den Kölner Schwarzmärkten viel erzielen würde. Emma hatte immer vermutet, dass die van Kalls irgendwo ihre Tauschwaren versteckt hatten. Schon in den Kriegsjahren waren immer wieder Fremde zum Gutshof gekommen, um ihre Habseligkeiten gegen Lebensmittel einzutauschen. Aber wann waren die vielen Möbel dazugekommen? Sie hätte etwas merken müssen, als sie hier gelebt hatte. Aber sie hatte das Tor nie offen gesehen und beobachtet, wie irgendetwas hineingebracht worden war. Nur in den letzten Wochen hatte sie manchmal gehört, wie der Laster in den frühen Morgenstunden weggefahren war, aber sie hatte dem keine weitere Beachtung geschenkt. Nun erschien das auf einmal in einem anderen Licht. Handelten die van Kalls mit diesen Schätzen und hatten sich deshalb den Laster und den vielen Schmuck leisten können? Es konnte doch nicht alles aus dem Tausch und Verkauf von Kartoffeln, Gemüse, Schweinefleisch und dem Holz aus dem Wald stammen. Die van Kalls handelten schwarz wie fast alle. Emma lächelte grimmig. Ihre feinen Schwiegereltern hatten also auch ihre schmutzigen Geheimnisse. Wie schön, dachte sie triumphierend, dass sie das Lager entdeckt hatte. Es fühlte sich gut an nach dem ärgerlichen Gespräch mit Elisabeth. Sie lauschte wieder, und als sie nichts hörte, beschloss sie, noch ein wenig weiterzuschnüffeln. Sie öffnete Schranktüren, zog weitere Schubladen auf, betrachtete ein paar verstaubte alte Bilder und Gemälde. Sie entdeckte muffige Kleidung, die im Schrank hing, Tisch- und Bettwäsche, Werkzeug und Messinghaken in verschiedenen Größen. In einem Schrank klebte innen an der Tür ein

Schild. Sie trat näher heran, um die kleinen Druckbuchstaben lesen zu können.

Eingezogen aus nichtarischem Besitz.
Das Reichsfinanzministerium
Im Auftrag
Der Oberfinanzpräsident Köln,

stand dort neben einem runden Siegelstempel. Emma ließ ihre Hand sinken. Sie erinnerte sich an die vielen Aufrufe zu Versteigerungen, die im Krieg in der Zeitung gestanden hatten. Auf dem Kölner Messegelände hatte man den Besitz der Juden versteigert. Sie sah ihren Vater wieder vor sich, wie er am Küchentisch auf die Anzeige tippte. »Sollen wir da hin, Bille? Wir könnten noch neue Küchenstühle gebrauchen.«

Ihre Mutter hatte die Anzeige kritisch beäugt und dann den Kopf geschüttelt. »Nein, von denen nehmen wir nichts.«

Emma fragte sich, was in diesem Lager noch alles aus den Versteigerungen stammte. Sie öffnete weitere Schranktüren und Schubladen, sah auf Tischplatten und in Nachtschränken nach. Tatsächlich entdeckte sie noch ein paar Aufkleber, meistens aber nur dunkle Flecken oder abgekratzte Spuren dort, wo sie geklebt hatten. Nach einer Weile hörte sie auf zu suchen, lauschte und starrte auf die winzigen Staubpartikel, die im Licht des Torbogenfensters schwebten. Vermutlich stammte das meiste hier aus jüdischem Besitz. Das würde auch erklären, warum sie nichts von den Möbeln wusste: Sie mussten herangeschafft worden sein, ehe sie auf den Gutshof gekommen war. Soweit sie sich erinnerte, hatten die Versteigerungen etwa 1941 oder 1942 stattgefunden, als sie noch nicht mit Christian verheiratet gewesen war.

Auf einmal hörte sie draußen den Verwalter mit Christian sprechen. Schnell schlich sie sich aus dem Lager, lehnte die Tür wieder an, lief zu ihrem Schemel und begann zu spielen. Es musste etwas Unverfängliches sein. In der Eile entschied sie sich für den Walzer aus *Die lustige Witwe* von Franz Lehár. Kaum hatte sie zu spielen begonnen, kam Christian in die Scheune. Er warf einen Blick auf die angelehnte Tür des Lagers, dann auf sie.

Er wusste es, schoss es ihr durch den Kopf. Er wusste, dass er vergessen hatte, die Tür zu schließen, und ahnte, dass sie das Lager entdeckt hatte. Trotzdem warf sie ihm ein Lächeln zu und spielte ungerührt weiter.

»Lass dich nicht stören.« Er hob kurz die Hand zum Gruß und verschwand zwischen den Bansen. Emma hörte das Klirren von Schlüsseln, als er die Tür abschloss. Sie tat, als hätte sie nichts bemerkt, und spielte weiter. Christian lehnte sich an die Bansen und beobachtete sie. Seine Finger tippten zum Takt auf seinen Oberarm. »*Der Ballsirenen-Walzer,* nicht wahr?«, sagte er, als sie geendet hatte.

Emma nickte. Sie forschte in seiner Miene, ob er wirklich dachte, dass sie im Möbellager gewesen war. Aber sie konnte nichts erkennen. Er musterte sie wieder mit dem intensiven Blick aus seinen dunklen Augen, aus dem sie nie ganz schlau wurde. »Spielt ihr das auch am Samstagabend im Rheinpalast?«

»Kann sein«, meinte Emma. »Wir spielen gern Walzer, das hast du doch am letzten Freitag gehört.« An diesem Abend hatten Irma und sie das letzte Mal ihr altes Programm im Rheinpalast gespielt. Christian hatte sie nach Köln gebracht und war die ganze Zeit nicht von ihrer Seite gewichen. Er würde sie auch heute wieder dorthin bringen, extra zwei Tage vorher, damit sie Zeit genug hätten, mit dem neuen Ensemble zu proben. Sie fürchtete insgeheim, er würde sie auch zu den Proben begleiten wollen.

»Willst du wieder ein neues Lied komponieren?« Er deutete mit dem Kopf auf ihr Akkordeon.

»Würde ich gern, aber es klappt noch nicht richtig.«

Christian rührte sich nicht und sah sie weiter an. »Ich entdecke immer neue Seiten an dir. Damals hast du noch keine eigenen Lieder geschrieben.«

»Oh, doch«, entgegnete sie. »Als du weg warst, habe ich hier in der Scheune meine ersten Versuche gemacht, aber es hat nicht geklappt.«

»Was muss denn da sein, damit es klappt?«

»Was meinst du?«

»Na, was muss vorhanden sein, damit du Lieder schreiben kannst? Was brauchst du dafür?«

Emma zog erstaunt die Brauen hoch. Sie wunderte sich über sein plötzliches Interesse an ihrer Musik. Nach ihrem letzten Auftritt am Freitag hatte sie eher das Gefühl gehabt, ihm würden ihre Lieder nicht sonderlich gefallen. Er hatte auf dem Heimweg kaum etwas gesagt. Sie hatte es darauf geschoben, dass er Irma nicht mochte, die beiden konnten sich einfach nicht leiden. Außerdem stand die Geschichte von damals immer noch zwischen ihnen, als sich Irmas Freund Bruno, der zu den Edelweißpiraten gehörte, mit ihm und seinen Hitlerjungen geprügelt hatte.

»Was da sein muss?«, wiederholte sie nachdenklich »Nun, ich brauche Ruhe, um meine Ideen ausarbeiten zu können. Und natürlich Papier.« Sie lächelte etwas verkrampft. Unter seinem Blick fühlte sie sich plötzlich unwohl.

»Dein erstes Stück – wie heißt es noch gleich?«

»*Sommernachtstraum.*«

»*Sommernachtstraum*«, wiederholte er langsam. »Es ist ein trauriges Lied.«

Emma umklammerte ihr Akkordeon. »Findest du? Es war auch eine traurige Zeit, als ich es geschrieben habe.«

Er ließ die Arme sinken und vergrub sie in den Taschen. »Du hast gesagt, klassische Musik hätte dich zum Schreiben des Lieds inspiriert. Welche denn?«

»Na, der *Sommernachtstraum*. Wir haben ihn doch schon in der Schule aufgeführt.«

»Soweit ich mich erinnere, ist die Musik des Stücks aber nicht traurig.« Immer noch dieser aufmerksame Blick. Ahnte er, wovon dieses Lied tatsächlich erzählte? War es der Melodie so deutlich anzuhören?

»Ich war wirklich oft traurig«, beharrte sie. »Ich hatte es nicht einfach in Köln, das kannst du dir sicher vorstellen.«

»Es war so schwer, dass du erst gar nicht hierhin zurückkommen wolltest«, bemerkte Christian sarkastisch.

Emma runzelte die Stirn. Was sollte dieser plötzliche Vorwurf? Nahm er ihr doch übel, dass sie nach seiner Rückkehr nicht sofort mit Begeisterung zu ihm zurückgekehrt war? Sie entschloss sich, die Flucht nach vorn anzutreten. »Ist das jetzt ein Verhör?«

Er nahm seine Hände aus den Taschen und kam näher. »Ist es denn nötig, dich zu verhören?«

Sie legte ihr Akkordeon ab und stellte es neben den Schemel. »Kannst du dir nicht vorstellen, dass ich oft traurig war, weil du nicht da warst? Ich habe dich vermisst! So lange wusste ich nicht, was mit dir war. Nachdem wir gehört hatten, dass eure ganze Division in russische Gefangenschaft gekommen ist, mussten wir das Schlimmste annehmen.«

Er verharrte still. Nicht die kleinste Regung spiegelte sich in seiner Miene. Er hob die Hand und berührte kurz ihren Oberarm. »Tut mir leid.«

Emma fühlte sich erst erleichtert, weil er nicht weiterfragte, aber dann spürte sie Wut aufsteigen. So leicht wollte er es sich machen? Sie mit ein paar Worten trösten für alles, was sie seinetwegen hatte durchmachen müssen? Für ihre Sorgen, die Ängste, die schlaflosen Nächte? »Es war furchtbar, nicht zu wissen, was mit dir ist«, sagte sie. »Sich zu fragen, ob du vielleicht schon tot in der kalten Erde liegst oder schwer verwundet irgendwo in einem Lazarett. Oder später, als die Russen dich hatten, was sie mit dir machen würden.«

Christian schwieg lange. »Ich konnte nichts dafür«, meinte er schließlich.

»Doch. Du bist gern in den Krieg gegangen. Du warst auch schon gern Kameradschaftsführer.«

Er hob die Augenbrauen. »Seit wann ist das ein Problem für dich?«

»Seitdem wir wissen, was der Krieg alles angerichtet hat.«

»So redest du nur, weil wir ihn verloren haben«, sagte er schroff. »Hätten wir gewonnen, würdest du jetzt anders reden.«

»Ich habe den Krieg nie gewollt«, hörte Emma sich sagen. »Ich fand die Idee von dem Eroberungsfeldzug im Osten immer schlecht.«

»Ich weiß. Ich habe dir schon damals gesagt, du solltest ›Mein Kampf‹ lesen, dann hättest du Hitlers Gründe besser verstanden«, erwiderte er. »Du warst nie mit dem Herzen dabei. Du warst immer nur eine Mitläuferin.« Er sprach das letzte Wort so verächtlich aus, dass es Emma überraschte.

»Es ist keine Schande, bei Krieg nicht mit dem Herzen dabei zu sein.«

Er schüttelte nur den Kopf, während ein verächtliches Lächeln seine Mundwinkel umspielte.

Das steigerte Emmas Wut nur weiter. »Du denkst also immer noch so wie damals. Und die Zerstörungen, die Toten, die Verwundeten und Versehrten? Macht dir das gar nichts aus? Weißt du, wie viele Leute in Köln vermisst werden, wie viele verschüttet wurden? Ich kann froh sein, dass meine Familie noch lebt.«

Christian musterte sie mit gerunzelter Stirn. »So wie du reden nur Verlierer. Oder solche, die ihr Mäntelchen nach dem Wind hängen. Jetzt, wo die Besatzer im Land sind, sagen sie, sie hätten nur mitgemacht, weil sie es mussten, weil es nicht anders ging oder weil sie ihre Befehle hatten. Aber du warst auch in der Mädelschaftsgruppe, du hast mitgemacht wie wir alle.«

Emma seufzte ärgerlich. »Ach komm, du weißt doch, wie es war. Mein Vater hat mich gezwungen, um keine Probleme in der Bank zu kriegen.«

»Sicher«, höhnte Christian. »Sie mussten dich aber nicht zwingen, das Horst-Wessel-Lied zu spielen.«

Emma presste ihre Lippen fest zusammen, um nichts Unbedachtes zu sagen. Christian hatte seine Meinung nicht geändert, als wäre nichts geschehen.

»Ich mochte weder die Gruppe noch unsere Anführerin«, gab sie schließlich zurück.

Er lachte höhnisch auf. »Ach, Emma, was bist du nur für ein kleiner Feigling. Ich rede nicht mehr mit dir darüber. Es ist vorbei.« Er wandte sich um und stapfte, immer noch kopfschüttelnd, hinaus. Kurz vor dem Tor wandte er sich noch einmal zu ihr um. »Heute Nachmittag bringe ich dich nach Köln.«

Sie sah, wie sich das Tor hinter ihm schloss, und ließ sich auf den Schemel sinken. Lange starrte sie in den tanzenden Staub im Lichtstrahl des Fensters, den er aufgewirbelt hatte. Sie spürte, dass er unrecht hatte, aber auch irgendwo recht.

War sie ein Feigling, wie er behauptete? Was wäre geschehen, wenn sie in den Widerstand gegangen wäre? Sie wäre wie Bruno von der Kölner Gestapo verhaftet worden und vielleicht auch umgekommen wie er, wie so viele damals. Aber sie hatte leben wollen, ihre Musik spielen, mit Christian eine Familie gründen.

Doch jetzt wusste sie nicht mehr, ob sie das mit ihm noch wollte. Jegliche Lust am Spielen und Komponieren war ihr vergangen. Sie erhob sich und ging hinaus.

Kapitel 10

Zum Glück kam Christian nicht mit zu Emmas Proben im Rheinpalast. Er verabschiedete sich, nachdem sie bei ihren Eltern Getreidekaffee getrunken hatten, um seinen Kriegskameraden Willi Schütte zu besuchen. Dort würde er auch übernachten, sagte er, und am Samstag wiederkommen. Emma atmete auf. Sie nutzte die Zeit vor der Probe, um ihr neues Kleid anzuprobieren und Klara endlich mal wieder einen Besuch abzustatten.

Klara freute sich, vor allem über die mitgebrachten Kartoffeln, und Emma musste ihr alles über Christians Rückkehr und ihr Leben auf dem Gutshof erzählen. »Ich soll lernen, eine Gutsherrin zu werden«, schloss sie. »Meine Schwiegermutter will mir alles beibringen. Als Erstes werden wir bald eine Abendgesellschaft haben, bei der ich lernen soll, Gastgeberin zu sein.«

»Gefällt dir denn dein neues Leben?«, fragte Klara und sah sie über den Rand ihrer Kaffeetasse hinweg an. Sie saßen wieder am Küchentisch, tranken echten Bohnenkaffee und warfen hin und wieder Blicke aus dem Fenster auf die Ruinen von Köln.

Emma zuckte mit den Schultern und blickte auf den Dom. »Ich bin nur froh, dass mein Mann mir die Auftritte erlaubt. Komm doch mal samstagabends vorbei, wenn wir spielen.«

Klara nickte und nippte an ihrem Kaffee. »Wenn ich nur einen Tänzer hätte«, sagte sie seufzend. »Hier ist auch alles anders, seitdem Kurt nicht mehr bei mir wohnt. Ich habe jetzt eine neue Untermieterin.«

»Also hat er sein Zimmer bei dir gekündigt?«, fragte Emma.

Klara nickte traurig. »Er kam vor wenigen Wochen vorbei und meinte, er brauche es nicht mehr«, erzählte sie. »Er würde nicht mehr wiederkommen. Irgendwie schien er wütend zu sein, so, als wäre er mit dem Gedanken nicht bei der Sache. Schade eigentlich. Er fehlt mir.«

Mir auch, hätte Emma ihr am liebsten zugerufen, aber sie biss sich auf die Lippen und trank hastig ihren Kaffee, um ihre Überraschung zu verbergen.

»Er war mit einem Mercedes hier«, fuhr Klara fort, und in ihrer Stimme schwang immer noch Verwunderung mit. »Mit Fahrer! Die Hüffenberger Werke … Wenn ich gewusst hätte, wer er ist …« Sie schüttelte den Kopf. »Man hat ihm nichts angemerkt.«

Emma musste mit sich kämpfen, um nicht in Tränen aus-zubrechen. Wahrscheinlich war Kurt nach dem Gespräch mit ihr gleich nach Köln gefahren und hatte sein Zimmer bei Klara aufgekündigt. Nun war es also endgültig, er wollte nicht mehr nach Köln zurückkehren. »Hat er … hat er noch irgendwas gesagt?«, fragte sie und merkte, wie ihre Unterlippe zitterte.

Klara beobachtete sie aufmerksam. Sie schüttelte den Kopf. »Nein, nur dass sie die Fabrik wiederaufbauen müssen.«

Emma setzte die Kaffeetasse ab und senkte den Kopf. »Ich weiß«, sagte sie traurig.

»Es tut mir leid«, hörte sie Klara leise sagen.

Sie wich ihrem Blick aus und nickte nur. Die milchfarbene Tasse mit dem Goldrand verschwamm vor ihren Augen.

»Manchmal muss man sich entscheiden«, fuhr Klara fort. »Mein Mann war lange vermisst, als ich Esser, meinen späteren

Verlobten, kennenlernte. Ich weiß nicht, was ich getan hätte, wenn mein Mann zurückgekommen wäre.«

»Mein Mann hat sich sehr verändert. Er ist mir fremd geworden«, gestand Emma.

»Wäre auch ein Wunder, wenn die Männer genauso aus dem Krieg zurückkämen, wie sie hineingegangen sind.«

Emma nickte und dachte, dass Klara recht hatte. Sie brauchte viel Langmut und musste geduldig sein mit Christian. Aber trotzdem war sie traurig wegen Kurt, sie musste dauernd an ihn denken, auch noch, als sie zur Probe in den Rheinpalast kam.

Herr Michels dirigierte sie in den neuen Keller, wo sie spielen sollten. Es roch noch nach Farbe, und vor der Bühne verlegten zwei Handwerker das letzte Parkett auf der Tanzfläche. Im Saal drängten sich Tische und Stühle, die gebraucht aussahen. Zwei Fenster, die hoch in den Wänden lagen, ließen nur wenig Tageslicht herein, das meiste Licht wurde durch zahlreiche Wandlampen verbreitet. In der Saalmitte stand ein Mann auf einer Stehleiter und schraubte die Deckenlampe fest. An der Kopfseite gegenüber dem Eingang befand sich das Podium, auf dem sie spielen sollten. Ein Mann saß am Klavier und übte.

»Es ist schön geworden«, rief Emma.

»Ja, nicht? Die Mühe hat sich gelohnt«, sagte Herr Michels stolz.

Emma nickte. Vor ihrer Aufführung am letzten Freitag war der Saal fast noch im Rohbau gewesen, sie hatte gezweifelt, ob er rechtzeitig fertig werden würde.

»Wir haben auf einhundert Plätze erweitert und rechnen mit vollem Haus am Samstagabend.« Er rieb sich die Hände. »Kommen Sie, ich stelle Ihnen den Pianisten vor.« Sie machten einen Bogen um die Stehleiter herum und stiegen die Stufen zur Bühne hinauf. Der Pianist unterbrach sein Spiel und erhob sich.

»Herr Max Kleefisch«, sagte Herr Michels und deutete auf den schmächtigen älteren Herrn mit schneeweißen, flusigen Haaren. Herr Kleefisch lächelte freundlich und drückte Emma fest die Hand. Seine silberne, fast randlose Brille erinnerte Emma an die ihres Vaters.

»Sagen Sie Max zu mir«, bot er ihr sogleich an. »Ist einfacher, wenn wir gleich proben.«

»Emma«, sagte Emma.

»Herr Kleefisch war früher im städtischen Orchester«, erklärte Herr Michels. »Er kann alles spielen, nicht wahr, Herr Kleefisch?«

Der Pianist nickte und lächelte in einem fort. Emma mochte ihn, es lag etwas Gewitztes in seinem Lächeln. Er war etwa im Alter ihres Vaters und sicher nicht im Krieg gewesen, allenfalls im Volkssturm.

»Und da kommt auch der Rest des Ensembles.« Herr Michels wandte sich um, als Irma und Nikolai den Saal betraten. Ihnen folgte ein Mann mittleren Alters. Der Wirt eilte ihnen entgegen, verlor ein paar Worte über den Saal und führte sie zur Bühne. Dort stellte er sie einander vor. »Hier ist Ihr Schlagzeuger«, sagte er und deutete auf den Mann mit der Hornbrille, der sein dunkles Haar streng zurückgekämmt trug. Er hatte tiefe Geheimratsecken an der Stirn, obwohl er vielleicht erst Mitte dreißig war. »Gerhard Hoffmann, gerade frisch aus amerikanischer Gefangenschaft entlassen«, stellte Herr Michels ihn schwungvoll vor. »Er kann alles spielen, schließlich war er bei unseren Jungs in der Wehrmacht, nicht, Herr Hoffmann?«

Der Dunkelhaarige nickte ernst. Er trug einen grauen Anzug, der etwas muffig roch.

»Also, Sie spielen am Samstag Tanzmusik. Jeweils eine Dreiviertelstunde mit Pause. Sie können gern ein paar Nummern unseres erprobten Frauen-Duos übernehmen, aber machen Sie auch neue Musik. Lassen Sie sich was einfallen, heizen Sie den Leuten richtig ein. Die sollen tanzen und viel trinken.«

»Haben Sie Wünsche, was die Lieder betrifft?«, fragte Irma. »Wollen Sie, dass wir bestimmte Stücke spielen?«

»Spielen Sie viel Swing, nur ein paar Walzer. Sie wissen, welche Lieder gut laufen, ich verlasse mich auf Ihr gutes Händchen«, sagte Herr Michels lächelnd. »Aber spielen Sie auch den *Sommernachtstraum* zum Abschluss, damit die Leute wieder was runterkommen, ja? So, dann lasse ich Sie mal allein, damit Sie sich aufeinander einspielen können.« Er wandte sich um und rauschte hinaus.

»Den *Sommernachtstraum*?«, fragte Gerhard Hoffmann nach einer Weile des unschlüssigen Schweigens. »Die Musik nach dem Stück?«

»Es ist ein Lied, das ich letztes Jahr geschrieben habe, nachdem ich das Stück im Theater gesehen habe«, erklärte Emma. »Wir haben es bei unseren Auftritten hier immer zuletzt gespielt, weil es langsam ist.«

»Gut, dann können wir es auch jetzt wieder so machen«, schlug Gerhard vor. »Zuerst proben wir die Lieder, die bei Ihnen gut gelaufen sind, und ergänzen sie durch ein paar andere. Danach dürften wir unser Programm stehen haben, was meinen Sie?«

Alle waren einverstanden, und sie begannen, auf der Bühne zu proben. Es stellte sich heraus, dass die beiden Neuen geübte Musiker waren. Sie kannten die beliebtesten Lieder, die Emma und Irma gespielt hatten, sodass sie sie leicht gemeinsam einstudieren konnten. Zum Schluss besprachen sie noch die Stücke, die sie dazunehmen wollten. Je nach Lied sollte Emma Melodie oder Begleitung spielen. Mal sollte sie, mal Nikolai die erste Stimme sein. Irma würde jedes Lied mit ihrer Gitarre begleiten. Max zeigte sich begeistert von Nikolais Geigenspiel und wollte mehr über ihn wissen, doch Nikolai antwortete nur ausweichend und sagte lediglich, er sei Ukrainer. Merkwürdigerweise fragten die beiden Neuen nicht weiter, sondern nahmen es hin.

Nach der nächsten Probe am folgenden Tag war er nur noch der Niko und Gerhard der Gerd, die mit Max, Irma und Emma zusammen musizierten. Alle lauschten aufmerksam, als Irma und Emma zum Schluss den *Sommernachtstraum* spielten, und das bedeutete Emma viel. Nicht nur, dass Herr Michels sich ihr Stück gewünscht hatte, auch die anderen mochten es offenbar. Die Menschen wollten ihre Musik hören. Sie musste weitere Lieder schreiben.

Am Samstagabend brachte Christian Emma mit dem Laster zum Rheinpalast. Er schien gut gelaunt zu sein, was sich bei ihm darin äußerte, dass er weniger ernst war als sonst. Er ließ es sogar zu, dass Emma den Kopf auf seine Schulter legte, und schob sie nicht weg wie sonst seit jenem Abend, an dem er ihr die Kette geschenkt hatte. Der Besuch bei seinem Kriegskameraden schien ihm gutgetan zu haben. »Wie geht es Willi Schütte?« Sie sprach lauter, um das Dröhnen im Lastwagen zu übertönen.

»Ganz gut«, sagte er leichthin. »Ich habe ihn und seine Frau zu unserer Gesellschaft nächste Woche eingeladen. Ich glaube, sie müssen sich mal wieder richtig durchessen.«

»Nett von dir«, meinte Emma. »Dann kommen also auch normale Leute, nicht nur einflussreiche Gäste.«

Christian warf ihr einen kurzen Seitenblick zu. »Wer sagt denn so was?«

»Deine Mutter.«

Er grinste. »Du darfst dich von ihr nicht ins Bockshorn jagen lassen. Sie schneidet ganz gern mal auf.«

»Also kommen keine wichtigen Leute?«

»Das habe ich nicht gesagt«, ruderte er zurück. »Sieh es doch mal so: Jeder Mensch, der kommt, wird ein wichtiger Gast sein, der mit Respekt behandelt werden sollte, aber auch ein ganz normaler Mensch wie du und ich. Du brauchst keine Angst zu haben.«

»Ich habe keine Angst«, meinte Emma. »Gibt es eine Gästeliste?«

»Nein.«

»Warum nicht?«

»Wir haben noch nie eine gemacht.«

»Aber wenn ich wüsste, wer käme, könnte ich mich auf die Gäste einstellen«, erwiderte Emma, die sich wunderte, warum Christian und seine Mutter so ein Geheimnis um ihre Gäste machten.

»Du wirst sie sehen, wenn sie da sind. Außerdem haben wir längst noch nicht alle Antworten. Aber eins kann ich dir verraten – Doktor Rodeshagen hat fest zugesagt.«

»Doktor Rodeshagen?«

»Du kennst ihn nicht? Der Mann, bei dem die Schüttes wohnen. Er sagt, er kennt dich.«

Emma hob ihren Kopf und richtete sich auf. Er konnte nur den Vermittler meinen. »Doktor Rodeshagen«, sagte sie langsam. So hieß er also wirklich. »Ich habe ihn lange nicht mehr gesehen, wie geht es ihm?«

»Genau die gleiche Frage hat er mir auch über dich gestellt, nachdem er meinen Namen erfahren hat«, sagte Christian, während er den Laster um eine Kurve steuerte.

Emma spürte, wie ihr Herzschlag sich beschleunigte. Spionierte er sie etwa aus? Aber nein, er hatte nicht wissen können, dass sie den Vermittler kannte. Es war reiner Zufall gewesen, dass Doktor Rodeshagen letztes Jahr die Schüttes bei sich aufgenommen hatte. Ihr wurde mulmig bei dem Gedanken, was der Vermittler – oder besser Doktor Rodeshagen – ihrem Mann alles über Kurt und sie erzählen könnte. Er hatte für Kurt Penicillin auf dem Schwarzmarkt beschafft, als ihre Mutter schwer krank war. Er hatte ihr geholfen, eine Besuchserlaubnis für Kurt im Militärgefängnis zu erhalten.

»Woher kennst du ihn eigentlich?«, erkundigte sich Christian.

Emma zögerte und dachte eine Weile nach. »Hat er dir das nicht verraten?«

»Nein.«

Gut. Wenn Christian die Wahrheit sagte, war Doktor Rodeshagen wohl auch vorsichtig gewesen. Sie lächelte erleichtert. »Wir kennen uns vom Schwarzmarkt«, sagte sie wahrheitsgemäß. »Er wollte mir mein Akkordeon abkaufen, aber ich habe es ihm nicht verkauft. Später, als er mich spielen hörte, hat er es sich anders überlegt. Er hat mir die Auftritte im Rheinpalast verschafft.«

»Ah. Und wo bist du vorher aufgetreten?«

»In Rudis Kneipe bei uns in der Nähe. Der Kapitolskeller war doch zerstört.«

»Das hast du mir noch gar nicht erzählt«, meinte Christian. Er sprach leichthin, aber sie hörte den verärgerten Unterton heraus.

»Es hat sich noch keine Gelegenheit dazu ergeben«, erwiderte sie und dachte an die vielen Abende, die sie lesend im Wohnzimmer verbracht hatten, und an ihre Spaziergänge, bei denen es eigentlich nur um Belanglosigkeiten gegangen war. Verpasste Chancen, wirkliche Gespräche zu führen, tiefe Gespräche unter Eheleuten, wie sie es sich wünschte. Sie hatte sich gesagt, er würde schon irgendwann auftauen, sie müsste nur Geduld haben. Aber wenn er nicht mehr wie früher werden würde? Wenn er immer schweigsam bliebe? Sie verdrängte den beängstigenden Gedanken.

»Du hast mir so vieles noch nicht erzählt«, sagte Christian. »Ich weiß fast nichts über deine Zeit in Köln.«

»Da gibt es auch kaum was zu erzählen. Es war eine harte Zeit, wir hatten nur damit zu tun, zu überleben. Du hast mir auch kaum etwas über den Krieg erzählt und von deiner Flucht.«

»Ich habe euch alles von meiner Flucht erzählt«, gab Christian zurück. »Über den Krieg will ich nicht sprechen.«

»Warum nicht? Vielleicht könntest du …«

»Was könnte ich?«, fiel Christian ihr ins Wort. »Der Krieg ist vorbei, verloren und vergangen. Ich spreche nicht mehr darüber. Das solltest du akzeptieren.« Er parkte den Wagen und zog heftig die Handbremse an. Dann nahm er seinen Mantel, stieg aus und knallte die Tür zu. Ein Schauer überlief Emma, als er die Beifahrertür öffnete und ihr die Hand hinhielt. Schweigend ergriff sie sie und ließ sich von ihm aus dem Wagen und dann in den Mantel helfen. Wenigstens hatte er nicht weiter nach Doktor Rodeshagen gefragt.

Der Saal im Rheinpalast war noch leer, als sie kamen. Christian begrüßte Irma kühl und setzte sich vorn an einen Tisch, von wo aus er einen guten Überblick hatte, während sie noch eine Verständigungsprobe machten. Emma und Irma trugen ihre gewohnten Kleider – Emma ihr weißes, das sie bisher bei jedem Auftritt getragen hatte –, aber keine Rosen mehr im Haar. Die Männer trugen alle dunkle Anzüge.

»Hoffentlich geht alles gut«, meinte Irma nach der Probe und warf einen bangen Blick in den Saal, der sich langsam füllte. »Ich bin noch nie vor so vielen Leuten aufgetreten.«

»Ich auch nicht«, sagte Emma. »Aber es hat doch bisher immer geklappt. Es sind nur ein paar mehr Leute da.«

Irma deutete mit dem Kinn auf Christian. »Er sieht verärgert aus. Ist etwas passiert?«

Emma wollte nicht über ihr Gespräch mit ihrem Mann reden. »Er hat oft schlechte Laune. Ist sozusagen Dauerzustand bei ihm.«

»Tanzt er wohl heute Abend?«

»Er tanzt nie. Das letzte Mal bei unserer Hochzeit.« An jenem Tag hatte Christian Emma unbeholfen über den Rasen geschoben. Damals hatte es ihre Freude nicht getrübt, es hatte sie nur amüsiert. Heute schien ihr der Hochzeitstag unendlich lange her zu sein, als sie einen Blick auf ihren Mann warf, der still und ernst am Tisch saß.

»Vielleicht wird es ihm bald zu viel, dich immer wegzubringen, und lässt dich allein fahren«, flüsterte Irma.

Emma nickte. Woher wusste ihre Freundin nur immer, was in ihr vorging? Sie kannten sich einfach schon zu lange.

Der Saal hatte sich gefüllt, Rauchschwaden hingen in der Luft, Gläser klirrten. Die Kellner eilten zwischen den Tischen umher und schleppten volle Tabletts herein. Herr Michels trat auf die Tanzfläche und kündigte sie mit schwungvollen Worten an. Er sagte etwas von ihrem Frauen-Duo »Lydia und Rose«, das jetzt neue Männer gefunden habe und zusammen mit ihnen bis zur Sperrstunde aufspiele. Die Gäste klatschten erwartungsvoll.

Schon beim ersten Lied strömten viele auf die Tanzfläche, und die meisten tanzten durch bis zur Pause. Die Kellner kamen kaum noch nach, Getränke zu bringen. Herr Michels stand am Rand und beobachtete alles zufrieden.

»Wunderbar, weiter so«, raunte er ihnen in der Pause zu und sorgte dafür, dass sie mit Getränken versorgt wurden. Emma wollte sich zu Christian setzen, doch er war verschwunden. Sie fand ihn schließlich draußen. Er lehnte an der Tür des Lasters, rauchte und starrte vor sich hin. Sie ging zu ihm, um ihn aufzuheitern. »Es ist schön, findest du nicht?« Sie strich über seinen Arm. Früher hätte er sie bei so einer Gelegenheit in die Arme genommen, doch jetzt machte er keine Anstalten, sie zu berühren. Er nickte nur und streifte sie mit einem flüchtigen Blick.

Doch sie gab nicht auf. »Schade, dass wir heute nicht zusammen tanzen können. Wir könnten mal irgendwo tanzen gehen, freitagabends, wenn ich nicht auftreten muss. Was hältst du davon?«

»Du weißt, dass ich nicht gern tanze«, sagte er.

Sie lehnte sich neben ihn an den Laster. »Und mir zuliebe?« Er schüttelte den Kopf und blies schweigend den Rauch aus. »Ist die Pause nicht längst vorbei? Geh wieder rein, Emma. Ich komme gleich nach.«

Emma wollte etwas entgegnen, doch die Luft kam ohne Worte wieder hinaus. »Wie du meinst«, sagte sie enttäuscht und ging zurück ins Lokal.

Nach der Pause tanzten noch mehr Leute und füllten die Tanzfläche restlos. Sie schoben und drängten sich auf dem Rechteck vor der Bühne. Emma beobachtete sie und wünschte sich, auch dort zu sein. Mit Kurt war sie ein paarmal tanzen gewesen, draußen auf den Dörfern, wo niemand sie kannte, und er hatte sie herumgewirbelt, bis sie nicht mehr konnte. Aber Christian saß am Tisch und trank schweigend sein Bier.

Als die Sperrstunde heranrückte, spielten sie wie immer den *Sommernachtstraum* zum Abschluss. Danach verbeugten sie sich vor dem klatschenden Publikum, und Herr Michels ließ es sich nicht nehmen, sie einzeln vorzustellen. Bei Max und Nikolai brandete besonders viel Applaus auf; Max schienen viele aus seiner Zeit im städtischen Orchester zu kennen, und Nikolai spielte einfach hervorragend.

»Nikolai Mazur, unser Ukrainer«, rief Herr Michels, und Nikolai verbeugte sich tief. Der Applaus wurde schwächer. Manche Gäste ließen die Hände sinken, als sie Nikolais Namen hörten, andere klatschten ungerührt weiter. Christian hatte sich nicht erhoben, um zu applaudieren, sondern saß am Tisch und blickte mit finsterer Miene zur Bühne hinauf. Nur mit Mühe konnte Emma ihn davon überzeugen, ihnen beim anschließenden Essen Gesellschaft zu leisten. Aber er sagte kaum ein

Wort, sondern trank nur sein Bier, während sie Kartoffeln mit Stampfgemüse aßen und dabei den Auftritt besprachen.

»Warum bist du so schweigsam, Christian, hat es dir nicht gefallen?«, versuchte Irma, ihn aus der Reserve zu locken.

»Doch, ich frage mich nur, ob euer Geiger wirklich Ukrainer ist. Nikolai ist ein russischer Name.«

Es wurde schlagartig still am Tisch. Alle starrten auf Nikolai, der blass geworden war. »Ich bin Ukrainer«, bekräftigte er.

»Aus welcher Stadt kommen Sie?«, fragte Christian.

»Aus Lemberg.«

»Aha.« Christian starrte Nikolai ungläubig an. Er drehte sein Bierglas und öffnete den Mund, um noch etwas zu sagen, dann schloss er ihn wieder. »Nun, ich möchte Ihre Runde nicht länger stören. Ich warte draußen am Wagen auf dich, Emma.« Er erhob sich, zog ein paar abgegriffene Geldscheine aus seinem Portemonnaie und warf sie auf den Tisch, dann zog er sich Mantel und Hut an. »Einen schönen Abend noch.« Er tippte sich kurz an die Hutkrempe und ging mit energischen Schritten hinaus.

Niemand sagte ein Wort. Nikolai saß reglos auf seinem Platz und starrte in sein Bierglas. Emma und Irma tauschten Blicke. Irma sah erstaunt und ärgerlich aus. Emma schämte sich für das Verhalten ihres Mannes. Es überschattete den Abend und ihre Freude über den Erfolg ihres Ensembles.

»Sollen wir nächste Woche noch mal das gleiche Programm spielen?«, fragte Gerd, und Emma war froh über die Ablenkung.

»Aber sicher, es ist doch gut gelaufen«, meinte Irma, und auch Herr Michels, der an ihren Tisch kam, um sie auszuzahlen, war damit einverstanden. Sie verabredeten, am nächsten Samstag rechtzeitig zur Verständigungsprobe im Rheinpalast zu sein, nur Emma würde wegen ihrer Abendgesellschaft einmal aussetzen müssen. Sie ertappte sich bei dem Gedanken, lieber auftreten zu wollen. Sie verabschiedete sich bald, denn sie hatte keine Ruhe mehr, seit Christian draußen auf sie wartete. Irma und Nikolai begleiteten sie. »Wisst ihr, ich möchte mich für …« begann sie, als sie in die kühle Nacht hinaustraten, doch weiter kam sie nicht. Christian lehnte nicht am Wagen, er saß auch nicht darin, wie sie erwartet hatte. Zu ihrer Überraschung lehnte er gleich neben der Tür an der Hauswand. Er beobachtete, wie der Kellner hinter Nikolai die Tür verriegelte, dann stieß er sich von der Wand ab und heftete sich an ihn. »Wie schön, nun können wir endlich in Ruhe miteinander reden«, stieß er hervor und sagte etwas auf Russisch.

Nikolai antwortete nicht. Wortlos reichte er Irma seine Geige.

»Wenn du kein Russe bist, dann fresse ich ein Schaf.« Christian ballte seine Fäuste und baute sich vor ihm auf. »Gib es zu, sie haben dich gekriegt, nicht? Warum haben sie dich nicht umgebracht?«

»Christian!«, rief Emma erschrocken. »Hör auf damit!«

Doch ihr Mann beachtete sie nicht, er schien sie nicht mal zu hören. Er stürzte sich auf Nikolai und nahm ihn in den Schwitzkasten. Nikolai, kleiner und schmächtiger als er, hing hilflos in der Umklammerung. Christian presste den Arm an seinen Hals. »Na, sag schon«, zischte er. »In welcher Einheit warst du? Welche Division? Lüg mich nicht an.«

Als Nikolai nicht antwortete, drückte Christian fester zu. Nikolai gab einen Ton von sich, der an irgendetwas zwischen Brüllen und Wimmern erinnerte. Er presste etwas auf Russisch hervor, woraufhin Christian einen verächtlichen Laut ausstieß. »Wusste ich's doch. Warum bist du noch hier? Warum bist du nicht zurück in dein Land, verflucht noch mal?«

Nikolai japste nach Luft. Er klammerte sich an Christians Arm und versuchte, dessen Griff zu lockern, was ihm auch gelang. »Ich kann nicht. In meinem Land werden

Kriegsgefangene als Kollaborateure beschuldigt. Sie stecken uns in Lager in Sibirien.«

»Also hatte ich recht, du darfst gar nicht hier sein«, versetzte Christian.

»Nein, ich bin nicht illegal hier«, beteuerte Nikolai.

Emma fasste sich ein Herz, ging zu Christian und legte ihm die Hand auf seinen Arm. »Lass ihn los.«

Aber er beachtete sie immer noch nicht. »Du darfst nicht hier sein«, beharrte er. »Geh zurück in dein Land.«

Nikolai schüttelte heftig den Kopf. »Ich kann nicht.«

Christian drückte wieder fester. Nikolai stieß den gleichen Laut wie gerade aus. Emma zerrte an Christians Arm. »Lass ihn los, Christian. Der Krieg ist zu Ende.«

Da endlich ließ Christian seinen Gefangenen los. Nikolai wich ein paar Schritte zurück und fiel der erschreckten und kreidebleichen Irma in die Arme. Sie legte den Arm um ihn und zog ihn fort.

»Irma.« Emma folgte ihnen ein paar Schritte. »Es tut mir leid.«

»Es sollte deinem Mann leidtun«, zischte Irma. »Bring ihn zur Vernunft.« Sie hakte Nikolai unter und führte ihn fort.

Emma sah, wie sie die schmale Straße an der Klostermauer entlanggingen, bis die Nacht sie verschluckte, und Wut überfiel sie. Sie fuhr zu Christian herum. »Was hast du getan? Bist du verrückt geworden?«

Er ging wortlos zum Laster, öffnete ihr die Beifahrertür und ließ sie einsteigen, aber sie ergriff seine Hand nicht, sondern kletterte ohne seine Hilfe in den Wagen.

»Warum tust du so was?«, fauchte sie, als sie durch die stillen Straßen der Stadt nach Hause fuhren.

»Ein Ukrainer«, sagte er und schüttelte missbilligend den Kopf. »Ihr lasst euch ganz schön für dumm verkaufen.«

Emma wollte ihm auf keinen Fall verraten, dass sie längst wussten, dass Nikolai ein Russe war. »Es ist mir egal, woher er stammt. Hast du nicht gehört, wie gut er spielt? Er ist ein Gewinn für unser Ensemble.« Wenn er sich jetzt überhaupt noch traute zu spielen, setzte sie in Gedanken hinzu.

Christian antwortete nicht, sondern fuhr schweigend weiter.

Ihr fiel ein, dass er Nikolai verraten konnte, wenn dieser tatsächlich hier untergetaucht wäre. Das wäre eine Katastrophe, auch für Irma. Es würde eine große Lücke in ihr Ensemble reißen, denn nach der Länge des Beifalls an diesem Abend zu urteilen, mochten die Gäste Nikolais Geigenspiel sehr. Sie musste vorsichtig sein und durfte Christian nicht zu sehr reizen, damit er erst gar nicht auf diese Idee käme. Aber sie war zu wütend, um den Mund zu halten. »Irma und ich haben uns letztes Jahr nach langer Zeit wieder vertragen«, brach es aus ihr heraus. »Weißt du, wie viel Mühe mich das gekostet hat? Sie wollte zuerst überhaupt nicht mehr mit mir spielen. Jetzt sind wir endlich wieder so weit, und du zerstörst alles.«

»Ah, deine Freundin tändelt mit diesem Russen herum.« Seine Mundwinkel zogen sich geringschätzig nach unten.

Das brachte Emma erst recht in Rage. Sie machte ein paar tiefe Atemzüge, um sich etwas zu beruhigen. »Das tut jetzt nichts zur Sache«, fuhr sie mit mühsam beherrschter Stimme fort. »Dein Verhalten war unmöglich. Du hast dich benommen, als wärst du noch im Krieg. Wenn du mich das nächste Mal zum Auftritt bringst, solltest du dich bei Nikolai entschuldigen.«

Christian knetete das Lenkrad. »Eher würde ich sterben.«

»Dann wäre es besser, wenn du mich nicht mehr zu meinen Auftritten bringst. Ich fahre mit dem Fahrrad nach Köln und übernachte bei meinen Eltern.«

Er warf ihr einen kurzen Seitenblick zu. »Wie sprichst du mit mir? Ich habe gesagt, ich werde dich bringen, und dabei bleibt es.«

Emma unterdrückte ein heftiges Seufzen. Wie sprichst du mit *mir*?, wollte sie ihm am liebsten entgegnen, doch sie musste vorsichtig sein. Er durfte ihr ihre Auftritte verbieten, wenn er glaubte, sie würde ihre Pflichten als Ehefrau vernachlässigen. Und sie hatte das Gefühl, er würde es nur zu gern tun. Also sagte sie nichts, wandte den Kopf ab und sah hinaus in die Nacht. Ein paar ferne Lichter glommen am Horizont, als der Wagen über die Landstraße fuhr. Er schaukelte heftig, als er über ein Schlagloch holperte. Emma musste daran denken, wie sie hier vor einem Jahr Kurt kennengelernt hatte, als er mit seinem Lastwagen in ein Schlagloch geraten war und Teile seiner Ladung verloren hatte. Sie sah die Dosen immer noch über die Straße rollen. Wäre sie nur noch einmal dort, an diesem Tag. Doch sie konnte die Zeit nicht zurückdrehen, und sie würde Kurt nicht mehr wiedersehen. Sie presste die Lippen aufeinander und atmete tief, um ihre Tränen hinunterzuschlucken.

Kapitel 11

Elisabeth hielt Wort und unternahm in den nächsten Tagen alles, um Emma auf ihre neue Rolle als Herrin von Gut Meinersleben vorzubereiten. Sie besprachen mit der Köchin die Häppchen, die bei der Abendgesellschaft gereicht werden sollten, wählten die Weine aus und stellten noch zwei Mädchen aus dem Dorf ein, die der Köchin an diesem Abend zur Hand gehen sollten. Natürlich brauchten ihre Gäste keine Lebensmittelkarten mitzubringen, wie es nun üblich wäre, sagte Elisabeth, sie würden selbstverständlich alles aus ihren Vorräten nehmen. Sie ließ das Esszimmer und das angrenzende Wohnzimmer von den beiden Dienstmädchen auf Hochglanz bringen. Der Knecht schleppte Sessel, Stühle und kleine Tische herbei – passendes Mobiliar, das offenbar eigens für solche Gelegenheiten angeschafft worden war. Im Garten wurden Gartenmöbel aufgestellt, und die Stühle im Sonnenrondell erhielten neue, geblümte Kissen.

Elisabeth erklärte Emma, wie man die Gäste formvollendet begrüßte und wieder verabschiedete, wie man sich mit ihnen unterhielt, über was man sprach und worüber besser nicht, welche Fragen man am besten stellte. In ihren Erklärungen verriet sie ihr endlich auch mehr über ihre Gäste. Es stellte sich heraus, dass es sich bei ihren vollmundig angekündigten »Personen mit Macht und Einfluss« um Beamte, Ärzte, einige Gutsbesitzer aus der Umgebung, einen Hotelier aus Köln und noch ein paar Rechtsanwälte handelte – Namen, von denen Emma noch nie etwas gehört hatte, außer dem des Ehepaars Schütte und Doktor Rodeshagen.

»Du wirst bei der Begrüßung neben uns stehen und die Namen der Gäste hören, wenn Robert und ich sie begrüßen. So kannst du sie auch mit Namen ansprechen«, erklärte Elisabeth.

Emma nickte.

»Es ist unser erstes Frühlingstreffen nach Jahren, und unsere Gäste kennen dich noch nicht. Sie werden dich kennenlernen wollen, du wirst der Mittelpunkt des Abends sein«, prophezeite Elisabeth. »Fühlst du dich dem gewachsen?«

»Sicher«, erwiderte Emma und hielt ihrem Blick stand. Sie war Auftritte von Jugend an gewöhnt. Dieser Abend würde sie nicht aus der Fassung bringen. Trotzdem stieg ihre Aufregung, je näher der Abend rückte, aber das zeigte sie ihrer Schwiegermutter nicht. Sie zeigte auch nicht ihre Enttäuschung, als Elisabeth das alte Klavier stimmen und einen Pianisten aus Köln engagieren ließ. Das Telefon in Roberts Büro – das einzige im Dorf außer dem Telefon im Dorfladen – klingelte häufiger als gewöhnlich. Emma hörte Robert immer telefonieren, wenn sie an seiner Tür vorbeiging. Er sprach so laut, dass sie gar nicht weghören konnte. Die vielen Telefonate hatten eindeutig mit der Abendgesellschaft zu tun, und sie fragte sich, warum dafür so viele Telefonate notwendig waren. Als sie wieder einmal die laute Stimme ihres Schwiegervaters durch die geschlossene Tür hörte, blieb sie stehen und lauschte.

»Ich habe noch einen alten Vogeler«, dröhnte es aus dem Büro. »Meine Frau kann das Bild nicht leiden. Der ist zu einem

Bolschewiken geworden, sagt sie immer. Aber ich glaube, der wird sich noch mal gut verkaufen.«

Am anderen Ende der Leitung schnarrte ein Mann etwas ins Telefon, das Emma nicht verstand.

»Wie? Der ist tot? Ach, das wusste ich nicht. Na, umso besser. War nicht geschickt von dir, mir das zu sagen.« Robert lachte.

Die Telefonstimme schnarrte wieder.

»Sieh ihn dir am Samstag einfach mal an, dann kannst du dich entscheiden«, schlug Robert vor. »Die Geschmäcker sind bekanntlich verschieden.«

Es schnarrte wieder aus dem Telefon.

»Natürlich, kein Problem. Er soll am Samstag Fotos mitbringen, dann schaue ich mir das mal an. Aber gute Aufnahmen, ja? Sag ihm das.«

Sie verabschiedeten sich, und ein Klacken erklang, als Robert den Hörer auf die Gabel legte. Emma lief den Flur hinunter und die Treppe hinauf ins Badezimmer, wo die Friseuse, die Elisabeth engagiert hatte, schon auf sie wartete. Als die Frau ihre langen Haare wusch, mit der Brennschere in Locken legte und zu einer kunstvollen Frisur aufsteckte, fragte sie sich die ganze Zeit, was Roberts Worte zu bedeuten hatten und mit wem er gesprochen hatte.

* * *

Weil es ein warmer Maiabend war, fror Emma nicht in ihrem neuen, kurzärmeligen Kleid, als sie mit Christian und ihren Schwiegereltern die ankommenden Gäste vor dem Wohnzimmer empfing. Das Mohnblumenkleid, wie sie es nannte, das ihre Mutter nach dem Tante-Lydia-Schnittmuster genäht hatte, betonte ihre schmale Taille, dann wölbte sich der helle Vorhangstoff und fiel weich an ihr herunter bis zu den Waden. Sein V-Ausschnitt wäre allerdings ein wenig zu tief, hatte Elisabeth missbilligend angemerkt, aber das störte Emma nicht im Geringsten; sie liebte dieses Kleid, seine roten Mohnblüten auf dem hellen Samt erinnerten sie schon an den Sommer, und ihre Riemchenschuhe erinnerten sie an Kurt.

Geduldig wiederholte sie die Namen, die Robert und Elisabeth genannt hatten, als sie die Gäste begrüßte, und sagte dann »Schön, Sie kennenzulernen« oder »Sehr erfreut«.

Doktor Rodeshagen kam erst, als die meisten schon da waren, in Begleitung der Schüttes. Er begrüßte Elisabeth und Robert formvollendet und drückte Christian fest die Hand. »Wie schön, Sie wiederzusehen, Frau van Kall, ich hatte beinahe nicht mehr damit gerechnet«, sagte er zu Emma.

»Sie kennen sich?« Elisabeth hob erstaunt die Augenbrauen. »Das wusste ich gar nicht.«

»Köln ist klein, Frau van Kall«, erwiderte der Vermittler lächelnd. »Ich hatte das Vergnügen, Ihrer Schwiegertochter einmal helfen zu dürfen.«

»Ich freue mich auch, dass wir uns wiedersehen, Herr Doktor Rodeshagen«, sagte Emma hastig, ehe ihre Schwiegermutter noch weiter fragen konnte. »Wir haben bestimmt gleich die Gelegenheit zu einem Gespräch.«

»Ich freue mich darauf.« Er lächelte verschmitzt. Die Situation schien ihn zu amüsieren.

So ein Schieber. Sie musste ihn im Auge behalten. Sie beobachtete, wie er im Wohnzimmer auf den Kölner Hotelier zuging und ihn herzlich begrüßte, als würde er ihn schon lange kennen.

Christian umarmte seinen ehemaligen Kriegskameraden Willi Schütte mit einer Herzlichkeit, die Emma verwunderte. Schütte und seine Frau waren erschreckend mager. Emma beobachtete, wie die beiden sich nach der Begrüßung sofort in die Nähe des Tisches stellten, wo die Tabletts mit den Häppchen standen.

Elisabeth rieb sich die Hände. »Es wird allmählich kalt. Wie spät ist es? Wir sollten reingehen und den Abend eröffnen.«

Robert zog seine Taschenuhr aus der Anzugjacke und klappte sie auf. »Kurz nach acht. Aber es sind noch nicht alle da.«

Elisabeth runzelte die Stirn. »Dass die aber auch nicht pünktlich kommen können! Wer fehlt denn noch?«

Robert schüttelte den Kopf, beugte sich zu ihr und flüsterte ihr etwas ins Ohr. Sie hob erstaunt ihre Brauen. »Dann müssen wir wohl noch warten«, sagte sie seufzend und zupfte ungeduldig an ihrem Kleid. Sie trug das schwarze Taftkleid, das sie bei der Anprobe Emma hatte geben wollen. Sie hatte sich später entschlossen, es selbst zu tragen und von Emmas Mutter ändern zu lassen.

Emma hörte, wie sich die Tür öffnete, und spürte einen feinen Luftzug, dann hörte sie die üblichen Geräusche von der Garderobe, wo ihr Dienstmädchen Gisela den Gästen ihre Mäntel abnahm. Sie straffte sich und bereitete sich auf die nächste Begrüßung vor. Wer wurde denn jetzt noch erwartet? Sie wollte längst im Wohnzimmer sein und Häppchen essen. Nach Elisabeths Gebaren zu urteilen, musste es ein wichtiger Gast sein. Sie erkannte ihn zuerst an seinem Gang. Leichtfüßig stieg er die beiden Stufen zu ihnen hinauf. Das Erste, was ihr durch den Kopf fuhr, war, dass er sie wohl am liebsten auf einmal genommen hätte und ihn nur der Anstand davon abhielt, es nicht zu tun. Sie verfolgte jede seiner Bewegungen, während sie spürte, wie das heftige Pochen ihres Herzschlags sich beschleunigte und ihren Körper erfüllte.

Kurt verbeugte sich kurz vor ihnen.

»Herr Hüffenberg, wie schön, dass Sie gekommen sind«, begrüßte Robert ihn überschwänglich. »Darf ich Ihnen meine Frau vorstellen? Elisabeth van Kall.«

Elisabeth reichte Kurt die Hand. Er beugte sich darüber und deutete einen Handkuss an – eine Art der Begrüßung, die aus der Mode gekommen war, aber Elisabeth offensichtlich gefiel. Wohlwollend betrachtete sie Kurt. »Ich hoffe, Sie hatten eine gute Anreise?«

»Danke, Frau von Kall, ich kann nicht klagen. Mein Fahrer kennt jeden Ort im Umkreis von hundert Kilometern von Köln. Es tut mir leid, dass wir zu spät sind, wir mussten an der Rheinbrücke länger warten als gedacht.«

»Aber das macht doch nichts«, sagte Elisabeth. »Hauptsache, Sie haben uns gefunden. Darf ich Ihnen meinen Sohn und meine Schwiegertochter vorstellen? Christian und Emma van Kall.«

»Sehr erfreut, Herr van Kall.« Die beiden Männer schüttelten sich die Hände. Kurts Lächeln wurde eine Spur weniger freundlich. Es schien auf seinem Gesicht einzufrieren. Christian begrüßte Kurt mit derselben formellen Steifheit, mit der er alle Gäste bis auf seinen Kriegskameraden begrüßt hatte. Emma holte tief Luft, während sie die beiden beobachtete. Sie glaubte, kein einziges Wort herausbringen zu können, so überrascht war sie. Doch irgendwo in ihrem leer gefegten Kopf wunderte sie sich, dass Christian ein wenig größer war als Kurt, sie hatte die beiden gleich groß eingeschätzt.

»Frau von Kall.« Warm und fest spürte sie Kurts Hand. Er lächelte freundlich, vielleicht eine Spur zu kühl, und seine Stimme klang rau. Er hatte sich sorgfältig rasiert und sein Haar war geschnitten wie immer, an den Seiten kürzer als oben, doch jetzt hatte er es mit Pomade aus dem Gesicht frisiert, was seinem Aussehen etwas Fremdes, Elegantes verlieh. Auch sein dunkelgrauer Anzug war neu, jedenfalls kannte sie ihn noch nicht, ebenso wenig das helle Einstecktuch in seiner Jackentasche.

»Herr Hüffenberg«, brachte sie hervor, und dann setzte sie ein heiseres »Sehr erfreut« hinzu.

Was um alles in der Welt tat er hier? Woher kannte er die van Kalls?

»Ich bin ebenfalls erfreut.« Er lächelte, wobei sich kleine Fältchen an seinen Augen bildeten.

Emma schluckte. »Ich nehme an ... Sie sind Geschäftspartner?« Sie sah hilfesuchend zu Robert hinüber. Es war unüblich, sich danach zu erkundigen, woher Robert seine Gäste kannte. Ihr Schwiegervater zögerte auch einen Augenblick, ehe er sich zu einer Antwort herabließ. »Das ist richtig, Emma«, bestätigte er freundlich. »Sie haben sicher gleich noch Gelegenheit, sich näher kennenzulernen.«

»Bestimmt.« Kurt grinste und warf Emma einen vielsagenden Blick zu. Sie bemühte sich, die Fassung zu bewahren. Sie setzte eine gleichmütige Miene auf, um kein Misstrauen bei Christian zu wecken. Bei dem Gedanken, Doktor Rodeshagen könnte den van Kalls erzählen, wie er ihr geholfen hatte, Kurt aus dem Gefängnis freizubekommen, wurde ihr heiß und kalt zugleich. Sollte sie ihnen nicht besser sofort verraten, dass Kurt ihr Untermieter gewesen war? Aber offenbar wollte Kurt seine frühere Existenz als Schwarzhändler in Köln hier nicht preisgeben. Sie musste mit ihm reden. Möglichst schnell.

Aber zuerst hielt Robert seine Eröffnungsrede, in der er hervorhob, wie sehr er sich freue, sie alle nach so langer Zeit und den schweren Jahren, die hinter ihnen lagen, wiederzusehen, wenn auch manch einer leider nicht mehr unter ihnen weile. Sie wollten nun, da der Friede sich verstetigt habe, die Tradition ihrer Jahreszeiten-Abende fortsetzen. An Gesprächsthemen herrsche sicher kein Mangel, versicherte er, und er habe extra ein paar Flaschen seines besten Weins, die die Plünderer nicht erwischt hätten, aufmachen lassen. Ebenso sei es mit dem Sekt, mit dem sie gleich anstoßen würden, es seien seine letzten Vorkriegsflaschen, die Monate in einem Versteck überdauert hätten und ihm sicher jetzt umso besser schmecken würden, da er sie mit ihnen teile. Er hob sein Glas. »Auf einen schönen Abend!«

Alle klatschten und nahmen ihre Gläser, die Marie und Gisela inzwischen gefüllt hatten, und prosteten sich zu. Danach begannen die Gespräche, während die Dienstmädchen mit den Tabletts umhergingen und Häppchen verteilten. Emma beobachtete, wie die armen Schüttes sofort gierig zugriffen.

Emma kam ihrer Pflicht als junge Gastgeberin nach und machte sich überall bekannt. Sie gesellte sich zu den Damenzirkeln, tauschte mit den älteren Damen, die sie heimlich taxierten, Nettigkeiten aus und redete mit den Ehefrauen über ihre Kinder, über den schlechten Schulunterricht und die Schwierigkeiten, an Kleider und Schuhe zu kommen. Sie nutzte die Gelegenheit, ihre Mutter als Näherin in Köln zu empfehlen, und präsentierte ihr Kleid als Arbeitsprobe. Die Frauen bewunderten ihr Kleid, und manch eine warf neidische Blicke auf ihre Kette und den Saphir.

Währenddessen hielt Emma unauffällig Ausschau nach Kurt. Zuerst sah sie ihn zwischen den Juristen im Raucherzimmer, dann im Wohnzimmer gleich neben ihrem Frauenzirkel. Einmal begegneten sich ihre Blicke, und sie sahen sich schweigend an. Etwas Verletztes lag in seinen hellen Augen. Das Kinn hatte er nach vorn geschoben, während er sie kühl betrachtete. Emma spürte, wie sie innerlich verkrampfte. Sie musste sich weiter unterhalten, und als sie sich wieder zu ihm umwandte, war er fort. War er etwa schon gegangen? Sicher nicht, denn der Abend hatte gerade erst begonnen. Sie entschuldigte sich bei den Frauen unter einem Vorwand und suchte nach ihm. Im Garten standen die Gäste in Grüppchen unter einer Reihe von Lampions und unterhielten sich. Etwas abgeschieden im Sonnenrondell saßen ein paar ältere Herren und rauchten. Kurt war nirgends zu sehen.

Enttäuscht wollte Emma wieder hineingehen, als sich ein Mann aus dem Halbschatten löste und auf sie zutrat. »Doktor Rodeshagen«, rief sie überrascht.

»Richtig. Sie haben doch nach mir gesucht, oder?« Er lächelte, während er den Rauch seiner Zigarette ausblies.

Emma erwiderte sein Lächeln und fragte sich, ob sie wirklich so durchschaubar war. »Ich freue mich über unser Wiedersehen«, sagte sie, auch wenn sie lieber weiter nach Kurt gesucht hätte. Aber vielleicht wäre dies auch eine gute Gelegenheit, ihm zu sagen, dass er den van Kalls nichts über sie und Kurt verraten sollte. »Woher kennen Sie eigentlich die van Kalls?«

»Ich kenne sie nicht. Ihr Mann hat mich eingeladen, vielleicht brauchte er einen Fahrer für die Schüttes. Ich bin nämlich jetzt der stolze Besitzer eines alten klapprigen DKWs.« Er tat noch einen Zug und drückte dann seine Zigarette in einem Aschenbecher aus, der auf einem der Tische stand.

»Herzlichen Glückwunsch«, meinte sie trocken.

Er grinste.

»Es ist doch sicher nicht so, dass Sie hier ein Unbekannter sind, oder? Ich glaube, Sie kennen mindestens die Hälfte der anwesenden Leute.«

Er rückte seine Hornbrille zurecht. »Es sind auch ein paar Leute aus Köln hier. Aber ich gebe zu, dies ist nicht mein vertrautes Pflaster. Doch ich nehme die Gelegenheit gern wahr, meinen geschäftlichen Bekanntenkreis zu erweitern.«

»Sie meinen, dies ist eine geschäftliche Zusammenkunft?«

»Was glauben Sie denn?«

»Eine private.«

Er sah sie mit einem belustigten Ausdruck an. »Sie müssen noch einiges lernen, Frau van Kall. In diesen Zeiten gibt es keine Zusammenkünfte, in denen nicht auch getauscht und gehandelt wird. Reden nicht auch Ihre Damen über diese Dinge und tauschen Tipps und Ratschläge aus?«

»So ist es«, bestätigte Emma. »Sie reden über Kinder, Schuhe und Kleidung. Die eigentlichen Geschäfte schließen die Herren ab, nicht wahr?«

Doktor Rodeshagen nickte. »Und jetzt möchten Sie bestimmt wissen, welche das sind. Ich soll Ihnen aus dem fremden Reich der Männer berichten.«

Emma fühlte sich an die Zeiten auf dem Kölner Schwarzmarkt erinnert. »Wenn Sie so nett wären«, sagte sie leichthin.

»Wissen Sie, wenn man sich in diesen Kreisen bewegt, gelten gewisse Anstandsregeln und Vorsichtsmaßnahmen, die jeder beachten muss. Sonst ist man schnell draußen. Ich kann Ihnen nicht verraten, wer hier was verhandelt, selbst wenn ich es wüsste. Das verstehen Sie doch, oder?«

Emma nickte. Sie dachte an das geheime Lager der van Kalls in der Scheune und an das Telefonat ihres Schwiegervaters, das sie heute belauscht hatte. Vielleicht wusste Doktor Rodeshagen etwas darüber. Sie beschloss, noch einen Versuch zu machen.

»Kennen Sie Robert van Kall wirklich nicht näher? Sie kennen doch sonst jeden in Köln.«

»Nun übertreiben Sie aber, liebe Frau van Kall. Ich habe ihn ein paarmal im Rheinpalast gesehen, mehr nicht. Er ist Ihr Schwiegervater, Sie kennen ihn bestimmt besser als ich.«

Also wusste er nicht, womit Robert handelte. Emma schluckte enttäuscht. »Als mein Mann im Krieg war, habe ich zwei Jahre hier auf dem Gutshof gelebt, bis ich die Nase voll hatte und nach Köln ging«, erzählte sie. »Aber glauben Sie nicht, dass ich meine Schwiegereltern kenne. Man entdeckt immer noch neue, überraschende Dinge bei Menschen, die man zu kennen glaubt.«

»Was haben Sie entdeckt, Emma?«

Sie überlegte, ob sie ihm von dem geheimen Lager erzählen sollte. Vielleicht würde sie die van Kalls damit in Schwierigkeiten bringen. Aber es drängte sie, jemandem von ihrer Entdeckung zu erzählen, und wenn ihr einer helfen könnte, mehr herauszubekommen, dann wäre es sicher Doktor Rodeshagen. Er hatte Kurt und ihr letztes Jahr schon geholfen, an Penicillin für ihre Mutter zu kommen und ihr einen Besuchstermin bei Kurt im englischen Militärgefängnis verschafft. »Ich habe etwas gefunden«, begann sie und erzählte ihm, wie sie das geheime Lager in der Scheune entdeckt hatte. »Ich weiß nicht, ob alles, was dort ist, von Juden stammt«, schloss sie leise. »Es klebten nur noch ein paar Aufkleber an den Möbeln, man hatte wohl vergessen, sie abzumachen.«

Doktor Rodeshagen zündete sich eine neue Zigarette an. »Sehr interessant.« Er rauchte eine Weile schweigend und betrachtete die Gäste im Garten. Einige gingen an ihnen vorbei nach drinnen, es war ihnen wohl zu kalt geworden. »Sehen Sie die Herren dort auf den Stühlen?«, fragte er.

Emma blickte zum Sonnenrondell hinüber, wo die älteren Herren saßen und rauchten. Sie nickte.

»Der Älteste in der Mitte war ein hoher Finanzbeamter, damals zuständig für die Versteigerungen aus nichtarischem Besitz. Das Vermögen der Juden, die im Ausland lebten, fiel damals ans Reich. Die Versteigerungen waren völlig legal. Wenn Ihre Schwiegereltern jüdischen Besitz ersteigert haben, haben sie nichts Ungesetzliches getan.«

»Also wurde nur der Besitz der Juden, die ins Ausland gegangen sind, versteigert?«, fragte Emma.

Der Vermittler nahm einen tiefen Zug, seine Zigarette glomm rot auf in der Dämmerung. »Sicher ist auch vieles von den emigrierten Juden beschlagnahmt worden, die ins Ausland gegangen sind, bevor Hitler an die Macht kam. Das lagerte alles in den Häfen von Antwerpen und Rotterdam«, sagte er, während er den Rauch wieder ausblies. »Es wurde nach den Bombardierungen beschlagnahmt und an die Ausgebombten hier in Köln verteilt. Aber Ausland, das waren später auch die Ostgebiete, die unsere Wehrmacht erobert hatte.«

»Die Ostgebiete – was sollten die Juden denn da …?«, entfuhr es Emma, ehe sie sich selbst unterbrach, weil sie den wissenden, traurigen Blick des Doktors sah.

»Was glauben Sie, wo sich auch viele Konzentrationslager befanden?«, sagte er.

»Im Osten.«

Er nickte.

Emma spürte auf einmal die Kühle, die vom nahen Wald herüberkam. Sie sah zu dem unauffälligen älteren Herrn hinüber, der in ihrem Sonnenrondell saß. Er wäre sicher nicht hier gewesen, wenn Robert ihn nicht schon lange gekannt hätte. Sie musste schlucken.

»Meinen Sie, mein Schwiegervater hat Geschäfte mit diesem Mann gemacht?«

»Das kann ich nicht sagen«, erwiderte Doktor Rodeshagen. »Das Oberfinanzpräsidium in Köln war damals für die Versteigerungen zuständig. Was Ihren Schwiegervater betrifft, so möchte ich mich zu keiner Behauptung hinreißen lassen. Stellen Sie selbst Ihre Vermutungen an, aber seien Sie vorsichtig. Alte Freundschaften und gute Verbindungen sind nicht plötzlich zu Ende, nur weil der Krieg vorbei ist.«

»Ich verstehe«, sagte Emma.

Doktor Rodeshagen drückte seine Zigarette im Aschenbecher aus, ergriff sein Weinglas und nahm einen tiefen Schluck. Eine Weile blickten sie schweigend auf die fernen Lichter von Köln. Emma fühlte sich auf einmal mit ihm verbunden, weil sie ein Geheimnis teilten. Sie war ihm dankbar für seine Hinweise. »Nennen Sie mich bitte Emma.«

»Das tue ich sehr gern, Emma. Immerhin kennen Sie nun auch meinen wahren Namen.«

»So ist es, Doktor Rodeshagen. Ich war überrascht, als mein Mann mir davon erzählte. Er sagte, Sie hätten die Schüttes in Ihrem Haus aufgenommen. Das war nett von Ihnen.«

»Nun, man tut, was man kann«, wiegelte er ab. »Manchmal ist Köln ein Dorf, obwohl es eigentlich eine große Stadt ist. Alles kommt irgendwann heraus. Ehrlich gesagt hatte ich nicht daran geglaubt, dass Ihr Mann so schnell zurückkommt.«

»Ich auch nicht«, gestand Emma. »Er ist geflohen.«

»Aus russischer Gefangenschaft? Dann hatte er großes Glück, dass sie ihn nicht erledigt haben. Und Sie hatten Glück, denn nun haben Sie ihn wieder.«

Emma spürte, wie er sie von der Seite ansah. Hastig lächelte sie. »Das stimmt. Auch wenn es manchmal schwierig ist.«

Er leerte sein Glas und stellte es zurück auf den Tisch. »Wie lange waren Sie getrennt?«

»Fast drei Jahre.«

»Das ist eine lange Zeit.«

»Wir waren erst kurz verheiratet, als er an die Front musste. Eigentlich waren wir in unserer Ehe viel länger getrennt als zusammen. Ich kannte ihn gar nicht richtig«, hörte Emma sich sagen. Wieder biss sie sich auf die Lippen. Sie konnte ihm doch nicht einfach ihr Herz ausschütten wie einer guten Freundin.

»Der Krieg verändert die Menschen«, sagte er. »Er hat Spuren in jedem Mann hinterlassen, der an der Front war.«

Emma sah ihn an. »Woher wissen ... Sie sprechen aus Erfahrung, nicht wahr? Sind Sie Psychiater?«

Er nickte stolz. »Wie schön, dass Sie das erkannt haben. Ich weiß, was der Krieg mit den Menschen macht. Gerade jetzt hätte ich viel zu tun, aber ich bin zu alt, und außerdem stellt zurzeit keiner einen Psychiater ein.«

»Tut mir leid«, meinte Emma.

Er winkte ab. »Es muss Ihnen nicht leidtun. Es gibt für alles im Leben Zeiten, wissen Sie, und jetzt ist eben die Zeit des Schwarzmarkts.« Er lächelte und ließ sich von Marie noch einmal sein Weinglas füllen. Emma aber lehnte ab, sie musste als Gastgeberin nüchtern bleiben.

»Herrgott, das ist ein wirklich guter Tropfen.« Er hob sein Glas und trank. »Wissen Sie, auch Sie haben sich verändert. Sie sind älter geworden. Durch Ihre Zeit in Köln haben Sie neue Erfahrungen gemacht, Sie haben gelernt zu überleben. Sie sind nicht mehr dieselbe wie früher.«

»Wie meinen Sie das?«, wollte Emma wissen.

Er stellte sein Weinglas wieder auf den Tisch zurück. »Nun, Herr Hüffenberg ist ein attraktiver Mann. Er hat viel für Sie riskiert. Er ist sogar für Sie ins Gefängnis gegangen. Ich habe gesehen, dass er hier ist. Eine heikle Situation für Sie, nicht?«

Emma schnappte nach Luft. »Ich weiß nicht, wovon Sie sprechen.«

»Ach, Emma, bitte halten Sie mich nicht für dumm. Ich kann eins und eins zusammenzählen. Aber was immer auch zwischen Ihnen und Herrn Hüffenberg war, ich werde den van Kalls nichts verraten, keine Sorge.«

Er legte kurz die Hand auf ihren Arm, was er noch nie getan hatte, und warf ihr einen wissenden Blick zu. Sie zog es vor, nicht weiter darauf einzugehen, und bemühte sich um eine unbeteiligte Miene, obwohl sie in Wahrheit um Beherrschung rang. Wenn sie so leicht zu durchschauen war, wer würde noch alles von ihrem Verhältnis zu Kurt wissen? Sie hatte es nur Irma gestanden, aber auch ihre Mutter und Klara wussten es. Nun wusste es auch der Vermittler.

»Sagen Sie besser nichts, Emma.« Er zog seine Hand wieder fort. »Diskretion ist für mich selbstverständlich, ich verlange auch nichts für mein Schweigen. Es wäre aber schön, wenn Sie bei Ihrem Schwiegervater ein gutes Wort für mich einlegten.

Vielleicht erinnert er sich dann eher an mich und lädt mich zur nächsten Gesellschaft ein. Außerdem könnte der nächste Winter lang und hart werden und das Essen knapp. Da wären gute Beziehungen zu einem Großgrundbesitzer beruhigend.«

»Ich verstehe.« Emma atmete erleichtert auf, weil er nicht mehr für sein Schweigen verlangte. Aber sie musste vorsichtig sein und sich einen Rest Misstrauen bewahren. Es gab keine Garantie, dass er es sich nicht doch eines Tages anders überlegte. Aber fürs Erste brauchte sie von ihm nichts zu fürchten. »Das dürfte sich machen lassen«, sagte sie lächelnd. »Kommen Sie, ich bringe Sie gleich zu meinem Schwiegervater, dann können Sie sich näher kennenlernen.«

»Vielen Dank, Emma. Sind Sie mal wieder in Köln? Ich würde mich freuen, Sie wiederzusehen.«

»Ich trete jeden Samstagabend im Rheinpalast auf. Wir haben ein neues Ensemble«, sagte sie und führte ihn nach drinnen.

»Ach, tatsächlich? Nun, dann sehen wir uns sicher bald dort«, meinte er, während sie ihn durch das volle Wohnzimmer dirigierte. Sie entdeckte Robert nicht, dafür aber Christian in einem Kreis älterer Herren in der Nähe des Klaviers, wo der Pianist seinem Instrument sanfte Töne entlockte. Er spielte nicht halb so gut wie Max, fand Emma.

Sie stellte Doktor Rodeshagen den Herren vor und flüsterte Christian ins Ohr, dass er ihn seinem Vater vorstellen solle. Dann verabschiedete sie sich, um weiter nach Kurt zu suchen. Sie hatte ihn nirgendwo gesehen. Ob er gegangen war, ohne ein weiteres Wort mit ihr zu sprechen? Als sie ihn nicht fand, ging sie hinauf ins Badezimmer, um sich frisch zu machen.

Wo mochte Kurt sein? Emma verließ das Badezimmer, nachdem sie fertig war, und stieg die Treppe hinab. Auf der untersten Stufe hielt sie inne, um zu lauschen. Der Lärm der Gäste drang durch die geschlossene Wohnzimmertür heraus. Aus dem anderen Teil des Flures, wo Roberts Arbeitszimmer lag, hörte sie gedämpfte Stimmen. Der Flur lag leer und still, alle Türen waren verschlossen. Die laute Stimme ihres Schwiegervaters drang aus seinem Arbeitszimmer. Emma schlich sich zur Tür und lauschte. Sie roch den Rauch von Roberts Zigarette, der aus dem feinen Türspalt drang.

»Ich komme auch aus einer Papiermacherfamilie«, hörte sie Robert sagen. »1871 hat mein Großvater eine Papiermühle gekauft und ausgebaut, neue Maschinen angeschafft und so weiter. Aber dann wurde er krank und musste sich aus dem Geschäft zurückziehen. Mein ältester Onkel übernahm das Ruder. Mein Vater war nur der Zweitgeborene, wissen Sie? Hat nur Barvermögen geerbt, wenig Reelles. Zum Glück reichte es für ein heruntergekommenes Gut, das er einer verarmten Landadligen mit Spielschulden abgekauft hat. Sie können sich nicht vorstellen, wie es hier früher ausgesehen hat. In meinen Erinnerungen standen hier immer nur Baugerüste, jahrelang. Als Meinersleben endlich fertig war, starb mein Vater.«

»Wie bedauerlich, dass er die Früchte seiner Arbeit nicht mehr genießen konnte«, antwortete Kurt. Also war er hier. Emma trat näher zur Tür.

»So ist es leider«, sagte Robert mit Bedauern in der Stimme. »Als Zweitgeborener hatte er sowieso schon das Nachsehen, und dann musste er sich hier noch abquälen. Aber er wollte es allen zeigen. Er hat's geschafft, aber er hatte nicht mehr lange was davon. So kann das Leben sein.«

»Ich verstehe«, erwiderte Kurt. »Ich bin auch Zweitgeborener, aber ich muss mich jetzt um die Firma kümmern, weil mein Vater und Bruder noch nicht wieder zurückgekehrt sind.«

»Ach, tatsächlich? Na, dann viel Glück. Wollen wir doch mal sehen, was Sie mitgebracht haben.«

Ein Stuhl rückte, langes Schweigen folgte und wurde nur durch ein Rascheln und Kurts Räuspern unterbrochen.

Das Stimmengewirr der Gäste wurde lauter, als sich die Wohnzimmertür öffnete. Emma verbarg sich schnell hinter dem Türrahmen, als sie die Schritte und die leisen Stimmen der Dienstmädchen hörte, die hinunter in den Keller gingen, um neue Häppchen aus der Küche zu holen.

»Oh, Stillleben mit Wild. Könnte Spätbarock sein. Maler ist einer der Holländer«, erklang die Stimme ihres Schwiegervaters. »Wie groß ist es?«

»Ungefähr ein Meter mal ein Meter.«

»Messen Sie es bitte genau aus.«

»Klar. Ich rufe Sie noch an und liefere Ihnen alles nach.«

»Wie alt sind die Fotos?«

»Die habe ich neu machen lassen. Wenn Sie wollen, kann mein Anwalt das bestätigen.«

»Hm.« Wieder trat Stille ein. Jemand trommelte mit den Fingern auf seine Armlehne, bestimmt Robert. Das tat er immer, wenn er überlegte. »Wenn es das ist, was ich meine, könnte es vielleicht meine Möglichkeiten übersteigen, Herr Hüffenberg. Dann würde ich Ihnen empfehlen, sich an einen größeren Händler in Köln zu wenden. Ich stelle Sie gleich jemandem vor, der Ihnen weiterhelfen kann.«

»Man sagte mir, Sie seien ein großer Händler.«

»Gewiss, der Not gehorchend.« Roberts nervöses Lachen erklang. »Man tut alles in diesen Zeiten, um zu überleben. Lassen Sie mir die Fotos hier, ich werde sie jemandem zeigen. Dann melde ich mich bei Ihnen.«

»In Ordnung, Herr van Kall.«

Stühlerücken war zu hören. Emma löste sich von der Tür und schlüpfte in den Flur zurück. Hastig stieg sie die Stufen der Kellertreppe hinunter, um sich am Treppenabsatz zu verbergen. Sie hörte, wie Kurt mit ihrem Schwiegervater zurück ins Wohnzimmer ging. Gott sei Dank, sie hatten sie nicht gesehen.

Sie wartete, bis sich ihr rascher Atem beruhigt und sich ihre Überraschung etwas gelegt hatte. Kurt hatte ihrem Schwiegervater also ein Bild angeboten. Robert handelte nicht nur mit Möbeln, sondern auch mit Bildern, und das offenbar in größerem Umfang. Sie fragte sich, wo er sie aufbewahrte. Im Lager hatte sie nur ein paar alte, staubige Bilder gesehen, die bestimmt keinen großen Wert hatten. Wie viel verdiente er wohl mit dem Bilderhandel? Es musste sich lohnen, dem neuen Reichtum der van Kalls nach zu urteilen. Doch warum wollte Kurt ihrem Schwiegervater ein Gemälde verkaufen? Ging es seiner Firma so schlecht?

Emma holte tief Luft. Sie musste sich beruhigen, wieder hineingehen und sich um ihre Gäste kümmern, sonst würde Christian sie bald vermissen. Außerdem hatte sie mächtigen Durst und nicht wenig Lust, die Überraschung über ihre neuen Erkenntnisse mit einem großen Schluck Wein hinunterzuspülen. Als sie aus der Küche die Stimmen der Dienstmädchen hörte, stieg sie schnell die Treppe hinauf und ging zurück zum Wohnzimmer. Vor der Tür strich sie sich noch einmal das Kleid glatt und schob eine Haarsträhne zurück hinters Ohr, die ihr in die Stirn gefallen war. In diesem Augenblick öffnete sich die Wohnzimmertür und Kurt kam heraus.

»Hier bist du also.« Geistesgegenwärtig schloss er sofort die Tür hinter sich, und das Stimmengewirr wurde gedämpfter. Sie starrten sich einen Augenblick schweigend an. Kurt sah fremd aus mit der Pomade im Haar, das dunkel glänzend an seinem Kopf lag. »Du siehst anders aus«, entfuhr es ihr.

Er steckte die Hände in die Hosentaschen und betrachtete sie offen. »Du auch«, konterte er.

»Und … gefällt es dir?«, fragte sie leise und drehte sich ein wenig hin und her, wie sie es schon so oft getan hatte.

Er nickte nur und sagte nichts, während er sie weiter betrachtete.

Wie gut ihr sein Blick tat. Sie sonnte sich darin und fühlte die Wärme wie eine Blume in der Mittagssonne, die ihren Blütenkelch für Licht und Wärme öffnet. Ihr war nicht klar gewesen, wie sehr sie das vermisst hatte. Gleichzeitig erschrak sie über diese Erkenntnis. »Eigentlich wollte ich zu den Gästen …«, stammelte sie.

»Ich bin auch ein Gast«, erwiderte er, ohne den Blick von ihr zu nehmen.

Marie und Gisela schleppten schwatzend volle Tabletts die Kellertreppe hinauf. Ihr Gespräch erstarb, als sie sie erblickten. Kurt öffnete ihnen galant die Wohnzimmertür und hielt sie für sie auf. Sie bedankten sich artig, und Emma entging nicht das freundliche Lächeln, das Marie ihm schenkte.

»Was … machst du hier?«, fragte sie, nachdem er die Tür hinter ihnen geschlossen hatte.

»Ich bin geschäftlich hier, wie die meisten.« Er sah sie immer noch an. Emma hatte das Gefühl, dass sie zu glühen begann wie heißes Eisen, das gleich seine Form verlieren würde. Hatte er immer schon diese Wirkung auf sie gehabt? Sie schluckte und krallte die Hände in ihr Kleid.

»Komm, gehen wir besser hinaus«, meinte er, hob die Hand und berührte sanft ihren Arm. Unter seiner Berührung zuckte sie zusammen. Steif ließ sie sich von ihm nach draußen über die Eingangstreppe in den Hof hinunterführen, der still in der Dunkelheit lag. Die Wagen der Gäste parkten vor dem Gutshof in der Allee, ihre Fahrer – sofern vorhanden – verbrachten den Abend im Dienstbotenzimmer neben der Küche, wo sie Karten spielten und Kleinigkeiten aßen. Am Ende des Hofes standen die Gäste unter der Lampionkette im Garten, redeten und lachten. Kurt und Emma schlugen eine andere Richtung ein und bogen in den Feldweg ab, der von einer Reihe alter Bäume gesäumt wurde. Ihre Blätter raschelten leise im Wind. Emma fröstelte. Ihr Kopf fühlte sich merkwürdig leer an, ihr fiel nichts ein, was sie hätte sagen sollen, dabei hätten sie sich so viel zu sagen gehabt. Schweigend gingen sie an der Mauer entlang, die das Gelände des alten Hofes umgrenzte, den Vorgängerhof von Gut Meinersfeld, der unter wucherndem Gestrüpp verfiel.

Auf einmal blieb Emma stehen. Sie wandte sich ihm zu und sah ihn an. »Weshalb bist du wirklich hier?«

Das Mondlicht warf einen hellen Schein auf sein Gesicht, und für einen Augenblick konnte sie sehen, wie aufgewühlt er war. Eine pomadengetränkte Haarsträhne fiel ihm ins Gesicht, er strich sie mit einer ärgerlichen Geste zurück. »Was glaubst du wohl?«

»Wegen mir?«, flüsterte sie.

Er nickte.

Er war ihretwegen hier, obwohl sie ihn abgewiesen hatte. Sie hätte weinen können. »Es tut mir leid«, murmelte sie.

»Was tut dir leid?«

»Unser Gespräch neulich, als du hier warst. Ich hätte dich nicht … Ich hätte nicht so gemein zu dir sein dürfen.«

»Du hast mir gesagt, du gehst du deinem Mann zurück, du willst es noch mal mit ihm versuchen. Aber ich sehe, dass du nicht glücklich bist. Du bist unglücklich mit ihm.«

Sie senkte den Kopf und wich seinem Blick aus. »Bist du deswegen hergekommen, um zu sehen, wie es mir geht?«, fragte sie leise.

Er nickte. »Ich wollte dich wiedersehen.«

Trotz allem! Sie musste schlucken. »Christian … ist nicht mehr der Mann, den ich geheiratet habe«, gestand sie. »Eigentlich kannten wir uns noch nicht richtig, als wir geheiratet haben, und dann war er so lange weg … es ist anstrengend mit ihm.« Sie starrte unglücklich vor sich hin.

»Es tut mir leid, dass du unglücklich bist«, sagte er leise. »Wir beide hätten glücklich werden können.«

Sie verschränkte die Arme vor ihrer Brust und strich sich mit den Händen über die kalten Arme. Warum sagte er nur so etwas? Wollte er noch einmal mit einem Messer in ihrer Wunde graben? »Ich weiß«, sagte sie mit rauer Stimme. »Das letzte Jahr mit dir – ich hatte gehofft, es könnte vielleicht ein neues Leben für uns werden. Aber dann bist du nach Hause zurückgekehrt und hast nichts mehr von dir hören lassen. Ich hatte geglaubt, du willst mich vergessen.«

Er vergrub die Hände in den Taschen. »Du weißt, dass mein Brief verloren gegangen ist.«

»Ich weiß. Eigentlich geht es auch nicht um den Brief. Was hat dich wirklich davon abgehalten, nach Köln zu kommen, Kurt?«

»Ich habe dir doch schon gesagt, dass wir viel zu tun hatten …«

Sie trat einen Schritt auf ihn zu. »Das meine ich nicht. Was hat dich *wirklich* davon abgehalten?«

Er schüttelte nur den Kopf und sah sie verständnislos an. »Ich konnte doch nicht ahnen, dass dein Mann wiederkommt.«

»Nein, damit hat niemand gerechnet.«

Eine Weile standen sie sich wortlos gegenüber. Im milden Mondlicht konnte sie sehen, wie Kurt sie ernst ansah. Auf einmal streckte er die Hände nach ihr aus und zog sie an sich. Seine Nähe ließ Emma erschauern und setzte ein Sehnen frei, das lange eingesperrt gewesen war. Sie schmiegte sich an ihn und legte ihren Kopf an seine Schulter. Er hielt sie fest umklammert. Sie roch sein Rasierwasser, hörte sein Herz schlagen. Überrascht dachte sie, wie sehr sie sich danach gesehnt hatte, nach seiner Nähe, seinen Berührungen, nach der Art, wie er sie ansah. Fest presste sie sich an ihn.

Er küsste ihr Haar, seine Hände strichen über ihren Hals und ihre Wange. Sie hob den Kopf. Das Blätterwerk der Bäume zauberte ein Schattenspiel auf sein Gesicht. Er legte die Hand an ihren Nacken, zog ihren Kopf zu sich heran und küsste sie. Sie versank in seinem Kuss. In einem freien Winkel ihres Hirns bedauerte sie, dass sie nicht mehr Zeit hatten.

Sie hörten, wie die Eingangstür im Hof sich öffnete und Stimmen erklangen. Die ersten Gäste verabschiedeten sich und gingen laut schwatzend zu den parkenden Autos in der Allee.

Emma löste sich aus dem Kuss.

Überrascht und enttäuscht sah Kurt sie an. »Was ist?«

»Ich muss zurück.«

Er seufzte und grub nach alter Gewohnheit die Hand in ihre Haare, besann sich dann wohl auf ihre Frisur und nahm sie wieder weg. Sie hörten, wie weitere Gäste verabschiedet wurden. Selbst aus dieser Entfernung hörte Emma Elisabeths durchdringende Stimme, und Abneigung erfüllte sie.

»Ich muss jetzt wirklich zurück«, sagte Emma, während die Traurigkeit sie übermannte bei dem Gedanken, Kurt schon wieder verlassen zu müssen. »Sie suchen sonst noch nach mir.« Sie seufzte und ordnete ihr Haar.

Widerstrebend ließ er sie los. »Ich möchte dich wiedersehen«, sagte er.

Ihr Herz schlug rascher, als die Freude sie überwältigte, aber auch Angst.

»Bist du bald wieder in Köln?« Erwartungsvoll sah er sie an.

»Wir treten jeden Samstagabend im Rheinpalast auf, aber Christian begleitet mich, er lässt mich nicht aus den Augen.«

»Aber gegen einen Kaffee bei deiner Freundin kann er doch nichts einzuwenden haben. Ich werde am Nachmittag bei Klara auf dich warten.« Er zog Zettel und Stift aus seiner Anzugtasche, notierte etwas darauf und gab ihn ihr. »Unser Telefon funktioniert nun auch wieder. Hier ist unsere Nummer«, sagte er mit einem kleinen, bitteren Lächeln. »Vielleicht sollten wir uns besser darauf verlassen als auf die Post. Wenn etwas ist, ruf mich an.«

»Mache ich.« Emma erwiderte sein Lächeln und schob den Zettel in den Ausschnitt ihres Kleides. Sie wischte sich die Tränen aus den Augenwinkeln. Noch einmal sah sie ihn an, dann wandte sie sich um und lief zum Haus zurück. Zuerst verbarg sie sich im Schatten der Hausmauer und spähte zur Tür hinüber. Erst als sie sich davon überzeugt hatte, dass niemand dort war, ging sie über den Hof zu den Gästen im Garten. Sie entdeckte das Ehepaar Schütte und wollte zu ihnen gehen, als Christian ihr den Weg vertrat.

»Wo kommst du jetzt her? Wo warst du die ganze Zeit?« Misstrauisch spähte er zum Hof hinüber.

Erschreckt fuhr sie zusammen. Sie hoffte, dass Kurt noch warten und ihr nicht so schnell folgen würde. »Ich war im Bad und habe mich frisch gemacht«, log sie. »Dann bin ich kurz raus in den Hof, um Luft zu schnappen. Als ich wieder reinwollte, war die Tür zu.«

Christian musterte sie stirnrunzelnd. Mit festem Griff umklammerte er ihren Arm. »Du kannst doch im Garten frische Luft schnappen.«

»Das stimmt, aber ich wollte eine Weile allein sein«, gestand sie leise. »Ich bin so viele Gäste nicht gewöhnt.«

Das schien ihn zu überzeugen. Er nickte und ließ sie los, aber sie bekam mit, wie er immer wieder zum Hof hinübersah.

Zum Glück ließ Kurt sich dort nicht mehr blicken, sondern nahm einen anderen Weg zurück. Wenig später verabschiedete er sich und ging. Emma kam erst spät in der Nacht ins Bett und starrte lange schlaflos in die Dunkelheit, bis der Erschöpfungsschlaf sie übermannte. Am Rand des anderen Bettes, so weit entfernt, wie es ging, lag Christian eingerollt in seine Decke.

Kapitel 12

In den folgenden Tagen hörte Emma immer wieder, wie der Laster früh morgens das Gut verließ. Einmal wurde sie von Geräuschen wach und beobachtete, wie der Verwalter und der Knecht den Laster mit Möbeln aus dem Lager beluden und gemeinsam wegfuhren. Ein anderes Mal wachte ihr Schwiegervater graugesichtig und übernächtigt im Hof und beaufsichtigte die beiden, wie sie einen Kasten aus dem Haus trugen und ihn vorsichtig auf die Ladefläche des Wagens bugsierten und dort befestigten. Anschließend spannten sie eine Plane darüber, dann fuhren Robert und der Verwalter fort. Sie kamen erst kurz vor dem Mittagessen zurück, und Robert verlor kein Wort darüber, wo er gewesen war. Er sprach nur allgemein von einer Geschäftsreise und erging sich in einer langen Klage darüber, wie schlecht die Straßen doch seien.

Emma dachte, dass der Ort, an dem er die Gemälde aufbewahrte, irgendwo im Haus sein musste. Eine Weile kämpfte sie mit sich, ob sie der Sache wirklich auf den Grund gehen sollte, aber dann überwog ihre Neugier. Sie wollte wissen, ob ihr Verdacht wirklich stimmte. Als Christian mit seinem Vater auf den Feldern war und Elisabeth sich für ihren Mittagsschlaf zurückgezogen hatte, machte sie sich leise auf. Sie durchsuchte das ganze Haus von oben bis unten. Sie kroch auf den staubigen Dachboden, wo sie sich noch nie hingewagt hatte, durchsuchte das unbekannte Gästezimmer, stieg in die Kellerräume hinab, sogar in den Weinkeller, und schnappte dabei unfreiwillig den neuesten Dienstbotenklatsch auf. Marie und Gisela lästerten in der Küche über ein paar Gäste, die auf dem Frühlingsfest gewesen waren, und meinten, der junge Herr habe so ernst und traurig ausgesehen. Seine Frau habe sich überhaupt nicht um ihn gekümmert und ihn den ganzen Abend allein gelassen.

»Wie gut er doch aussieht«, schwärmte Marie. »Wenn ich so einen Mann hätte, den würde ich nicht mehr loslassen.«

»Was der im Krieg wohl alles mitgemacht hat?«, fragte Gisela. »Dann ist er noch den Russen entwischt und hat sich bis hierher durchgeschlagen. Ich hätte mich das nie getraut.«

Sie mussten aufhören, als die Köchin sie rief. Emma war froh, dass sie nicht noch mehr hatte mit anhören müssen. Nachdenklich stieg sie die Treppe hinauf. Sie hatte nun alles abgesucht und nichts gefunden. Dass die Gemälde in den Wirtschaftsgebäuden lagerten, glaubte sie nicht, denn die Männer hatten die Kiste aus dem Haus getragen. Ihr fiel nur noch eine Möglichkeit ein, wo sie sein könnten. Aber Robert schloss sein Arbeitszimmer immer ab, bevor er ging, und den Schlüssel dazu besaß nur er. Oder vielleicht doch nicht?

Spät am Abend, nachdem Christian eingeschlafen war, stand sie auf, schlüpfte in ihre Pantoffeln und ihren neuen Morgenmantel und suchte nach seinen Schlüsseln. Sie durchstöberte seine Hosen-, Anzug- und Manteltaschen. In der Brusttasche seines Mantels im Schrank stieß sie auf ein Papier und zog es heraus. Es war ein kleines Foto. In der Dämmerung des Zimmers konnte sie nur Schatten darauf erkennen. Sie trat ans Fenster, schob die Übergardine ein wenig beiseite und hielt es ans Licht, das von der Hoflaterne hereinkam. Das Foto war von Weitem aufgenommen worden. Eine junge Frau saß auf dem Dach eines niedrigen Hauses und ließ ihre Beine baumeln. Fröhlich lächelte sie Emma entgegen.

Ein Stich durchfuhr Emma. Wer war diese Frau, und woher kannte Christian sie? Sie drehte das Foto um, aber die Rückseite wies nur ein paar vergilbte Flecke auf, sonst nichts – keinen Namen, keine Jahreszahl. Hatte Christian die Frau im Krieg kennengelernt? Hatte er sie womöglich mit ihr betrogen?

Dieser Gedanke traf Emma, sie fühlte Eifersucht aufsteigen. Sicher war es möglich, dass auch er sie betrogen hatte. In den zwei Jahren, die er im Krieg war, hatte viel passieren können. Sie musste an seinen letzten Heimaturlaub denken, in dem er so verändert gewesen war. Sie hätte nicht im Traum daran gedacht, dass eine Frau der Grund dafür sein konnte. Sie ging zum Schrank und steckte das Foto in seine Manteltasche zurück, während sie gegen ihre Enttäuschung ankämpfte.

Was hatte Doktor Rodeshagen gesagt? Im Krieg könne viel passieren. Er hatte recht.

Sie seufzte leise. Ihr Blick fiel auf Christians Aktentasche auf dem Stuhl, die sie noch nicht durchsucht hatte. Sie brauchte nicht lange darin zu wühlen, als ihr sein Schlüsselbund in die Hände fiel. Leise schlich sie sich aus dem Zimmer und über den dunklen Flur die Treppe hinunter. Wie merkwürdig, das Haus so still zu erleben. Durch die offene Tür sah sie das Wohnzimmer und das dahinter liegende Esszimmer in der Dunkelheit. Die Möbel für die Gäste waren inzwischen weggeräumt worden, alles sah wieder so aus wie immer. Emma schlich sich in den anderen Flur zu Roberts Arbeitszimmer. Welcher Schlüssel würde passen? Zum Glück hatte Christian nur wenige Schlüssel an seinem Bund, die sie durchprobieren musste. Einmal entglitten sie ihr dabei beinahe, und das Klirren hallte laut durch das stille Haus. Endlich sprang die Tür auf. Ihr Knarren jagte Emma einen Schrecken ein. Sie lauschte eine Weile, um sicherzugehen, dass niemand etwas mitbekommen hatte, und als sie nichts hörte, schlich sie sich ins Zimmer. Weil sie nicht erneut ein lautes Geräusch verursachen wollte, wagte sie es nicht, die Tür hinter sich zu schließen. Dafür knarrte das Parkett. Oh nein. Emma blieb stehen.

Roberts schlichtes Arbeitszimmer lag im schwachen Lichtschein der Hoflampe, die zur Sicherheit die ganze Nacht brannte und deren Licht durch zwei hohe Fenster hereinfiel. Auf dem ordentlich aufgeräumten Schreibtisch lag eine lederne Schreibunterlage, davor eine Schale mit Stiften. Ein merkwürdig geformter Briefbeschwerer, den man auch als Waffe hätte benutzen können, thronte auf einem Stapel Unterlagen. Die Sitzfläche von Roberts Schreibtischstuhl hatte eine eingedrückte Mulde. An einer Wand dahinter hing das übergroße Gemälde einer Kathedrale, die sich über einem Fluss erhob. Emma konnte nicht anders, als das Bild eine Weile zu betrachten. Dann fiel ihr Blick auf den verschlossenen Schrank an der Wand gegenüber. Ob Robert die Gemälde dort aufbewahrte? Vorsichtig schlich sie sich hin und versuchte, ihn zu öffnen – vergeblich. Auch die Türen im Schreibtisch waren verschlossen. Sie seufzte. Robert schien in allem sehr sorgfältig zu sein. Als sie hinter dem Schreibtisch stand, erblickte sie die zweite Tür gegenüber. Sie war noch nie im Arbeitszimmer ihres Schwiegervaters gewesen und wusste nicht, dass sich dahinter noch ein Raum befand. Sie schlich sich hin, wobei sie es vermied, auf die abgetretenen Stellen im Parkett zu treten, die vermutlich knarren würden. Die Tür war abgeschlossen.

Emma probierte den Zimmerschlüssel von Christians Schlüsselbund aus. Er glitt mühelos ins Schloss und ließ sich leicht drehen, auch die Tür knarrte und quietschte zum Glück nicht. Emma atmete auf. Der Geruch nach Papier kam ihr entgegen, als sie den Raum betrat. Kein Wunder, überall lehnten in Papier verpackte Bilder verschiedener Größen an den Wänden. Sonst war der Raum leer bis auf einen großen Tisch in der Mitte. Er war etwas kleiner als Roberts Arbeitszimmer und hatte nur ein Fenster. Das Licht der Hoflampe fiel auf einige Landschaftsbilder, die an den Wänden hingen. Ein paar Bilder ohne Rahmen lagen auf dem Tisch. Emma ging hin und betrachtete sie. Ein Tuschebild zeigte den nackten Oberkörper einer Frau ohne Kopf, das Aquarell daneben eine Badeszene in leuchtenden Farben. Dann folgte eine Zeichnung mit einem Sammelsurium an Strichen, Tieren und Figuren und ein Aquarell mit einem abstrakten Muster. Vorsichtig hob sie es auf und drehte es um. Auf der Rückseite hatte jemand etwas in Bleistift vermerkt. Emma ging mit dem Bild ans Fenster, um die Schrift entziffern zu können.

»Kunsthandlung Karl Josef Mayer, Köln« stand dort. Und dann die Jahreszahl 1936.

Sie hatte von dieser Kunsthandlung noch nie etwas gehört. Ob Robert das Bild dort gekauft hatte? Woher stammten alle anderen Bilder? Hatte er sie schon besessen, als sie noch hier gewohnt hatte? Vielleicht hatte er damals schon den Handel mit Bildern betrieben, und sie hatte es nicht bemerkt, weil sie tagsüber meistens auf den Feldern gearbeitet hatte. Oder er hatte sein Geschäft in jener Zeit ruhen lassen, weil es im Krieg zu gefährlich gewesen war.

Sie legte das Bild wieder auf den Tisch zurück, dann ging sie zu den anderen, die an den Wänden lehnten, und suchte nach einem unverpackten Bild, aber vergeblich. Ihr fiel auf, dass jemand auf den Packpapieren Bleistiftnotizen angebracht hatte. Da sie sie in der Dunkelheit nicht lesen konnte, nahm sie ein leichtes Bild und trug es zum Fenster.

»F. Seiwert. Arbeiter und Fabrik. Linolschnitt, 1927« stand dort in den schwungvollen Buchstaben von Roberts Schrift.

Emma ließ das Bild sinken. Robert hatte nie ein Wort über seine Bilder verloren, nie hatte er irgendetwas geäußert, das auf sein Geschäft hätte hindeuten können. Sie konnte nicht begreifen, wie es möglich war, mit zwei Menschen so lange unter einem Dach zu leben und sie nicht wirklich zu kennen. Nicht zu wissen, was sie wirklich taten. Sie hatte lange geglaubt, ihre Schwiegereltern lebten von den Einnahmen, die ihr Gutshof erbrachte.

Emma legte den Linolschnitt an seinen Platz zurück. Ob der Künstler, der ihn geschaffen hatte, noch lebte? Sie würde sich seinen Namen und den von der Kunsthandlung merken und bei Gelegenheit Nachforschungen anstellen.

Ein Geräusch im Nachbarraum ließ sie aufhorchen. Schnell verbarg sie sich hinter der Tür und merkte gleichzeitig voller Schrecken, wie das Parkett unter ihren Schritten knarrte. Die Tür öffnete sich langsam, und Christian kam ins Zimmer. Er trug seinen Morgenmantel. Im Licht der Hoflampe sah sie das eingedrückte Haar an seinem Hinterkopf. Einen Moment zögerte er, dann fuhr er plötzlich zu ihr herum. Er starrte sie an. Überraschung und Fassungslosigkeit spiegelten sich auf seiner Miene. »Was machst du denn hier?«

Sie trat aus ihrem Winkel hervor und versuchte, ihren Schrecken zu verbergen. Gott sei Dank war es nur ihr Mann, der sie entdeckt hatte, und nicht Robert. »Ich ... habe neulich etwas gehört, von einem der Gäste auf dem Fest, und wollte der Sache auf den Grund gehen.«

Christian starrte sie ärgerlich an. Sein Gesicht schimmerte bleich im Licht der Hoflampe und bildete einen scharfen Kontrast zu seinen dunklen Haaren. Er runzelte die Stirn. »Weshalb schnüffelst du nachts hier herum?«

»Ich wollte wissen, ob es wahr ist. Dein Vater hat nie etwas erzählt.«

»Warum fragst du ihn dann nicht einfach?«

»Glaubst du, er hätte mir eine Antwort darauf gegeben?«

Christian trat einen Schritt nach vorn und packte blitzschnell ihren Arm. »Jetzt werde nicht frech!«

Emma wich zurück, sie fühlte ihr Herz rasch schlagen. Noch nie hatte er sie so grob angefasst. Sie sah seine Umrisse, die sich gegen das matte Licht abhoben, und auf einmal sah sie wieder den Panzerkommandanten in seiner dunklen Uniform mit den Totenköpfen auf dem Kragen vor sich. »Lass mich los!«, zischte sie und riss ihren Arm fort.

Er ließ sie los, rührte sich aber nicht vom Fleck. »Du hast meinen Schlüsselbund genommen.« Er deutete mit dem Kopf zur Tür, wo der Schlüssel noch im Schloss steckte. Seine Stimme klang dunkel und rau vor Ärger.

Sie nickte und merkte, dass sie zitterte. Hoffentlich bemerkte er es nicht. Er sollte nicht wissen, wie viel Angst sie hatte.

»Du hast einen Vertrauensbruch begangen, Emma«, sagte er langsam. »Mein Vater wird außer sich sein, wenn er davon erfährt. Ich glaube nicht, dass meine Eltern dann noch so großzügig zu dir und deinen Eltern sein werden. Nenn mir einen Grund, warum ich es nicht meinem Vater sagen sollte.«

Emma biss sich auf die Lippen. »Weil ich deine Frau bin«, stieß sie hervor. Etwas Besseres fiel ihr nicht ein.

Er grinste freudlos und schüttelte den Kopf. »Du nimmst dir meinen Schlüsselbund und schleichst dich hier heimlich rein. Warum sollte ich dir noch vertrauen?«

Emma hasste dieses Grinsen. Auch das kannte sie bisher nicht an ihm. Sie hasste es, dass er sie wie ein Schulmädchen behandelte, von oben herab. Aber sie musste sich eingestehen, dass sie auf sein Schweigen angewiesen war. Wer wusste schon, was Robert tun würde, wenn er hiervon erführe? Trotzdem beschloss sie, die Flucht nach vorn anzutreten. »Was hat das hier zu bedeuten? Wem gehören alle diese Bilder?«

»Das geht dich nichts an«, gab Christian schroff zurück. »Mein Vater ist dir keine Rechenschaft schuldig. Wir können froh sein, dass meine Eltern uns hier wohnen und an ihrem

Besitz teilhaben lassen, uns beide. Ich habe nicht vor, das aufs Spiel zu setzen. Du solltest es auch nicht tun.«

Emma schüttelte den Kopf. Sie begriff, dass er ihr nichts verraten würde, was die Geschäfte seines Vaters anging, und fragte sich, inwieweit er selbst daran Anteil hatte, schließlich besaß er Schlüssel zum Büro und zur Sammlung, aber sie wagte es nicht, ihn danach zu fragen.

Er verschränkte die Arme vor der Brust. »Also, was bekomme ich für mein Schweigen, wenn ich zu dir halte und meinem Vater nicht verrate, was du getan hast? Du solltest im Gegenzug einsehen, dass ich dich nicht mehr nach Köln fahren lasse zu deinen Auftritten, solange der Russe dort mitspielt.«

»Nein«, erwiderte Emma. »Ich werde dort auftreten, auch mit Nikolai. Wenn du mich nicht mehr bringen willst, fahre ich mit dem Rad.«

Er ließ seine Arme sinken und trat einen Schritt näher. »Du solltest noch mal darüber nachdenken, ob das wirklich so klug wäre.«

Emma glaubte, keine Luft mehr zu bekommen. Wollte er ihr etwa drohen? »Ich bin freiwillig zu dir gekommen unter der Voraussetzung, dass ich weiter meine Musik machen und auftreten kann. Du kannst es mir nicht verbieten.«

»Du weißt, dass ich das sehr wohl kann, wenn du dadurch deine häuslichen Pflichten vernachlässigst. Das Gesetz ist auf meiner Seite. Aber wir müssen nicht vor Gericht gehen, ein Gespräch mit Herrn Michels reicht bestimmt vollkommen aus.«

Emma schnappte nach Luft. »Wenn du das tust, lasse ich mich scheiden.« Ihre Worte hingen eine Weile unheilvoll in der Luft zwischen ihnen. Sie kamen ihr selbst unglaublich vor. Eine Scheidung, das war undenkbar, das war etwas, das in ihrer Familie noch nie vorgekommen war, und in seiner bestimmt auch nicht.

Christian starrte sie eine Weile finster an. »Ich würde nie in eine Scheidung einwilligen«, entgegnete er.

In diesem Augenblick bereute Emma, dass sie wieder zu ihm zurückgegangen war. Es war ein großer Fehler gewesen. Sie hätte in Köln bleiben und ihr Leben dort weiterführen müssen. Gemeinsam mit Kurt. Die Reue darüber trieb ihr Tränen in die Augen, sie musste heftig schlucken. »Du hast dich verändert«, stieß sie hervor.

»Du dich auch«, gab er zurück.

Eine Weile standen sie sich gegenüber und starrten sich unversöhnlich an. Sie wollte ihm noch viel mehr sagen, aber sie beherrschte sich. Etwas in ihr hielt sie zurück und warnte sie, es nicht zu tun. Vielleicht wäre es besser, mit ihm am nächsten Tag darüber zu sprechen, wenn sie sich beide beruhigt hätten.

Aber er schien auf eine Antwort zu warten. »Also? Wie hast du dich entschieden?«

Emma dachte kurz nach. Ihr Gefühl sagte ihr, dass es besser wäre, auf seinen Handel einzugehen, zunächst zum Schein, damit Christian seinem Vater nichts verriet. Später würde sie nach einer anderen Lösung suchen. Ihr Verstand warnte sie, dass Christian es dennoch verraten könnte. Aber sie entschied sich für ihr Gefühl. »Also gut, einverstanden«, sagte sie leise. »Aber verrate deinem Vater nicht, dass ich hier war.«

»Siehst du, so ist es gut«, sagte er. Er strich über ihren Arm. »Tut mir leid, dass ich vorhin so grob war. Aber du musst auch verstehen, dass ich dich nicht mit einem Russen zusammen auftreten lassen kann, nach allem, was im Krieg gewesen ist.«

»Und wenn er nicht mehr mitspielen würde?«, fragte sie.

»Dann wäre es mir egal.«

Emma glaubte ihm nicht. Sie dachte, dass er nur einen Vorwand brauchte, um ihr die Auftritte zu verbieten. Er hatte sie sowieso nur widerwillig nach Köln begleitet, aber allein wollte er sie auch nicht fahren lassen. Sie würde niemals von

Nikolai verlangen, ihretwegen das Ensemble zu verlassen. Vielleicht könnte sie mit Irma reden, vielleicht fiele ihnen beiden eine Lösung ein.

Christian versprach, seinem Vater nichts zu verraten. Sie verschlossen Roberts Büro und gingen ins Schlafzimmer zurück. Während Christian, eingerollt auf seiner Seite am äußersten Ende seines Bettes, bald eingeschlafen war, lag Emma noch lange wach und beobachtete die Vorhänge vor dem Fenster, die sich leicht im Wind wölbten.

Christian liebte sie nicht mehr. Er hätte sich sonst nie so kalt und berechnend benommen. Diese Erkenntnis betrübte sie überraschenderweise weniger, als sie erwartet hatte. Sie hinterließ vielmehr eine Leere, vermischt mit ein bisschen Wehmut und Sehnsucht nach den alten Zeiten. Sie hatte schon zu viel wegen Christian gelitten, um ihn gebangt, ihn vermisst. Es reichte jetzt. Offenbar hatte sie jahrelang dem falschen Mann hinterhergeweint, einem Trugbild, einem Mann, den es so nicht mehr gab oder noch nie gegeben hatte.

Sie liebte Christian nicht mehr. Egal, was sie täte, was er täte, nichts würde daran etwas ändern können. Ihre Liebe war vorbei. Sie war vielleicht nur die Laune eines Sommers gewesen, ein Jungmädchentraum, den sie sich unbedingt hatte erfüllen müssen. Vielleicht auch die Suche nach Wärme im Krieg, nach einem Vertrauten, der die Lücke füllte, die Tante Lydias Tod hinterlassen hatte. Vielleicht hätte es geklappt, wenn Christian nicht an die Front gemusst hätte, wenn er derselbe hätte bleiben können, unbeschadet und fröhlich wie früher. Aber jetzt war er ein Fremder für sie, ein Fremder mit Geheimnissen, dem sie nicht mehr trauen konnte. Sie führte eine Ehe mit einem fremden Mann. Mit einem, der sich vielleicht längst in eine andere verliebt hatte. Würde er sonst das Foto der Frau mit sich herumtragen?

Warum hatte er ihr nichts von Roberts geheimer Bildersammlung verraten? Das konnte nur einen Grund haben: Die Sammlung musste illegal sein. Vielleicht hatte Robert sich die Bilder unrechtmäßig angeeignet, vielleicht waren sie geraubt worden oder gar gefälscht. Dann wäre es in der Tat besser für sie gewesen, wenn sie nichts von der Sammlung erfahren hätte. Wenn Christian seinem Vater nichts verraten würde, hätte sie nichts zu befürchten. Aber würde er wirklich schweigen? Sein Preis dafür war viel zu hoch. Sie würde nicht auf ihre Auftritte im Rheinpalast verzichten. Es hatte sie große Mühen gekostet, es bis dorthin zu schaffen, auf die große Bühne. Sie musste versuchen, Christian umzustimmen. Sie warf sich im Bett auf die andere Seite und rückte so weit von ihm ab, wie es möglich war.

Am nächsten Tag bot Christian ihr überraschend an, nach Köln zu fahren. Der Laster würde heute nicht gebraucht werden, sagte er, das wäre eine gute Gelegenheit.

Sie luden eine große Kiste Kartoffeln ein, Möhren, eine kleine Dose Muckefuck sowie einen getrockneten Schinken und einen Kanten Speck. Elisabeth gab ihr noch einen verschlossenen Umschlag für Mama mit, in dem sich Geldscheine befanden, wie Emma im Wagen ertastete. Sie dachte, dass Christian mit den großzügigen Gaben vielleicht sein schlechtes Gewissen beruhigen wollte, das er hätte, weil er ihr die Auftritte verboten hatte. Sie hatte sich vorgenommen, erst auf der Rückfahrt, nachdem sie mit Irma gesprochen hätte, mit ihm zu reden.

Emmas Eltern freuten sich über ihren spontanen Besuch. Ihre Mutter hatte Tränen in den Augen, als sie die Lebensmittel sah. Immer wieder betastete sie den Schinken, als könnte sie nicht glauben, dass er echt war. Sofort schloss sie die Vorräte weg, ließ Papa das Gemüse und die Kartoffelkiste in den Keller tragen und steckte Elisabeths Geldumschlag in ihre Kitteltasche. Diesmal verzichtete sie sogar auf Höflichkeitsfloskeln, bedankte sich einfach nur und ließ Elisabeth beste Grüße ausrichten. Sie sah dünner aus denn je. Unter ihren Wangenknochen lagen Mulden, die einstigen dicken Haare hingen in einem dünnen Knoten an ihrem Hinterkopf. Nur die blauen Gebirgssee-Augen leuchteten und wanderten flink umher wie gewohnt. Papa sah aus wie immer, aber auch sein alter Pullunder schlotterte um seinen Leib. Seine Brille schien zu groß für seinen Kopf zu sein, er musste sie immer wieder zurückschieben.

»Wie kommt's zu eurem überraschenden Besuch?«, fragte Mama, als sie den neuen Muckefuck aufbrühte.

»Am Freitag können wir leider nicht«, log Christian schnell, ehe Emma etwas sagen konnte. »Wir haben überraschend eine Einladung bekommen.« Er blickte Emma warnend an, woraufhin sie nichts mehr sagte.

»Dann verpasst du schon deinen zweiten Auftritt«, bemerkte Mama, während sie die Tassen auf dem Tisch verteilte.

»Es geht nicht anders«, sagte Emma mit tonloser Stimme.

Ihre Mutter schenkte ihnen den Muckefuck ein. »Leider kann ich euch nicht mehr anbieten«, sagte sie bedauernd. Sie setzte die Kaffeekanne auf den Herd zurück und ließ sich auf ihrem Stuhl nieder.

»Aber das macht doch nichts«, versicherte Christian mit einem kleinen Lächeln, ganz der nette Schwiegersohn. Emma musste noch immer an die letzte Nacht zurückdenken, fühlte sich hingegen geborgen in der vertrauten Umgebung der elterlichen Küche, obwohl hier im Vergleich zum Gutshof alles klein und armselig wirkte. Sie sehnte sich auf einmal heftig danach, wieder hier wohnen zu können. »Was gibt es Neues?«, fragte sie. »Wo ist Armin?«

»Na wo wohl? Treibt sich irgendwo draußen rum«, meinte Papa. »Wenigstens macht er jetzt immer erst seine Schularbeiten, ehe er rausgeht. Hat wohl verstanden, dass er was für die Schule tun muss.«

»Gut«, meinte Emma.

»Aber jetzt erzählt doch mal, wie war euer Fest?«, fragte Mama.

Emma kam ihrem Wunsch nach und erzählte ihren Eltern alles über das Frühlingsfest auf Gut Meinersfeld, erwähnte aber nicht, dass Kurt auch dort gewesen war. »Mein Kleid haben viele bewundert«, schloss sie stattdessen. »Ich habe übrigens ein paar Adressen von Frauen mit, die interessiert sind, mal was von dir nähen zu lassen. Ich habe ihnen gesagt, dass du auch Kinderkleidung nähst. Schreib ihnen, Mama. Es sind alles betuchte Leute, sogar ein paar Gutsbesitzerinnen und Großbäuerinnen.«

»Wirklich? Wie schön.« Ihre Mutter umklammerte die Zettel fest mit ihrer mageren Hand. Die Gebirgssee-Augen strahlten.

»Du kannst doch noch Aufträge annehmen, oder?«

»Natürlich«, versicherte Mama hastig. »Aus der Fallschirmseide, dem Tüll und dem Perlon habe ich zwei schöne Brautkleider für zwei junge Frauen genäht. Deine Sachen zum Ändern habe ich auch fertig.«

»Prima, Mama.« Emma fragte sich, ob ihre Familie mit Mamas Näherei nun über die Runden käme. Sie blickte zur Nähmaschine hinüber, wo ein paar Sachen zum Ändern lagen. »Hast du noch genug Nähgarn?«

Ihre Mutter nickte.

»Konntest du auch neue Stoffe besorgen?«

»Noch nicht, aber das kommt noch«, versicherte Mama.

Also hatten ihre Eltern Mamas ganzen Verdienst aus dem Verkauf der Hochzeitskleider für Lebensmittel verbraucht. Emma nahm sich vor, Elisabeth noch ein paar Vorhangstoffe für Mama abzuschwatzen. Auf einmal fragte sie sich, warum Robert und Elisabeth ihre Eltern nicht zum Frühlingsfest eingeladen hatten. Waren sie nur die armen Verwandten, denen man Almosen gab und für die man sich sonst schämte? Sie ärgerte sich, dass sie nicht darauf bestanden hatte, ihre Familie einzuladen.

»Armin und ich haben Frühkartoffeln im Garten gepflanzt«, berichtete ihr Vater stolz. »Die Steiners haben jetzt einen Hund, der auf das Grundstück aufpasst, damit niemand was klaut.«

»Schön«, lobte Emma. Wie gut, dass sie letztes Jahr die Idee mit dem Garten gehabt hatte. »Und das Wohnzimmer? Ist es fertig?«

Mama winkte ab und warf einen ärgerlichen Blick auf Papa. »Wo denkst du hin?«

»Es gibt kein Baumaterial«, beklagte sich Papa. »Nichts zu kriegen, nirgendwo.«

Emma fragte sich, ob das nicht nur ein vorgeschobener Grund war, weil ihre Eltern kein Geld hatten.

Auf einmal sprang die Küchentür auf, und Armin stürmte herein. Er bekam runde Augen, als er den Besuch erblickte. Artig begrüßte er Emma und Christian, nachdem er sich auf Mamas Anweisung hin erst die Hände im Spülstein gewaschen hatte, und setzte sich neben Christian auf das Sofa. Mama schenkte ihm Muckefuck ein. »Wo hast du dich denn nur so dreckig gemacht?« Sie deutete missbilligend auf seinen schmutzigen Pullover. »Ich habe dir doch schon hundertmal gesagt, du sollst nicht mehr heimlich mit der Schuttbahn mitfahren! Es ist viel zu gefährlich. Bist du nicht inzwischen zu alt für so was?«

Armin senkte den Kopf und starrte in seine Kaffeetasse. Emma dachte, dass er wieder ein Stück gewachsen war. Ihr kam es so vor, als würde er im Moment nur noch in die Höhe schießen. Seine langen Arme ragten aus seinem Pullover hervor.

»Ich habe dir was mitgebracht.« Christian zog eine Tafel Schokolade aus seinem kleinen Rucksack und gab sie Armin. »Immer gut einteilen.«

»Danke.« Armins Augen leuchteten. Er hielt die Schokolade wie einen kostbaren Schatz in seinen Händen.

Emma fragte sich, wo Christian die Tafel wohl herhatte. Vielleicht gab es auch in der Nähe von Gut Meinersfeld Schwarzmärkte auf den Dörfern. Armin wickelte die Schokolade aus, brach einen Teil davon in kleine Stücke und reichte jedem eins. Ein Moment der Stille trat ein, als sie sich die Stücke im Mund zergehen ließen.

»Was macht die Schule?«, erkundigte sich Christian.

»Geht so.« Armin sah nicht begeistert aus. »Das Beste kommt nach der vierten Stunde.«

»Was denn?«

»Na, das Essen.«

Alle mussten lachen, obwohl es eigentlich traurig war. »Stellt ihr immer noch Panzerschlachten nach?«, fragte Christian.

Armin schüttelte den Kopf.

»Was macht ihr dann?«

»Ach, alles Mögliche.«

»Na, was denn?«

»Handeln und so. Wie auf dem Schwarzmarkt. Dabei bin ich immer der Beste, weil Kurt mir so viel beigebracht hat.« Armin grinste stolz.

»Welcher Kurt?«

»Na, unser Untermieter, Kurt Hüffenberg.«

Christian starrte Armin entgeistert an. Dann sah er zu Emma hinüber. Ohne den Blick abzuwenden, fragte er Armin: »Kurt Hüffenberg war euer Untermieter?«

»Wusstest du das nicht?«, fragte Armin verwundert.

»Das kommt vielleicht daher, weil er hier immer unter anderem Namen lebte«, erklärte Papa.

»Stimmt, Kurt Groß«, sagte Armin grinsend. »Der hat sich hier versteckt und in noch 'ner anderen Wohnung. Er wollte nicht entdeckt werden wegen der Schwarzhändlerei. Aber dann haben sie ihn doch gefunden, und er kam ins Gefängnis. Jetzt lebt er in irgendeiner großen Villa.«

»Emma hat mir nichts von Herrn Hüffenberg erzählt«, bemerkte Christian mit kalter Stimme, während er Emma weiter fixierte.

Emma begann zu schwitzen. Sie merkte, wie sie zu allem Übel rot wurde. Es war ein Fehler gewesen, Christian am Abend des Frühlingsfestes nicht zu sagen, dass Kurt bei ihnen gewohnt hatte. Aber sie hatte auch nicht damit gerechnet, dass es so leicht herauskommen würde. Als sie nichts erwiderte, fragte Mama: »Kennst du Herrn Hüffenberg denn?«

»Ich hatte neulich das Vergnügen, ihn kennenzulernen.« Christian starrte Emma immer noch an.

Ihre Mutter erhob sich. »Möchtest du noch Kaffee, Christian?«

Er lehnte ab, aber Emma ließ sich noch etwas einschenken, froh über die Ablenkung. In der peinlichen Stille sah Armin fragend von einem zum anderen, es war ihm wohl nicht bewusst, dass er etwas verraten hatte. »Ich kann jedenfalls gut Schwarzmarkt«, plapperte er weiter. »Die meisten trickse ich aus, nur die größeren nicht.«

»Das ist gut, denn das musst du können. Ist was fürs Leben«, meinte Christian.

»Findet ihr denn noch viel in den Ruinen?«, fragte Emma ihren Bruder, um abzulenken.

»Eigentlich kaum noch was, das meiste ist weg. Aber unsere Untermieterin lässt mich ihre Gebetsbücher auf dem Schwarzmarkt verkaufen, dafür bekomme ich ein Taschengeld.«

»Ihre Gebetsbücher?«

»Sie arbeitet doch bei einem Verlag, da kommt sie günstig dran«, erklärte Armin. »Sie hat selbst keine Zeit, die zu verkaufen.«

»Ach so.«

Emma konnte sich nicht mehr wirklich auf ihr Gespräch konzentrieren. Sie überlegte die ganze Zeit fieberhaft, wie sie Christian gegenüber begründen könnte, dass sie ihm verschwiegen hatte, dass Kurt ihr Untermieter gewesen war. Dass sie monatelang Seite an Seite gelebt hatten. Zum Glück redeten sie nur noch Belangloses. Nach dem Kaffee gingen Christian und Papa in den Hinterhof zum Rauchen, und Armin begleitete sie. Emma zog sich mit ihrer Mutter zum Anprobieren ihrer geänderten Kleidung ins Elternschlafzimmer zurück. Als ihr Vater allein wieder zurückkam, spähte sie durch das Schlafzimmerfenster in den Hof und sah ihren Bruder mit Christian am Gemüsebeet. Christian zündete sich eine Zigarette an, dann nahm er Armin am Arm und führte ihn weiter weg hinter einen Busch, wo sie sie nicht mehr beobachten konnte. Ein ungutes Gefühl bohrte in ihrer Magengegend.

Kapitel 13

Nach dem Besuch bei ihren Eltern wollte Emma allein mit dem Rad zu Irma fahren, doch Christian bestand darauf, sie zu bringen. Als sie über die Straßen nach Lindenthal rumpelten, sagte er kein Wort. Mit zusammengepressten Lippen lenkte er den Laster durch den Schutt, und weil auch sie nichts sagte, dehnte sich das Schweigen unheilvoll zwischen ihnen. Er wartete vor der Tür im Auto, während sie mit ihrer Freundin sprach. Irma bat Emma ins Haus und führte sie nach oben in ihr Zimmer, obwohl ihr anzumerken war, dass sie sich immer noch über Christians Verhalten nach ihrem letzten Auftritt ärgerte. Sie nötigte Emma, sich auf ihr Bett zu setzen, dessen Decke zusammengerollt und mit einer selbst gestrickten Tagesdecke belegt worden war, um es in ein Sofa zu verwandeln. Nachdem Emma sich nochmals bei ihr für Christians Verhalten gegenüber Nikolai entschuldigt hatte, winkte Irma ab. »Er sollte sich selbst bei Nikolai entschuldigen, nicht du. Aber jetzt erzähl mir, was bei euch los ist. Warum wartet dein Mann unten im Auto und kommt nicht mit rein?«

»Vielleicht ist es besser, er bleibt im Wagen, nach dem, was passiert ist«, meinte Emma. »Er würde sich nie bei Nikolai entschuldigen. Er hat mir die Auftritte im Rheinpalast verboten. Er will nicht, dass ich mit euch spiele, solange Nikolai dabei ist.«

Irma sah aus, als hätte Emma ihr eine Ladung Schutt vor die Füße gekippt und verlangt, sie solle alles wegräumen. Immer wieder schüttelte sie den Kopf. »Nein, Emma, das darf er dir nicht verbieten. Lass dir das nicht gefallen.«

Emma fühlte sich, als hätte ihr jemand einen schweren Kragen aus Wut und Traurigkeit auf die Schultern gelegt. »Weil er mein Mann ist, darf er das. Er hat gesagt, er würde sonst mit Herrn Michels reden und ihm sagen, dass er nicht damit einverstanden ist, wenn seine Frau im Rheinpalast spielt. Er verdirbt mir alles, was ich mir in den letzten Monaten in Köln aufgebaut habe.« Sie stützte die Ellenbogen auf die Knie und rieb sich das Gesicht, um nicht in Tränen auszubrechen.

Irma ließ sich neben sie auf das Bett sinken und legte ihre Hand auf Emmas Schulter. Wortlos starrten sie eine Weile hinunter auf ihre Schuhe.

»Und wenn Nikolai nicht mehr mit uns auftritt? Wenn wir beide wieder als Frauen-Duo auftreten?«, fragte Irma.

»Unser schönes neues Ensemble auflösen? Nie im Leben. Außerdem würde uns Herr Michels nicht mehr allein wollen.« Emma richtete sich wieder auf und schüttelte energisch den Kopf. »Eher lasse ich mich scheiden.«

Irma strich mit ihrer Hand Emmas Schulter auf und ab. »Ach, Emma«, sagte sie seufzend.

»Als er wieder hier war und ich nicht gleich nach Gut Meinersfeld zurückgehen wollte, hat er mir gesagt, er habe nichts gegen meine Auftritte«, erzählte Emma. »Ich glaube, das mit Nikolai ist nur ein Vorwand für ihn. Er war von Anfang an gegen meine Auftritte.«

»Das haben wir beim letzten Mal gesehen«, bemerkte Irma trocken.

»Es ist der Krieg. Er hat ihn zu einem anderen Menschen gemacht«, sagte Emma. Dabei fragte sie sich insgeheim, ob es nur am Krieg lag oder ob Christian immer schon so gewesen war und nur sie es nicht bemerkt hatte.

Sie schwiegen eine Weile. »Ich hatte ihm angeboten, mit dem Rad nach Köln zu fahren«, fuhr Emma fort. »Er hätte mich nicht bringen müssen. Ich hätte bei meinen Eltern übernachten können. Aber das wollte er nicht.«

»Zu viele Freiheiten.«

Emma nickte niedergeschlagen. Sie hatte auf einmal das Bedürfnis, ihre Freundin zu fragen, ob sie nicht hierbleiben könne. Sie würde hier bei ihr übernachten wie früher manchmal, als sie noch Mädchen waren. Stattdessen erhob sie sich widerwillig. »Sag bitte Herrn Michels und den anderen, dass ich die nächsten Male nicht dabei sein kann«, sagte sie traurig.

Irma versprach es und stand ebenfalls auf. Sie sah Emma eindringlich an. »Du musst das irgendwie in Ordnung bringen.«

»Ich weiß«, sagte Emma.

Als sie zurück zum Auto ging, hatte ein leichter Mairegen eingesetzt. Emma wäre gern noch zum Garten hinter dem zerstörten Haus ihrer Großeltern gegangen, trotz des Regens, aber Christian fuhr sofort los. Sie schwiegen die ganze Zeit, während der immer stärker werdende Regen gegen die Windschutzscheibe des Lasters klatschte. Er trommelte aufs Wagendach, und der nasse, graue Himmel verschmolz mit dem Horizont.

»Warum hast du mir nicht gesagt, dass Hüffenberg euer Untermieter war?« Christians leise, raue Stimme war im Dröhnen des Lasters kaum zu hören.

Emma krallte ihre Hand in den Sitz. Nun kam er also endlich damit heraus. Er hatte gewartet, bis sie auf dem sicheren

Rückweg nach Gut Meinersleben waren, um das Thema zur Sprache zu bringen.

»Herr Hüffenberg wollte das deinen Eltern gegenüber bestimmt nicht erwähnen«, sagte sie. »Also hielt ich es für besser, auch nichts zu sagen.« Sie hatte sich das vorher zurechtgelegt, es entsprach ja auch der Wahrheit. Zumindest teilweise. Sie warf Christian einen raschen Seitenblick zu.

Er schüttelte ungläubig den Kopf.

»Ich habe es aus Taktgefühl nicht getan«, bekräftigte sie. »Wer will schon gern an seine Schwarzhändlerzeit in Köln erinnert werden, wenn man erst wieder in der eigenen Firma ist?«

»Warum hast du mir nicht gesagt, dass du ihn kennst?«

»Ich hab's vergessen«, sagte sie leichthin. »Entschuldige.« Eine sehr dünne Lüge. Sie warf ihm einen kurzen Blick zu, um zu sehen, wie er sie aufgenommen hatte.

Seine Miene verriet nichts. Sein Mund formte eine Linie, wie immer, wenn er über etwas nicht reden wollte, und sagte nichts mehr. Aber auch Emma wagte es nicht, etwas zu sagen. Ihr Schweigen lastete zwischen ihnen, und Emmas schlechtes Gefühl im Magen verstärkte sich. Das Wasser erschien ihr wie der unheilvolle Vorbote einer großen Flut, in der ihre Welt versinken würde, und sie konnte dieses Gefühl nicht mehr abschütteln.

Unglücklich schlich sie am nächsten Tag durchs Haus, dachte an Kurt und daran, dass sie ihm sagen musste, dass sie am Samstag nicht zu Klara nach Köln kommen könnte. Sie hörte Robert in seinem Büro telefonieren, und nachdem sie eine Weile unschlüssig auf und ab gegangen war, fasste sie sich ein Herz und klopfte an der Tür.

Ihr Schwiegervater lehnte sich im Stuhl zurück, als sie sein Büro betrat, und sah ihr erwartungsvoll entgegen. »Emma, was für ein ungewöhnlicher Besuch.«

»Robert.« Sie lächelte gezwungen und vermied es, sich umzusehen. Jetzt bei Tageslicht erschien es ihr merkwürdig, dass sie neulich nachts hier eingedrungen war. Bei Tag sah das Zimmer anders aus, harmlos und friedlich, man sah ihm nicht an, welche Geheimnisse im angrenzenden Zimmer aufbewahrt wurden. Sie gab sich einen Ruck. »Dürfte ich bitte mal telefonieren?«

Er hob überrascht seine Augenbrauen, sodass sie über dem Rand seiner silbernen Brille auftauchten. »Aha?«

»Ich muss Herrn Michels vom Rheinpalast noch sagen, dass ich am Samstag nicht zum Auftritt kommen kann«, log sie schnell.

»Bitte, nur zu.« Er stand auf und deutete auf sein Telefon.

Als sie den Telefonhörer hob, wandte sie sich um. Robert war aus dem Zimmer gegangen und hatte die Tür angelehnt. Wenigstens ließ er ihr ihre Ruhe. Hastig kramte sie den Zettel mit Kurts Nummer aus ihrer Rocktasche und wählte.

Leider hob nur ein Dienstmädchen ab. Emma hielt ihre Hand an die Sprechmuschel, sprach sehr leise und hoffte, dass Robert sie nicht belauschte, als sie nach Herrn Hüffenberg fragte.

»Ich geh ihn holen«, sagte das Dienstmädchen. Es gab ein Geräusch, als sie den Hörer danebenlegte.

Emmas Herz pochte schneller. Sie nutzte die kurze Pause, um die Bürotür zu schließen. Kaum war sie wieder zurück, meldete sich auch schon Kurt. »Hüffenberg?«

Es hörte sich atemlos an, als wäre er schnell gelaufen. Emma stellte sich vor, wie er herangehastet war, nachdem das Dienstmädchen ihm ihren Namen gesagt hatte, und Freude überkam sie. Es rührte sie so sehr, seine Stimme zu hören, dass es ihr für einen Augenblick die Sprache verschlug. »Hier ist Emma«, sagte sie etwas unbeholfen.

»Emma, was ist? Sehen wir uns am Samstag bei Klara?« Es tat ihr beinahe körperlich weh, die Hoffnung in seiner Stimme zu hören und zu wissen, dass sie sie gleich zerstören musste. Sie holte tief Luft. »Es geht leider nicht«, sagte sie beim Ausatmen. »Ich kann nicht nach Köln kommen. Christian hat mir die Auftritte verboten.«

Kurt sagte eine Weile nichts. Sein Schweigen wirkte selbst durch den Telefonhörer hindurch ärgerlich.

»Es tut mir leid«, sagte sie leise.

»Es sollte nicht dir leidtun, sondern ihm«, knurrte Kurt. »Dieser Bastard.«

»Gestern ist rausgekommen, dass du unser Untermieter warst. Ich glaube, er ahnt etwas.« Die Worte, gesprochen mit ihrer hastigen, tonlosen Stimme, flossen aus ihr heraus. »Wir hätten ihm sagen sollen, dass wir uns kennen. Durch unsere Lüge schöpft er jetzt erst recht Verdacht.«

»Verdammt.« Durch den Telefonhörer konnte sie seine raschen Atemzüge hören. Sie stellte ihn sich vor, wie er jetzt seine Hand aus der Hosentasche nehmen würde, um sich ärgerlich durch die Haare zu streichen.

»Wann schaffst du es wieder nach Köln?«, fragte er. »Wir treffen uns heimlich.«

»Jetzt noch nicht, es geht nicht.« Sie hörte, wie die Tür sich leise öffnete, und fuhr herum. Robert kam herein, ging über das knarrende Parkett zu seinem Schrank und schloss ihn auf. Dieser neugierige Kerl.

»Ich melde mich so bald wie möglich wieder bei Ihnen«, sagte Emma förmlich, während sie ihre Finger um den Zettel mit Kurts Nummer schlang.

»Ist jemand bei dir?«, fragte Kurt geistesgegenwärtig und leise.

»Ja, Herr Michels, bis dann. Auf Wiederhören.«

Sie hörte noch Kurts enttäuschtes »Machs gut, Emma«, ehe sie auflegte. Die Schranktür knarrte in den Angeln, als Robert sie wieder schloss. Er hatte nichts in der Hand, und Emma fragte sich, ob er nur hereingekommen war, um sie zu kontrollieren. Aber er lächelte und bot ihr den Arm. »Gehen wir zum Mittagessen«, sagte er freundlich und führte sie hinaus.

Innerlich zitternd ging sie neben ihm ins Esszimmer. Wenigstens, dachte sie, als sie am Tisch Platz nahm, wusste er wohl nicht, dass sie sein geheimes Bilderlager entdeckt hatte. Sein Verhalten ihr gegenüber war jedenfalls wie immer.

Nach dem Essen gab sie Kopfschmerzen vor und zog sich in ihr Zimmer zurück, um sich zu beruhigen und nachzudenken. Unruhig lief sie im Zimmer herum und versuchte, ihre im Kreis wirbelnden Gedanken zu ordnen. Warum war sie nur zu Christian zurückgegangen? Warum hatte sie nicht auf Kurt gewartet? War es wirklich nur ihr Wunsch gewesen, es wieder mit Christian zu versuchen, die vergangenen Zeiten heraufzubeschwören, oder hatte Kurt recht gehabt und es war der schlichte Hunger gewesen, der Wunsch nach einem besseren Leben für sich und ihre Familie, in dem man sich endlich wieder satt essen konnte? Sie wandte sich um und sah in den Spiegel. Ein fein gezeichnetes Gesicht blickte ihr entgegen, die Wangen leicht gerundet, die rötlichen Haare schimmerten im Licht. Es lag nichts Spitzes oder Kantiges mehr in ihren Zügen. Ihre Figur unter dem Pullover hatte die Rundungen zurückgewonnen, sie sah wieder aus wie vor der Hungerzeit. Ihre Eltern hingegen mussten noch hungern, trotz der Zuwendungen vom Gut und den Nähaufträgen, sie hatte es ihnen angesehen. Sie musste ihnen helfen. Solange sie hier wäre, könnte sie es. Sie musste sich unbedingt mit Christian gut stellen, damit er ihr wieder vertraute. Wenn sie es geschickt anstellte, könnte sie ihn vielleicht davon überzeugen, ihr die Auftritte erneut zu erlauben. Dann könnte sie vielleicht auch Kurt wiedertreffen.

Aber zunächst bot sich keine Gelegenheit dazu. Christian verbrachte die Tage mit seinem Vater im Büro, draußen auf den Feldern oder im Wald. Am Samstag fuhren sie mit dem Laster fort und kamen erst spät zurück. An den Abenden blieb er lange unten und kam erst ins Bett, als sie schon schlief. Emma verbrachte langweilige Tage, in denen sie Elisabeths Vorträge über richtiges Wirtschaften anhören musste und sich von ihr in die Führung der Haushaltsbücher einweisen ließ. Nur in den Garten nahm ihre Schwiegermutter sie nicht mit, er war ihr Heiligtum, das nur sie selbst und Marie betreten durften. Wenn Elisabeth im Garten war, zog Emma sich mit ihrem Akkordeon in die Scheune zurück und spielte ihre Lieder. Komponieren konnte sie nicht, ihre innere Unruhe hielt sie davon ab, neue Lieder zu schreiben. Es schien sich nichts aus ihr hinauszuwagen, als wäre die Welt draußen zu feindlich. Unglücklich saß sie am Samstagabend in der Scheune und wurde immer trauriger bei dem Gedanken, dass die anderen sich nun trafen, auf den Auftritt vorbereiteten und gleich zum Tanzabend aufspielen würden. Sie hatte nun schon zwei Samstage hintereinander gefehlt.

Sie seufzte, griff in die Tasten und spielte ein trauriges Lied.

Erst in der folgenden Woche ergab sich die Gelegenheit, mit Christian zu sprechen. Nach einem nassen, langweiligen Wochenende hatte der Regen endlich aufgehört, und die Sonne war hervorgebrochen und hatte die Feuchtigkeit weggebrannt. Sie schien den ganzen Tag und ließ die Gräser auf der Koppel aufleuchten und das Fell der Pferde glänzen. Schwalben flogen unermüdlich zu ihren Nestern unter den Dächern der Wirtschaftsgebäude und fütterten ihre Jungen, ihr Schwirren erfüllte die warme Luft. Christian und Robert kehrten früher als üblich von ihrer Fahrt zurück, und Christian schien wieder besser aufgelegt zu sein. Emma wollte seine gute Stimmung nutzen und schlug deshalb nach dem Abendessen einen Spaziergang vor.

Sie nahmen den Pfad, der am Garten vorbei zur Anhöhe am Wald führte. Emma trug das geblümte Sommerkleid, das sie von Elisabeth bekommen hatte. Da Mama es ihr geändert hatte, passte es ihr wie angegossen. Sie spürte Christians Blicke in ihrem Rücken, als sie vor ihm an der Reihe blühender Apfelbäume entlangschritt, die sich den Hang hinaufzogen. Der Wind hatte Blütenblätter abgeweht und auf Feld und Weg verstreut. Auf dem Feld staksten Krähen und hackten ihre spitzen Schnäbel in die Erde.

»Wir sollten öfter spazieren gehen«, meinte Emma. »Warum habt ihr nur immer so viel zu tun?«

»Vater weist mich in die Geschäfte des Gutshofs ein, das weißt du doch. Außerdem wird jetzt mehr Holz gebraucht denn je.«

Christian schien gesprächiger zu sein als sonst. Emma fasste Mut für ihre nächste Frage. »Warum macht ihr eigentlich so ein Geheimnis um die Bilder? Warum durfte ich nichts davon wissen?«

Seine Atemzüge gingen rascher vom schnellen Aufstieg. Als sie schon fürchtete, er würde sie anfahren oder nicht antworten, sagte er: »Weil es unter uns bleiben sollte. Niemand sollte davon erfahren.«

»Ist es denn nicht erlaubt, Bilder zu besitzen?«, fragte Emma leichthin.

»Nein, das nicht«, sagte er schwer atmend. »Man kann nur nie vorsichtig genug sein. Es gibt immer missgünstige Neider, die anderen ihren Besitz nicht gönnen. Wenn die das weitererzählen, könnte es an falsche Ohren geraten.«

»Will dein Vater die Bilder denn verkaufen?«, fragte Emma mit harmlos klingender Stimme.

»Vielleicht später mal«, meinte Christian ausweichend. »Trotzdem sagst du niemandem ein Wort, verstanden?«

Sie versprach es, aber sie wollte das Thema mit Roberts Bildern noch nicht fallen lassen. Christians Ärger auf sie schien vergangen zu sein, und wenn er noch wütend war, weil sie ihm nicht erzählt hatte, dass Kurt ihr Untermieter gewesen war, ließ er es sich nicht anmerken. »Woher hat dein Vater eigentlich die Bilder?«, fragte sie.

Christian seufzte und zuckte mit den Schultern. »Keine Ahnung. Er hat vor dem Krieg mal eine Sammlung aufgekauft, als Sicherheit für schlechte Zeiten. Durch die Wirtschaftskrise war er ein gebranntes Kind. Er wusste, wie schnell alles in Gefahr kommen kann. Von seiner Familie war keine Sicherheit mehr zu erwarten, nur von Mamas Familie.«

»Ich verstehe.« Sie spürte seine Ungeduld und begriff, dass sie am besten nicht mehr weiterfragte.

Sie hatten nun die Anhöhe erreicht und hielten inne. Eine Weile blickten sie schweigend ins Rheintal und genossen die weite Aussicht bis nach Köln und im Süden bis zum Siebengebirge. Unter ihnen lag Gut Meinersfeld in der Sonne.

Christian deutete zur Koppel hinüber. »Sehen unsere Pferde nicht schön aus? Eines Tages werden wir wieder mehr von ihnen haben, unser Pferdestall wird voll sein wie früher. Du kannst reiten lernen, wenn du willst.« Zum ersten Mal nach langer Zeit sah sie ihn wieder grinsen. Er wusste, dass sie Angst vor Pferden hatte.

»Das weiß ich aber noch nicht«, sagte sie in gespieltem Entsetzen. Früher hätte er gelacht. Aber jetzt schüttelte er nur den Kopf, zog seine Lucky Strikes hervor und zündete sich eine an. Tief inhalierte er und blies den Rauch aus Mund und Nase wieder aus. Sie merkte, wie er sie von der Seite ansah, wandte sich aber nicht zu ihm um. Er sah wieder weg.

Sie wandten sich um und gingen wortlos zum Weg, der am Wald entlangführte. Die Fichten atmeten würzigen Duft aus. Emma blickte zu ihrer Bank hinüber, die verlassen am Waldrand im Schatten der Bäume stand. Früher hätte Christian ihre Hand ergriffen und sie auf ihre Bank gezogen, um sie dort zu küssen. Aber nun gingen sie in schweigendem Einverständnis an ihr vorbei und folgten weiter dem sonnigen Weg am Waldrand entlang. Sie wussten, er würde sie um den Berg herum und dann hinunter auf die Felder führen, die zwischen Gut Meinersfeld und dem Dorf lagen.

Christian rauchte seine Zigarette zu Ende, schnippte sie aber nicht weg wie sonst immer, sondern trat den Stummel auf dem Weg aus. Emma musste an das Foto der Frau denken, das sie in seiner Manteltasche gefunden hatte, und das Schweigen zwischen ihnen schien sich auszudehnen wie staubige Luft, die ihr den Atem nahm. Sie überwand sich, ergriff seine Hand. »Die Musik fehlt mir«, sagte sie. »Ich würde gern wieder auftreten.«

Seine Hand versteifte sich in ihrer. »Nur wenn der Russe nicht mehr mitspielt.«

»Aber du hast doch gehört, wie gut er spielt. Wir können nicht auf ihn verzichten.«

»Dann müssen sie eben auf dich verzichten.«

Emma schluckte. Sie spürte Wut aufsteigen, schluckte sie mit Mühe hinunter. »Du hast mir versprochen, dass ich weiter Musik machen und auftreten kann. Das war unsere Vereinbarung, bevor ich hierherkam.«

»Seitdem hat sich einiges verändert, Emma, das musst du selbst zugeben. Ich will nicht, dass du dich in Köln herumtreibst und schlechten Umgang hast.«

»Aber du warst doch immer dabei! Du kannst mich ruhig weiter begleiten und sehen, dass Nikolai mir nichts tut, ganz wie du willst. Wenn es dir darum geht. Ich brauche meine Musik, ich kann nicht ohne sie leben.«

Christian ließ ihre Hand los. »Du verstehst das immer noch nicht. Es *kann* kein gottverdammter Russe in derselben Kapelle spielen wie du. Weißt du, was die mit unseren Kameraden gemacht haben?« Er wandte sich ab, vergrub seine Hände in den Taschen und starrte hinaus aufs Feld, wo eine Krähe sich erhob und wegflog.

»Ich weiß es nicht, aber Nikolai ist nicht wie diese Soldaten. Er ist ein guter Mensch, er spielt wundervoll Geige.«

»Woher willst du das wissen?«, schnaubte er. »Deine Freundin hat doch bestimmt was mit dem, oder? Die hat sich schon immer blöde Kerle ausgesucht.«

Seine Worte ließen Emmas mühsam zurückgehaltene Wut hervorbrechen. »Ich habe mich mit Irma vertragen, nach langer Zeit haben wir wieder zusammen gespielt. Jetzt haben wir sogar ein ganzes Ensemble, eine große Bühne, und du verbietest mir die Auftritte.« Ihre schrille Stimme verklang in der Frühlingsluft. »Weißt du nicht, was mir das bedeutet? Denkst du, es ist nur so eine Spielerei oder Marotte? Ich meine es ernst mit der Musik.«

Er seufzte und wandte sich ihr zu. »Ich habe nichts gegen deine Musik, nur gegen deine Auftritte. Du hast das doch gar nicht nötig. Du bekommst hier alles, was du zum Leben brauchst, sogar noch mehr. Aber das ist dir wohl nicht genug. Du willst immer mehr, du bist maßlos.«

Emma funkelte ihn wütend an. »Ist es maßlos, wenn ich mir nichts verbieten lassen will? Die Musik gehört zu meinem Leben, und zur Musik gehören Auftritte.«

Christian nahm die Hände aus den Taschen und starrte sie an. »Deine Musik ist doch nur ein Vorwand, um dich in Köln herumzutreiben. Wer weiß, was du noch alles machen würdest, wenn ich nicht dabei wäre. Aber eins sag ich dir, ich lass mir keinen Bastard unterschieben.«

Emma schnappte nach Luft. Ihr Herz pochte in einem wilden Takt, dessen Widerhall in ihrem ganzen Körper zu spüren war. »Was ... was denkst du von mir?«

»Das Richtige, Emma. Meinst du, ich weiß nicht, was du in Köln getrieben hast, als ich weg war? Hältst du mich für so dumm? Meine Mutter hatte recht, du bist eine Rumtreiberin. Du hast schon hier dem Ukrainer schöne Augen gemacht. Du machst es mit jedem wie eine läufige Hündin.« Er war noch etwas näher gekommen. Seine Haut sah blass aus im Sonnenlicht und spannte sich über sein Gesicht und sein erhobenes Kinn. Es war dieselbe Strenge, die auch in Elisabeths Gesichtszügen lag, dieselbe Unnachgiebigkeit und Härte. Sie hatte sie im Gesicht ihrer Schwiegermutter gesehen, als diese ihr vorgeworfen hatte, mit Pjotr, dem Fremdarbeiter auf dem Hof, herumzutändeln. Emma schüttelte den Kopf. »Gerade du musst so etwas sagen. Du bist doch derjenige, der fremdgegangen ist. Wer ist die Frau auf dem Foto, das du mit dir rumträgst, Christian? Deine Freundin aus Kriegstagen?«

Christian rührte sich nicht. Schweigend starrte er auf sie herunter. »Was schnüffelst du in meinen Sachen herum?«, zischte er.

Sie sah, wie sich seine Augen verengten, und wunderte sich über den plötzlichen Hass darin. Da traf sie auch schon sein Schlag an der Wange, heftig und schnell, so rasch, dass sie ihn nicht hatte kommen sehen; er streifte sie wie eine Windbö und zog sich ebenso schnell wieder zurück. Sie stand da und hielt sich die schmerzende Wange, während der Widerhall des Schlages in ihrem Kopf dröhnte.

»Du schnüffelst ab sofort nicht mehr herum! Nirgendwo! Hast du gehört?« Christians Stimme zischte aus seinem Mund wie eine giftige Schlange, gepresst und gefährlich. Er hob die Hand erneut, und sie sah es und nickte instinktiv und rasch als Zeichen, dass sie verstanden hatte.

»Mach mir nichts vor«, zischte er. »Glaubst du, ich weiß nicht, was zwischen dir und diesem Hüffenberg war?«

Seine Worte umkreisten sie wie kalte Luft. Sie spürte, wie sie zu zittern begann vor Angst. Instinktiv begriff sie, dass noch Schlimmeres passieren würde, wenn sie jetzt nur ein Wort sagte.

»Meinst du, ich weiß es nicht? Während ich für Deutschland den Kopf riskiert habe, hast du dich mit ihm vergnügt, du Luder.« Sein Gesicht war weiß und starr vor Zorn. Er packte sie im Nacken.

Reglos hing sie in seinem Griff und sah ihn an, während sie den nächsten Schlag erwartete. Ein paar Atemzüge lang verharrten sie so, dann ließ er sie los und gab ihr einen heftigen Schubs. Sie taumelte nach hinten, stolperte über einen großen Stein und stürzte zu Boden. Ihr Körper erbebte. Die Steine bohrten sich in ihr Hinterteil und in ihren Arm. Sie wälzte sich herum, kam langsam auf die Knie, spürte, wie sich die Steine in ihre Haut drückten. Christians hohe Gestalt tauchte neben ihr auf und warf einen Schatten auf sie. Sie folgte ihrem ersten Impuls, wegzukrabbeln und sich ins weiche Gras am Wegesrand zu retten. Er folgte ihr. Einen schrecklichen Moment lang erwartete sie, dass er sich nun auf sie werfen und Schlimmeres mit ihr tun würde. Aber er hielt ihr seine Hand hin, um ihr aufzuhelfen. Sie starrte sie an – dieselbe Hand, die sie früher so oft gestreichelt hatte, die sie mochte, eine helle, kräftige Hand ohne Haarwuchs und mit schlanken Fingern – und spürte nur Widerwillen. Sie klammerte sich am Zaunpfahl fest und schüttelte den Kopf. Langsam richtete sie sich wieder auf, wischte sich die Steinchen ab, die an ihren Knien klebten. Feine Streifen Blut, vermischt mit Dreck, quollen aus ihrem Arm. Ihr Hinterteil schmerzte.

Christian ließ seine Hand sinken und runzelte die Stirn. »Du fährst nicht mehr nach Köln«, stieß er hervor. »Du bist meine Frau, dein Platz ist hier. Hast du das verstanden?«

Sie nickte zitternd. Ihr Blick irrlichterte über das saftige Gras der Weide, sie sah den Hahnenklee darin gelb leuchten, ohne es wahrzunehmen. Sie zog ihr Taschentuch aus der Tasche ihres Kleides und presste es auf die Wunde am Arm. Vorsichtig trat sie von einem Fuß auf den anderen. Wieder streckte Christian seine Hand aus, um ihren Arm zu nehmen, doch sie zuckte zurück. Er seufzte und ließ die Hände in die Hosentaschen gleiten. Langsam gingen sie den Feldweg zurück. Emma setzte mechanisch einen Fuß vor den anderen. Sie starrte auf Christians braune Lederschuhe, die er an Wochentagen immer trug. Sie waren faltig und eingelaufen, hatten sich an seine Füße angepasst wie schützende Hüllen. Sie hasste diese Schuhe. Sie hasste seine Füße. Sie hasste auf einmal seine Gegenwart. Sie presste ihre Hand auf das Taschentuch, während sie schweigend zum Gutshof hinabgingen.

Zu ihrer großen Erleichterung trennte sich Christian im Hof von ihr und stapfte zur Pferdekoppel hinunter. Sie ging ins Haus, stieg die Treppe hinauf und ging ins Badezimmer. Dort reinigte sie die Schürfwunde an ihrem Arm und klebte ein großes Pflaster darauf. Sie wusch sich das Gesicht und betrachtete im Spiegel ihre gerötete Wange. Sie kam sich plötzlich fremd vor, Schreck und Angst lagen in ihrer Miene. Haarsträhnen waren aus ihrer Hochsteckfrisur gefallen und hingen ihr ins Gesicht. Sie klemmte sie wieder fest. Lange kauerte sie auf einem Schemel und beobachtete, wie sich die Schatten der Dämmerung allmählich ins Badezimmer senkten, während sie ihre Wange mit einem Tuch kühlte. Die leisen Stimmen von Robert und Elisabeth, die bereits ins Bett gegangen waren, klangen aus dem angrenzenden Schlafzimmer herüber.

Sie hatte immer geglaubt, dass Hass sich brennend anfühlen würde, wie große Wut. Aber er konnte sich auch wie eine Leere anfühlen, wie Gewissheit.

Sie wrang den feuchten Lappen aus und breitete ihn sorgfältig über dem Badewannenrand aus. Sie ging in den Flur und lauschte, ob Christians Schritte im Haus zu hören wären, aber es war alles still. Leise kehrte sie ins Schlafzimmer zurück, ging zum Fenster. Hinter den Wirtschaftsgebäuden sah sie Christian im Licht der Abendsonne auf der Koppel bei den Pferden stehen. Er tätschelte dem Reitpferd den Hals. Erleichtert ließ sie den Vorhang zurückfallen, lief zum Schrank und überzeugte sich, dass der große Wanderrucksack noch an seinem Platz lag. Hastig sammelte sie ihre Papiere, die Geldbörse, ihren Schmuck ein und stopfte alles in die Handtasche, dann verstaute sie ihr Akkordeon sorgfältig in der Ledertasche, die sie neulich eigens dafür gebraucht erstanden hatte. Als sie fertig war, schlich sie sich in die Küche hinunter. Sie wusste, dass die Köchin zurück ins Dorf gefahren war, nachdem sie ihre Arbeit beendet hatte, und die beiden Dienstmädchen sich oben in ihren Zimmern aufhielten. Still lag die Küche in der Dämmerung. Emma schmierte sich Brote und packte alles ein, was sie unauffällig entwenden konnte: Äpfel, Butter, ein wenig Gemüse, ein paar Würste. Dieses Mal wäre sie schlauer und ging besser vor als bei ihrer überstürzten Flucht im letzten Jahr. Sie hatte Übung im Fliehen. Ein bitteres Lächeln stahl sich auf ihren Mund.

Sie versteckte ihren Beutel mit den Lebensmitteln in der Küche und ging ins Schlafzimmer zurück, wo sie sich umzog und ins Bett legte. Still lag sie dort und wartete auf die Rückkehr ihres Mannes, während die Dämmerung sich allmählich ins Zimmer senkte und die Umrisse der Möbel verschwanden.

Christian kam erst, als das Zimmer in völliger Dunkelheit lag. Sie hörte, wie er sich entkleidete und seinen Schlafanzug überstreifte, um sich dann vorsichtig ins Bett zu legen. Es war offensichtlich, dass er sie nicht wecken wollte. Er hatte diesmal noch länger als sonst gewartet, um sicher sein zu können, dass sie bei seiner Rückkehr schlief. Er roch nach Pferd und Stall. Erleichtert bemerkte sie, wie er sich auf seine Seite drehte, und wünschte sich, er wäre meilenweit weg. Reglos lag sie da, starrte in die Dunkelheit und hörte auf ihren Herzschlag, der sich beschleunigt hatte, seitdem er im Zimmer war. Sie fürchtete, er könnte nicht einschlafen oder würde plötzlich die Hand nach ihr ausstrecken.

Nach einiger Zeit entspannte er sich und seine Atemzüge wurden regelmäßig. Trotzdem wartete sie ab, bis sie ganz sicher sein konnte, dass er eingeschlafen war. Dann erhob sie sich und kleidete sich geräuschlos an. Vorsichtig nahm sie den Rucksack aus dem Schrank und stopfte ihn mit ihren Schuhen und ihrer Kleidung bis oben hin voll. Immer wieder hielt sie zwischendurch inne und lauschte auf Christians Atemzüge. Sie arbeitete sich langsam vor, zog zwei Pullover übereinander an, dann den Mantel, ihre Winterstiefel, die Mütze, obwohl fast Sommer war. Aber nachts würde es kalt sein. Sie tastete nach Christians Geldbörse auf dem Schreibtisch. Zögerte. Ihre Finger fuhren über das weiche Leder. Doch dann gab die Wut ihr die Kraft, ein paar Geldscheine herauszunehmen und sie in ihrem Mieder zu verstecken. Sie würde sie nötig brauchen, er hatte genug davon.

Die Schnallen am Rucksack klirrten leise, als sie ihn sich aufsetzte. Christian wälzte sich herum und atmete geräuschvoll aus. Erschreckt hielt sie inne und lauschte auf seine Atemzüge, die sie plötzlich nicht mehr hören konnte. In der Stille hörte sie nur ihr Herz laut pochen. Sie wagte es nicht, sich zu bewegen. Endlich hörte sie Christians leises fernes Atmen in der Dunkelheit. Da fasste sie sich ein Herz, nahm ihr Akkordeon und schlich sich aus dem Zimmer. Erst unten auf der Treppe gestattete sie sich, durchzuatmen. Sie eilte in den Keller, holte den Beutel mit den Lebensmitteln aus der Küche, schnallte sich den Rucksack fest und tastete sich durch den dunklen Flur. Die Haustür war abgeschlossen, aber der Schlüssel steckte von innen im Schloss. Vorsichtig drehte sie ihn. Die Tür sprang auf, und sie schlüpfte hinaus in die Nacht. Sie beeilte sich, aus dem Schein der Hoflampe zu gelangen, und lenkte ihre Schritte die Allee hinunter zur Landstraße.

Die Wunde an ihrem Arm brannte, und sie war schwer beladen, aber trotzdem ging sie schnell den Weg an der Straße entlang. Gut Meinersfeld thronte hinter ihr auf seiner Anhöhe, aber sie sah sich nicht mehr um.

Kapitel 14

Villa Hüffenberg, Juni 1946

An diesem Tag erhielt Kurt eine gute und eine schlechte Nachricht. Die schlechte kam zuerst. Vormittags kam ein Anruf von Gut Meinersfeld. Er hatte erst gehofft, es wäre Emma, aber es war nur Robert van Kall, der ihm mitteilte, dass der Ankauf eines so wertvollen Gemäldes seine Möglichkeiten leider übersteigen würde und er sich an einen anderen Kunsthändler wenden solle. Er bedauerte, dass sie sich nicht handelseinig werden konnten, und empfahl ihm einen Händler in Köln. Seine Fotos würde er ihm wieder zurückschicken.

»Nicht nötig«, sagte Kurt rasch. »Ich bin sowieso in ein paar Tagen in Köln, dann werde ich sie mir bei Ihnen abholen, wenn Sie nichts dagegen haben.«

»Wie Sie möchten«, erwiderte van Kall mit Erstaunen in der Stimme. Aber er sagte nichts.

Nach dem Gespräch fühlte sich Kurt niedergeschlagen. Es machte ihn traurig, dass er van Kall nicht freimütig nach Emma hatte fragen können, wie es ihr ginge und ob er sie sprechen dürfte. Seit ihrem Telefonat hatte er nichts mehr von ihr gehört, obwohl sie versprochen hatte, sich zu melden. Anfangs hatte er sich noch nichts dabei gedacht, doch allmählich beunruhigte es ihn und setzte ihm zu wie das Schleifpapier dem Holz. Hatte sie es sich anders überlegt und wollte doch bei Christian bleiben? Oder war etwas passiert? Er überlegte, ob er van Kall noch mal anrufen und sich unter einem Vorwand nach ihr erkundigen sollte, ließ es dann aber. Er würde es ohnehin erfahren. Er hoffte, sie auf Gut Meinersleben sprechen zu können.

Seine Laune wurde nicht besser, als er und seine Mutter am Nachmittag auf dem Balkon Muckefuck tranken und trockene Nussplätzchen aßen. Sie rümpfte wie immer die Nase, nachdem sie den ersten Schluck genommen hatte. Immerzu starrte sie missbilligend zu Schröter hinunter, der im neuen Garten Unkraut jätete. Dabei hätte sie zufrieden mit seiner Arbeit sein können, denn die Erfolge seiner Arbeit sprossen in saftigem Grün aus der Erde. Die Kartoffeln blühten, im Gemüsebeet wuchsen Reihen von Kohlrabi, Rotkohl und Salat, umrahmt von ausladenden Rhabarbersträuchern. Aber sie beklagte immer wieder die Verunstaltung ihres schönen Ziergartens. Kurt sei in Köln zu einem Bauern geworden, warf sie ihm vor, und zu einem Krämer. Immerhin hatte er sie davon überzeugen können, das Stillleben-Jagdgemälde seines Vaters zu verkaufen, nachdem er ihr geschildert hatte, in welcher Lage sich die Firma befand. Dabei stellte sich heraus, dass sie noch Reste ihres Erbes besaß, womit sie erst mal über die Runden kämen. Ihr Landhaus wollte sie jedoch wie erwartet nicht verkaufen, dann eher die Jagdgemälde ihres Mannes, die sie ebenso wenig mochte wie Kurt.

»Also fährst du schon wieder nach Köln?«, fragte sie und sah ihn an wie ein Mädchen, das sich von seinem Vater trennen muss. Nicht zum ersten Mal kam es Kurt vor, als wären ihre Rollen vertauscht, als wäre er der Vater und sie das Kind, das ihn brauchte. Er musste immer mehr ihr Gesellschafter und Beschützer sein, anstatt sich um die Firma zu kümmern. Erst recht, nachdem sie erfahren hatten, dass sein Vater nun in ein britisches Internierungslager überstellt worden war. Es wäre ein noch schlimmerer Ort und eine Haft mit ungewissem Ausgang, schrieb er in seinem Brief an Mutter, er hoffe jedoch das Beste. Er hielt auch weiter die Fäden in der Hand, was die Firma betraf, denn im Umschlag lag ein Brief an Herrn Palm. Mutter hatte geweint, nachdem sie den Brief gelesen hatte, und war tagelang untröstlich gewesen.

Doch in Wahrheit, dachte Kurt, als er die durchscheinende Haut seiner Mutter in der Sonne betrachtete, vermisste sie vielleicht Hans noch mehr. In ihrem grünen Sommerkleid, das lang an ihr herunterfiel, schien sie beinahe zu verschwinden.

»Ich bleibe nur ein paar Tage«, versprach er. »Ich möchte die Fotos gern dem Kunsthändler persönlich bringen.«

Sie seufzte. »Meinst du, es ist wirklich so eine gute Idee mit dem Bild? Wer will denn jetzt Stillleben mit Wild kaufen? Die Leute brauchen doch ihr Geld für wichtigere Sachen.«

Erstaunt dachte Kurt, dass sie vermutlich recht hatte, er würde wahrscheinlich nur einen Teil des wahren Wertes für Vaters Gemälde bekommen. Wenn er ehrlich war, waren es auch der Name van Kall, den ihm sein Verbindungsmann auf dem Kölner Schwarzmarkt genannt hatte, gewesen und die Aussicht, Emma wiederzusehen, die den letzten Ausschlag zum Verkauf des Gemäldes gegeben hatten. »Es gibt noch Leute, die jetzt Bilder kaufen, Mutter«, sagte er. »Vielleicht Händler, die sich preiswert eine große Sammlung zusammenkaufen wollen, um sie später gewinnbringend zu veräußern. Oder Leute, die die Inflation fürchten und ihren Reichtum in Sachwerten anlegen wollen. Da sind noch Menschen, die den wahren Wert von Kunst kennen und ihn zu schätzen wissen. Ich bin gespannt, was der Händler mir bietet.« Er blickte sich um, weil er ein Geräusch gehört hatte. Fräulein Gebauer hatte fast lautlos den Balkon betreten. »Möchten Sie noch etwas trinken, Frau Hüffenberg?«, fragte sie, während sie geschickterweise das unbeliebte Wort Muckefuck vermied.

Kurts Mutter schüttelte den Kopf.

»Und Sie?« Fräulein Gebauer wandte sich an Kurt.

»Bitte, Hanna.« Er hielt ihr seine Tasse hin und bemerkte ihre Befangenheit und ein leichtes Zittern, als sie sie füllte. Das überraschte ihn. »Die Plätzchen schmecken gut«, log er und sah sie an. Prompt errötete sie. »Bringen Sie uns doch noch welche, Hanna«, bat er lächelnd mit sanfter Stimme. Sie knickste, und er beobachtete, wie sie hastig das Kaffeegeschirr seiner Mutter abräumte und verschwand. Er sah ihr hinterher. Sie sah gut aus. Ihre Haut war makellos, und es umgab sie immer etwas Frisches und Waches, trotz der vielen Arbeit. Er ertappte sich bei dem Gedanken, dass er vielleicht sogar mit ihr ausgegangen wäre, wenn er sie unter anderen Umständen kennengelernt hätte. Er hörte, wie die Haustür ins Schloss fiel, und wechselte einen Blick mit seiner Mutter. Sie richtete sich in ihrem Gartenstuhl auf, und auch er straffte sich. Nur wenig später führte Hanna ihren Geschäftsführer auf den Balkon.

»Herr Palm, schön, Sie zu sehen«, sagte Kurts Mutter und hielt ihm ihre Hand entgegen. »Setzen Sie sich doch.« Sie deutete auf einen der leeren Gartenstühle. Palm reichte erst ihr und dann Kurt die Hand und nahm Platz.

Kurts Mutter wies Hanna an, noch ein Gedeck zu bringen und ihnen den Sonnenschirm zurechtzurücken. Hanna erledigte das schnell und verschwand.

Palm strich sich mit seiner mageren Hand das dünne weiße Haar aus der Stirn, zog ein Taschentuch aus der Tasche seines grauen Sommeranzugs und wischte sich den Schweiß ab. Er sah aufgeregt aus. »Ich habe eine gute Nachricht«, berichtete er mit leuchtenden Augen. »Sie haben die passenden Ersatzteile für uns. Ihre Papiermaschine ist so zerstört, dass sie sie ausschlachten müssen.«

Kurts Mutter beugte sich nach vorn, ergriff seine Hand und drückte sie. »Wunderbar, Herr Palm. Wie gut, dass es geklappt hat!«

»Wann kommen die Teile?«, erkundigte sich Kurt.

»In ein paar Tagen. Sie haben mir versprochen, sie sofort auszubauen. Der Leiter schickt mir sogar seinen erfahrenen Vorarbeiter mit, der unseren Schröter einweisen kann.«

»Das haben Sie gut gemacht.« Kurts Mutter drückte dem Geschäftsführer noch einmal die Hand und ließ ihn los. Sie hielt große Stücke auf ihn, weil ihr Mann ihm vertraute. Ihre anfänglichen Bedenken, er könnte vielleicht zu alt für diese Aufgabe sein, waren inzwischen verschwunden, spätestens, seit er sich bereit erklärt hatte, auf einen Teil seines Gehalts zu verzichten, wenn er dafür bei ihnen mitessen dürfte. Schließlich sei er ein alter Witwer, Geld sei nicht mehr so wichtig für ihn, hatte er gesagt. Auch Kurt musste zugeben, dass es eine gute Idee von Palm gewesen war, in den Papierfabriken in der Nähe nachzufragen, ob jemand Ersatzteile für ihre Papiermaschine habe. So hatten sie schließlich eine Fabrik in Düren gefunden, die dasselbe Modell besaß wie sie – leider vollkommen zerstört. Palm lächelte geschmeichelt. »Stellen Sie sich vor, der Ringtausch hat auch geklappt. Wir leihen der kleinen Mühle in Düren für ein paar Wochen unsere Arbeiter für dringende Aufbauarbeiten aus, die geben ihrer Nachbarfabrik dafür Zellstoff, und diese wiederum überlässt uns die Ersatzteile.«

»Klasse«, entfuhr es Kurt.

Der Geschäftsführer quittierte seine Anerkennung mit einem kleinen Lächeln. »Die meisten Fabriken dort sind schon weiter als wir«, fuhr er seufzend fort. »Sie haben schon mit der Produktion begonnen.«

»Haben die denn schon alle die Permits von den Briten bekommen?«, fragte Kurts Mutter verwundert.

»Die meisten«, meinte Palm.

Sie sah enttäuscht aus. »Und wir müssen immer noch warten. Wie lange denn noch?«

Palm faltete seine Hände, drückte Zeigefinger und Daumen gegeneinander und sah nachdenklich durch die von ihm geformte Öffnung. »Das hängt vermutlich davon ab, ob die Briten Ihren Mann für schuldig befinden«, sagte er langsam und brach ab, als Hanna mit den Plätzchen kam und ihnen Muckefuck einschenkte. Alle schwiegen, bis sie wieder weg war.

»Schuldig?« Kurts Mutter blickte Palm verständnislos an. »Weswegen denn?«

Palm räusperte sich und löste das Gebilde auf, das er mit seinen Händen geformt hatte.

Kurt runzelte die Stirn. Wut flammte in ihm auf. War seine Mutter wirklich so ahnungslos, wie sie tat? »Erinnerst du dich nicht mehr an unsere vielen Zwangsarbeiter, die aus dem Außenlager kamen, Mutter? Die Briten könnten Vater vorwerfen, dass er sie ausgenutzt und unmenschlich behandelt hat.«

Sie starrte ihn an, in ihren hellen Augen lag Entsetzen. »Aber dein Vater konnte doch nichts dafür, wie die im Lager diese Leute behandelt haben. Er hat sich immer dafür eingesetzt, dass es ihnen besser ging.«

Das konnte Kurt nicht einmal abstreiten, er hatte damals das Gespräch zwischen seinem Vater und dem Gauleiter belauscht, in dem sein Vater um eine bessere Behandlung der Gefangenen gebeten hatte. Aber er hatte es nur getan, damit sie bessere Arbeitsleistungen erbrachten, und nicht aus Menschlichkeit.

Als Kurt nichts erwiderte, rief seine Mutter: »Die wollen uns doch nur Knüppel zwischen die Beine werfen. Die wollen nicht, dass wir jemals wieder hochkommen.«

Palm trank einen Schluck Muckefuck. »Wir sollten mal bei den Briten vorfühlen. Herr Hüffenberg, Sie können doch gut Englisch, oder?«

Kurt nickte finster. Der Gedanke, sich bei den Besatzern für seinen Vater einzusetzen, gefiel ihm nicht. Aber dann dachte er, dass er es für die Firma tun würde, für das Erbe seiner Familie und vielleicht auch für seine eigene Zukunft. »Dann werden wir mal sehen, was wir ihnen bieten können, damit sie uns die Erlaubnis geben«, sagte er.

Am nächsten Morgen ließ er sich von Josef nach Gut Meinersfeld fahren. Als er die saftigen Heuwiesen und die Felder aus dem Autofenster sah, musste er daran denken, wie er letztes Jahr mit seinem Laster durchs Bergische Land gefahren war und bei den Bauern Lebensmittel gegen Benzin getauscht hatte. Die Sonne glitzerte auf den Wellen des Rheins, als sie in Köln langsam über die Holzbohlen der Tausendfüßlerbrücke rumpelten, wobei er sich fragte, wie lange die Brücke noch halten würde bei den vielen Menschen, die sie täglich überquerten. Am anderen Ufer ballten sich die Ruinen, und obwohl er den traurigen Anblick nur zu gut kannte, krampfte sich sein Magen zusammen. Er konnte sich kaum noch vorstellen, dass er hier so lange und so gut hatte überleben können, und doch war er stolz darauf. In der Stadt waren jetzt mehr Trümmer geräumt worden und mehr Straßen befahrbar. Feldbahnen transportierten den Schutt von den großen Sammelplätzen in der Stadt hinaus zu leeren Sand- und Kiesgruben in der Umgebung. Als sie die Stadt verließen, sah Kurt in den Vororten im Süden Bagger rotieren. Auf den Feldern gedieh das Korn, und an den zerschossenen Bäumen am Straßenrand wuchsen Blätter. Alles gab Anlass zur Hoffnung.

Kurt hoffte, dass er gleich Emma wiedersehen würde. Vielleicht könnte er ungestört mit ihr reden, dachte er, als der Wagen in der Allee parkte. Doch das Dienstmädchen ließ ihn im Treppenhaus stehen, nachdem es ihn hineingelassen hatte – eine grobe Unhöflichkeit. Erst nach einigen Minuten erschien Christian van Kall. Die Hände tief in den Taschen vergraben, mit mürrischem Gesichtsausdruck in seinem blassen Gesicht kam er auf Kurt zu. Kurt sah auf die schmucklose Krawatte unter van Kalls grauem Pullunder und fragte sich, was Emma nur an diesem Mann gefunden hatte. Er zwang sich zu einer halbwegs freundlichen Begrüßung und nannte den Grund seines Kommens.

Anstatt einer Antwort hielt Christian ihm nur den Umschlag mit den Fotos vom Gemälde hin. »Mein Vater ist nicht da«, sagte er schroff. »Und Emma auch nicht. Aber das wissen Sie sicher schon.« Er starrte ihn feindselig an.

Kurt spürte, wie sein Kreislauf sich beschleunigte. Er wusste es, fuhr es ihm durch den Kopf. Irgendwie musste Emmas Mann herausgefunden haben, dass er ein Verhältnis mit Emma gehabt hatte. Er straffte sich, hob das Kinn. »Wo ist Emma?«, fragte er.

»Das müssten Sie doch am besten wissen.«

Kurts Herzschlag wurde schneller. Hastig schüttelte er den Kopf. »Nein, ich weiß es nicht.«

Van Kall starrte ihn ungläubig an. Seine Lippen bewegten sich, als wollte er etwas sagen, aber es kam nichts heraus. »Ist sie nicht bei Ihnen?«, fragte er endlich mit tonloser Stimme.

»Nein, sie ist nicht bei mir«, bekräftigte Kurt und schüttelte wieder den Kopf. Er fühlte sich, als würde in ihm etwas zu schleudern beginnen, sein Atem ging flach und hastig.

Christian zog die Hände aus den Taschen und rieb sich die Stirn. »Sie ist vor zwei Wochen verschwunden. Ich habe sie überall gesucht, aber sie war nirgends.«

Seine Worte wirbelten in Kurts Kopf. »Vor zwei Wochen schon?«, schnappte er mit heiserer Stimme. »Was meinen Sie damit, sie ist verschwunden?«

»Eines Morgens war sie weg«, presste Christian hervor. »Hat nur ein paar Sachen mitgenommen.« Er war weiß wie die Wand. Anscheinend glaubte er Kurt, dass Emma nicht bei ihm war.

Kurt rang nach Luft. Sein hastiger Herzschlag pochte in seinem Kopf. Für einen Augenblick fragte er sich, ob es stimmte, was Emmas Mann ihm erzählte, doch dann glaubte er ihm. So ein Entsetzen konnte man nicht spielen. Er fragte sich, warum Emma ihren Mann so plötzlich verlassen hatte. Warum hatte sie sich nicht bei ihm gemeldet? Er spürte, wie sich das Schleudern verstärkte, wie es in seinem Kopf kreiste und jeden klaren Gedanken wegzuwehen schien. »Bei ihren Eltern ist sie auch nicht?«, hörte er sich fragen.

Er sah, wie van Kall schluckte, immer noch weiß wie die Wand. »Halten Sie mich für blöd? Klar habe ich sie überall in Köln gesucht.«

Kurt ballte die Faust. Er spürte, wie die Wut von ihm Besitz ergriff, ihn zu überwältigen und mit sich zu reißen drohte. Er würde seine Faust ins Gesicht dieses Kerls stoßen, bis sein Kopf an die Wand knallte und das Blut aus seiner Nase tropfte. Einige Sekunden labte er sich an dieser Vorstellung, dann atmete er tief und knurrte: »Werden Sie nicht unfreundlich. Ihre Frau ist Ihnen doch nicht ohne Grund weggelaufen.«

Van Kalls Gesicht verschloss sich. Mit einem Satz war er bei ihm und packte Kurt am Mantelkragen. »Warum hat sie das wohl getan? Tun Sie doch nicht so unschuldig. Ich weiß, Sie waren Untermieter bei den Wolraths in Köln. Meinen Sie, ich weiß nicht, was zwischen Ihnen und Emma war?«

Kurt starrte in die blitzenden dunklen Augen. Es war ihm plötzlich egal, dass Emmas Mann von ihrem Verhältnis wusste. Vielleicht hatte sie es ihm sogar selbst gesagt. Umso besser, durchfuhr es ihn. »Ah, hat sie es Ihnen gesagt? Darf ich raten? Sie haben sich gestritten, und dann ist sie weggegangen.« Er beobachtete van Kall gespannt, achtete auf jede Bewegung. Bereitete sich auf den Schlag vor, der jederzeit kommen konnte.

Van Kall sah aus, als wäre er in Mist getreten. »Sich vor der Front drücken und dann die Frauen der anderen bumsen«, zischte er.

»Stimmt nicht, ich war an der Front.«

Van Kall starrte ihn ungläubig an. »Welche Division?«

Obwohl es ihm widerstrebte, nannte sie ihm Kurt. »Ich war zuletzt im Harz. Dann in Gefangenschaft.«

»Wo?«

»Bei den Amis im Rheinwiesenlager. Jetzt lassen Sie mich los!«

Christians Kiefer mahlten, als müsste er ein paar sperrige Gedanken verdauen. Er starrte auf seine Hände, wohl um sich zu fragen, ob sie ihm gehorchten. Da hob Kurt blitzschnell die Faust und stieß sie mit Wucht gegen Christians Arme, schubste ihn fort. Christian taumelte nach hinten.

Kurt glättete seinen Mantelkragen, während sein Kontrahent sich fing und wieder zu seiner vollen Größe aufrichtete. Einen Augenblick sah es so aus, als würde er Kurt erneut packen wollen, doch Kurt schüttelte nur den Kopf und starrte ihn drohend an. Er streckte seinen Arm aus und machte eine abwehrende Handbewegung. Er ließ Christian nicht aus den Augen, während er die beiden Stufen hinunter zur Tür ging und dann aus dem Haus. Als die Tür hinter ihm ins Schloss fiel, atmete er auf und eilte zurück zum Wagen. »Wir fahren nach Köln, Josef«, befahl er seinem Fahrer. Während der Mercedes über die Landstraße fuhr und die flache Landschaft an ihm vorbeiglitt, musste Kurt immer wieder an seinen Zusammenstoß mit van Kall denken. Langsam ließ das Schleudern in seinem Kopf nach, und ein paar klare Gedanken kehrten zurück. Er hatte keinen Zweifel, dass Emma nach Köln gegangen war. Aber warum war sie nicht bei ihren Eltern? Dafür konnte es nur einen Grund geben: Sie wollte nicht von ihrem Mann gefunden werden. Wahrscheinlich hatten sie sich heftig gestritten, und ihr war klar, dass ihr Mann sie bei ihren Eltern als Erstes suchen würde. Aus dem gleichen Grund wäre sie sicher auch nicht bei Irma. Wahrscheinlich versteckte sie sich irgendwo anders. Aber wo könnte das sein? Ihm fiel nur ein Ort ein.

Als die ersten Ruinen von Köln auftauchten, nannte Kurt seinem Fahrer einen Straßennamen. Er musste Josef nicht mehr den Weg erklären, denn der hatte ihn schon einmal hierhin gefahren. Hoffnung erfüllte Kurt, als sein Wagen in die ruhige Nebenstraße einbog, die von Mietshäusern gesäumt wurde. In dieser Siedlung war so gut wie nichts zerstört. Ein paar junge Bäume blühten, Kinder spielten Seil hüpfen. Kurt befahl seinem Fahrer zu warten und ging durch die offen stehende Tür ins Mietshaus. Schnell stieg er bis in den obersten Stock und verschnaufte ein paar Atemzüge, ehe er klingelte. Obwohl es gar nicht so lange her war, dass er hier gewohnt hatte, kam ihm der Hausflur bereits fremd vor, eng und klein. Aus den unteren Stockwerken waberte der Geruch nach Erbsensuppe herauf, und irgendwo hinter einer Eingangstür unter ihm schimpfte eine Frau mit einem Kind, das daraufhin zu weinen begann.

Zum Glück war Klara zu Hause. Sie hatte noch ihr Kostüm an, das sie immer bei der Arbeit trug, und war lediglich in ihre Pantoffeln geschlüpft.

»Kurt«, rief sie überrascht. »Was machst du hier? Komm rein.«

Sie bat ihn in die Küche, doch er lehnte ab. Hastig blickte er zu der verschlossenen Tür hinüber, hinter der sein altes Zimmer lag, und wünschte sich, sie würde aufgehen und Emma im Türrahmen erscheinen. »Entschuldige, dass ich dich so überfalle. Ist Emma hier?«

Klaras erstaunter Blick ließ das Schleudern wieder in seinen Kopf zurückkehren, und er hörte kaum ihre Antwort, weil er sie schon auf ihrem Gesicht gesehen hatte. Emma war nicht da.

»Sie ... wohnt hier nicht? War sie gar nicht hier?«

Er fühlte Klaras Handgriff an seinem Arm, mit dem sie ihn in die Küche dirigierte. Sanft drückte sie ihn auf einen Stuhl, stellte ihm eine Kaffeetasse hin, schenkte ihm aus einer Kanne noch warmen Getreidekaffee ein. »Emma war hier«, berichtete sie, nachdem sie sich auf ihrem Stuhl niedergelassen hatte. »Vor ungefähr zwei Wochen stand sie plötzlich vor meiner Tür. Es war noch früh, ich wollte gerade zur Arbeit gehen. Sie fragte, ob ich dein altes Zimmer noch hätte. Ob sie bei mir wohnen dürfe. Sie hätte sich mit ihrem Mann gestritten und könne nicht mehr zurück.«

In Kurt spannte sich alles an, als er an Christian van Kall dachte. Also stimmte es, Emma und er hatten sich gestritten. Aber was musste geschehen sein, dass sie mitten in der Nacht heimlich geflohen war? »Hat sie erzählt, worum es ging?« Er beugte sich nach vorn. »Hat er ihr etwas angetan?«

Klara musterte ihn mit dem für sie typischen ruhigen Blick, dem nichts entging. »Sie hatte aufgeschrammte Knie und eine Schürfwunde am Arm, aber nichts Schlimmes. Sie hat nicht darüber gesprochen. Sie hat sowieso kaum geredet, was sonst nicht ihre Art ist. Leider habe ich dein altes Zimmer inzwischen untervermietet. Auch mein Wohnzimmer konnte ich ihr nicht geben, das habe ich einer alten Bekannten überlassen, die ausgebombt ist«, berichtete Klara. »Emma hat hier in der Küche geschlafen, aber nur zwei Nächte. Dann ist sie fortgegangen.«

»Hat sie gesagt, wohin?«

Klara schüttelte den Kopf. Sie sah müde aus, in ihrem klassisch-schönen Gesicht lagen ein paar neue, winzige Fältchen, die von Trauer und Erschöpfung zeugten. »Sie sagte, sie wüsste es noch nicht, aber ich glaube, sie wollte es mir nur nicht sagen. Es tut mir leid.«

Kurt seufzte. »Ich war gerade bei van Kall. Der Mann ist ein Arschloch.«

»Sie hatte sicher einen Grund, ihn bei Nacht und Nebel zu verlassen.«

Kurt trommelte mit den Fingern auf die Tischplatte. Er ballte die andere Hand zur Faust und dachte, dass er sie in van Kalls Gesicht hätte versenken sollen. Er stürzte den Kaffee hinunter und erhob sich. »Danke, Klara. Für alles. Dafür, dass du mir damals und auch Emma geholfen hast.«

Klara erhob sich ebenfalls. »Was willst du jetzt tun?«

»Sie weitersuchen. Bis ich sie finde.«

Als er wieder im Auto saß, schmolzen seine leicht dahingesagten Worte zusammen, und ihm wurde seine Lage bewusst. Er beschloss, die Stadt nach Emma abzusuchen. Zuerst ließ er sich zu Irma fahren, aber auch dort erfuhr er nichts, nur dass Christian schon bei ihr gewesen war. Sie sah sehr unglücklich aus. Er musste ihr versprechen, sich sofort bei ihr zu melden, wenn er etwas über Emmas Verbleib erfahren würde.

Emmas Eltern besuchte er unter einem Vorwand, um sie nicht zu beunruhigen. Offenbar hatte Christian es ebenso getan, denn sie wussten nicht, dass Emma fort war, und wähnten sie bei ihrem Mann.

Kurt quartierte sich und seinen Fahrer in einem notdürftig renovierten Hotel in der Stadt ein und fragte am nächsten Tag in sämtlichen Absteigen in Köln und Umgebung nach, in denen er mit Emma gewesen war, doch niemand hatte sie gesehen. Er fuhr sogar zu seiner alten Halle, die er leer und trostlos vorfand. Nur der alte Eisenschrank stand noch dort, alles andere hatten die Diebe mitgenommen. Kurt lehnte sich gegen die kalte Tür und starrte an die Decke. Er hatte nun alle Orte, an denen sie hätte sein können, abgesucht und sie nirgends gefunden. Wenn sie geflohen war und nirgendwo hinkonnte, warum um alles in der Welt hatte sie ihn nicht angerufen? Wo war Emma?

Kapitel 15

Köln, Mai 1946

Emma war früh von Klaras Wohnung aufgebrochen. Wegen des Gewichts, das sie bei sich getragen hatte, war sie nur langsam vorwärtsgekommen. Die Sonne hatte schon hoch am Himmel gestanden, als sie den Rosengarten im Volksgarten erreicht hatte. Christians Rucksack hing schwer an ihrem Rücken. Obwohl es warm war, trug sie ihren Mantel und ihre Winterstiefel, die nicht mehr in den Rucksack gepasst hatten. Das schweißdurchfeuchtete Sommerkleid klebte auf ihrer Haut. Auf ihrem Bauch lastete die Tasche mit dem Akkordeon, daneben baumelte ihre Handtasche mit den beiden Broten, die sie sich bei Klara noch hatte schmieren dürfen. Die Zunge klebte ihr trocken am Gaumen, sie hatte Durst. So mussten sich Landstreicher fühlen.

Sie beschattete ihre Augen mit der Hand gegen die Sonne. Zum Glück war der Pavillon leer. Sie ging hin, setzte Rucksack und Akkordeon ab und ließ sich auf der Bank nieder. Der Durst quälte sie, ihr rechtes Knie brannte, und sie spürte ihren Herzschlag in der Wunde am Arm pochen. Kein gutes Zeichen.

Sie zog ihre halb leere Feldflasche hervor und trank, dann holte sie ihre Brote aus dem Rucksack und biss hungrig ab. Sie hatte auf Gut Meinersleben beinahe vergessen, wie es war, hungrig zu sein. Man konnte sich so schnell an neue, bessere Umstände gewöhnen. Schade, dass sie nicht bei Klara hatte bleiben können, dachte sie, als sie auf die Bäume des Parks blickte, die im Sonnenlicht flimmerten. Aber Klaras Wohnung war mit der neuen Untermieterin und der Nachbarin, die Klara bei sich aufgenommen hatte, bereits voll. Sie wollte auch nicht länger zur Last fallen und in der Küche schlafen.

Sie sondierte ihre Möglichkeiten. Der Wunsch, zu ihren Eltern zurückzukehren, wuchs mehr und mehr. Warum nicht einfach zu ihnen gehen, dort ihren Durst stillen und sich von ihnen trösten lassen? Aber da würde Christian sie finden. Für ihre Eltern wäre sie die Frau, die ihrem Mann weggelaufen war. Eine gefallene Frau. Eine, die etwas Unmögliches getan hatte, etwas, das man nicht tat. In ihrem tiefsten Innern wusste sie, dass ihre Mutter ihren Grund, wegzugehen, nicht akzeptieren würde. Erst recht nicht, wo Christian Erbe von Gut Meinersleben war. Man stieß nicht die Hand weg, die einen fütterte, die der ganzen Familie beim Überleben half. Und zu ihrer Mutter war Christian auch immer ausgesprochen freundlich gewesen.

Emma spürte einen heftigen Widerwillen, als sie an ihn dachte. Sie wollte ihn nicht mehr sehen. Nie mehr.

Sie würde sicher auch Unterkunft in einer der billigen Absteigen in der Stadt finden, wo sie mit Kurt gewesen war. Aber sie brauchte jeden Pfennig für Lebensmittel. Sie musste vorsichtig sein, musste haushalten, wenn sie überleben wollte.

Emma dachte nach. Wenn sie sich in Köln meldete, würde Christian von ihrem Aufenthaltsort erfahren. Das schied also aus. Somit konnte sie nicht den offiziellen Weg über das Wohnungsamt nutzen, um ein Zimmer zu finden. Emma fiel nur noch ein Mensch ein, der ihr helfen konnte. Es wäre riskant, ihm zu trauen, aber es ging nicht anders.

Sie knüllte das Butterbrotpapier zusammen und trank noch ein paar Schlucke Wasser. Vorsichtig zog sie sich das Pflaster ab und betrachtete die eingetrockneten Blutstreifen, um die herum sich die Haut rötlich verfärbt hatte. Verdammter Kerl, dachte sie in erneut aufflammender Wut. Sie hätte nie zu ihm zurückgehen dürfen.

Sie opferte ein wenig Wasser aus ihrer Flasche und goss es über die brennende Wunde, dann klebte sie das Pflaster wieder darüber und leerte die Flasche bis auf einen kleinen Rest. Sie lud sich ihr Gepäck auf und ging los.

Wenig später erreichte sie den Schwarzmarkt an der Frankenwerft. Die Schwarzhändler standen auf dem Bürgersteig und in den Hauseingängen der Ruinen und trugen trotz der Sommerwärme ihre weiten Mäntel, unter denen sie ihre Waren versteckt hielten. Auf der Straße gingen sie an den Käufern vorbei und raunten ihnen zu, was sie im Angebot hatten. Emma fragte bei einem der Jungen, die in den Hauseingängen standen und Zigaretten anboten, nach dem Vermittler. Der Junge bot an, ihn zu holen, und verlangte zehn Mark dafür. Es gelang ihr, ihn auf fünf herunterzuhandeln. »Sag ihm, ich warte, wo wir uns das erste Mal getroffen haben«, sagte sie. Der Junge rannte fort.

An einer Stelle unterhalb der belebten Kreuzung setzte sie sich auf einen Mauerrest, legte Rucksack und Akkordeon ab. Es musste wohl genau ein Jahr her sein, seit sie Doktor Rodeshagen hier kennengelernt hatte. Sein wahrer Name erschien ihr immer noch ungewöhnlich. Später war sie hier auch Kurt begegnet. Die Sehnsucht nach ihm durchfuhr sie, als sie an ihn dachte. Wie schön es doch damals gewesen war, als er noch bei ihnen gewohnt hatte und sie ihn so oft sehen konnte!

Lange musste sie nicht auf Doktor Rodeshagen warten. Sein weißes Hemd schimmerte in der Sonne unter seinem grauen Anzug, als er die Straße vom Schwarzmarkt heraufkam. Ein bestürzter Ausdruck glitt über seine glatte Miene. »Um Gottes willen, Emma!« Er blieb vor ihr stehen und musterte sie besorgt.

»Ich weiß, ich sehe nicht gut aus.« Sie zwang sich ein Lächeln ab. »Ich musste von zu Hause fliehen.« Sie deutete auf ihre Knie und streifte den Ärmel ihres Mantels zurück, hielt ihren Unterarm mit dem Pflaster und den blauen Flecken hoch.

Er stieß einen Seufzer aus und ließ sich neben sie auf den Mauerrest sinken. »Herrgott noch mal. Was ist passiert?«

»Es gab Schwierigkeiten mit meinem Mann.«

Seine Miene wurde ernst. »Darf ich raten? Er hat das mit Ihnen und Herrn Hüffenberg herausgefunden.«

Emma nickte unglücklich. »Es hat noch andere, unschöne Dinge gegeben. Er hat mir die Auftritte im Rheinpalast verboten. Das Ensemble musste ohne mich spielen.«

»Ach, deshalb waren Sie am letzten Samstagabend nicht da. Ich habe Sie und Ihr Akkordeon vermisst.«

»Oh, Sie waren umsonst da.« Emma presste traurig die Lippen zusammen.

»Die spielen gut, haben den Leuten ordentlich eingeheizt. Sie nennen sich jetzt die ›Kölsche Combo‹. Schöner Name, nicht?«

Emma nickte.

»Sie wollen wirklich nicht mehr zu Ihrem Mann zurück?«

»Auf keinen Fall.«

Doktor Rodeshagen rückte seine Hornbrille zurecht und räusperte sich. »Nun, ich verstehe Ihre Lage. Aber ich gebe zu, dass ich Sie gern weiter auf dem Gutshof gesehen hätte. Meine Verbindung zu Robert van Kall könnte besser werden. Er vertraut mir nicht.«

Emma horchte auf. »Ist es so wichtig für Sie, dass er Ihnen vertraut?«

Er betrachtete sie nachdenklich, offenbar fragte er sich, ob er ihr noch mehr anvertrauen könnte. »Robert van Kall ist sehr verschwiegen, was seine Geschäfte angeht«, sagte er zerknirscht. »Vielleicht mag er mich auch einfach nicht.«

Emma atmete erleichtert auf. Wenn ihr Schwiegervater Doktor Rodeshagen misstraute, würde er wohl keine Geschäfte mit ihm machen, und die Gefahr wäre gebannt, dass der Doktor ihm verriet, wo sie wäre. Sie vertraute darauf, dass er es nicht tat. Etwas in ihr sagte ihr, dass er sie gernhatte und tief in ihm drin noch ein Ehrenmann lebte, der Musik mochte, einen ordentlichen Beruf hatte und einst eine Familie gehabt hatte. Hätte er sonst die Schüttes bei sich aufgenommen?

Trotzdem war es ein Risiko, ihm zu vertrauen. Aber ihr blieb keine andere Wahl. Er war der Einzige, der genug Mittel besaß, um ihr zu helfen. Der nicht wie Irma von Christian bedroht oder erpresst werden könnte und der sie nicht wie ihre Eltern zur Rückkehr zu ihm drängen könnte. Natürlich müsste sie ihm dafür etwas bieten, und sie hoffte, dass er sich auf ihren Vorschlag einließ. Es hinge wie immer von ihrem Verhandlungsgeschick ab.

»Ich kann Ihnen sagen, womit mein Schwiegervater handelt«, bot sie ihm an. »Ich habe es herausgefunden.«

»Aha? Dann lassen Sie mal hören.« Er zündete sich eine Zigarette an.

»Ich brauche ein Zimmer«, sagte Emma.

Er blies langsam den Rauch aus, stand auf und stellte ein Bein auf den Mauerrest, auf dem Emma saß. »Warum gehen Sie nicht zu Ihren Eltern zurück?«

»Dort würde mein Mann mich sofort finden. Ich möchte aber nicht von ihm gefunden werden«, sagte sie.

»Können Sie nicht bei einer Freundin unterkommen?«

»Nein, dort würde er mich auch suchen. Hören Sie, ich habe mir schon selbst genug Gedanken darüber gemacht. Es geht nicht anders, ich muss irgendwo wohnen, wo mein Mann mich nicht finden kann.«

Doktor Rodeshagen sah eine Weile nachdenklich zum Rhein hinunter und dann wieder zu ihr zurück. »Ich nehme an, Sie sind nicht gemeldet?«

»Nein. Ich muss mich auch auf Ihr Stillschweigen verlassen können.«

»Sie wissen, dass Sie das können«, versicherte er. »Wenn Sie wieder hier leben, werde ich Ihr geringstes Problem sein. Sie haben Ihre sichere Essensquelle auf Gut Meinersleben verlassen und sind in eine hungernde Stadt gekommen. Wenn Sie sich nicht anmelden, werden Sie keine Lebensmittelkarten bekommen und keine legale Arbeit. Sie handeln sich eine Menge Schwierigkeiten ein, Emma. Sind Sie sich sicher, dass Sie das wirklich wollen?«

»Ich bin mir sicher.« Sie hatte bereits alles gründlich durchdacht und wusste, wie riskant es war. Aber sie hatte keine andere Wahl. »Ich gehe nicht mehr zu meinem Mann zurück. Sagten Sie nicht, Sie suchen jemanden? Ich könnte für Sie arbeiten. Ich habe inzwischen gute Erfahrungen auf den Schwarzmärkten gesammelt.«

Doktor Rodeshagen rauchte schweigend, wobei er abwechselnd sie betrachtete und zur Straße hinuntersah, auf der die Schwarzhändler ihre Waren anboten. »Hm«, machte er nachdenklich. »Ich muss sehen, ob etwas für Sie dabei ist.«

»Ich mache alles«, beeilte sich Emma zu versichern. »Fast. Ich brauche nur ein Zimmer und etwas Geld, um nicht zu verhungern.« Alles andere würde sich finden.

Er seufzte. »Wissen Sie, wie schwierig es ist, hier ein Zimmer zu bekommen? Die Stadt ist zum Bersten voll mit

Heimkehrern, Flüchtlingen und Vertriebenen. Glauben Sie, ich kann Wunder vollbringen?«

»Ich wäre nicht hier, wenn ich nicht Vertrauen in Ihr Organisationstalent und Ihre Fähigkeiten hätte«, schmeichelte Emma.

Er sah belustigt aus. »Wie schön, wenn einem eine junge Dame so schmeichelt. Es scheint Ihnen also ernst zu sein. Gut, dann werden Sie für mich arbeiten, und ich versuche, ein Zimmer für Sie zu bekommen. Dafür werden Sie mir sagen, womit Ihr Schwiegervater handelt.«

Emma nickte. »Wenn Sie mir versprechen, den van Kalls nicht zu verraten, wo ich bin.«

Rodeshagen tat noch einen Zug, ließ seine Zigarette auf den Boden fallen und trat sie aus. Sie reichten sich die Hände. »Ich verspreche es.« Er hob feierlich die Hand. »Und nun sagen Sie mir bitte, mit was der Bastard handelt.«

»Nur gegen einen kleinen Vorschuss«, sagte sie. »Sie werden verstehen, dass ich auch jetzt schon nicht hungern will.«

»Na gut.« Er griff in seine Brieftasche und zog einen Fünfzigmarkschein heraus, doch sie verlangte hundert. Sie einigten sich schließlich auf siebzig. Sie rollte die Scheine zusammen und ließ sie in ihre Handtasche gleiten.

»Also? Womit handelt Ihr Schwiegervater?« Er sah sie erwartungsvoll an.

»Es tut mir leid«, sagte Emma. »Ich muss erst das Zimmer haben.«

Er sah enttäuscht aus. »Arme Emma, es muss Ihnen wirklich sehr schlecht gehen, wenn Sie zu solchen Mitteln greifen«, sagte er. »Sie wissen doch, dass Sie mir vertrauen können.«

»Nichts für ungut. Ich muss vorsichtig sein. Das verstehen Sie doch, oder?« Sie verabredeten sich für denselben Abend, wo sie sich hier auf dem Schwarzmarkt wiedertreffen wollten.

Sie fühlte, wie er ihr hinterhersah, als sie die Straße zur Innenstadt zurückging. Es gefiel ihr selbst nicht, zu solchen Mitteln zu greifen, zumal sie wusste, dass er es nicht mochte, wenn man ihm misstraute. Aber es blieb ihr nichts anderes übrig. Sie durfte sich keinen Fehler erlauben, denn dafür stand zu viel auf dem Spiel. Nicht weniger als ihr Leben.

Sie nutzte die Zeit, um zum Postamt zu gehen, und fragte, ob sie telefonieren könne. Wenig später hob sie den schwarz glänzenden Hörer des Wandtelefons ab und wählte Kurts Nummer. Sie kannte sie inzwischen auswendig. Sie hoffte, Kurt könnte bald nach Köln kommen. Sie würde einen neutralen Treffpunkt vorschlagen, irgendwo in der Stadt. Das Freizeichen ertönte lange, ehe jemand abhob.

»Hier bei Hüffenberg.« Es war die Stimme desselben Dienstmädchens, das sich auch bei ihrem letzten Telefongespräch gemeldet hatte. Etwas Abweisendes lag in ihrer Stimme.

»Emma van Kall. Ich möchte gern Herrn Hüffenberg sprechen.«

»Herr Hüffenberg ist nicht da.«

»Wann kommt er wieder?«

»Das kann ich nicht sagen.« Der abweisende Ton verstärkte sich.

»Richten Sie ihm bitte aus, dass ich angerufen habe.«

»Mache ich. Auf Wiederhören.« Es klickte in der Leitung, ehe Emma ihren Abschiedsgruß gesagt hatte. Enttäuscht hängte sie den Hörer auf die Gabel, zahlte und trat hinaus auf die Straße, die in der Spätnachmittagssonne lag. Was für ein unfreundliches Dienstmädchen. Langsam und niedergeschlagen bummelte sie die Straßen entlang, wobei sie einen großen Bogen um ihr eigenes Viertel machte, um keinem Bekannten zu begegnen. Sie reihte sich in eine Menschenschlange ein, die vor einem Hydranten wartete, füllte ihre Feldflasche mit frischem Wasser und trank. Aber zu essen bekam sie nichts.

Abends traf sie Doktor Rodeshagen zum verabredeten Zeitpunkt am Schwarzmarkt. Er schien immer noch ärgerlich auf sie zu sein, weil sie ihm misstraut hatte. Kühl drückte er ihr einen Zettel mit einer Adresse in die Hand und sagte, er würde sie morgen früh zum Arbeitsbeginn hier zurückerwarten.

Sie machte sich auf den Weg zu der Adresse. Es war ein Haus in Bayenthal, ein nahezu unversehrtes Mehrfamilienhaus in der Nähe des Rheins. Eine alte Frau, die im Erdgeschoss wohnte, hatte den Schlüssel und führte sie in eine stickige Dachgeschosskammer, in der drei Betten standen und ein alter Schrank. »Fünfzig Mark im Monat ohne Verpflegung«, sagte sie mit einer merkwürdig heiseren Stimme und deutete auf ein unbezogenes Bett. »Für sechzig können Sie meinen Herd mitbenutzen. Das Klosett ist unten im Flur.«

Emmas Blicke glitten über die fleckige Matratze auf dem Bett, den abgetretenen Dielenfußboden und die grauen kahlen Wände. Neben einem der Betten standen zwei Familienfotos. »Wer wohnt noch hier?«, fragte sie.

»Zwei ordentliche junge Frauen. Sie arbeiten bis abends spät«, sagte die Alte mit ihrer heiseren Stimme spitz und musterte sie von oben bis unten. Emma seufzte in sich hinein. Sechzig Mark für ein Bett in einer schäbigen Dachkammer. Das war mehr, als sie ihren Eltern an Kostgeld hatte abgeben müssen. Doch wenn sie erst etwas auf dem Schwarzmarkt verdiente, würde es gehen.

»Drei Monate im Voraus«, setzte die Alte hinzu.

Oh nein. Damit wäre ihr gesamtes Geld auf einen Schlag weg – das, was sie Christian in der Nacht ihrer Flucht gestohlen hatte, und auch das, was sie Doktor Rodeshagen abgehandelt hatte. Sie hätte nichts zu essen und auch keine Lebensmittelkarte. Doch dann überkam sie der Mut der Ausweglosigkeit. Sie ging zum Bett und stellte ihren Rucksack auf die fleckige Wolldecke. »Ich nehme es«, sagte sie. »Aber ich kann erst morgen zahlen.«

Wenn sie sich von ihrem verbliebenen Geld noch satt gegessen und neues verdient hätte.

Die alte Frau schob ihr faltiges Kinn nach vorn. »Sie zahlen sofort«, bestimmte sie. »Dann gibt's Bettwäsche und die Schlüssel.«

Emma seufzte auf. Sie begriff, dass sie keine andere Wahl hatte als nachzugeben. Zerknirscht gab sie der Alten ihr Geld und erhielt von ihr dafür Haustür- und Zimmerschlüssel. Zum Glück waren in diesem Viertel die Wasserleitungen noch intakt, und in der Toilette gab es ein kleines Waschbecken, wo sie sich waschen und ihre Wasserflasche auffüllen konnte. Sie leerte sie bis auf den letzten Tropfen und ging hungrig zu Bett.

Am nächsten Morgen erwartete sie Doktor Rodeshagen schon an ihrem Treffpunkt am Schwarzmarkt, als sie kam. »Gefällt Ihnen Ihr Zimmer?«, fragte er, und Emma meinte, ein kleines spöttisches Lächeln darauf zu erkennen. Sie musste ihn wirklich verärgert haben.

»Es reicht aus«, erwiderte sie knapp. »Danke für Ihre Bemühungen.«

»Es war das Beste, das ich in der Kürze der Zeit auftreiben konnte. Noch dazu unter diesen Bedingungen. Die Miete fällt höher aus, weil Sie nicht gemeldet sind.«

»Vielen Dank«, wiederholte Emma steif.

Er öffnete den Leinenbeutel, den er bei sich trug, und ließ sie einen Blick hineinwerfen. Sie sah mehrere Stangen amerikanische Zigaretten – Lucky Strikes und Chesterfield. »Es sind hundert Stück«, sagte er. »Die Preise sind gestiegen. Sie nehmen sieben Mark für das Stück und keinen Tauschhandel. Das kennen Sie ja bereits.«

Also sollte sie wieder Zigaretten verkaufen. Sie war enttäuscht, weil er ihr nicht mehr zutraute. Zigarettenverkauf, das war etwas für die Jungs in den Hauseingängen und für Schulmädchen. Man verdiente nicht viel damit. Sie würde nicht davon leben können. Widerwillig griff sie nach dem Leinenbeutel mit den Zigaretten, doch Doktor Rodeshagen hielt ihn fest. »Erst verraten Sie mir das kleine Geheimnis Ihres Schwiegervaters.«

Da erzählte sie ihm endlich von Roberts geheimer Bildersammlung, die sie auf Gut Meinersleben entdeckt hatte. »Die meisten Bilder stammen aus der Kunsthandlung Karl Josef Mayer in Köln«, schloss sie.

Doktor Rodeshagen rauchte schweigend, während er ein Bein auf den Mauerrest gestellt und die andere Hand in die Hosentasche geschoben hatte.

»Sagt Ihnen der Name etwas?«

Er nickte. »Das war vor dem Krieg eine gut gehende Galerie in der Innenstadt.«

»… und dann?«

»Der Inhaber war Jude«, sagte er, während er den Rauch ausblies. »Soweit ich weiß, haben sie seine Sammlung beschlagnahmt.«

»Was geschah mit ihm?«

Doktor Rodeshagen zuckte mit den Schultern. »Das entzieht sich meiner Kenntnis.«

Emma musste an die Radioübertragungen von den Nürnberger Prozessen denken, die so viel Ungeheuerliches zutage gebracht hatten, was in den Konzentrationslagern mit den Juden geschehen war. Das Ungeheuerliche, das sie kaum glauben konnte, über das sie noch mit niemandem gesprochen hatte, weder mit ihren Eltern noch mit Irma und schon gar nicht mit Christian. Ob der jüdische Kunsthändler auch in ein

Konzentrationslager gekommen war? Oder hatte er noch fliehen können?

Wie war Robert an die Bilder gelangt? Sie dachte an den Finanzbeamten, der am Abend des Frühlingsfestes im Sonnenrondell gesessen hatte. Vielleicht hatte der ihm geholfen. Alte Seilschaften und ein ausgiebiger Handel mit jüdischen Wertgegenständen, Möbeln und Gemälden. Kein Wunder, dass Christian nicht gewollt hatte, dass sie davon erfuhr. Auf einmal fiel ihr etwas ein, an das sie bisher noch nicht gedacht hatte. Könnte es sein, dass Christian ihr nur deswegen die Auftritte verboten hatte, weil er fürchtete, sie könnte jemandem etwas über Roberts Bilder verraten? Wahrscheinlich würde er sie auch deswegen jetzt suchen. Sie fröstelte, obwohl es warm war.

»Van Kall handelt also mit geraubter Kunst«, sagte Doktor Rodeshagen. »Kein Wunder, dass er mir nichts verraten wollte.«

»Ist das strafbar?«

Er zuckte mit den Schultern. »Wahrscheinlich. Besser, Sie erzählen niemandem etwas davon. Ich werde es auch nicht tun. Aber es ist gut, dass ich es weiß.« Er schnippte seine Zigarette fort und gab seine bequeme Haltung auf.

Emma fragte sich plötzlich, was er mit dem Wissen anfangen würde. Sie hatte sich ihm vollkommen ausgeliefert, auf den Ehrenmann hoffend, der er noch war. Aber reichte das aus? Oder würde der Ehrenmann verschwinden, falls seine Geschäfte mal nicht so liefen und es ums nackte Überleben ging – würde er sie dann vielleicht doch an die van Kalls verraten? Sie verdrängte diesen Gedanken, so gut es ging. Sie musste ihm vertrauen.

»Ich kassiere jeden Abend, und dann bekommen Sie neue Ware«, erklärte er. »Wir sehen uns heute um acht.«

Er gab Emma die Zigaretten, die sie unter ihrem Mantel verstaute. Sie schob sie in den Gürtel ihres Sommerkleides und band sich ein Kopftuch um, damit sie niemand an ihren auffälligen rötlichen Haaren erkennen konnte.

Am Abend hatte sie alle Zigaretten verkauft und bekam ihren Lohn von Doktor Rodeshagen. Davon kaufte sie einer Bäuerin auf dem Schwarzmarkt die letzten beiden Brotscheiben ab, ging ein Stück den Rhein hinunter und ließ sich am Ufer nieder. Hungrig verschlang sie die erste Scheibe, bei der zweiten beherrschte sie sich und aß sie Stück für Stück, während sie auf das graugrüne Wasser starrte, das glucksend an ihr vorbeifloss. Wie tief konnte man nur sinken, dachte sie traurig. Versteckt und illegal, mit leerem Magen.

Sie musste sich etwas einfallen lassen, wenn sie überleben wollte.

Kapitel 16

Ihre Dachkammer teilte sich Emma mit zwei Freundinnen, die in der Glanzstofffabrik arbeiteten und erst spät abends wiederkamen. Emma hatte recht mit ihrer Vermutung, dass die beiden dort auch aßen, die tägliche warme Mahlzeit in der Werkskantine war wohl der Hauptgrund für ihre Arbeit, die sie sonst furchtbar langweilig fanden, wie Emma aus ihren Reden heraushörte. Die beiden waren etwa so alt wie sie – eine Schicksalsgemeinschaft, wie es aussah, denn sie teilten sich ihr Brot, das sie unten bei der Wirtin unter Verschluss hielten und aßen. Emma erzählte ihnen, dass ihre Eltern bei einem Bombenangriff ums Leben gekommen wären, ihr Haus zerstört wäre und sie sich nun durchschlagen müsse. Die beiden hatten Mitleid mit ihr, aber es ging nicht so weit, dass sie ihr Essen mit ihr teilten.

Am nächsten Tag gelang es Emma, von ihrem Lohn bei der Bäuerin ein paar Kartoffeln zu ergattern, die sie sich abends in der Küche der Wirtin kochte. Danach ging sie immer noch hungrig ins Bett. Sie trank viel Wasser und legte die Hand auf ihren hungrigen Magen. So konnte es nicht weitergehen, ihr musste etwas einfallen.

Am nächsten Morgen stand sie früh auf, fuhr mit der Straßenbahn ein Stück zum äußeren Grüngürtel und suchte dort auf den Feldern nach Essbarem, doch jeder Zoll Boden war von den verzweifelten Städtern bereits vor ihr sorgfältig abgesucht worden. Sie fand nichts außer Brennnesseln, die sie erntete, obwohl es eigentlich zu spät war, und ein paar Holunderblüten. Träume von den köstlichen Pfannkuchen, die ihre Mutter früher immer mit diesen Blüten gemacht hatte, suchten sie heim und quälten sie den ganzen Rückweg.

»Sie sehen hungrig aus«, sagte Doktor Rodeshagen, als sie ihn am Schwarzmarkt traf. »Wollen Sie nicht doch wieder zurück in den satten Schoß des Gutshofes?«

Emma schluckte. Zum ersten Mal fühlte sie Ärger aufsteigen auf ihn und seine Witze, die sie sonst immer gemocht hatte. Eine hitzige Bemerkung lag auf ihren Lippen, sie schluckte sie aber herunter. Er war jetzt ihr Chef, sie war von ihm abhängig und brauchte den Lohn und außerdem seine Hilfe. »Wissen Sie, wo ich Lebensmittelkarten bekommen kann?«

Er verschränkte die Arme vor der Brust, während er langsam und ungläubig den Kopf schüttelte. »Ach, Emma, wie weit ist es mit Ihnen gekommen«, sagte er seufzend. »Ich kann Ihnen jemanden nennen, der Sie nicht übers Ohr hauen wird. Aber eigentlich müsste ich erst etwas dafür verlangen, wie Sie es bei mir getan haben.«

Emma musste die Lippen fest zusammenpressen. »Wirklich? Sind Sie so nachtragend?«, entfuhr es ihr. Sie wusste im selben Augenblick, dass diese Bemerkung ein Fehler gewesen war.

»Nun, es sind doch die üblichen Gepflogenheiten des Marktes, nicht wahr?«, sagte er mit kalter Stimme. »Leistung gegen Gegenleistung.«

Emma zog ihren Mantel enger um sich. Ihr war auf einmal kalt, obwohl die Sonne bereits höher stieg und es ein warmer Tag zu werden versprach. »Seien Sie nicht ungnädig gegenüber denen, die Ihre Hilfe brauchen. Sie werden eines Tages daran gemessen.«

Doktor Rodeshagen lächelte. »Ach, Emma, lassen Sie das doch. Sie wissen genau, dass mich solche Worte nicht beeindrucken können.«

Sie nickte und überlegte, ob sie es auf eigene Faust versuchen sollte, an Lebensmittelkarten zu kommen, doch dann dachte sie, dass sie dafür zu viel Zeit und Kraft aufwenden müsste, die sie nicht hatte. Sie schluckte ihre Wut hinunter. »Was möchten Sie?«

Er nickte zufrieden. »Sehen Sie, es geht doch.«

Zum Glück verlangte er nicht mehr von ihr, als noch mehr Zigaretten zu verkaufen. Sie willigte ein, und er nannte ihr daraufhin den Namen eines Mannes, den sie gegenüber dem Millowitsch-Theater treffen könnte. »Aber essen Sie vorher etwas«, ermahnte er sie spöttisch. »Er sollte nicht sehen, wie hungrig Sie sind. Sie handeln besser, wenn Sie satt sind.«

Emma nickte nur müde. Nachdem sie abends alle Zigaretten verkauft hatte, machte sie sich auf den Weg zum Schwarzmarkt am Millowitsch-Theater. Dort fragte sie sich nach dem Händler durch und tauschte bei ihm die Kette, die Christian ihr geschenkt hatte, gegen eine rosafarbene Lebensmittelkarte, die für den Rest des Monats galt, und eine gelbe für den nächsten Abrechnungszeitraum ein. Sie fragte nicht, woher er die Karten hatte. Sie ließ sie dankbar in ihre Handtasche gleiten und schickte ein Stoßgebet zum Himmel. Ihr Leben war gerettet.

Am nächsten Morgen stellte sie sich früh im Lebensmittelgeschäft in der Nähe an und erhielt Kartoffeln und Brot. Tagsüber verkaufte sie die Zigaretten, abends kochte sie sich ein kärgliches Mahl und fiel todmüde ins Bett. Wenn sie alles verkaufte, konnte sie sich von ihren Tageseinnahmen ein paar Lebensmittel extra auf dem Schwarzmarkt leisten, aber nicht viel – mal ein wenig Gemüse, mal ein Glas Rübenkraut. Die Preise auf dem Schwarzmarkt waren in den letzten Monaten wieder gestiegen, allein der Preis für Butter hatte sich im Vergleich zum letzten Jahr verdoppelt – unerschwinglich für sie. Wenn sie hungrig ins Bett ging, träumte Emma von Sauerbraten mit fetter Sauce, Rotkohl und Petersilienkartoffeln. Wenn sie wenigstens Eier hätte. Sehnsüchtig dachte sie an die Hühner bei ihren Eltern. Sollte sie nicht doch zu ihnen gehen und ihre Eltern wenigstens um Eier bitten? Es war nun über zwei Wochen her, dass sie von Gut Meinersleben geflohen war, sie machten sich bestimmt Sorgen um sie. Doch dann stellte sie sich ihre Mutter vor, wie sie sie überzeugen wollte, wieder zu Christian zurückzukehren, damit sie Lebensmittel vom Gutshof bekämen, und Widerwille stieg in ihr auf.

Aber hätte sie nicht recht? War es nicht wirklich Wahnsinn, was sie tat?

Wiederum besaßen ihre Eltern den Garten. Ihre Mutter verdiente mittlerweile sicher genug mit der Näherei, und vielleicht würde ihr Vater auch bald Arbeit finden. Waren sie nicht für sich selbst verantwortlich? Sie waren erwachsene Menschen, sie konnten ohne ihre Hilfe überleben, sogar besser als sie. Immer das Gefühl, das ihre Mutter ihr eingepflanzt hatte, sie sei es ihnen schuldig, für sie zu sorgen, weil sie auf dem Gutshof lebte. Sie hatte ihnen geholfen, aber jetzt konnte sie es nicht mehr. Jetzt musste sie für sich selbst sorgen. Sie hatte bereits zwei Wochen in dieser Stadt überlebt. Sie würde es auch weiter schaffen.

Nach dieser Erkenntnis fühlte Emma sich leichter, als hätte jemand den schweren Kragen von ihrer Schulter genommen, den sie lange mit sich herumgetragen hatte.

Am nächsten Tag stahl sie sich kurz weg vom Schwarzmarkt, ging zum Postamt und rief noch einmal bei Kurt an. Leider war wieder dasselbe Dienstmädchen am Telefon, das ihn wie immer verleugnete. Doch dieses Mal bot sie an, ihm etwas auszurichten.

»Sagen Sie ihm bitte, ich wohne jetzt in Köln«, sagte Emma und nannte ihr ihre Adresse.

»Ich richte es ihm aus«, versprach das Dienstmädchen und legte auf.

Emma hoffte, sie würde es tun. Sie musste Kurt endlich wiedersehen. Jeden Tag, wenn sie vom Schwarzmarkt zurückkam, hoffte sie, Kurts Mercedes vor dem Haus parken zu sehen. Doch er kam nicht. Ob das Dienstmädchen ihre Nachricht ausgerichtet hatte? Sie versuchte es nach einigen Tagen wieder bei ihm, und wieder war er nicht zu Hause. »Haben Sie ihm meine Nachricht ausgerichtet?«, fragte Emma das Dienstmädchen.

»Natürlich. Aber …«

»Aber was?«

»Hat er Sie noch nicht angerufen?«

Emma schluckte. Die Stimme des Dienstmädchens hallte an ihrem Ohr, sie musste irgendwo in einer Halle sein, vielleicht in einem Treppenhaus. Emma stellte sich vor, wie Kurt oben am Treppenabsatz stand und das Gespräch mithörte. Vielleicht gab er dem Dienstmädchen sogar irgendwelche Handzeichen. Frau van Kall schon wieder? Heftiges Kopfschütteln. Nein, sagen Sie, ich bin nicht da. Niedergeschlagen ging sie vom Postamt nach Hause, während die warme Junisonne auf sie niederbrannte. Aber würde Kurt sich wirklich verleugnen lassen nach allem, was inzwischen geschehen war? Hatte er es sich vielleicht doch anders überlegt? Sie mochte es nicht glauben. Er hatte sie doch wiedersehen wollen.

Es war inzwischen fast drei Wochen her, dass sie von Gut Meinersleben geflohen war. Könnte es sein, dass er dort angerufen hatte und sie verleugnet worden war? Irgendetwas stimmte nicht.

Am selben Abend nach ihrem kärglichen Essen nahm sie ihr Akkordeon und ging zum Volksgarten. Es war Mittwoch, ihr Probenabend. Immer mittwochs hatte sie sich mit Irma und später auch mit Nikolai hier zum Proben getroffen. Letzten Mittwoch war niemand hier gewesen, aber irgendwann – da war sie sich sicher – würden die anderen kommen. Als sie am alten Fort vorbei zum Rosengarten ging, hörte sie keine Musik. Wahrscheinlich war sie noch zu früh. Der Rosenduft wehte ihr als Erstes entgegen. Die Rosen wucherten wild in allen möglichen Farben im Unkraut – gelb, rosa und tiefrot. Emma hielt überrascht inne, als sie Irma und Nikolai im Pavillon sah. Sie hatten ihre Instrumente neben sich auf die Bank gelegt, hielten sich umschlungen und küssten sich. Irma trug ihr getupftes Sommerkleid, das sie auch in jenem Tag getragen hatte, als Emma sie letztes Jahr auf dem Schwarzmarkt wiedergetroffen hatte. Nikolais Hand lag locker auf ihrem Rücken, etwas zögerlich, als wagte er es nicht, sie fester anzufassen. Er hatte ein Bein angewinkelt, sein Knie stach spitz unter dem Stoff seiner Hose hervor, in der das viel zu weite Hemd steckte. Seine grauen Haare an den Schläfen schimmerten hell im Sonnenlicht, doch sein Gesicht sah glatt und jung aus wie das eines Studenten. Emma beobachtete die beiden still. Nun waren sie also zusammengekommen. Vielleicht war es sogar ihr erster Kuss. Wie schön für Irma, dachte sie ein bisschen wehmütig, dass sie sich nach Brunos tragischem Tod nun endlich wieder verliebt hatte.

Doch dann wollte sie sie auch nicht länger heimlich beobachten. Sie trat von einem Bein aufs andere, etwas raschelte im Gebüsch, und eine Amsel flog laut schimpfend davon. Die beiden fuhren auseinander.

Emma räusperte sich. »Tut mir leid, ich wollte euch nicht stören.«

Irma starrte sie an. Einen Augenblick sah sie ungläubig aus, dann trat Freude in ihre Miene. Sie sprang auf, kam zu Emma und umarmte sie. »Gott sei Dank, du bist wieder da! Ich habe mir solche Sorgen gemacht.« Sie bekreuzigte sich, nachdem sie sich losgelassen hatten. »Wo warst du denn nur die ganze Zeit?«

Es tat Emma leid, sie so zu sehen, und sie bekam Gewissensbisse, weil sie sich so lange nicht gemeldet hatte. »Ich wohne jetzt wieder in Köln. Christian und ich haben uns gestritten.«

Irma sah überrascht aus. Sie nahm sie am Arm und zog sie ein paar Schritte weiter, fort aus Nikolais Hörweite. »Was ist passiert?«

Emma stockte und wich ihrem Blick aus. Es fiel ihr auf einmal schwer, darüber zu sprechen.

»Etwas Schlimmes?«, fragte Irma.

Emma nickte. »Er hat mich geschlagen«, sagte sie mit leiser Stimme.

Irma nahm sie wortlos in die Arme. Emma dachte, dass sie jetzt weinen müsste, aber es kam keine Träne. Sie fühlte sich merkwürdig leer, war nur erleichtert, dass sie ihre Freundin endlich wiedersah. »Hat er das mit Kurt herausgefunden?«, raunte Irma in ihr Ohr.

Emma nickte nur, mehr konnte und wollte sie nicht sagen.

»Christian war bei mir und hat nach dir gesucht«, sagte Irma.

»Habe ich mir gedacht.«

»Bist du deshalb nicht zu mir gekommen? Weil du glaubtest, er würde dich bei mir finden und dir noch mehr antun?«

»Ich weiß nicht, wozu er noch in der Lage wäre«, sagte Emma leise. »Ich hielt es für besser, mich zu verstecken und dich da nicht mit reinzuziehen.«

Irmas Lippen schienen ein Wort formen zu wollen, doch es kam nichts heraus. Sie schüttelte immer nur den Kopf. »Wo wohnst du denn jetzt?«

»Das sag ich dir lieber nicht. Ist besser, du weißt es nicht.«

»Ist es so schlimm?«

Emma nickte.

»Deine Eltern machen sich Sorgen um dich. Christian hat ihnen wohl erzählt, du seist eines Nachts einfach geflohen. Er hat nichts von eurem Streit erzählt.«

»Natürlich nicht. Der Lügner.«

»Du musst dich bei ihnen melden, Emma.«

»Meine Mutter würde mich nur drängen, wieder zu ihm zurückzugehen.«

»Wirklich? Auch wenn sie wüsste, was passiert ist?« Irma hob ungläubig die Brauen. »Überleg es dir doch noch mal. Du brauchst ihnen doch nicht zu verraten, wo du jetzt wohnst.«

»Mal sehen.« Emma schwieg und starrte geistesabwesend auf eine Rose.

»Und wie soll es jetzt weitergehen?«, fragte Irma. »Ewig kannst du dich nicht vor ihm verstecken.«

»Ich weiß es nicht«, sagte Emma seufzend. »Ich möchte mich scheiden lassen, aber er hat gesagt, er würde nie in eine Scheidung einwilligen. Ich werde einen guten Anwalt brauchen, der kostet Geld. Ich muss so viel wie möglich verdienen und lange sparen.« Sie lächelte bitter. Sie hatte keine Ahnung, wie sie das bewerkstelligen sollte. Sie hasste es, an Christian gebunden zu sein, sie wollte ihn am liebsten nicht mehr sehen.

»Vielleicht kannst du Christian doch noch irgendwie überzeugen, in eine Scheidung einzuwilligen.«

»Nie im Leben.«

»Sag nicht nie. Vielleicht fällt uns etwas ein.« Irma lächelte aufmunternd.

Emma dachte, dass ihre Freundin leicht zuversichtlich sein konnte, verliebt, wie sie war. Vor einigen Monaten war sie selbst noch so gewesen. Bevor Kurt nach Hause gegangen und Christian zurückgekehrt war. Alles konnte sich ändern, manchmal von einem Tag auf den anderen, und man musste sehen, wie man damit fertigwurde. Das Leben stellte einen immer wieder vor neue Herausforderungen. »War Kurt vielleicht bei dir?«, fragte sie hoffnungsvoll.

Irma nahm sie am Arm und zog sie noch ein Stück weiter fort vom Pavillon, in dem Nikolai saß. »Er war vor ein paar Tagen bei mir und hat nach dir gefragt«, sagte sie leise. »Er hat dich überall gesucht.«

Emma atmete überrascht und erleichtert aus. Also ließ er sich doch nicht verleugnen. Vielleicht war er ausgerechnet dann in Köln gewesen, als sie bei ihm zu Hause angerufen hatte. Mittlerweile hatte das Dienstmädchen ihm sicher ihre Adresse gegeben, und er würde jeden Tag vorbeikommen. »Woher weiß er denn, dass ich nicht mehr auf Gut Meinersleben bin?«

»Er muss dort gewesen sein. Christian muss ihm erzählt haben, dass du weggegangen bist.«

»Ach du meine Güte«, entfuhr es Emma. Also war Kurt zum Gutshof gefahren und hatte von Christian erfahren, dass sie fort war. »Weißt du, ob er noch in Köln ist?«, fragte sie.

Irma schüttelte den Kopf. »Nein, er musste wieder zurück. Er hat mir seine Telefonnummer dagelassen, ich soll mich sofort melden, wenn ich was von dir erfahre. Willst du sie haben?«

»Nein danke, ich habe sie selbst. Ich rufe ihn an.«

»Mach das.« Irma lächelte vielsagend.

Sie gingen zu Nikolai in den Pavillon. Er sah glücklich aus. »Emma, schön, dich wiederzusehen. Machen wir wieder zusammen Musik?«, fragte er.

»Sicher. Was glaubst du, warum ich hier bin? Zum Üben.« Emma ließ sich neben ihm auf der Bank nieder. Wie gut, dass er ihr Christians Verhalten nicht nachtrug. Sie klopfte auf ihr Akkordeon. »Tingelt ihr noch über die Dörfer? Ich könnte ein paar warme Mahlzeiten gebrauchen.«

»Klar, wir fahren auf Dörfer zum Spielen, alle Mann aus dem Rheinpalast. Mein Freund Viko bringt uns«, berichtete Nikolai stolz.

»Natürlich kannst du mitkommen, Emma«, sagte Irma. »Wir spielen jeden Freitag- und Sonntagabend in einem anderen Dorf.«

»Dann bin ich wieder dabei«, sagte Emma lächelnd. Im Rheinpalast konnte sie nicht mehr auftreten, solange Christian sie suchte, aber wenigstens die Dörfer würden ihr gehören.

Kapitel 17

Das Gemälde hatte einen hellen Fleck auf der Damasttapete über dem Kamin hinterlassen. Kurt fühlte sich erleichtert, weil es weg war, trotz des Flecks. Eins der hässlichen Jagdgemälde seines Vaters hatte hier gehangen und war als Ersatz für das verkaufte Wildstillleben kürzlich ins Büro seines Vaters umgehängt worden. Es hatte nie hierhin gepasst, in die Bibliothek mit der Holzvertäfelung, dem blank polierten Parkett und den bequemen Sesseln, die sich um den niedrigen Tisch herum gruppierten. Durch das hohe Fenster hatte man einen weiten Blick bis zum Waldrand. Sein Vater hatte nie gelesen, er hatte hier nur mit seinen Freunden gesessen, geraucht und Karten gespielt. Alle Bücher, die er besaß – Gesamtausgaben berühmter deutscher Dichter, Fachbücher, Bildbände, Romane und Meyers zwölfbändiges Lexikon –, verstaubten hinter den Glasscheiben seiner Bücherschränke. Sie waren Statussymbole, mit denen sein Vater seine Gäste beeindrucken wollte. Nur etwa ein- oder zweimal im Jahr hatte er eins seiner Jagdbücher zur Hand genommen und in ihm geblättert, meistens vor Beginn der Saison, ehe er mit seinen Freunden zur Jagd aufgebrochen war. Das Gemälde hatte hier nur gehangen, weil das Jagdzimmer bereits mit Bildern und Trophäen überladen war. Ins Arbeitszimmer passte es nun viel besser, sein Vater könnte sich daran erfreuen, wenn er wieder hier wäre, und Kurt bräuchte es nicht jeden Tag zu sehen. Palm störte sich sowieso nicht daran.

Der Kunsthändler, den van Kall ihm empfohlen und den er zum Schluss noch in Köln aufgesucht hatte, nachdem er Emma nicht gefunden hatte, hatte seine Freude nicht verbergen können. Kurt konnte einen guten Preis für das Bild erzielen, mehr, als er kalkuliert hatte. Was auch dringend nötig war, denn es waren wieder Arbeiter aus ihrer alten Belegschaft aus Kriegsgefangenschaft und Emigration zurückgekehrt, die sie eingestellt hatten.

Palm und er waren ins britische Hauptquartier gefahren und tatsächlich zu einem hohen Beamten vorgelassen worden, dem sie ihre Bitte um die Betriebserlaubnis für die Firma hatten vortragen dürfen. Kurt, der besser Englisch sprach als Palm, hatte den Hauptteil des Gespräches bestritten und glaubte, einen guten Eindruck hinterlassen zu haben. Der Brite hatte ihnen versprochen, alles zu tun, was in seiner Macht stünde. Nun mussten sie nur noch warten.

Kurt fuhr mit den Fingern vorsichtig über den hellen Fleck auf der Tapete. Sie würden ein neues Bild hierhin hängen müssen, eins, das größer war als der Fleck und sein staubiger Rand. Eigentlich, dachte er, stand es nun nicht mehr schlecht um die Firma. Mit dem Geld aus dem Gemäldeverkauf und mit Mutters Geld würden sie einige Monate über die Runden kommen, und wenn das ersehnte Permit von den Briten endlich käme, würden sie auch sicher wieder Bankkredite erhalten. Palm und er hatten sich mittlerweile aneinander gewöhnt. Der alte Geschäftsführer schien ihm nun mehr zuzutrauen, während er den Rat des erfahrenen Mannes respektierte. Kurt mochte ihre Gespräche beim gemeinsamen Mittagessen, nicht nur, weil sie die bedrückende Zweisamkeit mit seiner Mutter beendeten. Sie hatten sich die Arbeiten aufgeteilt. Während Palm in der Fabrik die Aufbauarbeiten beaufsichtigte, erledigte er den Papierkram. Er zog es vor, dies hier, in der Bibliothek mit ihrem weiten Blick durch die Fenster, zu erledigen anstatt unten im verrauchten Arbeitszimmer seines Vaters. Er hatte sich hier einen provisorischen Arbeitsplatz einrichten lassen, einen Tisch unter dem Fenster, doch ohne Telefon, das unten im Arbeitszimmer gestanden hatte. Er hatte es an zentraler Stelle im Flur aufstellen lassen, von wo man sein Klingeln gut hören konnte, und Fräulein Gebauer angewiesen, ein besonderes Augenmerk darauf zu haben.

Falls Emma sich meldete. Am liebsten wäre er in Köln geblieben und hätte weiter nach ihr gesucht, aber er wurde hier dringend gebraucht. Immer wieder versuchte er, sich zu beruhigen, sie wäre aus Angst vor ihrem Mann irgendwo in Köln untergetaucht und würde sich bestimmt bald melden. Aber die Sorge um sie nagte an ihm und ließ ihn immer wieder mit den Gedanken abschweifen. So auch jetzt wieder. Er trat ans Fenster und starrte hinüber zum Wald. Kaum bekam er mit, wie die schwere Tür sich öffnete und ein leichtes Klirren zeigte, dass Hanna Gebauer mit dem Teetablett hereinkam.

»Stellen Sie es auf den Arbeitstisch«, meinte er, ohne sich nach ihr umzudrehen. Er hörte, wie sie das Tablett auf dem Tisch abstellte und raschelnd die Post ablegte, und wandte sich um. »Ist wichtige Post gekommen?«

»Nein, nur die Zeitung und Reklame.«

»Danke, Hanna.« Er wandte sich wieder um und sah auf den Fleck, während er spürte, dass sie zögerte. Das tat sie oft. Sie erwartete, dass er das Wort an sie richtete, seitdem er sie in der letzten Zeit häufiger miteinbezogen hatte. Er hatte sie um ihre Meinung gefragt und ihr das Telefon anvertraut. Da sie etwa in Emmas Alter war, fiel ihm das vertraute »Hanna« viel leichter, auch wenn er wusste, dass man mit dem Personal nicht allzu vertrauten Umgang haben sollte.

»Können Sie sich erklären, warum die Bilder immer so hässliche Flecken hinterlassen, wenn man sie abgehängt hat?«, fragte er.

Er hörte, wie sie näher trat.

»Es ist der Staub, er setzt sich hinter die Bilder. Ich werde mich darum kümmern«, bot sie an. »Allerdings wird es nicht ganz weggehen.«

»Machen Sie das, aber seien Sie vorsichtig mit der Tapete. Ich frage mich nur, warum der Staub einen Rand bildet und nicht die ganze Fläche der Tapete einnimmt. Was meinen Sie?« Er wandte sich zu ihr um und betrachtete sie, wollte sehen, wie ihre Wangen sich wieder mit dem feinen rötlichen Hauch überzogen wie so oft in der letzten Zeit. Doch dieses Mal schien Hanna ganz mit der Antwort auf seine Frage beschäftigt zu sein, während sie den Fleck an der Tapete musterte. Sie dachte eine Weile nach. »Der Staub setzt sich unter das Bild, aber er schafft es nur bis an den Rand. In der Mitte bleibt die Tapete so, wie sie vor langer Zeit gewesen war, ehe man das Bild aufhängte.«

»Es ist also die Tapete, sie wird staubiger im Laufe der Jahre.«

»So ist es wohl.« Eine Weile blickten sie sich schweigend an, und er dachte nicht ohne Bewunderung, dass sie auf alles eine Antwort wusste. Sie gäbe eine gute Händlerin auf dem Kölner Schwarzmarkt ab. »Sie ... Sie haben da was.« Er deutete auf einen winzigen Schmutzfleck an einer Stelle neben ihrem Mund. Ihre Haut war so klar, dass er sofort auffiel. Doch Kurt bemerkte auf einmal auch ihren Mund. Wie gut er aussah, so scharf gezeichnet hob er sich klar von ihrer Haut ab.

»Danke.« Hastig wischte sie sich den Fleck fort, und nun wurde sie noch rot. Flüchtig dachte er, warum ihr das wohl passierte. Nur schüchterne Menschen erröteten, und sie war nicht schüchtern. Oder hatte er sich geirrt?

»Waren irgendwelche Anrufe für mich?« Er sah sie eindringlich an, während sie noch tiefer errötete. Schnell blickte er weg, er wollte sie nicht weiter in Verlegenheit bringen.

»Der Kunsthändler hat noch einmal angerufen, das Bild ist sicher angekommen. Er würde sich freuen, wenn Sie noch weiter in guter geschäftlicher Verbindung blieben.«

»Natürlich«, meinte Kurt, während die Enttäuschung ihn überfiel, weil Emma sich nicht gemeldet hatte. Sicher würde der Mann noch gut an dem Bild verdienen, obwohl er ihm schon einen guten Preis gemacht hatte. Er wandte sich ab und lenkte seine Aufmerksamkeit wieder auf den hellen Fleck über dem Kamin. »Was meinen Sie, welches Gemälde würde hierhin passen?«

»Das Familienbild im Flur«, erwiderte sie wie aus der Pistole geschossen, als hätte sie bereits mit seiner Frage gerechnet und sich die Antwort zurechtgelegt.

»Genau daran habe ich auch gedacht. Es wäre auf jeden Fall groß genug, um den Fleck zu überdecken.«

»Soll ich Josef Bescheid sagen, dass er sich darum kümmert?« Seitdem der Hausdiener im Krieg verschollen war, kümmerte sich Josef um solche kleinen Arbeiten im Haus. Alle vom Hauspersonal kümmerten sich um Dinge, die sie vorher nicht getan hatten. Kurt erledigte die Buchführung, Hanna betreute das Telefon, der Fahrer machte Reparaturarbeiten, Bauer Schröter legte einen Gemüsegarten an, der Geschäftsführer beaufsichtigte persönlich die Aufbauarbeiten in der Fabrik. Nur Kurts Mutter tat nichts, sie saß die meiste Zeit auf dem Balkon im Schatten unter dem Sonnenschirm und blickte in die Ferne. Es war traurig, sie so zu sehen. Kurt hatte ihr längst verziehen, sie tat ihm nur noch leid. Manchmal tätschelte er ihr den Arm oder drückte ihre warme Hand, was sie jedes Mal mit einem dankbaren Lächeln quittierte. Langsam dämmerte ihm, dass sie der eigentliche Grund für seine Rückkehr war, nicht die Firma. Er war ihretwegen hier. Sie war die Einzige in der Familie, die ihm noch geblieben war.

Er hörte, wie Hanna sich räusperte, und besann sich wieder auf ihr Gespräch. »Äh, entschuldigen Sie. Sagen Sie Josef noch nicht Bescheid. Ich muss erst mit meiner Mutter sprechen, welches Bild sie hier haben will.«

»Gut.« Hanna zögerte, schien einen inneren Kampf auszufechten. »Entschuldigen Sie, Herr Hüffenberg, wenn ich das frage, aber geht es Ihnen gut?«

Hastig warf er ihr einen Blick zu. Dieses Mal betrachtete sie ihn offen und unverhohlen, mit einem besorgten Ausdruck auf ihrem Gesicht. Er schluckte. »Nun, ich … mache mir ein paar Sorgen.« Er brach ab, sich an das Gebot erinnernd, keine Vertrautheiten mit dem Personal auszutauschen. Sie musste auch nicht mehr wissen, schon gar nichts von Emma und den Sorgen, die er sich um sie machte.

»Es ist im Moment auch nicht einfach für Sie«, fuhr sie hastig fort, als er nichts sagte. »Ihr Vater und Ihr Bruder sind weg, und dann noch die viele Arbeit mit der Fabrik … Ich wollte Ihnen nur sagen, wie dankbar ich bin, dass Sie uns Schlesiern in der Werkshalle eine Unterkunft gegeben haben.«

Kurt ließ seine Hände in die Hosentaschen gleiten. Ihm war schon lange nicht mehr geschmeichelt worden, es fühlte sich ungewohnt süß an. »Danke, Hanna.«

»Vielleicht … brauchen Sie mal ein bisschen Abwechslung«, brachte sie leise hervor. »Ich habe gehört, im Heckenrather Gasthof gibt's freitagabends Tanz. V… vielleicht möchten Sie dorthin.« Ihre Stimme verschwand fast, und sie schien merkwürdig aufgeregt zu sein. Aber natürlich, sie hatte eine Grenze überschritten. Ihr Rat lag jenseits dessen, was Dienstmädchen normalerweise äußern sollten. Es schien ihr im selben Augenblick bewusst zu werden, sie warf ihm einen hastigen Blick zu und schwieg.

Kurt nickte. Ihre Anteilnahme tat ihm gut, wie er erstaunt bemerkte. »Danke für die Anregung«, sagte er förmlich und nickte ihr zu als Zeichen, dass sie gehen könnte. Einen winzigen Augenblick, kaum wahrnehmbar, flackerte Enttäuschung über ihre Miene. Sie neigte kurz den Kopf, wandte sich um und ging fort, wobei ihre weichen Hausschuhe bei jedem Schritt ein leises Geräusch auf dem Parkett machten. Er sah ihr nach und ertappte sich dabei, wie sein Blick von ihren schmalen Schultern hinunter zu ihrem Hinterteil glitt – zwei wohlgeformte feste Rundungen unter dem grauen Kittelrock. Schnell wandte er den Blick ab, setzte sich auf den Schreibtischstuhl und begann, die Post zu sichten.

* * *

Emma wollte das Versprechen halten, das sie Irma gegeben hatte. Sie hielt es auch selbst kaum noch aus, ihre Eltern nicht zu sehen und zu wissen, dass sie sich große Sorgen um sie machten. Aber sie konnte nicht riskieren, dass Christian etwas über sie erfuhr. Also besann sie sich auf eine andere Möglichkeit. Am nächsten Tag stahl sie sich mittags vom Schwarzmarkt weg und fing Armin vor seiner Schule ab. Schon von Weitem sah sie seinen Blondschopf in der Sonne leuchten, als er über den Schulhof lief. Seine braun gebrannten Beine staken mager aus der kurzen Hose heraus.

Emma verbarg sich hinter einem Gebüsch am Schultor und warf ein Steinchen nach ihm. Überrascht fuhr er zusammen, verabschiedete sich schnell von seinem Freund und kam zu ihr. Sie gingen die Straße Richtung Bahnlinie hinunter, wo es ruhiger war. »Was gab es denn heute?«, fragte sie, nachdem Armin seine Überraschung überwunden hatte, und deutete auf seinen Henkelmann.

»Nudelsuppe. War sogar ein Fleischbrocken drin.«

Sie dachte, dass sie auch gern eine Schulspeisung gehabt hätte.

»Und du?« Er musterte sie stirnrunzelnd.

»Geht so.« Sie zuckte mit den Schultern. »Könnte besser sein.«

»Komm doch nach Hause. Mama würde dir bestimmt was geben.«

»Nein, es geht nicht.«

»Warum denn nicht?«

Emma sah in sein Jungengesicht und überlegte, ob er ihre Lage verstehen könnte. Sein blonder Pony fiel ihm lang in die Stirn, während seine Haare über den Ohren merkwürdig verschnitten aussahen. Mama hatte ihm bestimmt die Haare gekürzt. »Christian darf auf keinen Fall erfahren, wo ich bin. Sag Mama und Papa, dass es mir gut geht. Aber ich kann nicht zurückkommen, er würde mich bei euch finden.«

Armin sah sie verständnislos an. »Warum darf er denn nicht wissen, wo du bist? Er hat gesagt, du wärst abgehauen.«

Emma nickte. »Wir haben uns gestritten, und er hat mir sehr wehgetan. Hast du ihm erzählt, dass ich mit Kurt letztes Jahr im *Sommernachtstraum* war?« Sie sah ihn eindringlich an. Er brauchte gar nicht mehr zu antworten, sie erkannte seine schuldbewusste Miene sofort. »Was hat er dir dafür gegeben?«

Armin schüttelte den Kopf und starrte vor sich auf den Boden.

»Hm?«

»Eine Packung Lucky Strikes«, flüsterte er, ohne sie anzusehen.

»Eine Packung Zigaretten«, wiederholte sie. »Dafür hast du dein Versprechen gebrochen und mich verraten.«

Armin schwieg.

»Jetzt hab ich den Salat.«

»Kö... Könnt ihr euch denn nicht wieder vertragen?«, fragte er kleinlaut.

Emma schüttelte heftig den Kopf. Sie hatte plötzlich das Bedürfnis, diesem frechen Bengel unverblümt Erwachsenenwahrheiten an den Kopf zu werfen. Wenn er so erwachsen sein wollte, dann sollte er auch mal wissen, wie sich das anfühlte. »Er hat mich verprügelt. Ich gehe nicht mehr zu ihm zurück«, sagte sie.

Armin starrte sie mit großen Augen an. Er knetete seinen Henkelmann. »Er hat gesagt, du wärst einfach so weggegangen, mitten in der Nacht.«

»Ich bin geflohen, nachdem er mich verprügelt hat.« Sie wunderte sich, wie leicht ihr die Worte über die Lippen kamen. Es wirkte auf einmal so unwirklich und fern, als wären es gar nicht ihre Erlebnisse, über die sie sprach.

Armin senkte den Kopf und sagte nichts.

»Also versprichst du mir, dass du Mama und Papa sagst, dass es mir gut geht, und Christian nichts verrätst?«

Er nickte heftig. »Ich schwöre. Großes Ehrenwort. Kommst du denn nicht doch mal zu uns? Wir verraten dich auch nicht an Christian.«

»Vielleicht.« Mehr konnte Emma nicht versprechen, obwohl Armin ihr auf einmal leidtat. Er war doch noch ein Junge. Christian hatte ihn geschickt eingewickelt und geködert. Sie hätte es ahnen müssen. Früher oder später hätte er wahrscheinlich sowieso von Kurt und ihr erfahren. »Grüß

Mama und Papa von mir«, sagte sie traurig. »Wie geht es ihnen denn?«

»Ach, ganz gut.« Armin knetete wieder seinen Henkelmann. Er schien immer noch betroffen zu sein.

»Hat Mama genug zum Nähen?«

»Mama näht immerzu, von morgens bis abends. Dafür bekommen wir was zu essen oder Geld von den Leuten.«

»Weißt du, ob sie auch an Stoffe kommt?«

Er schüttelte den Kopf. »Das ist schwierig. Aber neulich hat sie einen großen Auftrag bekommen. Von einer Frau aus der Nachbarschaft ist die Mutter gestorben, und die hat alles geerbt und von Mama umändern lassen.«

Emma atmete erleichtert auf. Also hatte ihre Mutter inzwischen genügend Aufträge, mit denen sie über die Runden kamen, auch ohne die Stoffe von Elisabeth. So kämen ihre Eltern sicher auch ohne die Lebensmittel von Gut Meinersleben aus.

»Und Papa? Hat der Arbeit gefunden?«

Armin schüttelte den Kopf. »Er kümmert sich um den Garten hinterm Haus und in Lindenthal und um die Hühner, spült ab und geht einkaufen.«

Emma nickte. Auch wenn ihr Vater keine Arbeit mehr hatte, so machte er sich wenigstens nützlich. »Also dann ... Ich muss jetzt hier lang.« Sie deutete auf die alte kleine Wallstraße, die vor ihnen abzweigte. Ihr war eingefallen, dass sie die restlichen Zigaretten auch auf dem Schwarzmarkt hier in der Nähe verkaufen könnte.

»Vielleicht überlegst du es dir noch mal«, sagte Armin hoffnungsvoll.

Emma schüttelte den Kopf. »Ich lass mich wieder bei dir blicken. Mach's gut und bleib brav.« Sie stupste ihn mit der Faust leicht an den Arm, wandte sich um und eilte fort. Sie wusste, dass er ihr hinterhersah, und beschleunigte ihre Schritte. Denn er sollte nicht auf die Idee kommen, ihr zu folgen, und auf gar keinen Fall durfte er die Tränen sehen, die ihr die Wangen hinunterliefen. Ein paar Straßen weiter verbarg sie sich in einem halb eingestürzten Haus und schluchzte hinter der fensterlosen Fassade über ihr eigenes Elend und das Elend dieser Welt.

Kapitel 18

Die Luft im Saal des Heckenrather Hofs roch nach abgestandenem Rauch. Schwere Eichenbalken spannten sich unter der Decke, und an den vergilbten Wänden hingen Keiler- und Hirschköpfe. In einer Ecke streckte ein ausgestopfter Fasan seine lange Schwanzfeder aus. An der Kopfseite des Saals drängten sich auf einer Ablage über den Bänken kleinere und größere Wimpel, darüber hingen Fotos und ein paar kitschige Landschaftsbilder. Mehrere helle Flecken dazwischen deuteten darauf hin, dass einige Fotos abgenommen worden waren. Das dunkle Parkett war abgetreten und fleckig, besonders auf der freien Fläche vor dem Podium, auf dem Emma mit den anderen aus der Combo saß. Die Türen zur Terrasse standen weit offen und ließen milde, frische Luft herein. Draußen saßen noch ein paar versprengte Nachmittagsgäste, die sich wohl noch nicht vom Ausblick auf die Höhenzüge des Bergischen Landes hatten trennen können.

Max Kleefisch spielte noch ein paar Akkorde. Wütend schlug er immer wieder dieselbe Taste an, gab es schließlich auf, wandte sich ab und seufzte.

»Was ist los, Max?«, fragte Irma und ließ ihre Hand sinken, auf die Nikolai gerade einen verstohlenen Kuss gehaucht hatte.

Max schüttelte den Kopf. »Eine Taste hängt.«

»Oje«, meinte Emma. »Was machst du denn jetzt?«

Max stemmte die Hände auf die Knie und dachte eine Weile nach. Seine flusigen Haare standen an den Seiten ein wenig ab. Bei ihren Tanzabenden in den Dörfern mussten Max und Gerd nehmen, was sie vorfanden, und manchmal waren die Instrumente in keinem guten Zustand.

»Es gibt was.« Max erhob sich, ging in die Küche und kam mit einem Messer wieder zurück. Emma stellte sich neben ihn und beobachtete, wie er drei Tasten des Klaviers herunterdrückte, das Messer in die Zwischenräume der Tasten führte und hin und her bewegte. »Mal sehen, ob's geklappt hat.« Er ließ die Tasten los und probierte sie aus. Alles funktionierte.

»Klasse, Max«, lobte Emma. »Dann können wir ja jetzt essen.« Von der Küche her waberte ein verführerischer Duft zu ihnen herüber. Die Mahlzeiten in den Dorfgasthöfen, die sie als Lohn bekamen, waren mittlerweile der Hauptgrund für ihre Auftritte geworden. Emma war in den letzten beiden Wochen, seit sie wieder mit den anderen über die Dörfer tingelte, wenigstens an den Wochenenden und manchmal auch in der Woche satt geworden.

Max strahlte. »Der Wirt kriegt aber noch was zu hören. Der soll sein Klavier reparieren lassen. Sonst komme ich nicht mehr mit.«

»Ach, Max.« Sie seufzte und fragte sich, ob er wirklich den Mumm hätte, das zu tun. Als hätte er sie gehört, tauchte der Wirt auf und winkte sie in einen kleinen kahlen Raum neben der Küche, wo er ihnen das Essen servierte: würzige Nudelsuppe mit Erbsen und zartem Hühnerfleisch.

»Satt spielt es sich am besten«, meinte er und deutete auf ihre Teller. »Wohl bekomm's.«

Emma sah die Kräuter in der Suppe schwimmen und musste an die Brennnesselsuppe denken, die sie sich neulich von ihren gesammelten Schätzen gekocht hatte. Diese Suppe roch köstlich. Sie aßen andächtig schweigend und kauten lange das Kommissbrot, das der Wirt ihnen dazu gegeben hatte. Obwohl es altes Dosenbrot aus Wehrmachtsbeständen war, schmeckte es fantastisch.

Max verlor kein Wort mehr über das Klavier. Es gab tatsächlich frische Erdbeeren zum Nachtisch, und Emma konnte ihr Glück kaum fassen. »Der Mann weiß, wie er seine Musiker bei Laune hält«, raunte sie Irma zu, als sie nach dem Essen zur Terrasse gingen. Irma nickte nur und erwiderte nichts. Sie sah angespannt aus und redete kaum mit Emma.

»Was ist los mit dir?«, fragte Emma.

»Wieso, was soll sein?«

»Du bist so anders auf einmal.«

»Es ist nichts, ich bin nur aufgeregt«, sagte Irma hastig.

Emma nickte, sie wusste, dass ihre Freundin unter Lampenfieber litt. Also fragte sie nicht weiter und ließ sie in Ruhe.

Sie gingen hinaus auf die Terrasse. Die Nachmittagsgäste waren inzwischen verschwunden, und eine Kellnerin räumte das Geschirr ab. Doktor Rodeshagen saß allein an einem der Tische mit einem Bier vor sich, rauchte und sah auf die bewaldeten Berge. Er hatte seinen Hut auf den Tisch gelegt, die Anzugjacke über die Stuhllehne gehängt und trug nur ein weißes Hemd mit einer dunklen Krawatte. »Nun, sind Sie satt geworden, Emma?«, fragte er und blinzelte ihr durch seine Hornbrille entgegen.

»Es war fantastisch«, schwärmte sie und rieb sich den Bauch. »Wir bekamen zwei Teller und Nachtisch.«

»Hier spielen wir jetzt immer«, unkte Gerd, zog eine Zigarette hervor und ließ sich von Doktor Rodeshagen Feuer geben.

»Na, dann hoffe ich auf einen schönen Tanzabend«, meinte Rodeshagen. »Die Fahrt hierher war lang genug. Außerdem habe ich viel Geld für eine falsche Linzer Torte bezahlt, die sehr nach Erbsen geschmeckt hat.« Er rümpfte die Nase.

Alle mussten lachen. Emma hatte Doktor Rodeshagen von ihren neuen Auftritten erzählt, und er fuhr nun schon zum zweiten Mal mit. Anscheinend mochte er wirklich die Abwechslung eines Musikabends. Gegen gutes Geld hatte er einen Platz in dem klapprigen Gefährt von Nikolais Freund Viko bekommen, der einen umgebauten Mannschaftswagen der Wehrmacht fuhr. Es war eine äußerst unbequeme Fahrt auf der harten Ladefläche gewesen, denn Viko hatte die Sitze abmontiert, um alles Mögliche im Wagen transportieren zu können, womit man ihn beauftragte – dem Dreck nach zu urteilen Baumaterialien oder Schutt. Immer nutzte er ihre Fahrten in die Umgebung, um von den Bauern Lebensmittel zu holen. Sie würden ihn erst nach ihrem Auftritt wiedersehen. Zum Glück verlangte er nicht viel von ihren Einnahmen, sodass immer noch etwas für jeden übrig blieb. Ein bisschen Geld, das Emma dringend gebrauchen konnte.

»Dafür können Sie gleich mit den Dorfschönheiten tanzen«, neckte Emma den Doktor.

Mittlerweile verstanden sie sich wieder besser, nachdem er seinen Ärger überwunden hatte. »Das wird bestimmt nett, aber ich würde auch gern mal mit Ihnen tanzen«, meinte er unverblümt.

»Wenn jemand solange mein Akkordeon spielt, gern.«

»Na, dann also die Dorfschönheiten.«

Alle lachten. Das ungewohnt reichliche Essen wärmte ihren Magen und versetzte sie in heitere Stimmung. Nur Irma lachte nicht. Sie kaute nervös an den Nägeln, was sie schon seit der Schulzeit nicht mehr getan hatte. Sie muss sehr aufgeregt sein, dachte Emma.

Als sie wieder hineingingen, war der Saal schon fast voll. Rauch und Stimmengewirr waberten durch die Luft und blieben zwischen den Deckenbalken hängen. Serviererinnen mit weißen Schürzen schleppten Tabletts herein und verteilten Limonaden und dünnes Kölsch. Aber auch ihnen hatten die Kellnerinnen Limonaden hingestellt. Sie nahmen ihre Plätze ein, während sich der Saal füllte. Das war der Moment, den Emma liebte, zuzusehen, wie die Leute in den Saal strömten, um ihre Musik zu hören und zu tanzen. Man konnte sehen, wer alles kam, ob man vielleicht jemanden kannte, und versuchte abzuschätzen, wie tanzfreudig das Publikum an diesem Abend sein würde. Die Gäste hatten sich für die Veranstaltung herausgeputzt, die Männer trugen ihre Sonntagsanzüge und die Frauen ihre guten Sommerkleider, die aus der Kriegszeit stammten oder der Zeit davor. Eine ältere Frau hatte ein besonders elegantes blaues Viskosekleid an, das am Ausschnitt mit Spitze verziert war. Emma beobachtete, wie sie sich an einen der leeren reservierten Tische setzte, von wo aus man einen guten Blick auf das Geschehen im Saal hatte. Die Frau hob den Kopf und sah zur Bühne hinüber. Ihre Blicke begegneten sich.

Emma wusste, dass sie die hellen Augen in dem herzförmigen Gesicht schon einmal gesehen hatte, aber sie wusste nicht mehr, wo. Die Frau hatte ihre angegrauten, dunkelblonden Haare zu einem Knoten aufgesteckt. Über ihre Miene glitt kein Ausdruck des Erkennens, als sie Emma wie alle anderen Musiker des Ensembles unbeteiligt und mit wenig Interesse betrachtete. Da fiel Emma wieder ein, woher sie sie kannte. Sie hatte sie auf dem Foto gesehen, das sie letztes Jahr in Kurts Schreibtischschublade gefunden hatte. Sie war seine Mutter. Sie war alt geworden, durchfuhr es Emma.

Emma sah ihren Begleiter, der sich neben ihr niedergelassen hatte und sogleich seine lebhaften Blicke durch den Saal schweifen ließ, wie er es immer tat. Kurt bemerkte sie im selben Augenblick, und sie starrten sich über die Köpfe der anderen hinweg an. Emmas erster Impuls war, aufzustehen und zu ihm zu gehen, als sie die junge Frau neben ihm sah. Klein und schmächtig kauerte sie neben Kurt auf der Bank – ein zarter blonder Schatten in einem einfachen Kleid. Es traf Emma wie ein Schlag. Sie konnte nicht anders, als dauernd hinzusehen.

Deshalb also hatte er sich an ihrer Adresse nicht blicken und sich am Telefon verleugnen lassen. Er hatte eine andere Frau kennengelernt. In diesem Augenblick betrat der Wirt die Bühne und stellte die Musiker vor. Die »Kölsche Combo« würde bis zur Sperrstunde aufspielen, rief er und bat um einen kräftigen Applaus. Die Gäste applaudierten. Mit fahrigen Fingern griff Emma zu ihrem Glas und stürzte ein paar Schlucke herunter, während sie den Impuls unterdrückte, hinauszulaufen. Die vielen erwartungsvollen Gesichter im Saal verschwammen zu einer undeutlichen Masse. Kurt verschwamm ebenfalls, seine Mutter und der blonde Schatten neben ihm auch. Emma bemerkte nur, dass er sie immer noch ansah, die ganze Zeit, und der Gedanke, dass er sie doch in Köln gesucht hatte, fuhr ihr durch den Kopf. Warum sollte er sie suchen und dann mit einer anderen zum Tanzen gehen? Ihm war doch sicher ihre Adresse ausgerichtet worden. Sie hatte ihn vielleicht nur verpasst und die Blonde war nur eine gute Bekannte der Familie oder eine entfernte Verwandte, die er mitgenommen hatte.

Sie beruhigte sich etwas. Sie starrte auf ihr Notenblatt und versuchte, sich zu konzentrieren. Dabei kannte sie fast alle Lieder auswendig. Es ist bestimmt eine Cousine, dachte sie, nur eine Cousine.

Daran hielt sie sich fest. So bekam sie ihre Gedanken unter Kontrolle, und sie konnte spielen. Bald drängten sich die Gäste auf der Tanzfläche, schoben und drehten sich unermüdlich auf dem alten Parkett, bis ihnen die Kleider und

Hemden auf den Rücken klebten und der Saal vor Rauch und Hitze dampfte.

Irgendwann führte Kurt seine Mutter zur Tanzfläche und tanzte mit ihr einen langsamen Walzer. Er drehte sich oft so, dass Emma ihn sehen konnte, und gab ihr ein Zeichen, dass er sie in der Pause draußen treffen wollte. Sie nickte, während Angst sie erfüllte. Was würde er ihr sagen? Dass er sich von ihr trennen wolle, weil es keinen Sinn mehr hätte mit ihnen? Dass die Blonde nun seine Freundin sei? Würde er sich von ihr trennen, wo sie Christian jetzt verlassen hatte und sich scheiden lassen wollte?

Ihre Finger zitterten, sie konnte sich nur mit Mühe auf ihr Spiel besinnen und verspielte sich einige Male, wofür sie einen strafenden Blick von Max erntete.

Endlich kam die Pause. Emma beobachtete, wie Kurt sich erhob und seine Anzugjacke nahm. Er sagte etwas zu seiner Mutter und der Blonden und drängte sich durch die Menge nach draußen. Sie folgte ihm. Er wartete vor der Tür auf dem Kiesplatz auf sie, wo sein Mercedes neben einem weiteren Wagen parkte. Viele Fahrräder drängten sich auf dem Platz, ein paar Männer standen draußen und rauchten. Emma hastete an ihnen vorbei. Der Wunsch, sich endlich in Kurts Arme zu werfen, überfiel sie, als sie ihn dort stehen sah, aber der ernste Ausdruck in seiner Miene hielt sie zurück.

»Was für eine Überraschung, dich hier zu treffen.« Der sarkastische Ton in seiner Stimme ließ sie zurückzucken. »Du trittst also wieder auf. Aber dieses Mal nicht in Begleitung deines Mannes, denke ich?«

Emma musste schlucken. Warum war er nur so bitter? »Ich habe mich von Christian getrennt. Es ging nicht mehr. Ich wohne jetzt wieder in Köln, wo er mich nicht finden kann.«

Kurt musterte sie mit seinem undeutbaren Blick. »Klara hat mir erzählt, was passiert ist. Ich habe dich überall in Köln gesucht. Warum hast du nicht angerufen?«

Emma fühlte einen kühlen Windhauch, der ihr um die Beine strich und unter das Kleid kroch. »Ich habe angerufen, immer wieder, aber du warst nie da.«

Er schüttelte wortlos den Kopf. »Ich war meistens zu Hause. Ich habe auf deinen Anruf gewartet.«

Emma atmete tief. »Ich habe es oft versucht, zu verschiedenen Zeiten, und immer war dein Dienstmädchen dran. Sie hat mir gesagt, du wärst nicht zu Hause.«

Er wandte sich ab und starrte auf die Lichter des Dorfes, die etwas unterhalb des Berges an der Straße glommen. »War es eine junge Frau oder eine alte?«, fragte er mit tonloser Stimme.

»Eine junge. Immer dieselbe.«

»Fräulein Gebauer«, stieß er ärgerlich hervor. »Das hätte ich nie von ihr gedacht.« Er wandte sich zu Emma um, ergriff ihre Hand. Seine Hand war warm und sein Griff sanft wie immer. So vertraut. Doch die Angst und die Eifersucht lähmten Emma, und ihre Hand versteifte sich. »Hast du eine neue Begleiterin gefunden?«, fragte sie.

»Fräulein Gebauer. Sie ist das Dienstmädchen, das mich verleugnet hat. Ich werde sie entlassen.« Er nickte mit finsterer Miene.

Emma musste wieder schlucken. Sie fühlte, wie der Schrecken sich allmählich von ihr löste. Er hatte also sein Dienstmädchen zum Tanzen ausgeführt. Nach dem, was Elisabeth ihr beigebracht hatte, widersprach das jeglicher Konvention. Noch dazu unter den Augen seiner Mutter. »Sie gefällt dir.«

»Oh nein«, knurrte er. »Aber sie hat mich auf diesen Tanzabend aufmerksam gemacht. Ohne sie wäre ich nicht hier.« Er schüttelte wieder den Kopf, als konnte er es immer noch nicht glauben. »Aber nun erzähl, wie es dir geht. Wo warst du die ganze Zeit?«

Emma seufzte auf, als sie den weichen Ausdruck in seinem Gesicht sah. Sie wollte nichts erzählen, jetzt nicht. Sie wollte einfach nur von ihm in die Arme genommen werden. Sie trat einen Schritt vor und lehnte ihren Kopf an seine Schulter. Unter seinem glatten Anzugstoff schlug sein Herz. Er roch wie immer, anscheinend benutzte er immer noch sein altes Rasierwasser, das er letztes Jahr in Köln schon besessen hatte. Die Sorge, er könnte eine andere haben, die Anstrengungen der letzten Wochen, die Angst vor Christian fielen von ihr ab. Sie musste wieder an jenen Tag im Winter in seiner Garage zurückdenken, an dem er ihr gesagt hatte, dass er zurück nach Hause gehen würde. Könnten sie doch einfach dort wieder anknüpfen, an diese unbeschwerten Tage zu zweit. Könnten sie doch gleich in die Gaststätte als Paar zurückgehen, das einfach tanzen und sich amüsieren wollte wie damals. Aber es war zu viel geschehen in der Zwischenzeit.

Sie hob den Kopf. »Ich hätte nicht zu Christian zurück-gehen dürfen«, sagte sie. »Niemals.«

»Ach, Emma, hinterher ist man immer klüger. Du musstest erst begreifen, was für ein mieser Mensch er ist. Ich musste mich sehr zusammennehmen, ihm nicht die Nase zu brechen.«

»Auf Gut Meinersleben?«

Kurt nickte. »Er hat mir gesagt, dass du geflohen bist.«

Emma überlief ein kalter Schauer bei der Vorstellung, dass Christian und Kurt wegen ihr aneinandergeraten waren. »Ich will mich scheiden lassen. Aber er würde niemals einwilligen, das hat er schon gesagt.« Ihr sank der Mut bei dem Gedanken, was ihr noch alles bevorstehen würde. Im Moment wagte sie es noch nicht einmal, ihn wiederzusehen. Plötzlich wurde ihr klar, was das alles für Kurt bedeuten würde. »Wenn du unter diesen Umständen nichts mehr mit mir zu tun haben wolltest … das könnte ich verstehen, ich wäre eine geschiedene Frau … wenn es denn erst mal so weit wäre.«

Kurt sah sie mit einem undeutbaren Blick an. »Wäre ich mit dir hier, wenn ich nichts mehr von dir wissen wollte? Ich will alles von dir wissen.« Er sagte es so leise, dass das leichte Rauschen in den alten Bäumen um sie herum seine Worte beinahe verschluckt hätten. Emma konnte es kaum glauben. Er wollte sie immer noch. Trotz allem, was geschehen war. Und mit der Aussicht auf das, was sie wohl noch durchmachen müsste. Sie hob den Kopf und betrachtete ihn, als hätte sie ihn noch nie gesehen – sein dunkelblondes Haar, das er nun wieder trug wie sonst auch: oben leicht wellig und an den Seiten kurz geschnitten, sein vertrautes Gesicht mit den hellen Augen, die nun im Dunkel lagen. Er war der Mann, den sie wollte.

Er nahm sie in die Arme. Endlich, dachte sie. Endlich waren sie wieder zusammen. Sie hüllte sich in seine Arme wie in einen schützenden Mantel, und jeder Gedanke an die Geschehnisse der letzten Zeit verschwand.

Sie fuhr auf, als die Tür zur Gaststätte laut ins Schloss fiel. Inzwischen war es still geworden auf dem Parkplatz. Die letzten Gäste waren wieder hineingegangen.

»Komm, ich stelle dich meiner Mutter vor«, sagte er und ergriff ihre Hand.

»Wirklich jetzt schon? Ist das nicht etwas zu früh?«, fragte Emma.

»Warum zu früh? Es kann nie früh genug sein. Außerdem kennen wir uns schon lange.«

Emma lächelte hilflos und zupfte an ihren Haaren und ihrem Kleid herum. Er nahm ihren Arm und führte sie in die Gaststätte zurück, durch die Rauchschwaden in die Hitze des Saals. Auf dem Podium hatten Max, Nikolai und Irma bereits wieder Platz genommen. Gerd stand noch draußen auf der Terrasse und rauchte mit Doktor Rodeshagen.

Kurt führte Emma zu seinem Tisch und stellte sie seiner Mutter vor. »Du wolltest doch immer schon die Tochter meines Vermieters in Köln kennenlernen. Hier ist sie, Emma van Kall«, sagte er.

Seine Mutter betrachtete Emma eine Weile, dann schien sie zu begreifen. »Sie haben uns damals den Brief geschrieben, nicht?«

»Das stimmt«, sagte Emma. Sie reichten sich die Hände. Seine Mutter hielt ihre Hand länger fest als üblich. »Das war sehr anständig von Ihnen, Frau van Kall. So haben wir unseren Kurt nach langer Zeit endlich wiedergefunden. Vielen, vielen Dank.« Ihre Augen sahen eine Spur weniger traurig aus.

»Ich hatte gehofft, dass Sie ihm helfen können«, sagte Emma schlicht. »Er konnte nicht mehr länger … dort sein, wo er war.«

Frau Hüffenberg ließ ihre Hand los. »Sie müssen uns einmal besuchen kommen, Sie und Ihr Mann. Ist er auch hier?« Sie blickte sich suchend um.

Emma schluckte. »Danke, aber … nein, er ist nicht hier. Er ist …«

Sie zögerte, weil sie nicht wusste, was sie sagen sollte. Allmählich begriff sie, was gerade passiert war. Kurt stand neben ihr, er hatte gesagt, er wolle sie immer noch. Sie spürte seine Blicke auf sich gerichtet und wusste instinktiv, dass es ihm genauso ging wie ihr. »Frau van Kall hat sich von ihrem Mann getrennt«, sagte er, ergriff ihre Hand, führte sie an seinen Mund und küsste sanft ihre Finger.

Das verfehlte seine Wirkung nicht. Frau Hüffenberg zog ihre schmalen Brauen hoch und sah überrascht von Emma zu Kurt. Fräulein Gebauer taxierte sie mit einem düsteren Blick. Ob ihr klar war, was sie getan hatte? Emma trat näher an den Tisch heran. »Sie sind das Dienstmädchen, nicht wahr? Wie schade, dass Sie Herrn Hüffenberg nicht ausgerichtet haben, dass ich so oft angerufen habe. Aber nun haben wir uns trotzdem wiedergetroffen.« Sie fasste Kurts Hand fester.

Fräulein Gebauer wich ihrem Blick aus und starrte auf die Tischplatte.

»Kurt, was hat das zu bedeuten?«, fragte seine Mutter.

»Das erkläre ich dir später. Ich begleite erst Emma zurück zur Bühne.«

Emma verabschiedete sich von Frau Hüffenberg und nickte Fräulein Gebauer kühl zu. Diese Frau hatte ihr und Kurt ein paar Wochen voller Sorgen bereitet. Er konnte ihr nicht mehr trauen. Es wäre richtig, sie zu entlassen.

Kurt begleitete sie zum Podium, begrüßte Irma und Doktor Rodeshagen, der gleich vorn am Tisch saß. »Herr Hüffenberg, was für eine Überraschung«, rief der. »Was machen Sie denn hier?«

»Ich wohne in der Nähe«, meinte Kurt lächelnd. »Wir haben hier eine Papierfabrik.«

»Ach ja, die Hüffenberger Werke. Ich habe davon gehört.« Emma hatte dem Doktor nicht erzählt, dass Kurts Vater die Hüffenberger Werke besaß, er musste es irgendwo anders erfahren haben. Vielleicht auf dem Frühlingsfest auf Gut Meinersleben. Er wusste immer alles. Trotzdem sah er jetzt überrascht aus.

»Wir sehen uns, Herr Doktor Rodeshagen«, meinte Kurt und klopfte ihm auf die Schulter. Er wandte sich an Emma, nahm wieder ihre Hand und küsste sie noch einmal. »Wir sehen uns gleich nach eurem Auftritt«, raunte er in ihr Ohr. Dann ging er durch den Saal zu seinem Tisch zurück.

Emma beobachtete, wie er im Gewühl verschwand. Aus den Augenwinkeln bekam sie mit, wie alle aus der Combo sie anstarrten. Es war ihr gleichgültig. Ihr schwirrte der Kopf vor Rauch und vor Glück. Sie konnte es immer noch nicht richtig fassen, dass Kurt und sie wieder zusammengekommen waren.

Ein Paar. Keine Geheimnisse mehr. Er hatte allen gezeigt, dass sie nun zusammen waren, obwohl sie noch verheiratet war. Es war unglaublich. Er hatte sie sogar seiner Mutter vorgestellt und vor ihr ihre Hand geküsst. Emma frohlockte. Sie warf Irma einen vielsagenden Blick zu, als sie das Podium hinaufstieg. Doch das Lächeln ihrer Freundin wirkte gequält. Was war heute Abend nur los mit ihr? Warum freute sie sich nicht, dass Kurt und sie wieder zusammengefunden hatten? Sie würde mit ihr reden müssen, dachte Emma, gleich nach dem Auftritt.

Irgendwie überstand sie die zweite Hälfte ihres Auftritts. Sie spielten ihre bewährte Mischung aus Swing und Walzern. Kurt tanzte noch ein paarmal mit seiner Mutter, und immer zwinkerte er Emma über die Schulter seiner Mutter hinweg zu. Emma lächelte zurück. Als sie zum Abschluss des Abends wie immer den *Sommernachtstraum* spielten, saß Kurt still an seinem Tisch und blickte zu ihr hinüber. Die Pärchen tanzten eng umschlungen. Emma wünschte sich, auch so mit ihm tanzen zu können, und sie ahnte, dass er sich das auch wünschte.

Nachdem sie aufgehört hatten zu spielen und der Applaus verklungen war, wollte Emma sich frisch machen und zu ihm gehen, aber Irma winkte sie hinaus auf die Terrasse.

»Lass uns eben ein paar Schritte gehen«, schlug sie vor. »Dahin, wo mehr Ruhe ist.«

Emma fragte sich, was ihre Freundin ihr zu sagen hatte. Würde sie jetzt erfahren, weshalb Irma schon den ganzen Abend so still war? Hatte sie vielleicht Kummer wegen Nikolai oder ihren Eltern? Hatten sie etwas gegen ihn, weil er ein Russe war? Die Sonne war untergegangen, aber es dämmerte noch. Sie gingen den leichten Abhang hinunter zu einer Gruppe Tannen, die sich dunkel vom Himmel abhoben. Kühle, würzige Luft entströmte ihnen. Vom nahen Parkplatz her erklangen Stimmen,

Lachen und das Geräusch von Fahrrädern auf Kies. Autotüren knallten.

»Was ist los, Irma?« Emma wandte sich zu ihrer Freundin um, weil diese auf einmal stehen geblieben war. Sie sah den Ausdruck, der sich auf der Miene ihrer Freundin spiegelte – eine Mischung aus Starrheit und Verachtung. Aber der Blick galt nicht ihr. Sie fuhr herum in die Richtung, in die Irma blickte. Vor ihr stand Christian. Er hatte die Ärmel seines weißen Hemdes bis zu den Ellenbogen umgekrempelt und seine Krawatte gelockert. Sein Gesicht leuchtete hell zwischen den Tannen. Emma erschrak so sehr, dass sie sich nicht rühren konnte. Sie hörte, wie Irmas Schritte hinter ihr leiser wurden und sich entfernten, und blickte sich um. »Irma!«, rief sie. Doch ihre Freundin hatte sich umgewandt und ging den Berg hinauf zum Gasthof.

Im selben Moment fühlte sie Christians festen Griff an ihrem Ellenbogen. Sein Gesicht verzog sich zu einem hämischen Grinsen. »Sie wird dir nicht helfen«, hörte sie seine Stimme an ihrem Ohr.

Das Gefühl, verlassen worden zu sein, ergriff Emma. Warum lief Irma weg und ließ sie allein mit ihm? Sie wollte ihr hinterherlaufen, nur weg von Christian, aber da packte er sie fester, hielt sie umklammert und presste ihr seine Hand auf Mund und Nase. Er drückte ihr so heftig den Brustkorb zu, dass sie keine Luft mehr bekam. Er hatte ungeheure Kräfte.

Sie spürte, wie ihre Füße über den Boden schleiften. Tannennadeln stachen in ihre nackten Arme. Benommen bekam sie mit, wie eine Wagentür knallte. Sie wurde auf einen Sitz gehievt, jemand drückte sie fest in die Polster, zerrte an ihr und zurrte sie dort fest, stopfte ihr etwas in den Mund. Dann hörte sie einen dumpfen Knall und spürte die Erschütterung, mit der die Wagentür zuschlug. Sie roch den vertrauten Geruch des Lasters vom Gutshof. Der Schrecken hatte sie so fest in der

Gewalt, dass sie meinte, keine Luft mehr zu bekommen. In ihrem Mund steckte ein Knebel. Sie beobachtete, wie Christian in den Wagen stieg und auf dem Fahrersitz Platz nahm. Sie wollte schreien, doch es kam nichts anderes heraus als ein seltsam unterdrückter Laut. Der Motor dröhnte auf. Langsam schaukelte der Wagen über die Wiese vor dem Tannenwäldchen, wo er versteckt geparkt hatte, und bog in die Dorfstraße ein. Vor ihnen fuhren ein paar junge Leute lachend auf ihren Rädern die Straße entlang und trennten sich an einer Kreuzung winkend und klingelnd, um in alle Richtungen weiterzufahren. Emma sah die Röcke der Frauen wirbeln und wünschte sich, an ihrer Stelle zu sein. Ein Grauen erfasste sie und ließ sie zittern – eine furchtbare, unbezwingbare Angst, die sich in jeden Winkel ihres Körpers setzte. Gedanken wirbelten durch ihren Kopf, Fragen, wie Christian sie hatte finden können und was er mit ihr vorhatte. Das Schlimmste von allem aber war die Erkenntnis, dass Irma davongelaufen war und sie im Stich gelassen hatte.

Kapitel 19

Die Strahlen der Scheinwerfer erhellten die Straße, die sich durch den Wald zog. Sie warfen ihr Licht auf Myriaden von Insekten, die in der Dämmerung tanzten. Einige von ihnen prallten gegen die Windschutzscheibe und fanden dort einen frühen Tod. Manchmal lichtete sich der Wald für Dörfer, deren Häuser sich dunkel gegen den Himmel abhoben. Nur hier und da glommen schwache Lichter hinter den Gardinen auf.

Emma fragte sich, wo sie hinfuhren. Die Namen der Ortsschilder, die vor ihnen aufleuchteten, sagten ihr nichts. Sie war hier noch nie gewesen. Sie hatte das Gefühl, an ihrem Knebel ersticken zu müssen, und – schlimmer noch – Christian hatte sie mit einem Seil am Sitz festgebunden, damit sie nicht fliehen konnte.

Ihr eigener Mann, mit dem sie einst ein wundervolles Hochzeitsfest gefeiert hatte. Der sie geliebt hatte, um den sie sich jahrelang gesorgt hatte, als er im Krieg gewesen war. Diesen Mann gab es nicht mehr, er war im Krieg geblieben. Ihr Christian war gefallen. Stattdessen saß dieser Fremde neben ihr und fuhr sie schweigend durch die Nacht. Sein Mund war ein Strich, sein Gesicht eine Maske. Sie wollte schreien, fragen, ihn bestürmen, aber sie konnte nicht sprechen. Zitternd, mit weichen Knien saß sie in den Sitz gepresst. Ihre Finger tasteten am rauen Stoff des Sitzes entlang, versuchten, den Knoten im Seil zu ertasten. Vergeblich. Es war viel zu stramm gebunden. Verzweifelt seufzte Emma auf. Tränen stiegen ihr in die Augen. Jetzt nur nicht weinen. Wenn sie weinte, verstopfte ihre Nase, und sie würde wegen des Knebels keine Luft mehr bekommen. Also blieb sie still und beobachtete, wie die Bäume an ihnen vorbeizogen. Irgendwann lichtete sich der Wald, und die Landschaft wurde flacher. Vor ihnen erstreckten sich Felder bis zum Horizont, manchmal unterbrochen von einem Wäldchen oder einem kleinen Hain. Hin und wieder tauchten Gehöfte auf, die Fenster dunkel. Die flache Landschaft beruhigte Emma ein bisschen, sie erinnerte sie an Köln. Vielleicht würde Christian dahinfahren, sie mussten dort den Rhein überqueren, um nach Gut Meinersleben zu kommen. Als sie fast meinte, den Rhein riechen zu können, atmete sie etwas ruhiger.

Woher hatte Christian nur gewusst, dass sie an diesem Abend im Heckenrather Hof auftreten würde? Jemand musste es ihm verraten haben. Es konnte nur jemand aus ihrer Combo gewesen sein. Jemand, der sie beide kannte und von ihrer Geschichte wusste. Hatte Nikolai sich vielleicht gerächt? Nein, bestimmt nicht. Im Gegenteil, er würde Christian sicher nie einen Gefallen tun. Und Irma? Sie war mit ihr hinausgegangen und hatte sie allein gelassen, nachdem Christian aufgetaucht war. Schon den ganzen Abend war sie bedrückt gewesen. Hatte sie von Christian gewusst und Emma zu ihm hinausgelockt? Der Gedanke erschien Emma so ungeheuerlich, dass sie ihn nicht weiterverfolgen wollte. Ihr fiel noch eine zweite Möglichkeit ein. Doktor Rodeshagen kannte Christian und ihre Geschichte, und er wusste, dass sie sich vor ihrem Mann versteckte. Er wollte mit Robert van Kall Geschäfte machen. Hatte er sie deshalb an Christian verraten? Wollte er sich bei ihm Vorteile verschaffen?

Sie hatte es gerade zu Ende gedacht, als Christian von der Straße abbog und in einen Feldweg fuhr. Der Wagen schwankte heftig über Steine und Grasbüschel. An den Wegrändern wucherte hohes Gras. Im Lichtkegel sah sie Dornensträucher, die quer über den Weg wuchsen – ein Zeichen, dass er schon lange nicht mehr benutzt worden war. Bald tauchte ein altes Bauernhaus vor ihnen auf. Ihm fehlte das halbe Dach. Löcher klafften dort, wo einst Fenster gewesen waren. Neben dem Hof lag ein weiteres dunkles Gemäuer, vermutlich die Scheune. Christian fuhr den Laster durch ein schmiedeeisernes Gatter, das lose in den Angeln hing, und hielt im Hof vor der Ruine.

Das Grauen, das sie erfüllte, wurde stärker. Angst würgte in ihrem Hals, sie hatte das Gefühl, keine Luft mehr zu bekommen. Ihre Knie schienen zu zerfließen. »Lass mich gehen!«, rief sie gegen den Knebel an, doch es kam nicht mehr heraus als ein gurgelnder Laut. Das Seil schnürte ihr fast die Luft ab, als sie sich dagegenstemmte. Das Herz hämmerte ihr bis zum Hals.

Christian zog die Handbremse fest. Im Gegensatz zu Emma wirkte er ruhig und entschlossen. Er schien genau zu wissen, was er tat. Der Motor erstarb, die Scheinwerfer gingen aus. Auf einmal war es vollkommen ruhig und dunkel um sie herum. Emma spürte Christians Wärme und hörte seinen Atem. Sie spürte eine Regung, einen raschen Luftzug. Noch ehe sie wieder Luft holen konnte, traf sie ein harter Schlag an der Stirn. Danach merkte sie nichts mehr.

Als sie wieder erwachte, war es immer noch dunkel um sie herum. Doch langsam verschwand die Schwärze und lichtete sich zu einem dunkelblauen Himmel, an dem zahllose Sterne funkelten. Davor ragten die Reste eines Dachgebälks spitz in die Luft. Sie lag auf dem harten Boden, der die Kälte zahlloser Winter in sich zu tragen schien und nun ausströmte – durch ihr dünnes Kleid, ihre Haut und ihr Fleisch hindurch bis in ihre Knochen. Emma zitterte. Ihr Kopf pochte vor Schmerz bei jedem Herzschlag. Sie lag auf dem steinernen Boden dieser Ruine, immer noch geknebelt. Das Seil spannte sich um ihren Brustkorb und ihre Arme.

Panik und Grauen überfielen sie wieder, als ihre Erinnerung zurückkehrte und ihr klar wurde, was geschehen war. Sie hob den Kopf und sah Fliesen an einer fleckigen Wand, davor einen mit Vogelkot verschmierten, halb abgebrochenen Spülstein. Darüber klaffte ein scheibenloses Fenster, durch das sie den Nachthimmel über dem Waldsaum sehen konnte. Ein paar Sekunden lang dachte Emma, wie hier in ihrer Wohnküche wohl früher die Bauersleute gekocht und gegessen hatten. Die Bäuerin hatte vielleicht aus dem Fenster gesehen, wenn sie nach dem Essen das Geschirr abgespült hatte. Ob sie von einem Leben in der Stadt geträumt hatte? Oder war sie eher eine nüchterne Seele ohne Träume gewesen, die sich einfach nur gefragt hatte, wie gut der Roggen dieses Jahr wüchse und ob es trocken genug wäre, um bald das Heu zu ernten?

Emma spürte, wie diese Gedanken sie ein wenig beruhigten, ihrer Panik einen Hauch von ihrer Schärfe nahmen, ehe der nächste nüchterne Gedanke durch ihren Kopf raste und ihre Angst ins Unermessliche steigen ließ. Wo war Christian? Zu ihrem Schrecken spürte sie den Strick an ihren Fußgelenken. Er hatte ihr nicht nur die Arme am Brustkorb, sondern auch die Füße aneinandergefesselt. Sie konnte nicht weglaufen. Sie war vollkommen hilflos. Hatte er sie vielleicht nur hierher gebracht und war dann wieder gefahren, um sie in diesem einsamen Gehöft zurückzulassen? Sollte sie einen langsamen und qualvollen Tod sterben, indem sie hier verdurstete?

Sie lauschte. Nur das Rauschen in den nahen Baumwipfeln war zu hören. Die Mauern um sie herum strömten einen muffigen Geruch aus, der trotz der frischen Luft des nahen Waldes noch zu riechen war. Auf einmal hörte sie Schritte, die sich vom

Hof her näherten. Sie erkannte Christian an seinem Gang, so oft hatte sie ihn in der Nacht in ihr Schlafzimmer kommen gehört, als er glaubte, sie schliefe schon. Seine Umrisse zeichneten sich gegen den Sternenhimmel ab, als er neben ihr stehen blieb und sich über sie beugte. »Ah, du bist wach. Schön.«

Sein Atem roch nach Rauch. Wahrscheinlich hatte er draußen im Hof geraucht, während sie ohnmächtig hier gelegen hatte. Er ließ etwas neben sie fallen, das mit einem dumpfen Geräusch auf dem Boden landete – die alte Wolldecke aus dem Laster. Langsam bereitete er sie auf dem Boden aus, sorgfältig darauf achtend, jede eingeknickte Ecke umzuschlagen, dann strich er sie glatt. Er ließ sich lange Zeit damit. Schließlich ließ er sich selbst darauf nieder, wandte sich ihr zu und stützte den Kopf auf den Ellenbogen. Eine Weile betrachtete er sie, dann hob er die Hand und strich mit den Fingern über ihre Stirn.

Sie schüttelte den Kopf, doch er lachte nur. Er beugte sich über sie, küsste ihre Nase mit einer Sanftheit, die er ihr schon lange nicht mehr hatte zuteilwerden lassen. Emma hatte sie herbeigesehnt, lange Zeit. Vielleicht wäre alles anders gekommen, wenn er sie in den letzten Monaten so berührt hätte. Vielleicht wäre sie sogar bei ihm geblieben. Aber jetzt schien ihr diese Berührung nur wie ein Hohn, der sie kitzelte und verachtete. Sie schüttelte seine Hand ab und gurgelte etwas in ihren Knebel.

Seine Hand zuckte fort, glitt an ihrem Kinn herunter und verharrte dort einen Augenblick. Als sie schon fürchtete, er würde ihre Kehle packen und zudrücken, glitt seine Hand tiefer, strich über das Seil, das ihren Brustkorb umspannte, und legte sich auf ihre Brust.

Christian rückte näher an sie heran. »Siehst du, Emma, so geht es einem Flittchen. Du bist es gar nicht wert, meine Frau zu sein. Du bist nicht besser als eine dieser Schlampen aus dem Osten, die sich sofort jedem Soldaten hingegeben haben. Und so wirst du jetzt auch behandelt.« Er drückte und knetete ihre Brust. Dann wälzte er sich auf sie, sodass er auf ihren Oberschenkeln zu sitzen kam. Hart presste er seine Hände auf ihre Brüste, dann richtete er sich auf und rieb sich. Er stöhnte, nestelte am Stoff seiner Hose, riss sie auf. Im Halbschatten sah Emma sein bleiches, aufgerichtetes Geschlecht. Er umfasste es, rieb sich und stöhnte. »Siehst du, es geht doch. So geht es, du verfluchte Schlampe.« Er lachte tief.

Dann griff er nach hinten und zog sein Jagdmesser aus der Hosentasche, hielt es vor Emma hin. Sie musste zusehen, wie er die Spitze des Messers zwischen ihre Brüste setzte und langsam über den Stoff ihres Kleides nach unten glitt. Die Panik ließ sie erstarren. Ein Bild flackerte durch ihren Kopf – erlegte Rehe, die mit gespreizten Hinterläufen vor den Jägern lagen. Männer, die sich mit Schnaps zuprosteten. Sie hatte Christian und seinen Vater nur einmal auf die Jagd begleitet, bevor Christian in den Krieg gezogen war. Sie hatte nichts dabei gefunden, dass er sie an jenem Abend nach der Jagd besonders leidenschaftlich geliebt hatte.

Doch nun bekam das alles auf einmal eine andere Bedeutung. Niemand würde sie hier so schnell finden, vermutlich würde man ihren Leichnam erst nach Wochen entdecken.

Emma schrie, doch der Knebel erstickte ihren Schrei zu einem schwachen Laut.

Christians Augen leuchteten, als er sie beobachtete. »Schrei. Ich will, dass du schreist.« Er nahm das Messer, schnitt ihren Knebel zu ihrer Überraschung auf und löste ihn aus ihrem Mund.

Emma schrie aus Leibeskräften. »Hiiieeelfeee! Hiiiiieeeeelfeeeee!«

Ihr Schrei zerriss die Nacht, doch nur das Rauschen der Bäume antwortete ihr. Emma schrie weiter, sie brüllte, bis ihr die Stimme versagte. Christian beobachtete sie, es schien ihn zu belustigen und zu erregen.

»Du kannst schreien, so viel du willst, hier wird dich niemand hören.« Er rutschte von ihren Oberschenkeln und schnitt ihre Fußfesseln auf. Ein wenig massierte er ihre kalten Knöchel. Seine Hand war warm, und sie spürte völlig widersinnigerweise ein wohliges Gefühl und dass die Wärme ihr guttat. Doch dann stieg auf einmal ein riesiges *Nein* in ihr auf. Er würde sie hier nicht gegen ihren Willen nehmen. Sie fühlte, wie die Entschlossenheit sich in ihrem Körper ausbreitete, bis in alle Gliedmaßen, in jede Zelle hinein, und ihn in eine Faust verwandelte. *Nein.* Sie würde leben oder sterben, aber sie würde das niemals erdulden. Ehe er sich wieder auf ihre Oberschenkel setzen konnte, hob sie die Füße und trat mit voller Wucht gegen Christians Oberkörper. Er taumelte nach hinten. Ihr Angriff war so heftig und überraschend für ihn gekommen, dass er ein paar Augenblicke brauchte, um sich zu fangen.

Emma rollte sich herum, kam auf die Knie und richtete sich auf. Sie spürte nicht den kalten Boden und die Steinsplitter, die sich in ihre Knie drückten. Sie rannte hinaus. Es war inzwischen dunkel geworden. Sie stolperte über ein paar Dachziegel, die heruntergefallen waren und deren scharfe Kanten sich in ihre Haut schnitten, aber sie nahm den brennenden Schmerz nicht wahr. Sie floh über den Hof zum Gatter, so schnell sie mit ihren gefesselten Armen laufen konnte. Hinter sich hörte sie Christians Schritte und seinen hastigen, wütenden Atem.

Emma lief schneller. Vor sich erblickte sie den Feldweg, daneben das hohe Gras. Dahinter verlief in einiger Entfernung die rettende Straße. Sie bemerkte einen dunklen Schatten am Straßenrand, die Umrisse eines Autos, und zögerte. Wer parkte dort? Ihr Zögern dauerte zu lange. Christian holte sie ein. Er warf seine Arme um sie wie ein Fangseil und hielt sie fest. Emma schrie um Hilfe. Christian presste ihr seine Hand auf Mund und Nase und erstickte ihren Schrei. Sie bekam keine Luft mehr, doch dann trat sie ihm mit aller Kraft auf den Fuß.

Christian stieß einen wütenden Schmerzenslaut aus. Sie nutzte seine Überraschung, befreite sich und lief los. Er setzte ihr hinterher, holte sie erneut ein und hielt sie fest.

In diesem Augenblick fiel ein Lichtkegel auf den Hof. Er zuckte über die Steinplatten, die Ruine, das morsche Holz der Scheune und blieb an ihnen hängen. Christian schlang seinen Arm um Emmas Oberkörper und zog sie nah zu sich heran.

»Lassen Sie sie los!«, brüllte eine Stimme aus dem Dunkel.

Der Lichtstrahl richtete sich auf Christians Gesicht. Emma sah nichts in der Dunkelheit, aber sie erkannte die Stimme von Kurt. Gott sei Dank! Sie atmete auf und konnte einmal tief durchatmen, ehe Christians Hand sich wieder auf ihren Mund presste. Zu ihrem Schrecken fühlte sie sein Jagdmesser an ihrem Hals. Sie hielt still. In der Stille hörte sie ihr Herz laut pochen und fühlte den pulsierenden Schmerz in ihrem Kopf.

»Wer sind Sie?«, rief Christian.

»Viele, Herr van Kall.«

»Blödsinn, Sie können nicht mehr als ein Auto voll sein«, schnaubte Christian. Seine Stimme klang zornig. Emma hörte sein Herz heftig an ihrem Rücken schlagen. »Sagen Sie, wer Sie sind.«

Stille antwortete ihm. Der Lichtstrahl der Taschenlampe wanderte von Christian zu Emma, zuckte.

»Kurt Hüffenberg«, rief Kurt mit rauer, wütender Stimme aus dem Dunkel.

»Verschwinden Sie!«, brüllte Christian.

»Auf keinen Fall. Sie lassen Emma jetzt sofort los.«

»Wenn Sie nicht weggehen, wird sie sterben.«

Emma hörte Christians drohende Worte in seinem Brustkorb widerhallen. Der Lichtstrahl zuckte wieder.

»Das werden Sie nicht tun, Herr van Kall. Sie sind umstellt. Sie werden doch nicht Ihre Frau vor unseren Augen umbringen.« Doktor Rodeshagen. Nie hatte Emma sich mehr gefreut, seine Stimme zu hören. Sie wusste instinktiv, dass er bluffte, kaum, dass er seine Worte ausgesprochen hatte. Sie waren nicht umstellt, er übertrieb wie immer. Sie konnten nicht umstellt sein, weil sie jeden Schritt auf dem Hof sofort gehört hätten. Emmas kurze Freude, Doktor Rodeshagens Stimme zu hören, erstarb, und Verzweiflung trat wieder an ihre Stelle. Die Männer mussten ihnen mit dem Auto gefolgt sein, das Emma gerade an der Straße gesehen hatte. Kurts Mercedes. Waren Kurt und der Doktor allein oder war noch jemand hier?

»Mein Fahrer wird gleich die Polizei rufen«, rief Kurt mit kalter Stimme.

»Wagen Sie es nicht!«, drohte Christian. »*Sie* kriegen sie nicht, eher töte ich sie.«

Die Klinge drückte sich an Emmas Hals. Emma blieb still, die Panik hielt sie fest in ihren Klauen. Sie wusste, dass Christian es ernst meinte. Er wollte sie töten, vielleicht hatte er das sogar von Anfang an vorgehabt.

In der Stille, die nun folgte, hörte sie, wie ein leichter Windhauch mit den Blättern der Bäume spielte. Hoffentlich tat Kurt jetzt nichts Unüberlegtes. Sie wollte ihnen zurufen, dass Christian es ernst meinte, sie warnen, aber kein Laut kam ihr über die Lippen.

Auf einmal glomm ein Feuerzeug in der Dunkelheit auf. Eine Flamme beleuchtete Doktor Rodeshagens blasses Gesicht und seine Hornbrille unter dem Hut. Die Flamme erlosch, und die Glut seiner Zigarette leuchtete rot auf. Eine Rauchwolke schwebte durch die Dunkelheit und löste sich auf. »Hören Sie, Herr van Kall, ich verstehe Ihre Wut. Aber möchten Sie Ihre Frau wirklich töten und als Mörder Ihr Leben hinter Gittern verbringen? Sie sind doch nicht aus russischer Gefangenschaft geflohen, um wegen einer Frau im Gefängnis zu versauern.«

»Was haben Sie damit zu tun? Wer sind Sie überhaupt?«, rief Christian ungehalten.

»Erkennen Sie mich nicht mehr? Ich war zu Gast auf Ihrem schönen Frühlingsfest, ich bin Doktor Rodeshagen. Willi Schütte wohnt mit seiner Familie in meinem Haus.«

Als Christian nicht antwortete, fuhr Rodeshagen fort. »Was soll Ihr Kriegskamerad von Ihnen denken, wenn er hört, dass Sie Ihre Frau getötet haben? Was würden Ihre Eltern denken? Wie traurig wären sie, wenn ihr einziger Sohn sein Leben im Gefängnis verbringen müsste? Haben sie nicht schon im Krieg lange genug um Sie gebangt?«

»Emma ist nicht mehr meine Frau«, stieß Christian hervor. »Sie hat das Recht dazu verwirkt.«

»Meinen Sie? Also wollen Sie deshalb Herr über Leben und Tod sein? Es gibt bestimmt noch andere Möglichkeiten, um damit umzugehen. Denken Sie nach.«

Christian schwieg. Sein Schweigen jagte Emma kalte Schauer über den Rücken. Was hinderte ihn daran, sie zu töten und in der Dunkelheit zu verschwinden? Sie spürte, wie sie am ganzen Körper zitterte. Rodeshagens Zigarette glomm wieder auf, er blies den Rauch in die Nacht. »Wenn sie nicht mehr Ihre Frau ist, dann können Sie sie doch freigeben. Ich mache Ihnen einen Vorschlag: Sie lassen Emma gehen, und wir rufen nicht die Polizei.«

Nein. Der Gedanke, Christian würde frei sein, nach allem, was er getan hatte, machte Emma rasend. Er dürfte nicht frei sein, er müsste bestraft werden.

Christian antwortete nicht. Emma spürte, wie sich das Messer an ihrem Hals kurz bewegte, als er seinen Griff lockerte. Aber nur, um sie mit dem anderen Arm umso fester zu packen. Sie begriff im selben Augenblick, was er vorhatte. Er wollte sie hinter die Scheune zerren, um dem Licht der Taschenlampe zu entgehen. Sie stemmte sich gegen ihn und bewegte sich keinen Schritt. Er zog und zerrte an ihr, wobei die Klinge seines Messers verrutschte, über ihren Hals zur Schulter glitt und sie dort ritzte. Ein heftiger Schmerz brannte, sie schrie auf. Christian fuhr herum und ließ sie los. Erstaunt drehte sich Emma zu ihm herum. Wollte er sie etwa gehen lassen? Hatte ihn doch noch die Einsicht oder so etwas wie Mitleid überkommen?

Sie sah die Umrisse eines Mannes hinter Christian. In dem Moment, in dem sie ihn erblickte, zischte etwas Dunkles durch die Luft. Sie hörte ein dumpfes Krachen, als wenn Holz auf Holz traf. Der Schein der Taschenlampe zuckte über die Gestalten hinweg, und im Lichtkegel leuchtete Kurts ernstes und entschlossenes Gesicht auf. Er hielt einen Knüppel in der Hand.

Ohne einen weiteren Laut sackte Christian in sich zusammen und fiel zu Boden. Emma stand fassungslos daneben und rührte sich nicht. Sie konnte sich nicht bewegen, keinen Schritt machen, so sehr hatte die Panik sie in ihrer Gewalt.

Kurt kam zu ihr und hielt sie fest. »Emma, meine Liebe … Meine Güte …«

Sie spürte sein Gesicht an ihrem, seine warme Haut, seine Wärme, und legte ihren Kopf an seine Schulter. Sie konnte nichts sagen.

Der Lichtstrahl der Taschenlampe kam näher, wurde größer, beleuchtete sie beide und glitt zu Christian auf den Boden.

Doktor Rodeshagen beugte sich über ihn, fühlte seinen Puls. Er richtete sich wieder auf. »Er lebt«, bemerkte er nüchtern. »Es kann nicht mehr lange dauern, bis er aufwacht. Wir sollten ihn fesseln.«

Kurt nickte und ließ Emma widerstrebend los. Während Doktor Rodeshagen bei Christian blieb, knotete Kurt Emmas Fesseln auf und wickelte das Seil von ihrem Oberkörper. Emma atmete auf, strich über ihre Arme, wo das Seil tiefe Abdrücke hinterlassen hatte. Sie beobachtete, wie die Männer den Bewusstlosen zur offenen Scheune zerrten und an einen Pfahl fesselten. Dort lehnte er halb aufrecht, der Kopf war auf seine Brust gesunken.

Kurt hob seinen Fuß und stieß ihn gegen Christians Bein. Es bewegte sich nicht. Er kam wieder zu Emma. »Bist du verletzt?«

Sie betastete ihre Schulter, wo die Schnittwunde brannte, fühlte einen feinen Streifen Blut. Sie schüttelte den Kopf.

»Was hat er dir angetan?«

Emma dachte an das zurück, was ihr im Bauernhaus widerfahren war. Die Bilder zuckten in ihrem Kopf wie Feuer, viel zu heftig, um sie zu beschreiben. Sie schluckte hart. »Er wollte … er wollte …«

Ihr Mund blieb offen, kein Wort kam heraus.

Kurt trat einen Schritt näher. »Was wollte er?«

»Er wollte … er …« Es ging nicht. Sie schüttelte nur den Kopf. Kurt nahm sie wortlos in die Arme. Seine Wärme drang durch ihre kalte Haut und berührte etwas tief in ihrem Inneren.

»Ist gut, ist ja schon gut«, tröstete er sie, strich über ihren halb aufgelösten Haarknoten und zupfte an den Strähnen, die rausgefallen waren. Er gab ihr einen Kuss. Seine Lippen waren so sanft. Sie hätte weinen können, brachte aber nichts hervor.

Von der Scheune her erklang ein Geräusch. Das Scharren von Füßen, ein Stöhnen. Christian kam wieder zu sich.

Doktor Rodeshagen beugte sich über ihn und betastete seinen Kopf. »Hm, Sie haben Glück gehabt. Hätte auch anders ausgehen können.«

Christian bewegte den Kopf und seufzte vor Schmerzen.

Doktor Rodeshagen richtete sich wieder auf und kam zu ihnen. »Darf ich mal sehen?«, fragte er Kurt.

»Natürlich.« Er ließ Emma los.

Der Doktor leuchtete Emma mit der Taschenlampe ins Gesicht, tastete ihre geschwollene Stirn ab, begutachtete ihre Schnittwunde. Dann fuhr der Lichtstrahl einmal über ihren ganzen Körper und blieb an ihren zerschundenen Knien hängen. Rodeshagen schüttelte missbilligend den Kopf. Sie hatte ihn noch nie so ernst gesehen.

»Verfluchter Bastard«, zischte er.

Kurt, der zu Christian gegangen war, wandte sich um. »Wie bitte?« Er kam wieder zurück.

»Ich meinte natürlich nicht Sie.« Doktor Rodeshagen zog ihn beiseite, aber Emma konnte ihn trotzdem hören. »Es sind Schnittwunden, nichts Tiefes. Aber er hat sie geschlagen, sie könnte eine Gehirnerschütterung haben.«

»So ein Mistkerl«, schnaubte Kurt und fuhr zu Christian herum, doch der Doktor hielt ihn fest.

»Es ist besser, wenn wir jetzt trotz allem einen kühlen Kopf bewahren.« Er beugte sich zu Kurt und flüsterte ihm etwas ins Ohr. Kurt wich zurück und schüttelte den Kopf.

»Überlegen Sie es sich. Sie haben alle Trümpfe in der Hand«, hörte Emma Rodeshagen flüstern.

Kurt lehnte sich an die Scheunenwand und rieb sich die Stirn. Nach einer Weile stieß er sich wieder ab. »Also gut.« Er nickte dem Doktor zu, drückte Emma die Hand und ging zu Christian. Er hob den Knüppel auf und ließ ihn geräuschvoll gegen seine Handfläche sausen. Grob bohrte er seine Fußspitze in Christians Oberschenkel. »Sie haben es nicht verdient zu leben«, knurrte er. »Ich möchte nur zu gern mein Werk vollenden.«

Christian stöhnte und murmelte ein paar Flüche.

Kurts Fuß stieß heftig gegen seinen Oberschenkel. Christian wurde still und zog scharf die Luft ein. Der Knüppel bohrte sich in die weiche Stelle unter seinem Kinn. »Aber eigentlich gefällt mir der Gedanke, dass Sie Ihr Leben im Gefängnis verbringen werden, noch besser. Mein Fahrer kommt gleich hierher, ich werde ihn anweisen, die Polizei zu holen.«

291

Christian rührte sich nicht. Er starrte auf den Knüppel unter seinem Kinn, und obwohl er an den Pfahl gefesselt war, hatte Emma Angst, er würde gleich aufstehen und sich wieder auf sie stürzen. Sie ging zu Doktor Rodeshagen, hielt sich an ihm fest, und er legte eine Hand auf ihren Arm.

Kurt ließ den Knüppel sinken und wandte sich an den Doktor. »Es hat keinen Sinn.«

»Holen Sie nicht die Polizei. Was wollen Sie?«, zischte Christian.

Langsam wandte sich Kurt wieder zu ihm um und ging zu ihm zurück. »Sie sagten, Emma sei nicht mehr Ihre Frau. Geben Sie sie frei. Willigen Sie in die Scheidung ein.«

Christian starrte auf seine Füße und schwieg. »Wenn ich das täte, rufen Sie doch die Polizei.«

»Nein, Sie unterschreiben mir eine Erklärung, dass Sie in die Scheidung einwilligen. Dann lasse ich Sie frei, und niemand wird etwas von dem verraten, was hier heute Nacht vorgefallen ist.«

»Woher weiß ich, dass Sie mich nicht hintergehen werden?«

»Nun, Sie werden uns schon glauben müssen, Herr van Kall, wenn Sie frei sein wollen«, schaltete sich Doktor Rodeshagen ein. »Das würde ich Ihnen dringend raten. Aber vielleicht können wir etwas tun, das Ihr Vertrauen in unsere Absichten stärkt. Wenn Herr Hüffenberg seinen Anwalt kommen lässt und alles wie ein freiwilliges Treffen aussieht, würden Sie in die Scheidung einwilligen?«

Christian sah von einem zum anderen. »Wie soll das gehen?«, fragte er misstrauisch.

»Herr Hüffenberg, Sie haben doch einen Anwalt, oder nicht?«, fragte Rodeshagen.

Kurt nickte.

»Ist er flexibel genug, um auch zu später Zeit an ungewöhnlichen Orten tätig zu werden?«

»Sicher.«

Alle blickten Christian an. Da endlich nickte er schweigend. Er sah Emma nicht an.

Der Doktor zog Kurt aus der Hörweite von Christian. »Ihr Fahrer kann Emma zurückbringen und Ihren Anwalt holen, dann regeln wir hier alles. Es muss nur wie ein freiwilliges Treffen aussehen. Wir müssen van Kall noch ein wenig bearbeiten, er wird schon mitmachen. Zugestimmt hat er schon.« Er deutete mit dem Kopf auf Christian.

Kurt schien nachzudenken. Im Dunkeln konnte Emma sehen, wie er sie ansah. Er nahm ihre Hand und zog sie beiseite, so weit, dass weder Christian noch Doktor Rodeshagen sie hören konnte.

»Was meinst du, Emma? Wenn Christian jetzt in die Scheidung einwilligen würde, wäre es viel leichter für dich, dich scheiden zu lassen. Und wir könnten eher heiraten.«

Emma atmete tief. Sie spürte, wie die kühle, frische Nachtluft ihre Lungen füllte. Erleichterung und ein großes Glücksgefühl **über**kamen sie. Kurt wollte sie heiraten. Noch nie hatten sie darüber gesprochen, sie hatte nicht einmal darüber nachgedacht, es hatte immer jenseits aller Möglichkeiten gelegen, denn sie war schon verheiratet. Der Gedanke, jeden Morgen neben Kurt aufzuwachen, jeden Abend neben ihm einzuschlafen, jeden Tag mit ihm zu verbringen, war einfach unglaublich. Sie würden vielleicht eines Tages sogar Kinder haben. Emma lächelte, als sie sich einen kleinen Jungen ähnlich wie Kurt vorstellte. Oder ein Mädchen wie er. Sie würde es mehr als alles andere in der Welt lieben. »Habe ich richtig verstanden? Ist das … etwa ein Heiratsantrag?«, fragte sie.

Sein Griff um ihre Hände verstärkte sich. Er strich mit den Daumen über ihre Handrücken. »Ja«, sagte er sanft. »Ich weiß, es ist nicht die Zeit und der Ort dafür, und ich hätte es dir schon eher sagen sollen, schon im letzten Winter in Köln. Dann wärst du vielleicht gar nicht erst zu ihm zurückgegangen.« Er warf einen Blick auf Christian, neben dem sich Doktor Rodeshagen aufgebaut hatte, und seufzte. »Nun ist es leider so gekommen. Aber wir können jetzt das Beste daraus machen. Natürlich nur, wenn du mich willst.«

Sie fuhr sich mit der Zunge über ihre trockenen Lippen. Hatte er recht? Wäre sie nicht zu Christian zurückgegangen, wenn er ihr schon im Winter einen Heiratsantrag gemacht hätte? Sie wusste es nicht. Sie wusste nur, dass ihr Kurt so vertraut vorkam. Wenn er neben ihr lag, wusste sie nie, wo seine Haut endete und ihre begann. Für Christian hatte sie nie so gefühlt, das war ihr in den letzten Monaten klar geworden. Die Liebe zu ihm war von Anfang an falsch gewesen, von Ängsten und Wünschen getragen, eine jugendliche Schwärmerei für den selbstbewussten Gutsbesitzersohn. Wie merkwürdig, dass sie erst zu Christian hatte zurückgehen müssen, um das zu begreifen. »Ich will dich«, sagte sie leise. »Ich liebe dich.« Sie hörte eine Weile nichts außer dem Rauschen des Windes in den Bäumen. Als sie schon glaubte, der Wind hätte ihre Worte verschluckt, umarmte Kurt sie. Sie lagen sich eine Weile in den Armen, dann küsste er sie.

Emma wischte sich eine Träne aus dem Augenwinkel und lachte leise.

Er beobachtete sie. »Also, dann bist du mit dem Handel einverstanden?«

Sie vermied es, zu Christian hinüberzusehen. Sie wollte, dass er büßen müsste für das, was er ihr angetan hatte. Aber wenn sie die Polizei holten und sie ihn verhafteten, würde es Befragungen geben, eine Gerichtsverhandlung. Vielleicht müsste sie dann auch über das sprechen, was er in der Ruine mit ihr hatte machen wollen. Das wollte sie nicht, auf keinen Fall. Sie wollte ihre Ruhe haben und in aller Stille ihre Wunden lecken. Büßte Christian nicht schon jetzt für alles?

»Ich bin einverstanden«, sagte sie.

Kurt drückte ihre Hände. »Gut. Josef wird dich jetzt zurück zum Gasthof bringen. Meine Mutter weiß, dass wir euch gefolgt sind, sie wird sich um dich kümmern. Mein Fahrer holt meinen Anwalt, und wir erledigen hier alles. Deine Einwilligung kannst du noch nachholen. Ich bringe dich zum Auto.« Er ging zu Rodeshagen, flüsterte ihm etwas ins Ohr. Der Doktor nickte und kam zu Emma.

»Es wird schon wieder«, tröstete er sie. »Sie gehören für ein paar Tage ins Bett.«

»Danke für alles«, sagte sie. »Sie waren sehr mutig.«

»Nicht doch.« Er winkte ab.

Kurt brachte Emma den Feldweg zurück zur Straße, wo sein Fahrer im Mercedes auf sie wartete. Er stellte sie einander vor und befahl Josef, Emma nach Heckenrath zurückzubringen, seiner Mutter auszurichten, dass er in Sicherheit sei und es noch etwas dauern würde. Dann solle er sofort mit seinem Anwalt herkommen. »Tut mir leid, Josef, es wird eine lange Nacht.«

Doch sein Fahrer nickte nur und tippte sich an die Mütze. »Kein Problem, Herr Hüffenberg.«

Emma sah Kurt hinterher, wie er zum Gehöft zurückging, und als die Nacht ihn verschluckt hatte, spürte sie auf einmal den Wunsch, auszusteigen und ihm hinterherzulaufen.

Kapitel 20

Ihre Combo wartete auf dem Parkplatz des Gasthofes, der inzwischen geschlossen hatte. Im kümmerlichen Schein einer Laterne lehnten die Männer am Mannschaftswagen, mit dem Nikolais Freund inzwischen zurückgekehrt war, und rauchten. Nikolai und Irma saßen abseits auf einem Baumstamm. Irma weinte. Nikolai hatte den Arm um sie gelegt und tröstete sie. Kurts Mutter und Fräulein Gebauer saßen auf Terrassenstühlen vor der Eingangstür. Als der Mercedes vorfuhr, erhoben sie sich und liefen ihnen entgegen. Frau Hüffenberg zog eine enttäuschte Miene, als sie nur Emma aussteigen sah.

»Wo ist Kurt?« Sie hielt Emma fest.

Im Lichtkegel der Laterne sah Emma ihre erschreckte Miene, als sie ihre Wunden sah. »Er bewacht mit Doktor Rodeshagen meinen Mann, den wir festgesetzt haben. Es geht ihm gut.«

Frau Hüffenberg atmete auf und ließ sie los. Emma starrte zum Baumstamm hinüber, wo Irma mit Nikolai saß. Sie ließ Kurts Mutter stehen, ging an den rauchenden Männern am Wagen vorbei zu ihr. Sie beachtete niemanden sonst, nahm nicht wahr, dass alle sie anstarrten.

Irma erhob sich langsam, Nikolai ebenfalls. Sie sah erleichtert aus. »Gott sei Dank lebst du«, murmelte sie. Sie wollte sie in die Arme nehmen, doch Emma hob abwehrend die Hände.

»Verräterin!«, schleuderte sie ihr entgegen.

Irma wich zurück. Ihr Blick überflog Emma, streifte ihre zerschundenen Knie und blieb an ihrer Wunde am Hals hängen, wo das Blut inzwischen getrocknet war. Sie sah entsetzt aus.

Emma stemmte die Hände in die Taille. Ihre ganze aufgestaute Wut und alle Worte, die sie sich auf der Rückfahrt im Wagen zurechtgelegt hatte, brachen aus ihr hervor. »Du hast Christian verraten, dass ich heute Abend hier bin. Du warst schon den ganzen Abend so komisch. Nach dem Auftritt hast du mich rausgelockt und zu ihm geführt. Warum hast du das getan?«

Irma schüttelte den Kopf und hob hilflos ihre Hände.

»Warum, Irma? Ich bin deine Freundin.« Emma trat einen Schritt näher, als könnte sie so Irma hinter die Stirn blicken und die Wahrheit erkennen.

Nikolai legte die Hand auf Irmas Schulter, doch sie schüttelte sie ab.

»Christian hat damit gedroht, Nikolai anzuzeigen«, gestand Irma leise. »Er hat herausgefunden, dass Nikolai …« Sie brach ab und warf einen Blick auf die Männer ihrer Combo, die ihnen zuhörten. »Nikolai ist nicht gemeldet«, flüsterte sie. »Wenn die Polizei das herausfindet, schicken sie ihn zurück nach Russland, und dann kommt er nach Sibirien.« Sie weinte.

Nikolai legte ihr wieder die Hand auf die Schulter, und dieses Mal schüttelte sie sie nicht ab.

»Also hast du lieber mich verraten«, stieß Emma hervor.

»Was sollte ich denn machen?«, schluchzte Irma. »Er hat mich hier gleich am Anfang des Abends auf dem Weg zur Toilette abgefangen und von mir verlangt, dich nach dem

Auftritt hinter das Haus zu locken. Ich könnte das am besten machen. Er wolle nur mit dir reden, hat er gesagt, allein. Ich sollte dich zu ihm bringen und dann weggehen, damit er in Ruhe mit dir sprechen kann. Dann würde er Nikolai nicht anzeigen. Er mir versprochen, dir nichts zu tun. Ich habe doch nicht gewusst, was er vorhat. Als ich gesehen habe, dass er dich mitnimmt, habe ich sofort die anderen geholt, aber wir kamen zu spät. Als wir rauskamen, fuhr der Wagen mit euch schon los. Kurt und Doktor Rodeshagen sind euch dann im Mercedes gefolgt. Hat Christian … wollte er dich nicht zum Gutshof bringen?«

»Nein, wollte er nicht«, stieß Emma bitter hervor. Sie schluckte gegen die Trockenheit in ihrer Kehle an. Erst jetzt merkte sie, wie durstig sie war. Aber es war ihr gleichgültig. Irmas Worte kreisten in ihrem Kopf. Hatte sie sie richtig verstanden – Christian hatte Irma erst hier im Hof abgefangen? Wer hatte ihm dann verraten, dass sie heute hier auftreten würde? Sie trat einen Schritt näher. »Woher wusste Christian, dass ich heute hier auftrete?«

Irma knetete ihr Taschentuch. »Von mir nicht«, schluchzte sie. »Ich dachte, mich trifft der Schlag, als ich ihn hier sah. Ich hätte es ihm nie verraten. Er hat mich einfach überrumpelt. Ich wusste nicht, was ich machen sollte.«

Emma hörte nicht mehr richtig zu. Sie hatte das Gefühl, an diesem Tag schon genug gehört zu haben. Trotzdem nahm ihr Verstand Irmas Worte auf und begriff sie. Sie fühlte, dass Irma die Wahrheit sagte, sie kannte ihre Freundin gut genug, um zu wissen, wann sie log und wann nicht. Aber wenn Irma Christian nicht verraten hatte, dass sie heute hier auftreten würde, wer hatte es dann getan?

Emma fiel nur einer ein. Doktor Rodeshagen. Als Einziger außer Irma hatte er von ihren Schwierigkeiten mit Christian gewusst. Er hatte sie an Christian verraten. Von wegen Ehrenmann.

Für Christian war es einfacher gewesen, sie hier zu entführen als mitten in Köln. Doch warum war Doktor Rodeshagen später mit Kurt gefahren, um sie zu befreien? Vermutlich hatte er wie Irma nicht gewusst, dass Christian sie entführen wollte, und eingesehen, dass es ein Fehler war. Oder? Auf wessen Seite stand er wirklich? Nicht auszudenken, wenn er sich nun wieder auf Christians Seite schlagen würde.

Emma spürte ein Prickeln im Nacken. Ihr Atem ging flacher, ihre Knie wurden weich. Sie streckte die Hand nach ihrer Freundin aus. »Irma, du musst mir helfen. Kurt ist in Gefahr.«

Die Männer ihrer Combo, die heimlich mitgehört hatten, kamen näher und umringten sie. Frau Hüffenberg und Fräulein Gebauer ebenfalls.

Emma versagten die Knie. Sie spürte, wie sie zusammensank, und fühlte sich von Irma aufgefangen. Hände ergriffen sie, sie spürte das kühle Holz eines Terrassenstuhls. Jemand drückte ihr eine Flasche in die Hand. Sie war angetrunken und warm, doch Emma trank gierig. Schales Bier rann ihr die Kehle hinunter, aber es tat ihr gut. Nikolai hängte ihr ihre Strickjacke um, die jemand aus dem Wagen geholt hatte. Die Gesichter, die sie umringten, wurden langsam wieder klarer. Irmas rot verweinte Augen, Nikolais besorgte Miene, Gerds gerunzelte Stirn, Frau Hüffenbergs weit aufgerissene Augen.

Emma atmete tief, leerte die Flasche. Sie brauchte Kraft, sie durfte jetzt nicht aufgeben. Die Panik durfte sie nicht besiegen. Langsam erzählte sie, was passiert war, wobei sie sich auf das Wesentliche beschränkte. Sie verschwieg, dass Christian sie in der Ruine hatte vergewaltigen wollen, und erzählte auch nichts von ihrem Plan, Kurts Anwalt zu holen. Er erschien ihr jetzt sowieso nur noch wie ein bizarres Vorhaben, ein geschicktes Ablenkungsmanöver des Doktors, um sie mit dem Wagen wegzuschicken und Kurt in die Falle zu locken. »Doktor Rodeshagen hat Christian verraten, dass ich hier bin. Er könnte sich jetzt auf seine Seite schlagen und Christian befreien«, schloss sie. »Wir müssen die Polizei holen.«

Ein leiser Aufschrei erklang. Frau Hüffenberg presste sich die Hände vor den Mund.

»Meinen Sie, die kommt rechtzeitig?«, fragte Fräulein Gebauer mit rauer Stimme. »Die müssen vielleicht aus Köln kommen, das wird Stunden dauern.«

»Trotzdem müssen wir sie holen«, beharrte Emma.

»Wir fahren hin«, bestimmte Gerd. »Wir fahren alle hin und holen Herrn Hüffenberg da raus. Dein Mann ist gefährlich, Emma.«

Nikolai nickte, sein Freund ebenfalls. Nur Max schwieg und blickte auf den Boden. Vermutlich war er zu alt für so gefährliche Unternehmungen.

»Ich komme auch mit«, sagte Irma und legte Emma den Arm um die Schultern.

»Gut, dann fahren wir im Mannschaftswagen. Und Sie alarmieren die Polizei und folgen uns dann mit Ihrem Fahrer«, sagte Gerd zu Frau Hüffenberg. Sie nickte.

»Hier im Dorf gibt's einen Ortspolizisten und im Gasthof ein Telefon«, sagte Nikolais Freund Viko. »Wecken Sie die Wirtsleute.«

Wenig später fuhren sie mit dem Mannschaftswagen durch die Nacht. Zum Glück kannte Josef den Weg und hatte ihn Viko beschrieben, denn Emma hätte ihn unmöglich wiederfinden können, so aufgeregt war sie. Noch dazu in der Nacht.

Sie beobachtete durch die Windschutzscheibe, wie die Scheinwerfer ihr Licht in die Dunkelheit warfen. Manchmal beleuchteten sie ein bekanntes Ortsschild oder eine Straßenkreuzung, die sie gerade schon gesehen hatte. Zweifel überkamen sie, ob sie richtig gehandelt hatte. Vielleicht misstraute sie Doktor Rodeshagen zu Unrecht, und sie zog unnötigerweise alle mit hinein. Aber wenn sie recht hätte – sie mochte es sich nicht ausdenken. Sie durfte nicht daran denken, was Kurt in der Zwischenzeit hätte passiert sein können. Sie fühlte, wie die Panik sie mit ihren Reißzähnen zu packen drohte. Widerwillig duldete sie es, dass Irma, die neben ihr auf dem Vordersitz saß, ihre Hand nahm.

»Es wird schon alles gut«, tröstete sie Irma. »Es wird ihm nichts passieren.«

»Bitte sei still«, zischte Emma. Sie sah durch das Seitenfenster nach draußen. Felder erstreckten sich neben ihnen und verschmolzen mit dem schwarzen Himmel. Irgendwo am Horizont glommen ein paar Lichter. Es konnte nicht mehr weit sein. Je näher sie dem alten Hof kamen, desto kleiner und schwächer fühlte sich Emma vor Angst. Sie starrte abwechselnd auf Irmas Kleid und auf Vikos Hände am Lenkrad und versuchte, sich abzulenken. Sie hatte in den letzten Wochen geglaubt, es ginge ihr schlecht. Ihre Flucht, der Hunger, das Wohnen in der engen Dachkammer, immer in Angst vor Christian und in Sorge, Kurt würde sich verleugnen lassen und wollte sie nicht mehr sehen, hatten ihr zugesetzt. Aber was war es ihr doch gut gegangen in dieser Zeit im Vergleich zu den letzten Stunden. Musste man immer erst so viel Schlechtes durchmachen, um zu begreifen, wie gut es einem vorher gegangen war?

Der Wagen fuhr jetzt langsamer. »Hier muss es irgendwo sein«, raunte Viko. Emma rutschte auf ihrem Sitz nach vorn. Sie erkannte den Saum des Waldes, davor schimmerte die Ruine des Bauernhauses wie ein heller Fleck im Dunkel. »Da vorn ist es.« Sie deutete auf den Fleck. In diesem Augenblick leuchteten vor der Ruine des Bauernhofes Scheinwerfer auf. Zwei Lichter verließen den Hof und fuhren über den Feldweg zur Straße.

»Ist das der Laster von deinem Mann?«, fragte Viko.

»Das ist er. Sie wollen fliehen. Fahr schneller, wir müssen ihnen den Weg abschneiden.« Emmas Herz raste.

Viko nickte und drückte aufs Gaspedal, doch der alte Mannschaftswagen mit ihnen allen darin beschleunigte nur langsam. Christians Laster fuhr über den Feldweg, die Scheinwerfer hüpften auf und nieder. Aber dann drosselte er sein Tempo, vermutlich wegen eines Schlaglochs. Nikolais Freund bremste den Wagen und ließ ihn bis vor die Einmündung des Feldwegs rollen. Der Laster kam herangefahren und hupte.

»Leute, es geht los«, rief Viko nach hinten, wo die anderen auf der umfunktionierten Ladefläche saßen. »Mich kennen sie nicht. Lasst mich erst machen und kommt dann raus.« Er gab Emma, die sich mit Irma geduckt hatte, ein Zeichen, im Wagen sitzen zu bleiben, stieg aus und knallte geräuschvoll die Tür hinter sich zu.

»Ach, wie dumm. Entschuldigung, meine blöde Karre streikt mal wieder. Können Sie mir vielleicht helfen?« Er ging zur Fahrertür und blieb davor stehen.

Der Laster bewegte sich nicht, hupte aber auch nicht. Emma lugte über Irma hinweg nach draußen. Wegen der Scheinwerfer konnte sie nicht sehen, wer drinnen saß. Endlich öffnete sich die Fahrertür des Lasters. Christian stieg aus. Es stimmte also, Doktor Rodeshagen musste ihn befreit haben. Sie erschrak. Im Lichtkegel konnte sie sehen, wie die beiden Männer voreinander stehen blieben.

»Es ist dein Mann, nicht?«, zischte Gerds Stimme von hinten aus dem Wagen. »Du hattest recht.«

Emma brachte ein trockenes Ja hervor. Es wäre ihr so viel lieber gewesen, sie hätte nicht recht gehabt.

»Kommt, Leute, die schaffen wir«, raunte Gerd und rutschte unter der Plane hinweg nach draußen, den dicken Stock, den er sich noch am Hof gesucht hatte, hielt er fest umklammert. Sie hörte, wie Nikolai ihm folgte.

Viko spähte an Christian vorbei in den Laster. Als Christian zum Mannschaftswagen hinübersah, verpasste er ihm blitzschnell eine heftige Kopfnuss. Christian taumelte zurück und prallte gegen den Laster. »Russenhasser! Ich geb dir, verdammter Hitler-Nazi.«

Seine Faust prallte gegen Christians Nase, dann gegen sein Kinn. »Willst du russische Faust fühlen? Hier hast du russische Faust, Frauenschläger.« Und er drosch auf Christian ein, bis dieser am Lkw herunterrutschte und unten liegen blieb. Nikolai, der Viko inzwischen gefolgt war, stieß Christian vorsichtig mit dem Fuß in die Seite. Er regte sich nicht.

Da öffnete sich die Beifahrertür des Lasters. Gerd verschwand dahinter und schwang seinen Knüppel. In der Dunkelheit hinter dem Scheinwerferlicht konnte Emma nur sehen, wie er Doktor Rodeshagen herauszerrte und zu Boden warf. Gerd kniete sich auf ihn, zog ein Seil hervor, mit dem Nikolais Freund immer die Kisten im Mannschaftswagen befestigte, und fesselte seine Hände. Viko und Nikolai fesselten Christian.

Das alles war so schnell gegangen, dass die nun folgende Stille Emma merkwürdig erschien. Sie stieß Irma in die Seite und bedeutete ihr, auszusteigen. Mit zitternden Knien rutschten sie aus dem Wagen. Emma starrte auf den bewusstlosen Christian herunter und konnte nicht begreifen, dass sie ihn so schnell überwältigt hatten. Wo war Kurt? Sie spähte in den Laster, sah auf der Ladefläche nach – nichts. Was hatten sie mit ihm gemacht? Sie lief zu Rodeshagen, den Gerd inzwischen aufgerichtet hatte. Sein Hut war heruntergefallen, die Gläser in seiner Hornbrille zersplittert. Mit trüben Augen blickte er sie an.

»Wo ist Kurt?«, rief sie.

»Im Hof.« Er deutete zur Ruine hinüber.

»Was habt ihr mit ihm gemacht?«, fuhr sie ihn an.

Er blickte auf den Boden und erwiderte nichts. Emma ballte die Faust. Sie musste sich sehr beherrschen, sie nicht zu benutzen. »Wo ist die Taschenlampe?«

»Vorn im Wagen.« Er deutete mit seinen gefesselten Händen auf den Laster.

Emma suchte auf der Ablage im Wagen nach der Taschenlampe. »Sie hätten auf Gut Meinersleben bleiben sollen«, hörte sie Doktor Rodeshagen draußen sagen.

Emma machte die Lampe an und leuchtete ihm ins Gesicht. »Verräter!«, fauchte sie. Sie bohrte ihre geballte Faust in die weiche Stelle unterhalb seines Kinns. Er kniff die Augen zu. Sie seufzte wütend auf, ließ ihn los, wandte sich um und machte sich mit weichen Knien auf den Weg zum alten Bauernhof.

Sie sah sich nicht um und lief den Feldweg entlang. Irma kam hinterher und lief in der anderen Wagenspur neben ihr. Keine von ihnen sagte ein Wort. Die Angst saß beklemmend in Emmas Brust und nahm ihr fast den Atem. Als sie das lose Gatter an der Ruine erreichten, roch Emma den morschen Holzgeruch der Scheune. Sie ließ das Licht der Taschenlampe über den Hof wandern. Am Scheunenpfahl kauerte ein Mann mit aufgerichtetem Oberkörper und ausgestreckten Beinen. Sein Kopf war zur Seite gefallen.

»Kurt!« Emma rannte zu ihm, beleuchtete mit der Taschenlampe sein Gesicht. Es war aschfahl. Ein feiner Streifen Blut klebte an einer geschwollenen Stelle seiner Stirn. Emma fühlte seinen Puls, wie sie es bei einem ihrer Mädelschaftsabende gelernt hatte, als ihre Gruppenführerin sie in erster Hilfe für Bombenopfer und Verschüttete unterrichtet hatte. Sie fühlte seinen Herzschlag an der weichen Stelle an seinem Handgelenk. Gott sei Dank, er lebte! Automatisch spulte das Programm in ihrem Kopf ab: Bei Ohnmächtigen Atmung prüfen. Sie hielt ihre Wange an Kurts Mund und spürte einen feinen, warmen Luftzug. Gott sei Dank. Sie beugte sich herunter und beobachtete ihn scharf, während Irma ihr mit der Taschenlampe leuchtete. Sanft, kaum sichtbar, hob und senkte sich sein Brustkorb. Emma atmete auf.

Sie mussten ihn schleunigst losbinden. »Sieh mal nach, hier könnte irgendwo noch Christians Jagdmesser liegen«, sagte sie zu Irma.

Irma nahm die Taschenlampe und suchte damit den Hof ab. Der Lichtstrahl wanderte über Steine und Unkraut und blieb an etwas hängen. »Da ist es.« Irma verschwand in der Dunkelheit und kam kurz darauf mit dem Messer zurück. Sie hockte sich hinter Kurt und schnitt ihm die Fesseln auf. Emma zog ihre Strickjacke aus und breitete sie auf dem Boden aus. Vorsichtig packten sie Kurt und betteten ihn darauf. Emma richtete sich auf, beugte sich über ihn, klopfte sanft gegen seine Wangen.

»Kurt, wach auf! Bitte, wach auf.« Sie umklammerte seine reglose, kalte Hand. Verzweiflung übermannte sie. Das konnte doch nicht sein, seine Hand war immer warm. Sie musste warm werden, sie musste sein wie immer. Warm und sanft.

Emma rieb und knetete seine Finger, hauchte Atemluft auf seine Handfläche. Das tat sie erst mit einer, dann mit der anderen Hand. Dann hockte sie sich über Kurt, strich über seinen Oberkörper, klopfte noch mal an seine Wangen. Er musste wieder wach werden, er musste warm sein wie immer. Er musste leben!

Sie rutschte nach unten, begann, seine Beine zu massieren, zog ihm schließlich die Schuhe aus und massierte seine kalten Füße. Irma zog ihre Strickjacke aus und breitete sie über ihn.

»Bitte hol Doktor Rodeshagen«, bat Emma sie, obwohl ihr der Gedanke widerstrebte, der Doktor könnte sich um Kurt bemühen, nach dem, was die Männer Kurt angetan hatten. Aber schließlich war er Arzt.

»Ich gehe«, sagte Irma und verschwand in der Dunkelheit. Der Lichtstrahl der Taschenlampe tanzte vor ihr her, als sie den Hof verließ.

Emma kniete sich neben Kurt. Sie spürte nicht mehr ihre schmerzenden Knie. Sie küsste ihn, strich über sein Haar. »Kurt, ich bin's, Emma.«

Ein bisschen nur, kaum wahrnehmbar in ihren Händen, bewegte er seinen Kopf. Endlich. Ihre Finger glitten über seine Stirn, strichen über seine Wangen, über sein Haar. Wieder küsste sie ihn. »Ich bin hier, Kurt. Ich bin hier.«

Er bewegte sich, hob ein wenig seinen Arm. »Emma?« Seine Stimme war nur ein Flüstern. Trotzdem hörte Emma deutlich ihren überraschten Klang. Sie atmete tief, während Erleichterung sie durchflutete. Kein Gefühl hätte besser sein können. Sie drückte seine Hand. »Ich bin's.«

Er bewegte sich wieder, hob den Kopf, versuchte, sich aufzurichten. Sie zog seinen Oberkörper auf ihre Knie und bettete seinen Kopf auf ihren Schoß. »Ich bleibe bei dir. Ich gehe nicht mehr weg.«

Obwohl sie es nicht sah, wusste sie, dass er lächelte. In der Ferne, dort, wo die Straße hinter der Wiese verlief, sah sie die Lichter eines Wagens auftauchen, der an der Einmündung des Feldwegs hielt.

Kapitel 21

Villa Hüffenberg, August 1946

Emma spürte einen feinen Luftzug. Er war kühl und roch nach reifem Korn, nach Blüten und Wald. Sie spürte Wärme und viel Weiches um sich herum – die weiche Decke, unter der sie lag, das Kopfkissen, die Matratze. Jetzt fiel es ihr wieder ein – sie war in der Villa, in dem Haus mit den hohen Fenstern, der kiesbestreuten Auffahrt und der Eingangstür hinter den Säulen. Dem Haus mit der kunstvoll geschnitzten Treppe aus dunklem Holz, auf der ein roter Teppich lag. Die Villa mit den Gemälden, Kaminen, Parkettböden und Kronleuchtern an den stuckverzierten Decken. Kurts Zuhause.

In den letzten Tagen hatte sie oft die leisen Schritte der Haushälterin auf der Treppe gehört, ihr Geflüster, als sie das neue Dienstmädchen einwies, das man eiligst für das entlassene Fräulein Gebauer eingestellt hatte. Die Dienstboten hatten Anweisung, ruhig zu sein, den jungen Herrn nicht zu stören, und das nahmen sie sehr ernst, obwohl sie immer noch aufgewühlt sein mussten von dem, was passiert war. Es kam nicht alle Tage vor, dass zwei Polizisten ins Haus kamen, den jungen

Herrn Hüffenberg und seine Mutter befragten und schließlich auch sie, Emma, die Fremde. Und was Josef unten in der Küche erzählt hatte von dem, was in der Nacht des Auftritts geschehen war, trug auch nicht gerade zur Beruhigung bei. Was ihre Person betraf, so wussten die Dienstboten wohl nicht viel, aber sie behandelten sie mit großem Respekt, beinahe schon Ehrfurcht. Sie war diejenige, die den jungen Herrn gerettet hatte.

Unglaublich, dass Kurt jetzt hier in der Nähe war, in seinem Zimmer auf derselben Etage, nur am anderen Ende des Flurs. Emma schlief im Gästezimmer. Am liebsten wäre sie aufgestanden, hätte sich zu ihm geschlichen und nachgesehen, ob er noch schlief. Wie gestern Abend und am Abend zuvor, als es im Haus still geworden war. Einmal hatte er schon geschlafen, aber gestern war er in ihren Armen eingeschlafen. Der Hausarzt der Hüffenbergs kam jeden Tag und untersuchte ihn. Gestern hatte Kurt zum ersten Mal eine Weile aufstehen dürfen. Heute würde es noch besser gehen, hatte der Arzt gesagt.

Emma hielt die Augen noch geschlossen und atmete tief die frische Luft ein, die durchs Fenster hereinströmte. Kurt hatte eine Gehirnerschütterung gehabt und würde wieder ganz gesund werden. Wer weiß, was geschehen wäre, wenn sie später zurückgekehrt wären? Emma wollte nicht darüber nachdenken. Sie wollte noch einen Augenblick so liegen bleiben in dem herrlichen Bewusstsein, dass Kurt lebte, dass er bei ihr war und dass sie sich nicht darum sorgen musste, ob sie an diesem Tag genug Zigaretten verkaufen und satt werden würde.

Es klopfte an der Tür. Es war ein leises, zaghaftes Klopfen, kaum zu hören. War Kurt schon aufgestanden, um sie heimlich zu besuchen? Hastig richtete Emma sich im Bett auf, ordnete mit ein paar Handgriffen ihr strubbeliges Haar und lächelte erwartungsvoll. »Herein.«

Die schwere Eichentür öffnete sich langsam. Aber es war nicht Kurt. Im Türrahmen stand ihre Mutter. Als sie sie sah, glitt ein erleichterter Ausdruck über ihre Miene. Sie schloss die Tür, kam zu Emma, ließ sich auf den Rand des Bettes sinken und nahm sie wortlos in die Arme. Sie roch nach Kölnisch Wasser. Vermutlich hatte sie die letzten Tropfen aus ihrer kleinen Flasche genommen, ihrem Schatz, den sie irgendwo versteckte und nur zu ganz besonderen Gelegenheiten hervorholte und benutzte. Ihr langes graues Haar hatte sie zu einem akkuraten Knoten aufgesteckt. Sie trug ihren dunkelgrünen Sonntagsrock aus den Kriegsjahren und darüber eine neue lindgrüne Bluse in einem zarten Blütenmuster.

Ach ja, heute sollten ihre Eltern zu Besuch kommen. Aber schon so früh?

Ihre Mutter ließ sie los und betrachtete sie lange. Emma konnte sich nicht erinnern, wann sie sie zuletzt so angesehen hatte, mit dieser Mischung aus Liebe und Sorge – hatte sie sie überhaupt jemals so angesehen?

»Du siehst einigermaßen gut aus«, stellte Mama verwundert fest. »Nach dem, was du durchgemacht hast ... Wie geht es dir denn?«

»Gut«, meinte Emma leichthin. »Es gibt immer genug zu essen.«

»Ach du.« Mama schüttelte den Kopf und winkte ab. »Meine Güte, was haben wir uns Sorgen um dich gemacht. Warum bist du denn nicht nach Hause gekommen?«

Emma hatte gewusst, dass diese Frage kommen würde. Sie hatte sich ihre Antwort zurechtgelegt, seitdem sie wusste, dass ihre Familie zu Besuch kommen würde. »Hat Armin denn nichts gesagt?«

»Doch, doch, er hat alles ausgerichtet. Aber du hättest zu uns nach Hause kommen können.«

»Es hätte nichts geändert«, sagte Emma mit tonloser Stimme. »Christian hätte mich nur eher gefunden, und ihr wäret vielleicht in alles mit hineingezogen worden. Ich wollte euch nicht in Gefahr bringen.«

Mama legte die Hand auf ihre. »Ich habe nicht geahnt, dass es so schlimm war. Aber wir hätten dich beschützt. Dafür ist Familie doch da.«

Emma nickte nur. Ihre Mutter ahnte nicht, wie Christian sein konnte. Sie würde ihrer Mutter den wahren Grund, warum sie nicht nach Hause zurückgekehrt war, nicht sagen. Mama würde natürlich abstreiten, dass sie sie zur Rückkehr zu Christian gedrängt hätte, dass es ihr immer lieber gewesen war, wenn Emma an den Fleischtöpfen der reichen Verwandtschaft auf dem Gut Meinersleben blieb.

»Wir hätten nie gedacht, dass es so kommt«, bekräftigte Mama.

»Wer hätte das schon vorhergeahnt?«

»Wie gut, dass Christian jetzt im Gefängnis ist. Er hat dir doch nichts Schlimmes angetan?«

Emma zog ihre Hand fort und seufzte. Auch diese Frage hatte sie befürchtet, denn Irma hatte ihren Eltern nach ihrer Rückkehr nur das Nötigste berichtet, und auch sie selbst war nicht viel gesprächiger am Telefon gewesen, als Mama in der Villa anrief. Eigentlich wollte sie überhaupt nicht mehr über jene Nacht sprechen, sie wollte sich am liebsten nie mehr daran erinnern. Vor allem niemals mehr an das, was Christian mit ihr in der Ruine vorgehabt hatte. Sie wollte alles in die hinterste Schublade ihres Gedächtnisses verbannen und den Schlüssel wegwerfen. »Er wollte mich töten«, sagte sie knapp. »Kurt hat mich gerettet.«

Von der Wucht ihrer nüchternen Worte fuhr Mama ein wenig zurück. Sie war blass geworden. »Wenn du … wenn du lieber nicht darüber reden willst, dann können wir das auch später einmal machen.«

»Nein, schon gut.« Ihre Mutter sollte es erfahren. Sie sollte nicht die Augen vor der Wahrheit verschließen, sie musste endgültig von ihrer hohen Meinung über Christian kuriert werden. Also überwand sich Emma und berichtete ihr in kurzen sachlichen Worten alles, was an jenem Abend und in jener Nacht geschehen war, und ihre Mutter hörte mit zunehmendem Entsetzen zu. Was in der Küche des alten Bauernhauses geschehen war, umschrieb sie mit ein paar kurzen Worten. Sie merkte, wie ihre Mutter immer mehr in sich zusammensank. Als Emma fertig war, saß sie mit gesenktem Kopf auf der Bettkante und knüllte ihr Taschentuch. »Hätte ich das gewusst … ich hätte nie … ach, Emma.«

Emma ahnte, was in ihr vorging. »Du konntest das nicht wissen, als du mir geraten hast, ich sollte wieder zu Christian zurückgehen«, sagte sie.

Mama tupfte sich mit dem Taschentuch ein paar Tränen aus den Augenwinkeln. »Es ist der verfluchte Krieg, er hat die Männer verändert.«

»Ich weiß nicht, ob es nur der Krieg war.« Emma blickte aus dem Fenster, vor dem sich die Gardine im leichten Wind wölbte. Für einen Augenblick sah sie sich wieder mit Christian für das Hochzeitsfoto vor dem Rosenbogen im Garten stehen. Wenn der Krieg nicht gewesen wäre, hätte er sich nie so verändert. Sie wären beide nicht fremdgegangen, und ihre Ehe hätte wahrscheinlich weiter bestanden. Sie hätte Kurt nie kennengelernt. Vielleicht hätte sie eines Tages festgestellt, dass Christian der falsche Mann für sie war. Wie merkwürdig, dass so etwas Furchtbares wie der Krieg auch gute Folgen haben konnte.

»Hoffentlich kommt der so schnell nicht mehr aus dem Gefängnis heraus«, schnaubte Mama. »Und dieser Doktor auch nicht. So ein falscher Fuffziger. Woher kennst du den eigentlich?«

»Vom Schwarzmarkt. Er hat damals geholfen, das Penicillin für dich zu besorgen. Deshalb habe ich ihm auch vertraut.« Außerdem hatte Doktor Rodeshagen ihr geholfen, Kurt im Gefängnis zu besuchen, aber das verriet sie ihrer Mutter nicht.

»Warum haben die beiden Männer Herrn Hüffenberg das nur angetan?«, fragte Mama.

»Doktor Rodeshagen wollte mit Christians Vater ins Geschäft kommen«, erklärte Emma. »Er hat Christian verraten, dass ich an diesem Abend im Heckenrather Hof auftreten würde. Vielleicht wollte er mich wirklich kurzzeitig retten, nachdem klar war, dass Christian mich entführt hat. Kurt hat mir erzählt, dass er lange auf seiner Seite blieb, bis Christian begann, ihm Sachen anzubieten, wenn er ihn freilassen würde. Er hat ihm Lebensmittel für den ganzen nächsten Winter versprochen. Das hat wohl den Ausschlag gegeben. Kurt sagte, Doktor Rodeshagen habe lange gezögert, bis er ihm plötzlich einen heftigen Schlag verpasst habe. Als er danach wieder wach geworden sei, habe er sich gefesselt an Christians Platz wiedergefunden.«

Mama schüttelte den Kopf. »Siehst du, man kann doch niemandem mehr trauen. Für Vorräte tun die Leute alles.«

»Christian hat Kurt noch mal eine verpasst, als er schon gefesselt war«, sagte Emma wütend. »Kurt hatte Glück, dass wir so früh zurückkamen.«

»Meine Güte, Emma. Wie gut, dass ihr es beide geschafft habt.« Mama nahm sie noch mal in ihre Arme und drückte sie fest. Eine Wolke Kölnisch Wasser stieg Emma in die Nase. »Ich habe dir was Schönes mitgebracht.« Sie beugte sich über ihre große Tasche, nahm ein Paket heraus und legte es vor Emma auf die Bettdecke. »Bin gespannt, wie es dir gefällt«, sagte sie erwartungsvoll.

Emma betastete das Packpapier, riss die Schnur ab und wickelte es aus. Weicher Viskosestoff fiel ihr in die Hände, beige, mit einem zarten Blütenmuster. Sie hielt es hoch. Ein Sommerkleid. Es fiel weich und glockig, mit einem engen Oberteil. Winzige kugelige Knöpfe prangten unter einem V-Ausschnitt. »Das hast du mir genäht?«

Mama nickte stolz. »Elisabeth und ihre Freundinnen haben mir nichts mehr bringen lassen, seitdem du … seitdem du Gut Meinersleben verlassen hast. Aber ich hatte trotzdem noch Stoff für ein Kleid übrig.«

Emma sprang aus dem Bett, trat vor den Spiegel neben dem Schrank und hielt sich das Kleid an. »Es sieht wunderschön aus, Mama.«

Ihre Mutter trat hinter sie und musterte sie prüfend im Spiegel. »Der Stoff steht dir. Ich hab gedacht, du brauchst was Neues, wo du doch jetzt hier bist. Der Fahrer hat deine Sachen aus dieser Absteige geholt und mitgebracht, das Dienstmädchen wird sie waschen.«

Emma drehte sich vor dem Spiegel hin und her. Der Stoff passte sehr gut zu ihrer Haut und ihrem rötlich blonden Haar. Sie hatte auch keinen Zweifel daran, dass ihr das Kleid passen würde. »Danke, Mama. Ich ziehe es gleich an«, versprach sie. »Schade, dass du deine guten Kundinnen verloren hast.«

Mama winkte ab. »Ach, es geht auch ohne die. Ich habe genug Kundinnen in Köln, auch einige, die gut zahlen. Mach dir darüber keine Sorgen. Papa, Armin und ich, wir schaffen das schon. Mit meiner Näherei bringe ich uns alle durch.« Sie lächelte stolz. »So, und nun lass ich dich allein, damit du dich anziehen kannst. Wir sehen uns gleich unten.« Sie rauschte hinaus und hinterließ eine Wolke Kölnisch Wasser im Zimmer. Emma lächelte. Sie ging zum Fenster, zog die Übergardine beiseite und beobachtete, wie Josef die Windschutzscheibe des Mercedes, mit dem er ihre Familie aus Köln abgeholt hatte, mit einem Lappen trocken polierte, nachdem er die toten Insekten abgewaschen hatte. Sie blickte auf den silbernen Wecker, der auf dem Nachttisch stand. Schon gleich elf. Sie hatte lange geschlafen. Nun würde sie sich beeilen müssen.

* * *

Es hatten sich schon alle versammelt, als Emma das Esszimmer betrat. Papa trug seinen Sonntagsanzug, Krawatte und ein weißes Hemd, Armin ebenfalls ein weißes Hemd und eine neue Hose, die nicht zu kurz war. Mama musste fleißig genäht haben. Emma drückte beide fest. Papa wischte sich verstohlen eine Träne aus dem Auge. Armin trat nervös von einem Bein aufs andere. Frau Hüffenberg legte erstaunt eine Hand unters Kinn. »Was für ein schönes Kleid, Frau van Kall«, rief sie.

Emma strich über den weich fließenden Stoff. »Hat meine Mutter mir genäht.«

Kurt, der als Einziger auf einem Stuhl saß, erhob sich. Er nahm ihre Hand, und sie sahen sich an. Einen Augenblick gab es nur sie beide. Kurt sah noch etwas blass aus, aber seine Augen leuchteten im Sonnenlicht, das durch das große Fenster hereinfiel. Sie fühlte seine warme Hand, und ihr war ein wenig schwindelig. Sie freute sich, ihn so gesund zu sehen, sie freute sich darüber, dass sie beide beieinander waren. So fühlte sich das Glück an. Ein kleines Lächeln umspielte seinen Mund. In seiner Miene lag etwas Spitzbübisches. Er zog sie zu sich heran und küsste sie auf den Mund. »Schön siehst du aus«, raunte er an ihrem Ohr.

»Du auch«, sagte sie lächelnd und sah ungläubig auf die Armbündchen seines Hemds hinunter. Er trug goldene Manschettenknöpfe. Sie hatte einen Mann mit goldenen Manschettenknöpfen.

Ein Dienstmädchen trug ein Tablett mit vollen Sektgläsern herein und verteilte sie. Emma fasste Kurts Hand fester, während ihr Herzschlag sich beschleunigte. Kurt räusperte sich. Alle

314

blickten ihn erwartungsvoll an. »Liebe Mama, liebe Familie Wolrath! Liebe Emma! Nach den schrecklichen Ereignissen bin ich froh, dass wir beide, Emma und ich, mit dem Leben davongekommen sind. Wir haben es uns gegenseitig zu verdanken, dass wir noch leben. Ich verdanke dir, liebe Emma, und deinen Freunden mein Leben. Ich verdanke es deinem Mut und deiner Geistesgegenwart, denn wenn ihr nicht rechtzeitig zurückgekommen wärt, stünde ich wohl nicht hier. Aber auch du, Emma, verdankst mir dein Leben. Obwohl es schlimme Stunden waren, bin ich trotz allem froh, dass wir uns an diesem Abend endlich wiedergetroffen haben, wenn auch unter solchen Umständen. Denn wenn ich ehrlich bin, hat mein neues Leben schon letztes Jahr begonnen, als ich noch bei deinen Eltern zur Untermiete wohnte und wir uns dort trafen.« Er legte eine Pause ein und sah Emma an wie eben. Als gäbe es nur sie.

»Wo wir uns gegenseitig unsere neuen Leben geschenkt haben, ist es nur richtig, wenn wir diese auch miteinander teilen«, fuhr er fort. »Emma und ich haben es jedenfalls vor. Lasst uns darauf anstoßen.« Er hob sein Sektglas.

Es war auf einmal sehr still geworden. Nur Vogelgezwitscher drang durch die geöffnete Balkontür herein.

»Aber Frau van Kall ist doch noch verheiratet«, wandte Kurts Mutter ein, nachdem sie sich von ihrer Überraschung erholt hatte.

»Emma wird die Scheidung einreichen«, versicherte Kurt. »Und danach wird unserer gemeinsamen Zukunft nichts mehr im Weg stehen.« Er zog Emma zu sich heran, hob sein Glas. »Auf das Leben!«

»Auf das Leben.« Sie prosteten sich zu und tranken. Seine Mutter sagte nichts mehr, sondern prostete ihnen schmallippig zu und trank einen Schluck. Emmas Eltern lächelten, als sie ihre Gläser hoben. Sie fassten sich an den Händen, was sie schon lange nicht mehr getan hatten. Armin leerte sein Glas mit dem winzigen Schluck, den er bekommen hatte, in einem Zug und stellte es auf das Tablett zurück.

Mama drückte Emma fest. »Was für eine Überraschung«, flüsterte sie. »Habt ihr das geplant? Oder hat er dich auch überrascht?«

»Ich wusste es«, gestand Emma glücklich. Kurt kam, nahm ihre Hand, und sie schmiegte sich an ihn. Es fühlte sich so gut an. Es war so selbstverständlich für sie, ihn zu berühren. Endlich mussten sie sich nicht mehr verstecken, sondern konnten allen offen zeigen, was sie füreinander empfanden. Es war diese Selbstverständlichkeit und das Unkomplizierte, das Emma in der letzten Zeit mit Christian gefehlt hatte. Vielleicht hatte es ihr aber schon immer bei ihm gefehlt, und sie hatte es nur nie vermisst, weil sie es nicht gekannt hatte. Weil es bei ihnen nie so gewesen war.

»Kommen Sie denn jetzt wieder nach Köln, Herr Hüffenberg?«, fragte Armin.

Kurt wechselte mit Emma einen raschen Blick. »Emma und ich bleiben erst mal hier, solange ich mich weiter um die Firma kümmere«, sagte er. »Aber du kannst mich ruhig Kurt nennen, Kumpel.«

Armin grinste verlegen. Die Umgebung schüchterte ihn wohl ein. Beim Essen aber vergaß er alle Hemmungen und ließ sich so oft Nachschläge vom Kaninchenbraten geben, bis Mama ihn ermahnte. Frau Hüffenberg schien nach einer Weile ihre Bedenken vergessen zu haben und ließ ein paar Flaschen vom guten Merlot ihres Mannes aus dem Keller holen und öffnen.

»Kurt hat eine gute Frau verdient«, sagte sie zu Emma, als sich alle nach dem Essen auf dem Balkon die Beine vertraten. Sie standen etwas abseits und blickten über die Brüstung zum Tennisplatz hinüber, wo Kurt zusah, wie Armin einen Tennisball auf dem Schläger hüpfen ließ. »Sind Sie das?« Sie richtete den Blick auf Emma, als wollte sie ihr hinter die Stirn sehen.

Sie hatte die gleichen Augen wie Kurt, dachte Emma. Es kam ihr merkwürdig vor, einen anderen Menschen mit seinen Augen zu sehen. Auch ihre welligen, früher wohl mal dunkelblonden Haare hatte Kurt von ihr. Durch die vielen grauen Strähnen und ihren traurigen Gesichtsausdruck sah sie älter aus, als sie war. »Das müssen Sie selbst beurteilen«, erwiderte Emma. »Ich kann Ihnen nur sagen, dass ich Kurt liebe.«

Frau Hüffenberg seufzte. »Ach, die Liebe …« Sie blickte zum Tennisplatz hinüber und nippte an ihrem Rotwein. »Kurt hat nie von Ihnen erzählt. Ich wusste nicht, wie es um Sie beide steht.«

»Es ist uns auch erst in den letzten Monaten klar geworden, dass wir zusammengehören«, erklärte Emma. »Erst durch unsere Trennung. Mein Mann ist ein Fremder für mich geworden, und Sie wissen, was er getan hat. Ich werde mich so schnell wie möglich von ihm scheiden lassen.«

Frau Hüffenberg nickte. »Es ist unübersehbar, dass mein Sohn Sie liebt. Ich weiß es auch zu schätzen, was Sie für ihn getan haben. Aber wissen Sie, in unseren Kreisen heiratet man untereinander und keine geschiedene Frau. Wenn mein Mann von Ihnen wüsste, er wäre nicht damit einverstanden …« Sie winkte ab und seufzte.

Emma fühlte sich, als fiele ein Schatten auf den sonnigen Tag. Etwas, das ihr das Glück verderben wollte. Ein altbekanntes Gefühl, das die van Kalls sie nur allzu oft hatten spüren lassen. Nicht gut genug zu sein. Sie presste die Finger ihrer Hand zusammen, während sie mit der anderen Hand den Stiel des Weinglases leicht hin und her drehte. Sie würde sich von niemandem ihr junges Glück verderben lassen. Sie würde es verteidigen bis zum Äußersten. Manchmal musste man sich wehren, um nicht unterzugehen, das hatte sie nach den Geschehnissen jener Nacht begriffen. Man musste für sich und für die, die man liebte, einstehen. Und beim Himmel, sie würde für sich selbst und für Kurt einstehen. »Aber sein Vater ist nicht hier«, versetzte sie. »Eigentlich brauchen wir seine Einwilligung nicht mehr, um zu heiraten. Ist das nicht ein alter Zopf von früher, den man längst mal abschneiden sollte?«

Frau Hüffenberg blickte zum Garten hinüber. »Kurt schneidet gern alte Zöpfe ab. Sehen Sie, der Gemüsegarten war seine Idee, damit wir im Winter das Gemüse nicht teuer von den Bauern kaufen müssen. Mein Mann hätte das nie erlaubt.«

»Kurt ist ein Überlebenskünstler«, meinte Emma. »In Köln war er gut in Schwarzmarktgeschäften. Letztes Jahr, als meine Mutter schwer krank wurde, hat er sogar Penicillin für sie besorgt. Können Sie sich vorstellen, wie teuer Penicillin auf dem Schwarzmarkt ist? Das hat ihr das Leben gerettet. Er hatte sich zuletzt ein florierendes Geschäft in der Stadt aufgebaut, ehe er zu Ihnen zurückging.«

»Wirklich? Davon hat er mir auch nie etwas erzählt. Er hat nur gesagt, die Briten hätten ihn für jemanden gehalten, der illegal Penicillin herstellen würde. Das alles sei eine Verwechslung gewesen.« Kurts Mutter presste ihre Lippen zusammen, während sie zu ihrem Sohn hin**über**starrte, der an der Bande lehnte und Armin etwas erklärte.

»So war es auch. Man geht mit seinen Schwarzmarkterfolgen nicht hausieren.«

Frau Hüffenberg wandte ihr das Gesicht zu. Sie sah enttäuscht aus. »Warum erzählt er mir nur so wenig?«

Als Emma nichts erwiderte, fuhr sie fort: »Mein Mann hat immer gesagt, aus Kurt wird nie ein Geschäftsmann. Deshalb hat er sich meistens auf unseren Ältesten konzentriert, unseren Hans. Aber er wird jetzt vermisst.« Sie schluckte, und in ihren hellen Augen lag ein vorwurfsvoller Ausdruck.

»Ich weiß«, sagte Emma. »Kurt hat es mir erzählt. Es tut mir leid.«

»Aber Kurt hat sich hier sehr eingebracht, er arbeitet gut mit unserem Geschäftsführer zusammen. Es wäre schön, wenn das so bleiben könnte.«

Emma lehnte sich gegen die Brüstung und trank. Ihr schwirrte der Kopf vom vielen Sekt und Wein. »Ich wüsste nicht, was dagegensprechen sollte.« Sie merkte, wie Kurts Mutter sie von der Seite ansah. »Sie wollen nicht zurück nach Köln? Wollen Sie wirklich mit Kurt hierbleiben?«

Emma wandte sich um und blickte sie überrascht an. »W-wenn es Ihnen recht ist?«

Frau Hüffenberg runzelte die Stirn. »Nun, normalerweise ist es nicht üblich. Mein Mann würde ... Ach, wissen Sie was? Er ist nicht hier. Sie sind unser Gast. Bleiben Sie, solange Sie wollen.« Sie hielt Emma ihr Glas hin. Emma hob ihr Glas, und sie stießen an und tranken.

Kurt kam mit Armin zurück auf den Balkon. Armins Haare klebten an seiner Stirn. Seine Wangen leuchteten rot. »Mama, das macht vielleicht Spaß. Das nächste Mal will Kurt mir das Zuspiel zeigen.«

Kurt lachte. »Geh mal rein und mach dich frisch. Lass dir vom Dienstmädchen ein Handtuch geben.«

Armin trollte sich gehorsam nach drinnen, und Kurt kam zu Emma und seiner Mutter. »Ihr seht so gelöst aus. Habe ich etwas verpasst?«

»Nein, nicht der Rede wert«, meinte Emma. Frau Hüffenberg nickte und musterte Kurt, als sähe sie einen Fremden.

Kapitel 22

Villa Hüffenberg, September 1946

Ihr Gästezimmer gefiel Emma. Im Gegensatz zu den anderen Zimmern hatte man es schlicht eingerichtet – mit Bett, Schrank, Nachtschränkchen, Spiegel und einem zierlichen Tisch aus blank poliertem Holz mit geschwungenen Beinen, den sie als Schreibtisch nutzte. Im Vergleich zu ihrer Dachkammer in Köln besaß dieses Zimmer eine geradezu luxuriöse Pracht. Den farbigen Mittelpunkt bildeten Sommerblumen in einer Vase auf dem Tisch, immer wieder andere, je nachdem, was gerade blühte. Im Moment waren es Astern aus dem Garten. Sie würde diesem Zimmer nach und nach ihre persönliche Note verleihen, dachte Emma. Vor einigen Tagen hatte Josef ihre paar Habseligkeiten von Gut Meinersfeld geholt und hergebracht – ihre Bücher und ihre restlichen Kleidungsstücke, die sie nicht hatte mitnehmen können. Die Gutsherren hätten sich nicht blicken lassen, erzählte er, nur der Verwalter – ein finsterer Kerl – habe ihm die Kiste mit ihren Sachen gegeben.

Wie angenehm konnte es sein, einen Fahrer zu haben. Um nichts in der Welt hätte Emma ihren Schwiegereltern noch einmal begegnen wollen. Sie konnte sich gut vorstellen, dass Elisabeth nur ihr die Schuld daran geben würde, dass ihr Sohn nun im Gefängnis einsaß. Sie wäre die schlechte Ehefrau, die es nicht anders verdient hätte, als so behandelt zu werden, wie er sie behandelt hatte. Aber was wusste Elisabeth schon? Wie einsam und traurig musste es nun für sie und Robert sein, jetzt, da ihr einziger Sohn im Gefängnis saß. Und diese Schande! Doch Emma fühlte kein Mitleid. Es war besser gewesen, die Polizei zu holen, als alles anders zu regeln. Wer weiß, womöglich hätte Doktor Rodeshagen später noch auf irgendeine Art Kapital aus einer anderen Lösung geschlagen. Vermutlich hätte er Christian mit seinem Wissen über den geheimen Bilderhandel erpresst und wäre auf diese Weise in den Handel mit eingestiegen, oder er hätte anderes gefordert. Emma verdrängte die Gedanken an ihre Schwiegereltern und ihn. Sie ging zum Tisch, sah auf den großen Umschlag, der dort lag. Sie hob die Hand und strich mit dem Finger über die akkurate Frauenhandschrift, in der ihr Name geschrieben stand.

Irmas Schrift.

Emma hob den Umschlag auf, wog ihn in ihren Händen. Was er wohl enthielt? Schwer war er jedenfalls nicht, es konnte nur etwas sehr Leichtes sein. Sie seufzte, schwankte, ob sie ihn aufmachen sollte. Dann überwog doch ihre Neugier, und sie riss den Umschlag auf und schüttete seinen Inhalt auf den Tisch. Ein kleines, in Packpapier eingewickeltes Päckchen und ein Brief fielen heraus. Sie entfaltete das graue Briefpapier.

Köln, den 20. August 1946

Liebe Emma,

ich hoffe, dass Du Dich inzwischen von den schlimmen Ereignissen in Heckenrath erholt hast und es Dir wieder besser geht. Wie gut, dass Du Dich nach allem, was passiert ist, nun bei den Hüffenbergs erholen kannst! Manchmal treffe ich

*Deinen Vater im Garten nebenan. Er hat mir
erzählt, wie Ihr sie alle überrascht habt. Wie
schön! Ich freue mich sehr für Euch beide und
wünsche Euch von Herzen viel Glück.
Anbei liegt eine Kleinigkeit, die ich selbst gemacht
habe. Es ist nicht viel, Du weißt, dass alles sehr
knapp ist. Aber sie kommt von Herzen.
Von Nikolai und der Combo soll ich Dir schöne
Grüße ausrichten, sie sind alle wohlauf. Letzte
Woche sind wir das erste Mal wieder aufgetreten.
Ich soll Dir ausrichten, dass Du jederzeit wieder
mitspielen kannst, wenn Du es wieder kannst.
Ich vermisse Dich, Emma. Oft muss ich daran
denken, wie wir als Lydia und Rose zusammen
aufgetreten sind, und wünsche mir, es könnte
wieder so sein. Ich weiß, ich habe einen schweren
Fehler gemacht. Trotzdem hoffe ich, dass Du mir
eines Tages verzeihst und alles wieder so wird wie
früher.*

Deine Irma

Emma seufzte und ließ den Brief sinken. Sie las ihn noch
einmal, legte ihn auf den Tisch zurück und betastete das Paket,
wickelte es vorsichtig aus. Ein prall gefüllter, kleiner Stoffbeutel
fiel ihr in die Hände, daran hing an einem Band ein zusammen-
gerollter Zettel. Sie roch an dem Beutel, atmete seinen würzigen
Geruch ein.

Johanniskraut stand auf dem kleinen Zettel, darunter die
Zubereitungsanleitung für den Tee.

Irma gab sich alle Mühe. Emma konnte sich vorstellen,
wie ihr zumute sein musste. Christian hatte sie bestimmt heftig bedroht und eingeschüchtert, sie hatte am eigenen Leib
erfahren, wie er sein konnte. Irma hatte nicht geahnt, was er

vorhatte. Trotzdem hätte sie sie warnen können, sie hätte ihr sagen können, dass er dort war.

Emma seufzte wieder und legte Irmas Brief und den Teebeutel beiseite. Verzeihen war eine Sache des Herzens. Vielleicht könnte sie Irma eines Tages verzeihen. Aber sie spürte, dass sie noch eine Zeit lang brauchen würde, bis sie dazu bereit wäre.

Sie rückte ihren Stuhl zurecht, nahm ihr Akkordeon und begann zu spielen. Sie spielte ihre Lieblingslieder in der Reihenfolge, wie sie ihr einfielen – Volkslieder und kölsche Lieder, die sie noch bei ihrem alten Musiklehrer gelernt hatte, ein paar Stücke aus ihrer Zeit im Kapitolskeller, dann den Walzer aus *Die lustige Witwe*. Schließlich stimmte sie Tanzmusik an, einen Swing aus dem Repertoire der »Kölschen Combo«, wie sie ihn zuletzt gespielt hatten, aber dann brach sie ab. Es ging immer noch nicht. Sie konnte die Tanzmusik nicht mehr spielen, als wäre nichts gewesen. Selbst der *Sommernachtstraum* erschien ihr auf einmal fremd.

Emma zog am Balg, stieß ihn wieder zusammen. Ihr Akkordeon protestierte mit einem lauten Ton. Sie setzte es ab, stand auf, ging zum Fenster und sah über die kiesbestreute Auffahrt hinweg zu den Bäumen auf der anderen Straßenseite, hinter denen sich die Felder des Dorfes erstreckten. Die Melodie, die ihr schon den ganzen Sommer im Kopf herumgegangen war, fiel ihr wieder ein. Aber sie hatte sich verändert. Sie summte sie vor sich hin, klopfte mit den Fingern den Takt auf die Fensterbank. Nach einer Weile ging sie zum Schreibtisch, zog ihr Notenheft und den Bleistift aus der Schublade, setzte sich und begann zu spielen.

Gegen Mittag hörte sie den Mercedes über die Auffahrt rollen. Sie stellte ihr Akkordeon weg und ging zum Fenster. Kurt stieg aus, und sofort glitt sein Blick zu ihrem Fenster hinauf. Sie hatte die Gardine beiseitegezogen und hob die Hand, während ihr Herzschlag sich beschleunigte. Wie immer, wenn sie ihn sah. Er hielt seine Aktentasche fest umklammert und winkte ihr zu, verzog aber keine Miene. Typisch. Er hatte seine Schwarzmarkt-Miene aufgesetzt. Emma brummte etwas in sich hinein und ließ die Gardine fallen.

Nur wenig später kam er in ihr Zimmer. Er legte die Aktentasche auf den Tisch, ließ sich auf ihren Stuhl fallen und lockerte seine Krawatte. »Puh, ist das heiß. Schreibst du wieder neue Lieder?« Er deutete auf ihr Notenheft und die zerknüllten Zettel auf dem Tisch.

Emma lächelte und nickte. »Nun erzähl schon, wie war es? Hat er zugestimmt?«

Kurt setzte wieder seine undurchdringliche Miene auf. Er klopfte mit den Fingern auf seinen Oberschenkel, während er sie beobachtete.

»Nun sag doch schon! War Doktor Lange erfolgreich?«

»Du siehst gut aus, wenn du ungeduldig bist«, meinte er. »Doktor Lange war gestern in der Haftanstalt.« Er klappte seine Aktentasche auf und zog ein Schriftstück hervor. Er hielt es hinter sich, sodass sie nicht drankam.

»Jetzt mach es doch nicht so spannend!«, rief sie ungehalten.

Er grinste. »Erst einen Kuss.«

Sie gehorchte, gab ihm einen Kuss, woraufhin er ihr das Schriftstück gab. Sie überflog es hastig und blieb auf der letzten Seite hängen, wo in großen, schwungvollen Buchstaben Christians Unterschrift prangte. Eine Weile starrte sie auf die Tinte und konnte es kaum glauben, als würde sich ihr Verstand weigern, anzuerkennen, was ihre Augen bereits sahen. Dann legte sie das Papier auf den Tisch zurück. »Er hat unterschrieben«, murmelte sie. »Er hat in die Scheidung eingewilligt.« Sie schlug sich die Hände vor den Mund.

Der Stuhl glitt über das Parkett, als Kurt aufstand. Er nahm sie in die Arme. »Jetzt wird es nicht mehr lange dauern bis zur Scheidung. Bis wir heiraten können.« Er strich ihr über die Haare. Sie legte den Kopf an seinen Hemdkragen und atmete tief seinen Geruch ein. Eine Weile genoss sie seine beruhigende Gegenwart und das Glücksgefühl. Sie hob den Kopf. »Hat er sofort eingewilligt?«

Kurts Lächeln verschwand. »Nein, der war ein ziemlich zäher Hund. Noch nicht mal die Drohung, den Engländern zu verraten, dass sein Vater mit Raubkunst handelt, hat ihn beeindruckt. Das könne jeder behaupten, hat er dreist erwidert. Aber Doktor Lange ist ein gewiefter Kerl, der lässt sich nicht die Butter vom Brot nehmen. Doch erst, als er sagte, du würdest bezeugen, Bilder aus der Kunsthandlung Josef Mayer bei deinem Schwiegervater gesehen zu haben, ist er eingeknickt.«

»Meine Güte.« Emma schüttelte den Kopf. »Warum hat er sich so gesträubt? Er kann doch nicht wirklich glauben, dass ich noch weiter mit ihm verheiratet sein will nach allem, was passiert ist.«

»Nein, der wollte uns nur Steine in den Weg legen. Er will es uns so schwer wie möglich machen.«

»Aber er müsste doch wissen, was ich alles gegen ihn aussagen könnte«, zischte Emma leise.

»Natürlich hat Doktor Lange das auch erwähnt«, sagte Kurt. Sein Gesicht nahm wieder den Ausdruck an, den er immer trug, wenn sie auf jene Nacht zu sprechen kamen – eine Mischung aus Wut und Mitleid. Sie hasste diesen Gesichtsausdruck. Ihr Entschluss stand fest. Sie würde nie wieder über jene Geschehnisse sprechen, nicht mit ihm und schon gar nicht vor einem öffentlichen Gericht. Sie wandte sich ab und blickte aus dem Fenster.

»Du solltest dir überlegen, ob du nicht doch alles vor Gericht aussagst«, hörte sie Kurts Stimme hinter sich. »Wenn es auch nicht seine Strafe verlängert, so wird es ihn aber in einem noch schlechteren Licht erscheinen lassen.«

Emma wandte sich zu ihm um. »Reicht denn dafür nicht meine Entführung aus und dass er versucht hat, uns beide zu töten?«

Kurt legte die Hand auf ihren Rücken. »Sicher. Das wird ihm schon ein paar Jahre einbrocken. Es ist deine Entscheidung. Ich könnte verstehen, wenn du nicht aussagst.«

Emma atmete auf. Das liebte sie so an Kurt, er drängte sie zu nichts. Er ließ sie einfach so sein, wie sie war. Er würde ihr nie die Auftritte verbieten, das hatte er bereits gesagt. Sie legte die Hand an seine Wange und strich mit dem Daumen über die raue Stelle an seinem Kinn, wo sein Bart wuchs. Sanft legte er seine Hand auf ihre, drehte ihren Arm zu sich und verteilte Küsse darauf. Ein warmer Schauer durchrieselte sie, und sie schlang ihre Arme um seinen Hals und küsste ihn. »Du wirst eine schöne Braut«, murmelte er, nachdem er sich zwischen zwei Küssen von ihr gelöst hatte.

Emma lächelte. Sie war sich sicher, dass ihr gemeinsames Leben mit ihm anders sein würde. Besser.

Sie küsste ihn wieder, und die Welt um sie herum versank. Sie wurde erst wieder klar, als sie hörten, wie das eiserne Tor draußen ins Schloss fiel. Schritte knirschten auf dem Kies.

Kurt hielt inne, trat ans Fenster und schob die Gardine beiseite. Seine Miene erstarrte. Er stand reglos und hielt die Gardine fest.

»Was ist?« Emma trat neben ihn und sah aus dem Fenster. Ein Mann in einem schwarzen Mantel und einem gleichfarbigen Hut schlurfte über den Kiesweg zum Haus. Es schien, als bedeutete jeder Schritt eine große Anstrengung für ihn. Nach einer Weile blieb er stehen und hob den Kopf, maß die Fassade der Villa mit einem prüfendem Blick. Er hatte ein ernstes, zerfurchtes Gesicht und einen kalten Blick. »Wer ist das?«, fragte Emma.

Kurt ließ die Gardine vor das Fenster zurückfallen. Seine Brust unter dem Hemd hob und senkte sich rasch. »Mein Vater. Er ist zurückgekommen. Sie haben ihn entlassen.« Sein Gesicht war aschfahl.

Emma ging zu ihm und nahm seine Hand, drückte sie fest. »Wir werden das schon schaffen.«

Er seufzte, strich mit dem Daumen über ihre Handfläche. Dann trat ein kleines Lächeln in seine Miene. »Könntest du dir vorstellen, wieder mit mir nach Köln zu gehen?«

Sie zögerte. Gerade hatte sie sich in diesem neuen, luxuriösen Heim gut eingelebt und seine Annehmlichkeiten zu schätzen gelernt. Sie warf einen Blick aus dem Fenster, dann auf Kurt. Sie drückte seine Hände fest. »Ich geh mit dir überall hin«, versicherte sie.

Und das meinte sie ernst.

Danksagung

Mein besonderer Dank gilt Andrea Nolte von der Musikschule Düren für viele nützliche Hinweise und Ideen zum Akkordeonspiel und zur Musik.

Ebenso danke ich Jutta Reich vom Papiermuseum Düren dafür, dass sie mir einen Einblick in die kleine, aber feine Bibliothek des Museums gewährt hat. So konnte ich mehr über die Geschichte der Papierindustrie in der Nachkriegszeit erfahren.

Außerdem möchte ich mich auch einmal herzlich bei den vielen engagierten Bloggerinnen und Rezensentinnen bedanken, die meine Romane so unermüdlich lesen und rezensieren. Sie leisten einen überaus wertvollen Beitrag für die gesamte Buchszene.

Und last, but not least ein riesiges Dankeschön an alle Leserinnen und Leser meiner Romane. Ich freue mich sehr darüber, dass meine Bücher so fleißig gelesen werden, und über die vielen positiven Rückmeldungen. Das beflügelt ungemein.

Glossar

Bansen – Räume in Scheunen alter Bauernhöfe, die zur Lagerung des geernteten Getreides und anderem dienten

Hindenburglicht – Kleines Licht ähnlich dem Teelicht, das als Beleuchtung in Kriegs- und Nachkriegszeiten diente

Heemte – Schlesisch für Heimat

Horst-Wessel-Lied – Parteihymne der NSDAP

Iwan – Damals umgangssprachlich für die Rote Armee

Kameradschaft – Kleingruppe in der Hitlerjugend, die die 15- bis 18-jährigen Jungs umfasste

Kasematten – Durch starke Mauern geschützte Gewölbe in Festungen

Lot – Schöpfmaß (z. B. für Kaffeepulver)

Mädelschaft – Kleinste Einheit innerhalb des Bunds Deutscher Mädel (BDM), 14- bis 17-jährige Mädchen. 10- bis 13-jährige Mädchen waren im Jungmädelbund

Papierglas – Eine lichtdurchlässige Masse, die auf dünnen Drahtgeflechten aufgebracht und in die Fenster eingepasst wurde, als Ersatz für Glas

Folge der Autorin auf Amazon

Wenn dir dieses Buch gefallen hat, folge Marion Johanning auf Amazon. Dann erhältst du eine Benachrichtigung, wenn die Autorin ihr nächstes Buch veröffentlicht. Um der Autorin zu folgen, gehe bitte folgendermaßen vor:

Desktop:

1) Suche auf Amazon.de oder in der Amazon App nach dem Namen der Autorin.
2) Klicke auf den Namen der Autorin, um auf die Autorenseite zu gelangen.
3) Klicke auf den »Folgen«-Button.

Smartphone und Tablet:

1) Suche auf Amazon.de oder in der Amazon App nach dem Namen der Autorin.
2) Klicke auf einen Titel der Autorin.
3) Klicke auf den Namen der Autorin, um auf die Autorenseite zu gelangen.
4) Klicke auf den »Folgen«-Button.

Kindle eReader und Kindle App:

Wenn du dieses Buch auf einem Kindle eReader oder in der Kindle App liest, wird dir automatisch angeboten, der Autorin zu folgen, nachdem du die letzte Seite des Buches gelesen hast.

FSC
www.fsc.org

MIX

Papier | Fördert
gute Waldnutzung

FSC® C083411

Zeitfracht Medien GmbH
Ferdinand-Jühlke-Straße 7
99095 Erfurt, Deutschland
produktsicherheit@kolibri360.de

Druck:
CPI Druckdienstleistungen GmbH
im Auftrag der
Zeitfracht Medien GmbH
Ein Unternehmen der Zeitfracht - Gruppe
Ferdinand-Jühlke-Str. 7
99095 Erfurt